U0944181

13　雪中斩天龙

烽火戏诸侯　著

青岛出版集团 | 青岛出版社

图书在版编目（CIP）数据

雪中悍刀行. 13，雪中斩天龙/烽火戏诸侯著. —青岛:青岛出版社，2021. 12
ISBN 978-7-5552-9851-9

Ⅰ. ①雪… Ⅱ. ①烽… Ⅲ. ①侠义小说－中国－当代 Ⅳ. ①I247. 5

中国版本图书馆CIP数据核字（2021）第108422号

XUE ZHONG HANDAO XING 13 XUE ZHONG ZHAN TIANLONG

书　　名 雪中悍刀行13 雪中斩天龙
作　　者 烽火戏诸侯
出版发行 青岛出版社
社　　址 青岛市崂山区海尔路182号（266061）
本社网址 http://www.qdpub.com
邮购电话 18613853563　0532-68068091
责任编辑 李文峰
特约编辑 孙小淋　万红红
校　　对 高玉莲
装帧设计 千　千
照　　排 梁　霞
印　　刷 三河市良远印务有限公司
出版日期 2021年12月第1版　2024年10月第5次印刷
开　　本 16开（710mm×980mm）
印　　张 16
字　　数 273千
书　　号 ISBN 978-7-5552-9851-9
定　　价 39.80元
编校印装质量、盗版监督服务电话 4006532017　0532-68068050

目录

第一章 史家不幸国家幸 国家不兴诗家兴 1
第二章 三千龙象刀出鞘 两军冲阵地满血 15
第三章 西京城有缸养龙 勤勉房君臣奏对 28
第四章 身后纵有万古名 不如生前一杯酒 41
第五章 三世修得善姻缘 今生得闻奇楠香 55
第六章 紫气东来三千里 陆地青虹滚青雷 68
第七章 只道鬼神能护物 不知龙象自成灰 81
第八章 数百飞剑截紫气 大仗之前有大仗 91
第九章 一剑生佛十六观 八方雷动斩天雷 103
第十章 与世为敌我无敌 雪中有刀斩真龙 120
第十一章 蚍蜉撼树谈何易 三请法身蟒吞龙 135
第十二章 敬春秋金戈铁马 敬你们写意风流 150
第十三章 离阳王朝换新君 举国上下皆缟素 164
第十四章 西北遍地起狼烟 京城人人得太平 180
第十五章 从前有座武当山 山上有座莲花峰 199
第十六章 长庚城谍战汹涌 清凉山御使观政 217
第十七章 一朝天子一朝臣 一颗头颅一杯雪 231

第一章

史家不幸国家幸
国家不兴诗家兴

怀阳关内那座北凉都护府依旧简陋得不像话，这让怀阳校尉黄来福很是忐忑，虽然称不上寝食难安，可每次去都护大人那里参与军机事务，都觉得不是那么回事儿。一些相交莫逆的将校就喜欢拿这个破烂事刺他几句，说什么他黄来福如今扬眉吐气啊，住的地方比褚都护还气派，就是可惜王爷没弄个将军给他当，否则他就真是名副其实的大人物了。黄来福对此连还嘴的机会都没有，只能认命，久而久之，就成了凉州北线边关的头号笑话。不过随着边境上大战在即的气氛越来越浓重，这些无伤大雅的调侃的话也很快消散一空。今天黄来福例行公事前往都护府。最近几位大帅统领都在府上，群策群力，一起讨论北莽的兵力部署和主攻方向。黄来福是个会打仗但不擅长动嘴皮子的粗人，插不上嘴，但听着那些老将军大统领争执，就觉得很舒坦，觉得只要有他们坐镇边关指挥调度，别说如今北凉边军兵强马壮并且毫发无损，就是最前头的那座虎头城不小心丢了，让他黄来福去抢回来，他也绝对没二话。

今天，当黄来福走入都护府那个挂满大小形势图的大堂时，他明显察觉到一些异样。大堂中央摆放着一张长达六丈的巨大黄梨木几案，几案两侧多了许多张新鲜面孔。步军统帅燕文鸾这位春秋老将应该是第一次莅临怀阳关，骑军统领袁左宗也到了，顾大祖、周康、何仲忽、陈云垂四位新老副帅也破天荒地凑齐了。大将军义子之一的齐当国，新任白羽骑主将，也站在一侧。幽州刺史胡魁和幽州将军皇甫枰并肩站在偏一些的位置，而才从幽州刺史升迁成凉州刺史的王培芳战战兢兢。这位可谓功成名就的北凉读书人“孤苦伶仃”地站在最偏僻的角落。显然在这种场合，任何一位披甲将领放个屁都要比王培芳这个文官扯开嗓子喊话更有用。

但是最让黄来福感到震惊的一个人物是二郡主徐渭熊！

她坐在轮椅上，双手十指交错，紧紧地盯着桌上那幅边关形势图。

北凉都护大人褚禄山一手托着砚，一手提笔，砚中墨是赤墨。他站在徐渭熊身边，弯腰在地图上画出一条条红线，不停地轻声说话。

黄来福蹑手蹑脚凑过去，几案两侧早早地站了二十几人，他只能见缝插针找了个位置，刚好听到褚禄山低声说道：“先前我们有一标游弩手插入了姑塞州腹地，发现柳珪大军已经开拔，现在已经可以确定，是奔着流州去的。除了柳珪的这支三万精兵，还有包括瓦筑、君子馆在内偏南的四座军镇也倾巢而出，老牌陇关的几大贵族也掏老底出了三万步卒，还有姑塞州持节令的八千羌骑亲军需要注意。加在一起，这十万人兵力都赶往了如今的流州州城——青苍城。”褚禄山用朱笔在地图上的青苍城以北某地点了一点：“陇关贵族那三万步卒是攻城主力，这一点是明摆着的。”然后在青苍城和临谣军镇之间轻轻抹了一笔，“不出意外，会是那八千羌骑在此守株待兔，用以牵制流州西线解围的援军，打得过就打，打不过就逃。羌骑别的本事没有，跑路的本事一流，十几年前我就领教过了。”

屋内诸将会心一笑。当年第一场离阳、北莽大战，世人皆知在那场硝烟中大放光彩的褚禄山有两个遗憾：一个是没宰掉同是胖子的董卓，再有一个就是竟然没歼灭那支溃败的羌骑。

褚禄山笔尖转移，在凉州和流州青苍城之间重重画出一条线：“作为主力的柳珪大军应该会穿插到此处……”

徐渭熊皱着眉头，听到这里时直接打断褚禄山的言语：“难道只是一味退守，任由柳珪的势力在流州境内渗透？就算流州只有三万龙象军，也完全不用如此被动。”

双手负后的顾大祖弯腰看着地图，也缓缓开口说道：“若说凉州、幽州边境可以等，但流州确实没有这个必要。三万龙象军只要找到柳珪大军的主力，一举击溃，其余那些散兵游勇不足为惧。战之国门外，北凉有这个能耐。”

骑军副统领何仲忽开口说道：“别看柳珪那边人数占优，就这么点儿兵力还真不够塞牙缝的。就算董卓有后手，可按照他们当前的部署，就两天战马脚力的距离，收尸都来不及。”

褚禄山伸出两根手指，捏了捏那猩红笔尖，置若罔闻，只是凝视着浸染了些许墨汁的手指头，平静地道：“鱼饵太小，钓不起大鱼。”

褚禄山突然笑出声。在寂静无声的屋内，这笑声显得格外响亮。

只见这位都护大人将拇指、食指捏在一起，抬手笑道：“咱们北凉铁骑太强大了，总要给对手这么一丁点儿念想嘛！”

怀阳关都护府有一处偏屋，传闻酸秀才扎堆，酸不可闻，尽是些芝麻绿豆大小的官员，文不成武不就，除了都护大人经常出入偏屋，这儿极少有人造访。

与外界想象中的不太一样，偏屋内并非冷冷清清只有些老学究聚头唉声叹气，相反这里人气很旺，而且许多张年轻面孔的出现让屋子显得尤为朝气勃勃。屋内东、西两面墙壁上悬着一幅幅形势图，既有描绘北凉三州的边疆地理图，也有描绘北莽姑塞、龙腰两州的地图。两面墙壁上的形势图所绘版图内容如出一辙，只是分新旧，东面墙挂旧，西面壁悬新。

屋内两人一桌对坐，桌边始终有一人提笔站立静候，负责记录一些言语。那些书桌上堆满了北莽方志和密档，其中的许多东西恐怕连南朝的兵部和户部都没有。东、西墙上之所以分新、旧，是缘于屋内一位后辈提出的建议：既然敌军主帅董卓一直按兵不动，没有流露出丝毫要大肆调兵遣将的迹象，那么北凉不妨先从这些年北莽边军对凉、莽接壤两州的变动来探究蛛丝马迹，圈画出那些在最近几年增添兵力的城池军镇以及那些耗费重金开辟的新驿路，并着重找出北莽边境历年来的演武场地。给出这个建议的年轻人姓郁，听说先前是个游手好闲的外地赴凉士子，投靠无门，找不着油水足的官府衙门，才托关系进了这里。跟姓郁的同时进屋子任职的杂流官吏还有六七个，既有北凉本地饱读兵书破天荒沾带着书卷气的将种子弟，也有跟郁姓年轻人差不多根脚的，都是些别人捡剩下不要的外乡士子，心比天高命比纸薄啊。

这屋子里年纪大的前辈们，大多是些官场上没混出头的失意人。他们有个共同点，就是脖子硬膝盖更硬，不懂卑躬屈膝，平日里最喜欢借酒消愁，一喝高了自然也就管不住嘴，高谈阔论指点江山，然后突然有一天就被拂水房的谍子拎到了边境。他们甚至都没办法跟家里人打声招呼，就此凭空消失。他们起先胆战心惊，以为是要被那位喜怒无常的褚大魔头砍脑袋玩，后来才知道是帮忙做些剖析战局的事情，也就逐渐心安。只是他们虽然成了都护府的客人，是帮都护大人做事，可既没有官身品秩，也没有薪水俸禄，不着天不着地，这真不算什么美差。好在他们这些人在官场上早就磨光了雄心壮志，对于屋内枯燥乏味的公事也都耐得住性子。加上褚禄山褚大人的名头太骇人，每个人都兢兢业业，就怕自个儿哪天让褚禄山觉得是个不愿意任劳任怨的官油子，然后就被咔嚓一声剁掉了脑袋。

时常进出这屋子的外人都是从拂水房出来的家伙，不断给屋内众人送来一些稀奇古怪的东西：关于南朝兵部最近升迁情况的文书，户部有关各地的粮草损耗程度的折子，甚至一些质地不一的纸张上，具体到哪一座烽燧哪一条驿路的修缮款项都写了。这些拂水房谍子来去匆匆，进入屋子都一言不发，放下档案秘录就默然离开，始终目不斜视。用屋内暂时主事的洪大人私下的说法，那可都是杀人不眨眼睡觉不闭眼的狠人。年纪大些的，像洪大人，都信奉多做事少说话，最多偶尔感慨几句，但像包括那个叫郁得志在内的年轻人，则初生牛犊不怕虎，敢在屋内畅所欲言。年轻赴凉士子李豫和父亲是陵州县令的赵缨，两天前还大吵了一架，就北莽大军到底是主攻流州还是佯攻流州吵得翻天覆地，连褚大人都给惊动了。

黄昏时分，眼神不济的洪大人哪怕坐在光线最好的临窗位置，也点燃了一盏油灯。他扭脖子的时候，听到一阵习以为常的细碎脚步声，转过头望去，是个脸孔极其年轻稚嫩的拂水房谍子。那人进入屋子后，把怀中一个东西交给了负责接收物件的王桂芳王大人。洪大人对这些曾经让他们北凉所有官员感到毛骨悚然的阴影中人已经不再那般畏惧，倒不是说洪大人胆子肥了，而是毕竟在给都护大人办差，无异于脑门上贴了张金光闪闪的保命符嘛，有啥好怕的？不过要说洪大人对这些人有好感，那是绝对不可能的。不光是他，屋内大多数人不想跟拂水房扯上半枚铜钱的关系。

洪大人无意间发现，老友王桂芳等那年轻谍子走出去后，露出一脸小心遮掩的嫌弃和晦气神色，用手指捏着那个东西，迅速放在后生郁得志的书案上。

洪大人站起身，假装去看墙壁上的地图，途经郁得志那张桌子时，瞥见那是一张应该是被人随手扯下的书页，被鲜血浸透大半，只是血迹已干。

洪大人无奈地摇头，这些拂水房谍子也忒不讲究了，隔三岔五送来的东西要不就是皱巴巴的，跟从水里捞出来的似的，要不就是还能抖出沙砾来，今儿这次更夸张了，还染着血。

屋外的暮色中，那名年纪轻轻的谍子抬起手臂，狠狠地擦了一下眼睛，然后走下台阶，大踏步离去。

谍子看到一位身穿便服的年轻人站在院门口，两人相互打量了一下，谍子的眼中充满了隐藏得极好的戒备之色。直觉告诉他，眼前这个家伙如果是敌人，他恐怕只有死路一条。两人擦身而过，年轻谍子即便明知此人能够出现在褚大人亲自盯着的都护府，那就肯定不会是北莽的密探，也还是不易察觉地微微弯腰，一只手缩在了袖管中。等到两人的距离拉开，他才如释重负，发现自己握着匕首的手心满是汗水。年轻谍子有些好奇，那家伙岁数也不大，为何能让自己下意识地摆出如临大敌的架势?

当徐凤年悄悄走入屋子后，书案靠近屋门的王桂芳抬起眼皮子，只当又是一位拂水房谍子，站起身伸出手。

徐凤年轻声问道：“刚才送来的东西在哪里？”

那个郁得志猛然抬头，刚要开口说话，就看到这位微服私访的北凉王微微摇头。会意的郁得志只是站起身，把那张纸交给徐凤年。

他正是中原豪阀郁氏长房长孙郁鸾刀，化名郁得志，在这栋房子里打着杂，寂寂无名，整天对着那些方志、密档、文献挑挑拣拣。其实郁鸾刀若只是想弄个官位，不说别人，深受徐凤年敬重的凉州刺史胡魁就可以给他一个正四品武将的官衔。郁鸾刀递给徐凤年的那张纸，是旧南唐前朝文豪刘京生那部著名散文集《小窗闲情》里的一页，在春秋遗老中广为流传。这南唐版珍本的书页算不得有多值钱，书页上的文字内容也是脍炙人口，而书页后头加上去的那一行落笔仓促的字，也许不是字字千金，但肯定比落笔之人的那条命更贵一些。

大战之前，先死斥候。

但是很多人不清楚一件事，谍子会死在更前头，并且只会死得无声无息，连悲壮都称不上。

郁鸾刀想开口说明那些零散晦涩不成文的字在拂水房独有的密档中应该串联解释成什么。外人不知拂水房有一部极为隐蔽的《解字书》，不同的死士谍子对应各自的“说文解字”，所以哪怕一封机密谍报被北莽截获，依然毫无影响。送出这张书页的谍子在拂水房代号是“二十四”，郁鸾刀则需要在案头那部《解字书》上去翻第二十四篇，才可以得出准确内容。

徐凤年默不作声，紧紧握着那张书页，走到墙下，抬头看着一幅姑塞州形势图。

洪大人一头雾水：这人看起来不像是那些行事刻板的拂水房谍子。他便猜测此人是跟都护府上哪位大人物沾亲带故的将种子弟，否则可走不进这屋子。看情形，被他和王桂芳私下说成“郁郁不得志才应景”的郁得志与此人多半熟识。洪大人扯了扯郁得志的袖子，轻声说道：“小郁，是你朋友？这可不合规矩呀，若是被都护大人知晓，你我可都要吃不了兜着走……”

郁鸾刀轻声道：“无妨。”

往常好说话的洪大人忍不住急眼了：褚都护定下的规矩在北凉边境比天还大，你一个小小士子说无妨就无妨？到时候一屋子人都要被你这个坏了规矩的郁得志连累惨了！

洪大人正要提醒那年轻人该离开屋子了，冷不丁听见那人碎碎念道：“史家不幸国家幸，国家不兴诗家兴……”

寒窗苦读多年的洪大人一下子就听明白了，这不是旧南唐散文大家刘京生写在《小窗闲情》里的段落吗？

接下来洪大人看到那个年轻人轻轻抚平有些褶皱的书页，递还给郁得志。

郁得志接过书页后，交给洪大人，淡然道：“洪大人，这张书页可以归档了。书页所载文字，下属已经解字完毕，稍后有劳大人请人送往褚都护书房。”

洪大人接过书页，大概瞥了一眼，没什么深刻印象，只是觉得那些字勾画生硬，转折凝滞，仿若女子耍刀、男子绣花一般，真是不堪入目啊。

洪大人没来由地猛然抬头，瞧见那年轻人面无表情地看着自己，顿时悚然。

但是很快年轻人就笑了，轻声说道："大人是不是觉得书页上的字有些不堪入目？"

被看穿心思的洪大人讪讪一笑，一时不知如何应答。

那人也没有计较什么，只是略微提高了嗓音："屋内诸位大人辛苦了。"

那人说完这句后，洪大人还来不及腹诽什么，就看到他径直走向屋门。

洪大人先是看到王桂芳呆若木鸡地站在门口，之后才看到屋外站着北凉都护褚禄山、骑军统帅袁左宗、步军统帅燕文鸾。后边还有许多人，洪大人已经不敢再看下去了。

如果说这还不算惊世骇俗的话，那么更加让洪大人头皮发麻的是，那个年轻人就那么跨过门槛，走了出去，屋外在北凉当之无愧最为权势煊赫的一小拨人都在给他让路。

都护府大堂。

燕文鸾看着主座上那位穿着黑底绣金大蟒袍的年轻人，不知为何有些神游物外。记起当年大将军披上凉王蓝缎蟒袍后，他跟钟洪武、刘元季几人都忍不住凑上去摸了几把。只是这帮老家伙，除了何仲忽、陈云垂两人还站在屋内外，钟洪武已经死了，尉铁山、刘元季退出军伍回家养老去了。至于更年轻的那拨，就说大将军的六个义子，如今竟然只剩下一半。燕文鸾作为赵长陵那座山头的重要大佬，对陈芝豹自然寄予厚望。在老人心中，北凉最好的那天就是徐凤年坐镇凉州、陈芝豹战之关外的那一天，可惜他这辈子是见不着这幅场景喽。燕文鸾收回心绪，此时徐凤年在询问褚禄山有关北莽大军主力的动向，对此褚禄山也没办法给出确切答案。哪怕北凉谍子和游弩手已经损失巨大，董卓那乱七八糟的兵马调度也让都护府感到一头雾水。这就像一个天象境界高手跟低一层境界的指玄高手对峙，有了优势却没有光明正大地出招，同时也没有阴险地玩什么偷袭，而是在自己的地盘上先乱打一通，倒是也不怕自乱阵脚。

徐凤年打趣道："数十万大军的大规模换防可不是儿戏，意味着需要一笔不赀的粮草兵饷来支撑。董胖子这是跟咱们北凉显摆他的家底雄厚吗？"

顾大祖作为边帅之一，相较燕文鸾、陈云垂、何仲忽这三位品秩相当的老将，跟新凉王的关系要更加纯粹。毕竟他们当年相逢于北凉境外，顾大祖算是徐凤年请来的贵客，所以言谈之间就多了许多“余地”。此时，他笑着附和道：“反正也不真是这位南院大王的家当，挥霍起来不心疼。”

褚禄山十指交叉在胸前，两条粗壮的胳膊搁在椅子把手上，微眯起眼，嘴唇微动，似乎在自言自语。

徐凤年望向顾大祖，还没有说什么，就见这位旧南唐国的头号名将直起腰，正了正衣襟，开口说道：“凉王是想问能否战之境外？”

徐凤年点了点头。当年旧南唐会亡国，就在于双手奉送给顾剑棠战场上的所有主动权，把精锐兵力悉数龟缩境内，先是导致水师覆灭，之后就更是情理之中地兵败如山倒了。否则按照顾大祖的经略，顾剑棠打下南唐起码要多伤亡二十万的兵力，更关键的是，届时南唐就可以养出一股气，不惧死战。前车之鉴后事之师，北凉号称三十万铁骑，当然不是三十万边军皆为骑军，事实上撑死了堪堪半数，但就算只有十五万骑军，再加上令人瞠目结舌的数十万匹战马的丰富储备，北凉也有足够的底气敢于跟北莽掰腕子了。可以说，北凉如果没有后顾之忧，朝廷如果有足够的支援，这么一支不论装备还是战力都无可挑剔的无敌骑军，完全可以在西北边境上主动出击找寻机会。很简单的道理，版图相对北莽南朝而言算是狭小的北凉，大可以四面出击，在某一处单独的战场上始终保证数量上的优势。退一万步说，即便北凉骑军跟北莽边军兵力持平甚至是处于微弱的劣势，也可以毫无悬念地将其吃得骨头都不剩，然后稍作补给，转战下一处战场。当下北凉面临的困局就在于朝廷打定主意隔岸观火，不光是西蜀方向无路可退，在蓟州动荡以及袁庭山成为蓟北豪强后，甚至连北凉的右侧肋部都成了不大不小的隐患。顾剑棠的确没办法在北凉内部掺沙子，但是在两辽和北凉这东、西两线之间做点儿手脚还是轻而易举的。

顾大祖卖了个关子，玩味地笑道：“倒也不是不行，就看北凉有没有魄力了。”

燕文鸾微笑道：“顾将军前两天提了件事，大致意思是以目前的幽州兵马守住葫芦口不难，幽州步卒就足以胜任，那么闲下来的那三万多骑军可以扫平蓟州，为北凉获取更大的伸展地利，到时候不管是凉州还是幽州战事陷入胶着态势时，这三万多轻骑就能够绕出一个弧线，直接插入龙腰州。如此一来，北凉就不会陷入一味被动挨打的死局。不过蓟州……”

燕文鸾说到这里，就故意留白了。何仲忽、陈云垂两人的视线交错而过，然后都望向徐凤年。当今天子在祥符元年入夏以来表现出了一副让朝野上下都费解的姿态，哪怕杨慎杏出师不利，哪怕阎震春的骑军全军覆没，皇帝陛下都没有流露出太多震怒之色。主帅卢升象的帅位虽说风雨飘摇，可这不是战况不利导致的，而是一开始便是这般惨淡的光景，现在反倒是有越发稳固的迹象了。其中，阎震春战死后更可谓极尽哀荣，谥号武杰，追封精忠侯，独子阎达旦立即获得了破格晋升。杨慎杏被困，丢尽了朝廷的颜面，但据说他一封密折上达天听，为国子监晋兰亭弹劾首辅张巨鹿添了一把柴火，应该保住了杨家上下的性命，以后未必没有可能返回蓟州。相比硝烟四起的广陵道，赵家天子显然将更多注意力投向了云淡风轻的蓟州，许多奏章亲自批红。外人不明就里，北凉这边尤其是燕文鸾这批军方大佬都心知肚明：当今天子对曹长卿这群在自己眼皮子底下捣乱的西楚余孽的戒心，远逊于“天高皇帝远”的北凉铁骑。

徐凤年没有直接给出答案，轻声说道：“陈芝豹拦腰斩断离阳西线，应该是元本溪经略天下的第一步。第二步是让蓟州方面步步逼近。以往杨慎杏在这方面力有不逮，就算想要制衡北凉，就他那几万蓟南老卒，也有心无力。朝廷干脆就让他去广陵道碰壁，蓟州本土势力因此被釜底抽薪。趁此机会，朝廷希望有值得信赖的新人物填上空白，不但要能服众，还要有跟北凉叫板的胆子。那个袁疯狗能够平步青云，不出意外是元本溪和顾剑棠做的一桩买卖。元本溪可以进一步对北凉套上枷锁，顾剑棠因此可以更放心东线的外围，皆大欢喜。”

顾大祖讥笑道：“这条疯狗也真是想上位想疯了。蓟州新主子的座位岂是那么好坐的？北凉真挡不住，蓟州比起西蜀更是软柿子，第一个要被北莽铁骑打成筛子，否则顾剑棠怎么不让他儿子去蓟州？就算他袁庭山是顾家的女婿，真能跟亲儿子相提并论？”

褚禄山笑呵呵地道：“富贵险中求嘛！小人物上赌桌都是这副德行，要赌就赌大的，从不怕倾家荡产。说起来，当年咱们跟义父从北打到南，也是这般把自己置之死地而后生的。袁庭山此人不讨喜归不讨喜，但绝对很有意思。”

徐凤年突然转头看向燕文鸾，问道：“燕将军，假设你幽州仅有步军，可以挡住多少北莽兵力？”

燕文鸾毫不犹豫地道：“一个倒马关外的葫芦口就可以兜下十五六万的北莽大军，加上弘禄将军曹小蛟和洪新甲这对搭档在边境上可攻可守，幽州境内又有胡魁、皇甫枰，以幽州步卒挡下三十万北莽大军没有问题。这个挡下自然是有期限的，但是这个期限又足够三万轻骑在紧急时刻救援，或者是出击。”

徐凤年笑道："那行了，这三万轻骑即日起进入蓟州。"

老将陈云垂眼睛一亮，问道："不跟朝廷打声招呼？"

徐凤年反问道："咱们北凉不过是让两三千骑军去蓟州借个地方演武练兵，需要刻意打招呼吗？那也太跟皇帝陛下见外了。再说去了蓟州后，朝廷总归有知道的一天，那不也等于打了招呼？大不了到时候再跟兵部补交一份文书嘛！"

就坐在徐凤年身边的徐渭熊轻声笑道："显而易见，咱们北凉还算是讲理的。"

陈云垂强忍笑意，而同样心情舒畅的何仲忽就忍不住笑出声："王爷，三千跟三万，这出入似乎有点儿大啊。"

何仲忽大手一挥道："三千跟三万就差了两万多，又不是三万跟三十万，谁爱计较这个谁计较去。再说那位兵部卢尚书还是咱们王爷的亲家长辈，帮亲也好，帮理也罢，'棠溪剑仙'好像怎么都该帮。"

徐凤年伸手搓了搓脸，问道："这支骑军以往都是将领、校尉各自为军，去了蓟州，谁来领军？诸位可有合适的人选？"

作为北凉十六万步军大帅的燕文鸾本不适合插嘴，这毕竟是骑军的家务事，袁左宗可以说，褚禄山可以说，甚至一些步军将领也可以畅所欲言，唯独这位春秋名将因为位置太过显赫，反而应该沉默才对。但是燕文鸾还是有话直说了："我有两个人选，分别担任主、副帅。主帅必须用兵奇过于正，副帅则要相对持重，正多于奇，以便两人互补，以免这支骑军'瘸'得太厉害。副帅可由我麾下的种田衡担当，至于主帅，就需要王爷用人不拘一格了。"

徐凤年笑道："老将军尽管说。"

燕文鸾瞥了眼褚禄山，说道："那得跟褚都护借一个人。"

褚禄山瞪眼道："不借！打死都不借！那小子是都护府不可或缺的重要人物，更是我的左膀右臂，以后我还需要这小子出力的！"

徐凤年难免有些纳闷，是哪个了不得的人物能让禄球儿和燕文鸾都青眼有加？

燕文鸾冷哼一声："不是我跟你借人，是王爷跟你要人！"

徐渭熊淡然道："郁鸾刀确实可以胜任这支骑军的统领。"

徐凤年恍然大悟。

褚禄山一副被瞬间割了几十斤肉的表情，唉声叹气。

徐凤年笑道："那就这么说定了。我们去看一看蓟州地势图，商量一下这三万人马该怎么走。”

一群人走到几案前，已经有人拿来两幅地图，一幅是蓟州全境地理，一幅是蓟西的地势图。在北凉军方，这类地图不计其数。

徐凤年在让人去请郁鸾刀过来的时候，站在几案前，环顾四周，突然沉声说道：“从今天起，我们北凉该做什么就做什么，朝廷和蓟州如果胆敢指手画脚，那就直接砍断那些手脚！以后跟北凉境外任何势力发生冲突，不用特意告知清凉山王府，先做了，做完以后，王府帮忙收尾便是。”

燕文鸾、陈云垂这些老将军几乎同时长呼出一口气，这口对朝廷憋了将近二十年的怨气，终于能光明正大地一吐为快了。

天虽寒，尚无雪。不真正亲身到边塞走一遭，很难体会那种“星垂平野阔”的意境。徐凤年陪着徐渭熊离开都护府，走出怀阳关，来到关外几里地外，身边随行的就只有褚禄山。老将燕文鸾和新登龙门的郁鸾刀这些人已经赶赴幽州主持军务。后者临行前交给徐凤年一份折子，专门阐述对广陵道那边战局的分析，着重关注寇江淮此人那一串由点及面的奔袭战役。大规模骑战于野，一直是边关沙场才会有的画面。在中原腹地，大小城池星罗棋布，又有江河阻滞，骑军极难发挥，准确来说是极难打出“一气呵成”的战役。打一场或者几场精彩战事不难，但是从一而终，抛弃步卒，最大限度地挖掘出骑军的战力，这就很考验领军主将的能耐了。褚禄山一路上就借着依稀的星光低头仔细阅读这份东西，爱不释手，时不时啧啧称奇。等到徐凤年和徐渭熊停在一处小坡地上时，褚禄山小心翼翼地收起那摞价值千金的宣纸，看了眼天空，轻声感慨道：“卢升象生平最得意之作，就是那次雪夜下庐州，帮顾剑棠算是兵不血刃地拿下了整个东越。我呢，当年千骑开蜀也算幸不辱命。这两场战事，这十几年里，在上阴学宫和国子监被教兵法的老学究们颠来倒去推演了无数遍。不过要我看，这个在西楚新庙堂上桀骜难驯的寇江淮，比起我和那位卢侍郎都要强上不少。也难怪郁鸾刀这么一个心高气傲的豪阀子弟肯对另外一个同龄的世家子不吝赞美。”

徐渭熊伸出手跟褚禄山要了那摞宣纸，放在膝盖上，随手抽出一页，平淡地道：“寇江淮在上阴学宫是公认的通才，只是之前落在某些学问大家眼中，也略有杂而不精之嫌。我曾与他下过几局棋……”

徐凤年忍不住插嘴问道：“二姐，这小子在棋局上还能赢你？”

徐渭熊抬头直直地看着徐凤年，徐凤年讪讪一笑，赶紧闭嘴。褚禄山瞥见这一幕，想着当今天下能让咱们这位年轻北凉王吃瘪的人物屈指可数，当下就有点儿忍俊不禁。结果徐凤年“欺软怕硬”，拣软柿子捏，狠狠地瞪了眼幸灾乐祸的褚禄山，都护大人又只得悻悻然收敛笑意。要知道，能让他禄球儿吃瘪的家伙，放眼两个朝廷，不一样是打着灯笼都难找？

徐渭熊继续说道：“与我对弈之人多是棋坛国手，其中无疑寇江淮的棋力手筋最弱，可是此人的念头最为天马行空。他棋无定式，既能下出让人悚然的强手，也能下出狗屁不通的昏着，还能厚着脸皮无理手一路到底。这些都不值得惊奇，寇江淮真正让人刮目相看的一点，是他的胜负心最轻。这种对手搁在大军对垒的战场上会很难缠，广陵王赵毅显然已经吃足了苦头。西楚东线上，寇江淮以劣势兵力两旬内连克包括黄砚关、地斤泽在内的六处险隘城池，得城而不守，放弃一时一地之争，力求在单个战场上取得对敌方的压倒性兵力优势，一点儿一点儿蚕食援军，大转移，长奔袭，这种看似‘无理’的用兵之法，确实值得相较北莽处于劣势的北凉借鉴。”

褚禄山大概是站着嫌累，一屁股坐在徐渭熊轮椅旁边的草地上，脑袋的高度竟然仍是与徐渭熊差不多，足可见这位北凉官员之首禄球儿的体形之巨。入冬后枯草稀疏，褚禄山也不觉硌人，笑道：“复国后的西楚的处境跟我们北凉是挺像，都快成同病相怜的难兄难弟了。西楚在两路南下大军和几大藩王的联手围剿下，真是螺蛳壳里做道场啊！若是曹长卿亲自出马，逼得杨慎杏有力使不出，阎震春战死，倒也算情理之中，可如今西楚不过是让两员小将出手，就已经让赵氏朝廷焦头烂额。赵毅不得不连那春雪楼福将都搬上台面，想来广陵的仗，既不是离阳兵部老爷们预料的短则三月长则半年，甚至也不是我们北凉当时预期的一年半，等到最后一缕硝烟散去，恐怕要两年。”

徐凤年冷笑道：“赵家天子用了新年号‘祥符’，本是想有一番新气象。新气象倒是新气象，可就是谈不上半点儿喜气。弹压北凉，放纵广陵，这都是他一手造就的局面，也不知他是否会有点儿悔意——除了把龙袍和龙椅交给太子赵篆，还有这么个大烂摊子。”

徐渭熊摇头，沉声道：“赵家人本就擅长中盘的浑水摸鱼和收官的一锤定音，先手失利，赵室比起当年偏居一隅的离阳更加家大业大，也就更输得起。唯一不同的地方在于，当年朝廷有我们徐家给他们当马前卒，而且先帝不管内心如何焦虑，明面上还算信任我们爹和徐家铁骑。若非当今天子一心要将徐家钉死在西北边关，他曹长卿和西楚遗老谁敢揭竿而起自寻死路？只要北凉边军抽出五万人马去平叛，杨慎杏和阎震春又岂会晚节不保？”

褚禄山阴恻恻地道：“这也是没法子的事情。赵家天子那是铁了心要与天下为敌。封疆裂土的藩王，逐渐抱团的新贵文官，地方割据的武将，在他看来就没有一个是好东西，想要在死前帮儿子解决掉所有麻烦——棋盘太小，可容不下这么多大棋子。如果真被他做成了，太子赵篆还真能当个不重武功安心文治的享乐皇帝。顾剑棠有陈芝豹掣肘，文臣没了张巨鹿，群龙无首，届时忙着揣摩帝心还来不及，哪里顾得上治国平天下？再说了，那时候天下太平，武将都解甲归田了，更轮不到文臣去捞功劳。永徽之后祥符年间的臣子，除了讨好君王，还真就没事可做了。还别说，元本溪老儿这算盘打得溜溜的。”

徐凤年摆摆手道：“说这些于事无补，现在董卓调兵遣将的具体方案，除了流州方向，都还没有详细谍报。禄球儿，你认为流州能拖住柳珪大军多久，之后又能吸引多少北莽边军投往流州这个口袋里？”

褚禄山笑眯眯地道：“有小王爷的三万龙象军帮着守流州，光是柳珪那十几万杂乱兵马，给他们打一百年都打不下来。咱们跟北莽的这场空前大战，在后世看来，前期不论怎么个打法，其实谁都没有上策下策，就看谁能在一座座分割的战场上把优势积少成多。就目前来看，董卓显然没把太多心思放在流州这边。他把十三位大将军中最有声望同时也是岁数最小的边帅柳珪请到那边，是不希望柳珪在将来的攻打中原中趁势而起，最不济也不能让柳珪起来得太快太厉害。我最忧虑的是董卓一鼓作气去打幽州，不计折损地死磕幽州防线，其间将最为精锐的拓跋菩萨和洪敬岩放在凉州北线，牵制我们的骑军主力。”

徐渭熊点头道：“打幽州的话，就短期而言，对北莽来说是最得不偿失的昏聩打法，但是长远来看，却是最能保存北莽国力的一种办法。北凉毕竟不是拥有大纵深的中原，幽州哪怕有一些城池可供固守，葫芦口之南有成片的堡群军城，那个‘光是葫芦口就能吃掉北莽十六万兵马’的说法虽说并无水分，可只要北莽有这个魄力，接下来只付出十万的兵力，幽州就会被打废了，接下来得靠凉州主力驰援幽州。一旦形成这种形势，流州守不守已是无关大局，这也是燕文鸾坚持要郁鸾刀领三万轻骑去蓟州的根源所在。他是决心以一个幽州为整个北凉赢得更多时间和空间。可这毕竟是无奈之举，最终结局不过是输多输少而已。离阳朝廷乐见其成，北凉承受不起。”徐渭熊双手叠放在膝上的宣纸上，望向远方，“褚都护坚持把流州打成一个僵局，吸引北莽南、北两个朝堂的全部注意力，希冀着北莽边军往流州分兵，也是担心董卓一门心思攻打幽州。这十几年来，爹对幽州倾注了无数心血，耗费了无数兵饷，甚至在七年前那次龙腰州持节令的领衔突袭中，故意让凉州边军不去救援幽州，眼睁睁看着三万幽州守兵丢掉一座座城池戍堡。这般与北蛮子互换性命，就是想让北莽对幽州边防心生惧意，就是希望将来有一天，让幽州不至于成为致命的软肋。”

褚禄山低声道：“慈不掌兵。”然后他猛然重重吐出一口浊气，“那老妇人整肃北莽江湖势力多年，如今总算派上用场了。在边境线上，那些高手死死地盯住了大小关隘、路口，只要遇见有人悄然过关，不论身份，全部就地斩杀。我们许多潜伏多年的死士谍子已经很难传递出重要军情。这次棋剑乐府和公主坟这些大宗门都倾巢出动，用以封锁边境消息，配合董卓的边军调动。这一手可真够狠的。拂水房在北莽那边被这么顺藤摸瓜，可谓损失惨重，许多州的多年经营都被连根拔起。”

蹲在地上的褚禄山伸手揉了揉脸颊：“这也罢了，前不久有个谍子被北莽故意放回来，身上的行囊里装着十六颗拂水房同僚的头颅。那谍子见着我后，哭着说如果不是希望拂水房能收回这些头颅，他宁死也不会返回北凉。那谍子放下行囊后，当晚就借了一把凉刀自尽了，遗言没说，遗书没写，什么都没留下。”他闷闷地说道，“咱们的新凉刀这还没开杀北蛮子，他娘的倒是先被自己人弄得自杀了。要是一直憋着这口恶气，老子肺都得气炸了。”

徐凤年默不作声，双手笼在那件紫金蟒袍的大袖口里。

第二章

三千龙象刀出鞘

两军冲阵地满血

入冬后，广陵道那边绵延的战事暂告一段落，开始轮到北凉硝烟四起了。

今年入冬尚无雪，更不知何时落雪。不过三十万边军腰间凉刀的出鞘，则是随时随地的事情了。

八千多彪悍羌骑由姑塞州边境直插青苍、临谣两城之间。如褚禄山所料，快马轻甲的羌骑被柳珪用以切断两座军镇的联系。

羌族曾是历代中原霸主的眼中钉，大奉王朝被来去如风的羌族骑兵骚扰了足足两百年整。每个羌人儿时骑羊射鸟鼠，年岁稍长青壮时则策马射狐兔，几乎天生就是马背上的锐士。中原大地上的各国轻骑逐渐登上舞台，可以说很大程度上是被羌骑硬逼出来的应对之策，羌骑也是中原骑兵的“授业恩师”之一。徐骁入主北凉前后，羌族日渐凋零，尤其是徐家铁骑经常拿大股羌骑来演武练兵，这对羌族来说无疑是雪上加霜的惨事，因此羌族是北莽天然的盟友。这次南侵中原，羌族各个部落大小领袖纷纷解仇交质，订立誓约，甚至在北莽的牵头下结联他族，跟其他一些被徐家边军打压的西北族部结盟，这才凑出了接近九千骑和两万余战马，打着羌骑的旗帜，向北凉徐家展开复仇。

这支原本在漫长边境线上穷困潦倒的羌骑，在北莽南朝的大力支持下，终于得以实现数百年来一直梦寐以求的人马尽披甲的梦想。与寻常骑军略有不同，羌骑马刀使用了已经退出战争舞台的环臂刀——战刀与手臂环甲绑缚连成一体，除非砍断整条胳膊，否则刀不离手。在环臂刀之外，羌骑还有名叫“拍髀”的羌族传统短刀，贴挂于大腿外侧，一如村夫秋收割稻，他们是用此物来割取敌人的耳朵和首级来充当战利品。

八千多羌骑向南疾驰，为首一骑壮汉弯下腰，伸手摩挲了一下那柄祖代相传的拍髀。这名万夫长眼神狠戾，眼里充斥着仇恨。

当年那姓徐的中原“人屠”闯入西北，当地所有不服管束的成人都被当场杀死，哪怕是那些高不过马背的孩子，也难逃一劫，虽未斩立决，但被徐家骑兵割去双手大拇指！这意味着就算这些孩子侥幸活下去，也无法牢牢握住武器，无法向北凉边军挥刀。这名中年万夫长姓金，当时他所在的部落被徐家马蹄踏平之际，正值少年的他运气好，跟随小队青壮在外狩猎，储备过冬食物。等到他们返回部落时，除了满地死人，就只有那些双手鲜血淋漓使劲哭泣的孩子，孩子们的脚边就是他们爹娘的尸体。

他发誓要亲手用这把拍髀割掉北凉境内所有姓徐之人的拇指。只要姓徐，哪怕是襁褓中的婴儿，他也不会放过一个，尤其是那个“人屠”的儿子，世袭罔替新凉王的家伙。他不光要砍掉徐凤年的拇指，徐凤年的头颅、四肢、十指，他都要一一割下来！

这位万夫长缓缓直起腰杆，望向南方视野开阔的广袤大地，满脸狞笑的表情。

听说流州境内就有个叫徐龙象的“人屠”幼子，在南朝权贵老爷那边很有名气，去年把姑塞州几座军镇打得满是窟窿。他不奢望用不足九千的骑兵独力擒拿此人，可是在配合大将军柳珪彻底铲平流州之前，一定要好好痛饮那些北凉百姓的鲜血，要让那个身体内流淌着“人屠”肮脏血液的少年痛不欲生。少年麾下龙象军不过三万骑，就想守住整个流州？在万夫长看来，那不过是中原老戏码的兄弟嫌隙而已，分明是年轻藩王忌惮弟弟的巨大边功，才故意让徐龙象和少年所有的嫡系等死罢了。

冬季水枯草黄，战马远不如秋夏膘壮，在中原尤其是江南百姓眼中最不宜兵事，可对久在边关熟谙严寒的凉、莽双方而言，只要铁了心想打仗，哪怕是大雪纷飞的该死天气，也能在任何一块战场上打得你死我活。

羌骑万夫长金乘反而最喜欢在深冬时节厮杀，那种用长矛钉入敌人胸膛，然后在雪地上拖曳出一条猩红血路的场面，真是比畅饮美酒还来得酣畅。

羌骑奔袭素来以迅雷不及掩耳之势著称于世，受到赞誉的同时，也透露出羌骑的软肋，那就是只能在战场上做“一锤子买卖”。羌骑虽然进退自如，但在取得绝对优势展开衔尾追杀之前，很难在均势中扩大战果——既没有步卒方阵，更没有重骑压阵。这次北莽的使者对他们这支羌骑便极为不敬，哪怕是有求于人，一样眼高于顶，在谈价钱前，甚至当面说他们不过是锦上添花的玩意儿，胆敢狮子大开口漫天要价的话，小心脑袋不保，还威胁说如果不按大将军柳珪的军令行事，干脆就不用返回境内了，到时候北莽大军会直接视他们羌骑为敌军。

万夫长金乘狠狠磨了磨牙齿：老子要不是想着向徐家报仇，谁他娘喜欢跟你们这帮脑满肠肥的文官老爷打交道！

金乘举目远眺，突然莫名有些不安。

八千多羌骑火速南下，截断青苍、临谣两城，让作为流州州城的青苍城孤立无援，在他看来确实是个出其不意的上佳策略，羌骑也不用冒什么风险。但是他在南下途中还是不断让二十几游骑斥候在前方探路，每一骑都必须奔出羌骑大军十里路程外，不论是否接触敌军，都要折返，由身后第二骑补上位置。游骑之间以此方式反复，形成一个缜密的循环。这个时候应该有一名游骑手回到大军前头才对，何况此次出兵流州，北莽那边专门给他赠送了一名斥候，是个浑身散发危险气息的老家伙，腰间佩剑，气息绵长，哪里是什么军伍马栏子，他用屁股想都知道是个深藏不露的江湖高手。可见北莽这回攻打北凉的确是下了血本，连驯养二十年的江湖势力都不惜全盘托出了。

金乘不是那种为了报仇而鬼迷心窍的疯子，知晓轻重，否则也当不了这个万夫长。他这趟是跑来辅佐柳珪大军趁火打劫的，最怕的情形就是直接跟龙象骑军主力发生对撞。但是那名衣着装饰与中原世家子无异的北莽使者保证过，三万龙象军除了少量人马有可能游弋在这条路线上外，绝大多数会被牵制在青苍城和青苍以东的地带，要不然北凉就等于直接将流州当作一颗弃子，白白葬送龙象军这支身经百战的精锐骑军。

但是，不是疯子的金乘开始担心自己会遇上一个为了稳固王位而不择手段的疯子北凉王和一个成为弃子后丧心病狂的龙象军主帅。

又等了片刻，他依然没能等到游骑斥候。

眉头紧皱的金乘抬起手臂，小幅度前后摆动了一下，示意身后的骑军放缓前行速度。

约莫半炷香工夫后，羌骑大军视野中终于出现了一位斥候的身影。战马狂奔而至，金乘和几名拍马加速上前的千夫长才惊悚地发现，那斥候背后插着数支弩箭！

那名重伤的斥候在咽气前，竭力说出了那用二十几条羌族游骑性命打探到的宝贵军情。

前方八里外有敌军三千龙象轻骑。

万夫长金乘既喜又忧。喜的是对方不过三千骑，并非龙象军主力，忧心的是己方大军是蹚浑水摸鱼来的，不希望才上阵露头就要跟那号称“无敌于边境”的龙象军死磕。现在摆在羌骑面前的有两条路可以走。第一条，羌骑继续南下，凭借兵力优势吃掉那三千骑，咬牙继续完成拦腰砍断整个流州的职责，但是会伤亡严重，将来奠定流州胜局后再去跟北莽讨价还价的底气就弱了。第二条路就是避其锋芒，他们不跟那三千龙象轻骑玩命，但也不撤退，而是迂回前进，之后如果有不可避免的接触战，大不了象征性地缠斗几下，以羌骑数百年来天下第一的转移速度，可战可退。

金乘稍加思索，果断选择了后者。他们羌骑不是国力足以跟整个离阳王朝掰手腕的北莽百万大军，相较那个舅舅不疼姥姥不爱的可怜虫北凉，羌族更是在夹缝中苟延残喘。当金乘做出抉择后，其中两名别族出身的千夫长明显都流露出如释重负的表情。但一名姓柯的年轻羌族千夫长对主将金乘这种懦夫怯战的行为极为愤懑，在马背上大声斥责，扬言要率领他的一千六百余本族羌骑与之死战。金乘阴沉着脸，耐着性子告诉这个愣头青，那龙象轻骑虽然战力逊色于徐家赖以起家的重骑，但也绝对不是轻松就可以收拾掉的敌人，万一除了这支三千兵马外还有龙象军遥遥接应，那么他们这八千多人就别想活着离开流州了。

可那年幼时曾经亲眼看到家族所有男性长辈被徐家凉刀剁下脑袋的年轻千夫长根本听不进去，执意要迎敌厮杀到底，还不忘对金乘冷嘲热讽，说金乘这个万夫长丢尽了羌族男儿的脸面。

金乘心中冷笑，轻轻拨转马头，让出道路："柯扼，你要送死，我不拦着你。"

年轻的千夫长振臂一呼，身后一千多羌骑齐声嘶吼，使劲挥舞着缚臂战刀。

坐骑越过金乘战马半个身位的时候，名叫柯扼的年轻人的脸色平静了几分。柯扼讥笑道："我愿以我族一千六百骑充当先锋死士，万夫长大人若是还想获得凉莽大战的第一笔军功，该如何做，以万夫长大人的精明，想必已经很清楚了。"

金乘眯起眼，不计较这个蠢货带刺的言语，而是开始权衡利弊。

若是有柯扼一部用命去削弱三千龙象轻骑的锋锐，从而赢下这场硬仗的话，那么除柯扼外的羌骑大军，整体的损失应该不会太大。

这笔买卖可以做！

面无表情的金乘目送那一千六百骑率先脱离大军队伍，一冲而出。

看着那些许多脸庞上稚气还未退去的骑兵愈行愈远，金乘突然有些不合时宜的感触：自己这些年是不是过惯了醇酒美妇的安逸日子，心中的仇恨是不是也没有自己想象中的那么深重了？

金乘晃了晃脑袋，试图晃掉这种该死的多余念头，眼神渐渐坚韧冷酷起来，转头对身边几名跃跃欲试的千夫长说道："我们跟上柯扼，但是要拉开一里地的距离。"

五六位千夫长都雀跃地点头，眼神炙热。

金乘突然笑道："各位兄弟，别忘了大草原上那些悉剔肯出价几百两银子购买一柄凉刀。嘿，巧了，前头就有三千多把在等着咱们去取！至于谁能多拿几把，就看谁能多宰掉几个北凉骑兵！我金乘不会仗着是万夫长就坏了这个规矩，所以兄弟们大可放心杀人去！"

在羌骑柯扼部一千六百骑的六里地外，清一色的黑甲黑马三千骑沉默着向前缓缓推移，匀速而有力。

一头巨大的黑虎在骑军阵形外缘肆意奔走。

为首一骑是个未披甲的黑衣少年，一柄凉刀就那么搁置在胸前的马背上，尚未出鞘。

他身后的一骑是个疤脸汉子，斜向上提着一杆铁矛，矛头挂着一颗新鲜的头颅，正是那名夹杂在羌骑大军中的游骑斥候，佩剑，剑术高低不知道，反正见机不妙后弃马跑路的速度挺快，可惜再快也快不过黑衣少年迅猛掷出的那杆铁矛。疤脸儿跟那尸体擦身而过前，觉得反正闲着也无啥事可做，拔出插于尸体上的铁矛后，又轻轻一划割下了那颗脑袋，戳在了矛尖上。

疤脸儿正是战功显赫的龙象军悍将王灵宝。

王灵宝本不该出现在此地，该跟同为副将的李陌藩老老实实待在青苍城附近，按捺着急躁的性子慢慢等待那姓柳的糟老头子带着一帮花拳绣腿的北莽废物前来耀武扬威。

不过，主帅不知从哪个嘴欠的家伙那里得知有一支八千人的羌骑率先突破了边境线，火急火燎地送死来了。

王灵宝倒是想要戳死这帮活腻歪了的羌骑，可是都护府那边早有一封紧急兵书送到了流州刺史府邸，要他们龙象军各部按兵不动。刺史大人杨光斗更是主动出城探营，笑眯眯地在他和李陌藩耳朵边絮叨了好些善意提醒。

王灵宝自然不敢违抗军令，别说那是新凉王的命令，哪怕只是褚禄山褚都护的吩咐，他王灵宝再桀骜，也不敢自作主张调动兵马。

不过既然自家主帅要杀人，天塌下来也有主帅扛着嘛，他王灵宝又怎么能错过这个千载难逢的机会？！

为了在广阔地带截杀这拨路线隐蔽的南下羌骑，悄然开拔的一万余龙象轻骑不得不分成了三批，分别在青苍州城和临谣军镇之间寻觅敌人。

一万大军开拔之际，杨光斗和那个叫陈锡亮的年轻读书人快马拦路，似乎想要劝阻，王灵宝就躲在大军后头掏耳朵，假装啥都没听见啥都没看见。

至于一万龙象军分兵三路犯了兵法忌讳，王灵宝还真不当一回事。龙象军不顾流州大局的这顶大帽子倒是真的，可要说三千龙象军会在八千羌骑手上吃亏，王灵宝第一个把自己的脑袋割下来当尿壶给人用。

王灵宝当时看见那位刺史大人气得不轻，若不是实在打不过主帅，估计刺史大人肯定要动手打人了。那个似乎很受王爷器重的读书人倒是瞧不出什么明显的表情。

王灵宝其实心知肚明，回到青苍城后，龙象军违反军令的消息肯定会第一时间传到怀阳关都护府，届时就算有龙象军统帅顶着，他王灵宝身为副将也吃不了兜着走。不过这算个啥？

十多年了，真正意义上的凉莽大战终于等到了，娘儿们大肚皮生个娃儿也不过是怀胎十月而已，他和李陌藩这些糙爷们儿可是苦等了十几年啊！这第一场仗，他王灵宝不打头阵，第一个就对不起自己！至于身前那位年纪轻轻的主帅为何执意要打这股羌骑，王灵宝懒得管。

王灵宝长呼出一口气，手腕一抖，抖落那颗碍事的头颅，望向远处。双方间距不足两里地，王灵宝已经可以看到敌方骑军开始加速了。

王灵宝喃喃道："北凉有咱们守着呢，大将军，放心走好。"

徐龙象缓缓抽出那柄北凉刀，日光照耀下，闪现出一片雪亮。

与此同时，三千龙象骑军开始提矛！

两支骑军开始毫无花哨地对撞冲锋。

地势平坦宽阔，利于骑军展开阵线，既然是个骑战的绝佳地点，那么就意味着这儿会是个很容易死人的地方，而且死人的速度应该会很快。

羌骑是轻骑中的轻骑，一方面是因为穷得叮当响，根本"重"不起来，另一方面则是因为个个长臂如猿，膂力超群，这就使得他们几乎每一个人都是马背上的神箭手。与北凉徐家有着血海深仇的羌族年轻千夫长柯扼终于不再刻意压制马队的冲锋速度，大手一挥，以一方黑巾蒙上马眼，胯下坐骑的步子骤然加快。若是有观战者于马队的侧面望去，一定会被这些昂首战马在奔跑中展露出的结实肌肉惊艳到。

战士在冲锋中蒙住马眼的习惯在中原始终不曾流行开来，但在草原上是传承数百年的旧俗。一开始这是为了保证战马在面对中原步军的拒马方阵的时候无所畏惧，同时也是刻意让战马"受惊"。在骑军与骑军的转瞬即逝的凶悍对撞前，骑兵狠命鞭挞，能够促使战马爆发出更大的脚力，用战马的速度来带动骑兵冲锋的穿透力。不过遍览天下精锐骑军，恐怕也就只有北凉铁骑不屑使用此种"雕虫小技"，这归功于在北凉每一匹军马由生转熟的过程中，各大马场倾注了无数心血，当然，还有不计其数的银子。北凉每一匹最终踏上大型战场的熟马背后，都会有一匹甚至数匹战马死在之前。

战场上，只有一千六百余羌骑发出的震天嘶吼声。

两相对比，同为轻骑的三千龙象军在这个时候就显得尤为古怪——厮杀之前集体沉默是一方面，更重要的在于他们简直就是拿轻骑当重骑使唤的亡命之徒。

龙象轻骑在提矛加速冲锋之后直奔对方，甚至放弃了一波弩箭泼洒敌军骑阵的杀伤力！

北凉铁骑善战，且敢死战！

中原用兵历来擅长骑、步结合，步军居中，骑军位于两翼。后者并不用于正面陷阵，除了受限于骑弓劲力逊于步弓尤其是大弩的天然因素外，更主要的还是骑军本身最大的优势便是强大的机动性。

在春秋的一长串经典战役中，这种无可争议的战争定式被发挥到了淋漓尽致的地步。只要是能被冠以名将头衔的将领，哪怕是步军统帅，给他一支数千人规模的骑军，一样能够指挥得有章有法，这大概就是所谓的久病成医了。

当时饱受战火熏陶的那一大群离阳高层武将，不会用骑或者说不会破骑，那么出门都不好意思跟同僚打招呼。但是，这种骑步结合的战术，一旦挪到了补给困难的地方，难免水土不服。当今天子登基之后在主动对北莽发起的那几场大战中就吃足了苦头。许多初期看似形势大好的局面，往往被一些发生在主战场外的战事给毁掉了。以北莽拓跋菩萨和董卓先后两代北莽著名将领为例，这两位的成名之战，都是靠着轻骑动辄长达千里的长途奔袭，一口气绕到离阳大军的后方，直接捣烂一条甚至数条主干补给线。离阳朝廷那些名将尤其是骑将对此大为懊恼，可是不知为何，始终没有出现一位能脱离步军的配合，去跟北莽骑军硬碰硬的天才将领。即便如此，骑军必须割裂出去独当一面的苗头以及随之衍生的一系列兵法著作还是出现了。被赵毅招徕远去广陵江畔的卢升象和一直无缘塞外征战的许拱就各有兵书出炉，只可惜秘不传世，但是在军方内部有口皆碑。徐骁便对那位出自姑幕许氏的龙骧将军许拱十分欣赏，认为此人的风头本该可以盖过“独领东南风骚”的卢升象。不过当年那帮离阳高层大人物都心底有数，若是当时给陈芝豹和褚禄山机会，那么这两人无疑会在北莽这座崭新的战场上一跃成为不亚于春秋四大名将的煊赫人物。不过当时的新天子就算出于私心，愿意给陈芝豹施展手脚的机会，那一大帮子“开国”元老也不愿意徐家后继有人。

在跟北莽接近二十年的常年作战中，北凉铁骑也诞生了一整套针对性极强的成熟战术。比如北莽骑军少弩而多弓，若非膂力尤为惊人的锐士，寻常骑弓八十步外便难破甲，两军对撞，北凉铁骑在陈芝豹的影响下，变态到了直接抛弃弓弩对射这个过程，凭借甲胄占优，任由莽骑抛出攒射，己方只管埋头冲锋。因此陈芝豹曾经有一个让外界感到匪夷所思的狂妄论断：在兵力大致相当甚至己方处于微小劣势的前提下，北莽骑军的命只能活四十步！

外人毕竟无法亲眼见证这一幕，始终持有强烈的怀疑态度。

但无法否认的是，万人以上纯粹骑军与骑军捉对厮杀的珍贵经验，整个离阳王朝恐怕就只有得天独厚的北凉边军有了。别看赵室朝廷在西北边事上像是瞎子，可每次一有风吹草动，上任金缕织造局的李息烽就会不厌其烦地悄悄传递密折送往京城。这些折子上的内容，广陵王赵毅和燕剌王赵炳不知欠了多少人情、疏通了多少关系才成功买走，以供诸多幕僚谋士翻来覆去地琢磨。

与此同时，离阳朝廷这边也未坐以待毙，干脆把北莽连同北凉一起视为假想敌，思索如何才能真正抗衡那些战马的铁蹄。从春秋硝烟中脱颖而出的中原顶尖将领毕竟不是酒囊饭袋，研究多年颇有成效，步军结阵拒马的兵种分配和武器搭档都可谓登峰造极。在永徽之春的科举考试中，甚至就有相关考题。这导致答卷中出现了许多天马行空的想法，虽然大多数被认为是书生意气的无稽之谈，但这之中，有一个论点在沉寂数年后突然熠熠生辉，那就是以极端对抗极端。那位在当时的科举中名落孙山的考生提出倾斜财力物力全力发展那堪称畸形的重骑，力争跨过万人门槛，便是砸锅卖铁，也要培育出一支或者数支重骑，搁置在距离边关不远的重镇。他的那份答卷当时在离阳朝廷仿佛泥牛入海，可事实上，几乎同时，北莽王庭开始疯狂地用银子去堆重骑——直到多年后，离阳朝堂才后知后觉地认识到这一点，那就是如今北莽以国姓命名的两支王帐铁骑——耶律重骑和慕容重骑！虽然人数才堪堪触及一万门槛，但再是门外汉的文官也知道，养这两支重骑，那就等于在国家身上割肉放血去喂养它们。因为重骑真正耗费之巨的地方，不在建制，而在养兵。后知后觉的离阳皇室迫于朝野上下尤其是兵部顾庐和东线边军的舆论压力，这才硬着头皮跟在北莽屁股后头打造出了朵颜铁骑和雁门重骑。前者不足八千骑，后者的数目更是不到五千。

至于当年那名赴京赶考的书生为何会莫名其妙死于一条无名巷弄，谁在乎？

不过，凡是知晓这桩秘事的人，应该都会为之感慨，一个寂寂无名的江南书生笔下一篇不足千字的小文章，竟然会影响到大漠边塞两百万甲士的生死。

敌我相距快到八十步时，头排战线铺开如一线汹涌潮水的羌骑娴熟地弯弓射箭。

快速冲锋中马背的剧烈颠簸，敌方骑兵的人马披甲，以及急促接触战中的换射时间不足，都是决定骑射只能是锦上添花的因素。

北莽正规边军的枪矛配置还算不错，不说董卓的那支董家军，便是那些大将军和持节令的嫡系亲军，也完全达到了离阳精锐边军的水准。只不过这支羌骑就要寒碜许多，倒不是北莽吝啬到不愿意掏出万余支精制枪矛，而是就算送枪矛给有一套熟稔战术的羌骑，也只会是画蛇添足，而绝对不是雪中送炭。战马的调教就已经让人头疼，何况是骑兵马战实力的培养？战刀枪矛的轻重长短与骑兵手臂体力的关系，需要多少场厮杀，付出多少条人命，才能提炼出一个最佳答案？枪刺敌骑的精确区域，战刀劈砍的最优角度，甲胄披挂的合适重量，都因人而异，都是大学问，所以所有羌骑如果把主战兵器突然换成太过奢侈又太过陌生的枪矛，以至于拖累了羌骑一贯的转移速度，那么这支羌骑一旦到了流州，要么运气好，没碰上龙象军，只当是欢欢喜喜游历了一次，要么运气不好如当下，万夫长金乘想都不用想，掉头就跑吧，争取把那些枪矛卖掉换成一笔跑路钱。

那些背井离乡洪嘉北奔的春秋遗民为北莽捎去了许多秘传的高超铸造技艺，可是北莽严重缺铁，让许多南朝匠人成了为无米之炊的苦命巧妇。

陈芝豹曾言："枪矛不足的北蛮子不过是一群马背上的步卒而已！"

如果说擅长兵种搭配的西楚"兵圣"叶白夔，将大型战争的残酷程度一步步推到了一个高峰，那么陈芝豹就是将庞大的战争分割到了每一名小都尉身上。

后者不但记得麾下每位都尉的姓名，甚至对他们的个人性格和带兵风格，以及他们正常情况下的综合战力和突发状况中的战争潜力都了如指掌。

"古代军事大家喜欢以'瞬息万变'形容战事难以预料。陈芝豹则早已将那'万变'烂熟于心，是当之无愧的大秦以来用兵第一人，远超先贤与同辈。"

这种听上去烂大街的溢美之词，随便拎出个读过几本兵书又仰慕"白衣兵圣"风采的江南士子，都说得出来。可事实上，说这话的人是公认棋局上官子无敌的曹青衣——曹长卿。

流州不闻号角呜咽，不闻战鼓喧天，就这么在一场急促的接触战中悄然死人了。

羌骑的两轮远射取得了情理之中的建功，只是战功的大小却出乎羌骑的意料。

当一支箭矢准确地钉入一名龙象轻骑的面部后，这名骑兵的头颅顿时被势大力沉的箭矢往后扯出一个幅度，然后他就坠马而亡了。无主的战马在惯性的作用下继续前冲。许多羌骑为之发出一阵欢呼声。

一支羌族箭矢的箭头在一名龙象轻骑的胸甲上敲出一串火星，却没能刺透，可是这名北凉边军士卒的运气实在糟糕，战马被另外一支力道极沉的羽箭射中了铁甲间隙的脖子。马匹嘶鸣一声，马身微微倾斜，士卒颓然撞入大地。

那名一个打滚卸去冲劲后的轻骑迅速站起身，先前提矛的那条胳膊已经折断，但在没了长矛后，迅速抽出了腰间的凉刀，直面那些只差二十几步就会撞到自己的羌骑，开始在直线路径上大步向前奔跑！

柯扼体会到一种深入骨髓的无力感，不只是因为这两轮密集的箭雨只带给龙象轻骑不足百人的伤亡，更因为这些敌骑哪怕明明可以用长枪拨开迎面而来的箭矢，也没有一骑做出这种有损于长枪冲撞力的动作！

一骑都没有！

两军突骑出，敌我死难分。

莽撞冒失的年轻千夫长给他和本族二十年艰难积攒下来的一千六百骑带来了灭顶之灾。

羌骑见机不妙，那条面对面的一线潮锋线主动迅速向左侧斜着拉伸而去，希冀着凭借羌骑的速度进行规避，以缩小正面战场的损耗。

可是龙象轻骑几乎在一瞬间就做出了应对，整体向右杀去，炸雷般的马蹄声在变更中丝毫不减！

大战线上的急速变化分摊到敌对的每两骑的位置上，其实并不多。

龙象军和羌骑相互嵌入对方战阵！

眨眼工夫，就足足有三百多羌骑被一枪破甲刺穿身躯！这些羌族健儿尚未完全脱离马背就已死绝！其中更有数十羌骑的尸体竟直接被龙象铁枪挑挂到了空中。

在那象征生死的一线之上，尽是羌骑伤亡带来的鲜血迸射。

也有羌族幸运儿躲过头排龙象轻骑的长枪突杀，但是很快就被后边的长枪在身上刺出一个窟窿。一些更幸运些得以多活片刻的羌骑，即便在第二排龙象轻骑的长枪下活下来，也被第三排的轻骑瞬间突杀。

有一位羌骑的肩头才被第二位正面方位上的龙象轻骑刺透，一个摇晃，还来不及庆幸，第三杆铁枪就钻入了他的脖子。尸体向后仰倒，在马背上滑出一小段距离，最终坠在沙地上。

龙象军副将王灵宝更是一枪直接穿出了“三颗糖葫芦”。

这场冲锋，龙象轻骑如重锤凿穿纱窗纸一般轻松。

疤脸儿王灵宝手腕轻轻一抖，让那三具羌骑身躯滑出铁枪，没有转头观察战场，对地上的尸体看都不看一眼，继续策马向前奔杀。

他们距第二支羌骑军也不远了。

王灵宝身后满地的羌骑尸体，满是血。

许多羌骑战马在主人战死坠马后，又奔出去一小段距离，才缓缓停下。

三百多受伤落马的龙象军骑卒一次次提刀刺死那些尚未死绝的羌骑。

一些羌骑说着龙象轻骑听不懂的语言，应该是在求饶，可没有一人刀下留情。

自大将军当初率领百骑出辽东起，四十年来徐家铁骑就没有收留俘虏的习惯。

一千六百羌骑锋线，除去最两端的四十多骑，其余羌骑仅在三千龙象轻骑的一次冲杀下，就全死了。

为了报仇雪恨也为了建功立业而闯入流州的年轻千夫长，在射杀一人刺杀两人后也死了。

一方杀得十分干脆利落，一方死得也不拖泥带水。

柯扼的初衷，自然不是拿本族二十年艰难积攒下来的一千六百骑去给金乘未来在北莽朝堂上的飞黄腾达铺路。

这个在北莽边境草原上习惯了享受胜利的羌族健儿牢记着二十年前的血海深仇，却忘了自己要复仇的仇家是怎样的存在。离开那个说到底其实只能算是异乡的家乡前，他听说过龙象骑军在去年杀穿了大半座姑塞州，可他也一样从许多南朝人嘴中听说过那只是因为姑塞几大军镇守将疏忽大意，还听有人讲只要董卓或者随便哪位大将军的兵马出动，那些深入腹地的龙象军绝对会一个都回不去，北莽边军会将那些割下的头颅纷纷丢在两国的边境线上。

柯扼是来复仇的，但是很可惜，他那个还在草原上等父亲回家的幼子只能再等二十年才能继续报仇了。

对羌人来说，近百年来的流亡历史就是不断从一个异乡走到另一个异乡。

他躺在血泊中，头顶的阳光刺眼。然后他发现头顶出现了一片阴影，那是个双肩因为受伤而一高一低的龙象轻骑。柯扼垂死挣扎，试图抬起手臂上绑缚的那柄战刀。那名都尉装束的轻骑似乎发现了柯扼的徒劳反抗，皱了皱眉，一刀砍下了这名羌骑青年的脑袋，略微想了想后，又剁下了那具尸体的右手。然后都尉和许多尚可一战的龙象轻骑如出一辙，清理完战场后，找到合适的战马，翻身上马，再度展开冲锋。

在中原那边许多富饶的地方，不管谁杀谁，大多充斥着“柔肠百转”的阴谋诡计，便是帮派与帮派之间的死斗，说不定也存在着官府靠山的比拼和阴谋家的暗中怂恿。说到底，在那里杀人不爽利，死人不痛快。但是，在接下来的凉莽边境上，死人会很简单，而且和弩箭、铁蹄的速度一样快。

杀穿一千六百自寻死路的羌骑队伍后，在王灵宝和两名校尉的带领下，龙象轻骑战马的步子开始依照规律放慢和加速。如此一来，战马可以充分发挥第二波冲劲，保证有效地追杀。这就是沙场名将和庸将无形中的差异。战争，尤其是一场局部战役，当然需要万人敌千人敌，但是更需要王灵宝这些熟谙战场规矩的将领。少了前者，仗打得会更辛苦，但少了后者，只有溃败。

大半里外，万夫长金乘虽然完全傻眼了，但这名比柯扼更富有沙场经验的中年羌骑没有任何呆滞，二话不说就带领羌骑绕弧撤退。他之所以不是停马后转身逃亡，是因为那支战力损耗可以忽略不计的龙象轻骑根本不允许他们浪费这一点点时间。

王灵宝在心中计算了一下双方的距离和战马奔速，一夹马腹，想要去徐龙象身边说出心中想法。可这位龙象军的少年统帅已经抬起手臂，做了一个北凉边军人人皆知的简单手势。

快骑阻截！

在先前的冲杀中并未展现太多夸张战力的徐龙象只是用那柄战刀砍死了三名羌骑，都是一刀剁掉脑袋罢了。当看到主帅高高跃起，弃马不用，而是开始拖刀奔跑后，王灵宝有些哭笑不得：咱们这位主帅啊，真是让人无奈。

在徐龙象做出那个手势后，他身后原本始终在刻意保持队伍齐整的龙象骑军终于有了变化：战马更具爆发力的四百多骑瞬间就冲出了大军队伍。这些精骑果断跟随那位心目中的战神主帅，去截杀那兵力仍有七千多的羌骑大军。

豪阀世族讲究国可灭，一家一姓的薪火传承不能灭，但是对一支军队来说，由无数先烈支撑起的脊梁更加不能断！北凉铁骑的脊梁宁碎不断。至于北莽有没有粉碎这根脊梁的本事，那可就要看相互绞杀之后谁才是那个幸存者了。

在徐龙象越来越快的奔跑途中，一头巨型黑虎蹿到了他身侧。然后黑衣少年身后的四百快骑和更靠后的两千多龙象轻骑就看到了古怪至极的一幕：徐龙象一个不减速的弯腰，双手扯住那头黑虎的两条腿，身体一旋，就这么把黑虎砸向了那羌骑大军的中央地带！巨大黑虎轰然坠地，继而不断翻滚，在大地上扬起无数尘土，制造了无数烂泥似的尸体，让大量羌骑人仰马翻。疤脸儿王灵宝嘴角忍不住抽搐了一下：被砸中的那些家伙肯定会很疼。

当前方四百快骑即将追上羌骑大军尾巴的时候，队伍后头的王灵宝瞥了眼先前那个被黑虎炸出的大坑：在那些稀烂如泥的尸体上开出了一朵朵硕大的血花。

第三章

西京城有缸养龙 勤勉房君臣奏对

祥符元年。初冬。

临近凉州城，一位衣衫单薄的清秀少女和一名袈裟破旧的少年僧人结伴而行。

“笨南北，这都快到凉州了，我咋越来越紧张了？差不多有头一回偷看山下狐狸精给我爹写的情书那么紧张！”

“近乡情怯呗。反正徐凤年的家也算你的半个家了。”

“一个和尚说‘情’，你也不怕住在西天的佛老爷打个喷嚏淹死你？”

“师父还有师娘呢，也没见师父怕刮风下雨打雷啊。”

“笨南北，你说咱这趟也没半枚铜钱去买漂亮的胭脂水粉，他会不会觉得我女大十八变，越长越难看？”

“哪能啊！”

“这可是你保证的，如果到时候不是这样，我揍你不商量啊。”

“阿弥陀佛……”

“笨南北，考你一个问题，你们佛家……”

“打住打住，李子，你家就是我家啊，啥叫‘你们佛家’？我当年是被师父捡到后带上山的，还是师娘帮我剃的头发，师娘说我当时哭得稀里哗啦的。你瞧瞧，我那会儿才多大，就已经知道自己不喜欢当和尚了。”

“行了行了，你就直接回答我为什么佛门都说‘心无所住皆般若’？那么那些菩萨大发宏愿，算不算执念的一种？若是的话，怎么还有有望成佛啊？”

“这个啊……李子，要不然等我成佛后烧出了舍利再来回答你？”

“你以前就这么跟那些大小光头讲法的？难怪老方丈总喜欢拖欠铜钱。娘让我去催，老方丈每次都苦哈哈跟吃坏肚子似的。肯定是老方丈嫌弃你说法讲经一塌糊涂。”

“……”

“咦？笨南北，你怎么哭了？你有点儿出息好不好？老方丈是成佛了，又不是死了！”

“哭时哭，笑时笑，吃时吃，睡时睡，念时念，木鱼响起时我即佛，这是师父教我的啊。”

“得了吧，你这么笨，连佛法都悟不透彻，万一连你都成了佛，以后谁还愿意信佛啊！”

“嘿……”

“对了，笨南北，说到木鱼，怎么没见我爹让你敲过？”

“我们家也没有啊。”

“也对。不过咱们的那个小气鬼邻居——慧能大光头倒是藏了个贼名贵的木鱼，听我娘说是西蜀梧桐雕刻而成的，使劲一敲，数十里外都听得到。你说真的假的啊？”

“当然是假的！有次师娘要下山买一套看上好久的衣裳，恰好师父手头没余钱，师父就拉我跑出去躲师娘，跟慧能方丈偷偷碰头喝酒。慧能方丈喝着喝着就喝高兴了，坐地上捧着那木鱼拍了大半个晚上。我当时就站在门外给他们望风，也没觉得木鱼声有多响啊，就那么回事。其实啊，师娘是惦念那木鱼值钱哩！有一回师娘看我洗衣服的时候说漏嘴了，说将来一定要把这木鱼顺回家，然后给你当嫁妆，气派！”

“我的娘咧……难怪前些年我娘每次见着慧能大光头，就问他多大年纪了。唉，幸好我娘只在山脚小镇上转悠，从不行走江湖，否则哪个少侠高人乐意搭理她？”

“反正有师父紧着师娘，师娘也不乐意往江湖里凑。再说了，师娘总讲山下的女子不是吃人不吐骨头的母老虎，就是只有皮囊没有脑子的狐狸精，尤其是那个太安城，满大街尽是些没羞没臊不正经的女子，一直就是师父的禁地，师娘哪里放心师父？要不然师父这趟去京城师娘也不会跟着，是吧？”

“吴南北！信不信我告诉我娘去？！”

“阿弥陀佛……师父，难怪你每次被师娘训斥都不还口，说多错多，徒增口业与烦恼，我有点儿懂了。”

“笨南北，你嘀嘀咕咕说什么呢？”

道路上，少女鼓起腮帮，一边走一边握紧双拳做敲木鱼状。

“咚咚咚——木鱼响起时我即佛，咿呀咿呀哟——咚咚咚——”

少年僧人悄悄撇过头，偷着笑。

这一天，阳光温暖。

作为北莽南朝中枢的西京城，本名佳婿城，曾经不过是一座中规中矩的城池，随着那股北奔士子洪流的涌入，才逐渐有了幽深的江南庭院，有了敦本敬祖之风浓郁的黑瓦白墙，有了耕读世家的私人藏书楼，有了陌生的琅琅读书声，有了风流倜傥的高冠博带，有了佳人拖曳在地的锦绣长裙，有了让当地人眼花缭乱的各色吃食。佳婿城一天一天饱满，最后一举成为北莽的陪都，随着不断扩建，更有了本土陇关贵族和外来新士族各占半壁江山的朝堂，有了三省六部制，人才济济，鸾翔凤集。

这座城池随着二十余年的岁月推移，就像是由清瘦的小女孩儿长成了体态丰腴的美妇人。

在这条比往日略显冷清的御道上，有一行人缓缓走着，领头之人是位老妪。这位老妇人的岁数自然不是新西京的年龄可以比拟的。

披一件旧狐裘子的老妪身边跟着一名年迈儒士，更后边跟着一名佩剑的中年剑客和一位五十来岁的魁梧男人，那二人并肩而行。

老妪突然轻声笑道："听说咱们的军神在徽山遇上那一家三口了，就是没能打起来。"

青衫老者嗯了一声。

老妇人感慨道："墙内开花墙外香吗？为何朕很欣赏的两个人都要前往离阳？一个敢单枪匹马杀到帝京城墙脚下与朕对望，另一个，一人即是一座宗门。朕如果没有记错，这个只有一人的宗门，名次还要在公主坟和你们棋剑乐府之上吧？他们若是肯留在北莽……算了，不说也罢。"

棋剑乐府在最巅峰时坐拥四大高手，虽然跻身武评的黄宝珠或者说魔头洛阳已经叛出北莽，但洪敬岩已是柔然铁骑共主，"剑气近"和铜人祖师也是北莽屈指可数的顶尖高手。

世间谁敢小觑棋剑乐府？

穷酸老儒模样的老者笑了笑："若非如此，那江湖岂不是少了许多乐趣？"

老妇人转头望向那个佩剑的中年人："黄青，与那人对敌可有胜算？"

她不是问几分胜算，而是"可有胜算"！

被问之人点了点头。

这个答案虽不让人惊喜，但好歹也不至于让老妪大失所望。

黄青，本名孙少朴，棋剑乐府词牌名"剑气近"，也是洪敬岩的师父。因为愤懑于离阳王朝大肆嘲讽北莽剑林青黄不接，甚至有人扬言整个北莽江湖无一人可谈剑道，他便改名黄青。

能让"剑气近"担当扈从的老妇人身份显而易见。

这头日渐迟暮的雌鹰飞翔在比大草原所有雄鹰更高的天空中已经太久太久了。

一行四人一直走入西京宫城，在司礼监掌印太监小心翼翼的引领下，最终只有慕容女帝和那位太平令走入一座幽静的阁楼。

楼内有一口不明材质的灰黑色阴刻螭龙缸，缸不过半人高，但是尤为宽大，霸占了阁楼大厅的大半位置。

慕容女帝双手放在沁凉的圆润缸沿上，眯起眼低头望着那缸清水。这口大缸名“蛰眠”，直到她篡位称帝坐上龙椅后，才有人悄然入宫跟她禀报，有一尾蛟龙蛰伏眠于缸底。一眼望去，有无蛟龙看不出，但视线中那幅画面已经足够诡谲：无风无浪，水面明明静止，却处处不平，若是仔细辨认，依稀可见缸内有许多不同色彩的小鲤悬停水中不游弋。

慕容女帝抬起头环视一周，除了身边的太平令，屋内就只有九人，其中既有道德宗内地位仅次于国师袁青山的南溟真人，也有北莽身份最隐秘却最擅风角鸟占的练气士第一人，还有祖辈世代为北莽皇室推演谶纬的占星大家耶律光烛。这九个深居此地数十年的真正隐士，便是南朝上任南院大王黄宋濮也没能都见一面，至于其他南朝权贵就更不用奢望了，恐怕都不清楚西京城内有这么一座奇怪的阁楼，有这么一口莫名其妙的大缸，聚集了这么多奇人异士。

慕容女帝轻声问道：“那个说自己身体有恙暂不朝会的离阳天子赵惇，如今身在何处？”

满头鹤发却面孔嫩如稚童的南溟真人提着一根纤细的紫色竹竿，走到慕容女帝身畔，伸出长竿，在距离水面两尺高的某个地方轻轻画了一个小圆。百岁高龄的道德宗老神仙连嗓音也与孩童无异，清脆地说道：“以位置推断，赵惇确实如朱魍谍报所言，已经秘密巡视两辽了。”

慕容女帝手指轻轻敲击缸沿，讥笑道：“才知天命的岁数，就要死在朕这么个老妇人前头，还真是可怜。”

四周寂静无声，没有谁敢搭话。

她又问道：“除了象征陈芝豹的那条小东西突然生出了龙爪，还有什么值得一提的情况？”

南溟真人用紫竹竿点了点比先前偏南几分的地方：“张巨鹿的那一尾在缸内下坠了四尺，即将沉底。”

老妇人哈哈大笑：“好一个离阳王朝自杀其鹿。”

此刻老真人手中竹竿所指点的位置，不出意外就是太安城了。

这位在麒麟真人飞升之后的道德宗新任宗主面无表情，移动竹竿，在西北方位点了一下：“徐凤年依旧在怀阳关一带逗留。”

突然，有一尾长不及两寸的小黑鲤跃出水面，然后不是坠回原位，而是稍稍向西偏移了位置。

慕容女帝皱眉道：“这是？”

南溟真人依然用那稚气的语音不急不缓地说道：“是徐龙象。有些不曾进入天象境界但是身负气运的武人，除非气机外泄太过厉害，否则哪怕在缸内占据一席之地，方位也会模糊不清。那些善于敛气的练气士更是如此。可一旦泄露天机，就再难逃法网恢恢了。至于那些接近陆地神仙的人物，他们的本命鱼甚至会扰乱缸中水。”

“比如？”

“武当掌教李玉斧。此人曾引发天机震动，导致缸水外溢。”

“还有吗？”

“有。黄龙士，澹台平静，谢飞鱼。原本线索最模糊的三人陆续有了征兆。”

“那曹长卿？”

“既然成了儒家圣人，自然就已跳出缸。”

一问一答到这里，慕容女帝思索片刻，自言自语道：“难道是柳珪大军主力已经跟龙象军碰上了？”

南溟真人犹豫了一下，摇头说道：“不对。应该是徐龙象去了青苍城以西的地方，遇上了那支羌骑。”

老妇人的神色阴晴不定，但很快就舒展开来：“反正你有两个儿子。”

太平令猜出了慕容女帝心中所想，平静地道：“既然露出了破绽，那么可以让黄青和铜人去刺杀徐龙象。这样的机会以后很难再有。”

老妇人拇指微微用力地按在缸沿上，问道：“赶得上？”

作为北莽帝师的老儒生笑道：“尽量让他们往那边赶，之后就看双方运气的好坏了。”

老妇人笑道：“那就试试看。”

这位太平令毫不犹豫地转身走出屋子，去跟“剑气近”黄青面授机宜。

老妇人自问自答：“如果成了，那双方钩心斗角这么多回合的流州还能有仗打吗？”

“没啦！”

嘉德殿设有勤勉房，有别于国子监，以供离阳赵廷宗室子弟求学。因正统一脉的皇子成年后，除东宫太子外，皆须封王就藩外地，所以勤勉房内多是在京郡王的子女，少数因功封侯的公卿后代也可以进入这个被誉为“小御书房”的地方，这些公卿也莫不视之为家族殊荣。勤勉房设少傅、少保两职总领学政，此外还有二十余位地位超然的授读师父分别授教儒家经典，以及各自被皇帝钦点为某位皇子皇孙的单独恩师——无一不是王朝当代文豪大儒，偶有学问深厚兼德高望重的大黄门入内讲学。

这群龙子龙孙与勋贵子弟于冲龄之岁进入勤勉房，卯入申出，每日雷打不动学五个时辰，日复一日，年复一年，直到婚嫁封爵之前，寒暑无间，读书不辍。这项传统，自先帝起至当今天子，二十年来不可撼动。而且勤勉房规矩烦冗，极其严苛，入学子弟夏不持扇冬不添炭，不论身份，路遇授读师父务必作揖行礼，犯错轻则挨“竹罚”，重则将来获封爵位被贬一级。当年马上得天下的先帝亲笔题写匾额“尊师重道”以儆后人，当今天子书写的楹联“立身至诚，求学明理”悬挂两侧，除去那名来历模糊的皇子赵楷，包括太子赵篆、大皇子赵武在内的所有学子，都曾在勤勉房度过漫长的光阴。

若说京城黄门郎地位超然，是日后有望封侯拜相的龙门之鲤，那么勤勉房讲学师父更是当之无愧的清流砥柱，已是即将成龙之蛟，有“准帝师”的美誉。至于少保、少傅两职，历来都是一实职一虚职。宋家两夫子称霸文坛三十载，对此仍是苦求不得。上任少傅马戎是先帝与当今天子的两朝恩师，在京城以外名声不显，可是四年前马戎病逝时，皇帝陛下携皇后亲自前往马府灵堂披麻戴孝，为其守灵一夜。

马戎死后，少傅、少保两职都空悬至今。太安城勋贵都认为新入京的齐阳龙会暂时担任少保，将其当成一个承前启后的过渡位置，然后他一举成为离阳王朝的官员领袖。这个资历、清誉都不够格的“年轻人”很突兀地闯入所有人的眼帘，将少保之位收入囊中。此人在永徽年号的尾巴上考取过进士，但远没有前三那般瞩目，进入过翰林院担任过黄门郎，一样不温不火，直到成为禁中御书房的起居郎，才被京城的大人物多了几眼打量，但也仅限于此。随后此人悄然晋升考功司郎中，辅佐吏部尚书赵右龄和老上司“储相”殷茂春，直到陆续参与了京察与地方大评——两桩足以决定离阳四品以上大员官帽子有无的大事，这个在庙堂上可算年轻人的书生才真正让人感到惊艳咋舌。

三年一度的京察中，此人依旧不显山不露水，可在南下大评之中，此人那真是心狠手辣，一口气摘掉了平州刺史和六位郡守的官帽，这才三个月的时间而已。很快他就被调回京城，否则朝野上下都坚信此人会死在南下途中。以至当他破格成为勤勉房少保后，大多数人有些麻木了：此人在官场的升迁路线委实太过隐蔽，完全就没有给人烧冷灶的机会，到头来只知道他前些年娶了个寂寂无名的郡主，是个不上不下也不大不小的皇亲国戚，在朝堂上素来不掺和党争，与文武官员都不亲近，与宫中宦官更是从无交集，便是喝花酒也没有一次。

寥寥有心人往深处刨根问底，得知真相后越发如坠云雾：此人竟是北凉人士？原本朝廷出了一个飞黄腾达的晋三郎就已经很让人吃惊了，不料此子声势有过之而无不及。须知晋兰亭的进身之阶可称不上怎么光彩，据说先是靠着一封老凉王的引荐信跻身京城官场，后来又是以兰亭熟宣这种雅玩挤入公门。而作为国子监右祭酒同乡的此人，身世清白，进阶之路也走得坦荡干净，哪怕娶了位郡主，这些年也从未传出半点儿夫凭妻贵的闲言闲语。而且这些年在京城所处的几个位置，不论是短暂的翰林院黄门郎，或是最长久的东宫侍讲，还是更为短暂的起居郎，他始终都算是个相当靠近帝王家的读书人，恐怕就算满大街喊自己是北凉死间，也没谁愿意相信。

他就是出身于北凉寒门的读书人，陈望。当然如今京城上下都应该敬称他一声“陈少保”了。

不过卯时三刻，天色犹昏暗，今日勤勉房便已是书声琅琅。勤勉房又分上、中、下三房，大体上六岁至九岁在下房，十岁至十五岁在中房，十五岁以上就读上房，其中女子按年龄划分另算，直至男婚女嫁，以及得到授业师父的承认，方可退学。

今日正值儒家日，三房内各有一位长者在引读儒家张圣人的经典，难易程度自然不同。勤勉房的下房外站着一位身着紫袍系御赐羊脂玉带的“年轻士子”，看着那些摇头晃脑使劲诵读经书的幼龄稚童。按着先帝立下的规矩，在房内都不许戴貂帽披裘衣，冬寒刺骨也是如此。此时房内只有在师父讲案底下摆有一只小铜皮火炉，那些绝大多数生下来就与国同姓的孩子跟贫家子弟就学私塾并无两样，大多脸颊冻得通红，手脚蜷缩，趁着师父读书的间隙，赶紧低头呵一口热气在被冻得僵硬的十指上。

屋外，除了这名衣着特殊并且在一般人眼中颇为陌生的读书人外，还有一位得以披大红蟒袍的宫中老太监小心翼翼地站着。上了年纪的老宦官有些走神，没有注意到那位读书人的到来。这也难怪，说是得盯着勤勉房以防不测，可老宦官这一站就是十多年啊，袍子都换了七八件了，十多年下来，宫中本就戒备森严，哪有什么不测？不管成年后从这里走出去在外头行事如何跋扈，赵室子弟求学之时，哪次不是他这般毕恭毕敬地站着，他们则乖乖坐在那里念书背书？饶是赵武和赵风雅这样出了名的皇子公主，进了勤勉房坐下后，那也都是夹起尾巴做人的。

老太监看了眼屋外，院子里入冬后倒是在枝头多挂了一盏大红灯笼。他悄悄叹了口气，听说外头不太平啊，广陵道上那些余孽贼子不知从哪儿找了个姓姜的小丫头说复国就复国了，害得宫内好些当年从西楚皇宫里逃出来的老家伙时下都胆战心惊，得闲时连几口小酒都不敢喝了，说是怕被人误认为心有积郁借酒消愁。好像西边那些大小蛮子也不消停，大蛮子北莽要闹，小蛮子北凉也跟着闹。他这辈子也算见过些风雨了，可就是整不明白，这些家伙好好的太平日子不过，非要瞎折腾个什么劲？甚至连那位首辅大人也鬼迷心窍了。你说你“碧眼儿”年纪还没我这么个宦官大，官却已经做到那么大了，怎的还不知足？这不明摆着是自寻死路吗？老太监没来由想起院中那些花花草草，忍不住就有些唏嘘，心想：首辅大人哪，这人命可不是那些草木，今年冬没了，明年春就又有了。

这时候院外出现了一个蹑手蹑脚的矮小身影，猫腰小跑进来，结果一看到门神似的老太监，立马胆战心惊。老人只敢在心中笑了笑。这小家伙是丰郡王的孙子，虽然不是长房长孙，却也很受宠溺，不过这孩子在下房一向是个受气包，毕竟丰郡王的头衔在宫外挺能吓唬人，可在这里边还真没谁当回事，加上小家伙身体孱弱，性子又软，成天被欺负得都不敢回家跟长辈诉苦，便是换上了双喜庆的新靴子，也会被那帮淘气蛋子立马踩成旧的。老太监都见过好几回这娃儿躲在院墙根下哭花脸了。看着孩子那病态苍白的小脸庞以及拼命捂嘴不敢咳嗽出声的可怜模样，年迈的太监虽说有些心疼，但先帝爷定下的规矩，他一个阉人哪敢违背？孩子迟到一次竹罚，两次降爵，三次再降，直到无爵可降，直接被驱逐出勤勉房。大概在十年前，在皇帝陛下手上，就有个无法无天的老亲王独苗嫡长孙直接被贬成了庶人，要晓得那个亲王与先帝爷是同胞亲兄弟，更是当今天子的亲叔叔！

老太监拦下那满头汗水的丰郡王之孙，冷着脸说道：“若是咱家没记错，这可是你第二次迟到了。你先进去吧，咱家会录下的，回头转交给宗人府。”

那孩子一边咳嗽，一边断断续续地说道：“刘爷爷，我真不是故意迟到的……我……我得了风寒……”

老太监挥挥手，根本不愿意听这孩子辩解。帝王家事无大小，这是宫中前辈用无数血淋淋的事实教会晚辈的道理，他不过是一个奴才，何必自寻烦恼？

就在此时，老太监才察觉身边有一抹刺眼的紫色，吃惊之余，回神后正要行礼，那人笑着摇了摇头。已是宫中大太监的老人便只能深深地弯下腰。那个紫袍玉带的读书人走到老人身旁，拉住那个不敢哭出声的孩子的冰凉小手，略微用力，才掰开他的五指，发现掌心已有血丝了。读书人看了眼这个泪眼模糊的孩子，温柔一笑，摸了摸他的脑袋，也没有说话，牵起他另外一只手跨过下房门槛。屋内讲读之人是一位老翰林出身的文坛名宿，瞥了眼读书人那袍子，又看了眼那迟到的幼童，面露不悦。但这位文坛大佬再远离官场是非，也还是有些忌惮那件紫袍的，于是停止了诵读，伸手从书案上拿起一根竹鞭，板着脸对那孩子说道："赵历，伸手。"

那孩子正要走上前去领罚，不过而立之年的读书人温声说道："韩讲读，赵历晚到非顽劣，而是得了风寒。小小年纪，便是咳血也坚持入房就读，终究情有可原，宗人府那边的降爵不可免，可这竹罚是不是可以免？"

那老学究冷哼一声："免去竹罚？成何体统？！"

读书人还是笑意淡淡，说道："法理不外乎人情。"

老学究斜眼瞥了一下这位"后来者遥遥居上"的晚生，冷笑道："法，情，理，三者孰大孰小，连齐大祭酒也不敢妄言，不知少保大人师出何处？"

注定已是祥符年间第一位少保大人的陈望平静地说道："晚辈自学，并无师门。只是陈望窃以为，天下的道理，只要是道理，便不分大小，儒家张圣人说得，帝王公卿说得，贩夫走卒也说得。"

那位韩大人则嗤笑道："那韩某可就要多问一句了，这谁都能说出口的道理，又有谁能自证其道理？"

陈望轻声笑道："不外乎'天地良心'四字。天尚公平，地容恻隐，两不相误。人非草木，孰能无过无情；人非禽兽，岂能没了恻隐之心？"

韩大人脸色铁青，紧握那根不知打过多少龙子龙孙手心的竹鞭。别人趋炎附势，会敬你怕你陈望陈少保几分，我韩玉生可不把你这北凉蛮子当回事！

老学究正要动怒，猛然发现门口站着一位身穿明黄蟒袍的尊贵稀客，赶紧放下竹鞭起身作揖。在座那些入学的孩子也纷纷起身行礼，一时间"参见太子殿下"的喊声此起彼伏。

赵篆哈哈笑道："叨扰韩讲读授业了，罪过罪过。有一事须与韩讲读说明，赵历这小侄儿赶来勤勉房途中，是被我拉住嘘寒问暖了半天才耽误了时辰，宗人府那边我会亲自去知会一声。至于这竹罚嘛，韩讲读若是怕坏了规矩，我来替小历儿受罚。再者，这孩子受寒不轻，我还要跟韩讲读告个假。读书是要紧，可身子骨毕竟更是头等大事。咱们读书读书，读死书无所谓，读书嘛，终归是开卷有益、多多益善的好事，可万一读死了人，可就不美了……”

韩玉生赶忙笑道：“殿下言重了，言重了啊。”

有太子殿下出马求情，韩玉生哪里还敢斤斤计较？他也没觉得自己有辱斯文，只觉得张圣人在世，也会像自己这般行事。

嗯，陈少保先前不是说过？法理不外乎人情嘛。

赵篆揉了揉赵历的小脑袋，笑眯眯地说了句“以后别忘了多去找你婶婶讨糖吃”，然后让那老太监领着赵历去找御医。赵篆与陈望走在幽暗的小径上，沉默片刻后出声打趣道：“陈望，看上去你这个少保当得不顺心啊。”

陈望一笑置之。

赵篆停下脚步，看着这个家伙，很认真地问道：“都说‘一方水土养育一方人’，你跟咱们那位‘铁骨铮铮’的晋三郎可都是北凉人士，怎么就这么不一样呢？”

陈望犹豫了一下，摇头自嘲道：“一方水土也有一方水土的差异，想来我陈望用柴火在雪地里练字的时候，右祭酒大人就在琢磨怎么研制上等的宣纸了。”

赵篆无奈地道：“你这性子，谁敢让你外放做个地方官。”

这个“谁”显然不会是泛指，而是专指他这个照理说甚至可以监国的太子殿下。

陈望笑道：“若是外放，我撑死了就做个下县县令，官帽子再大一些，真会戴不稳。”

赵篆拍了拍他的肩头：“当我傻啊，会舍得大材小用？”

陈望没有接话。

赵篆突然问道：“你怎么评价首辅大人和齐祭酒？”

陈望没有半点儿忌讳，直截了当地说道：“张巨鹿为人严苛而可畏，如炎炎夏日。齐阳龙为人温和而可爱，如冬日暖阳。两人无论治国才干还是自身操守，都可谓几近圣人。能与他们同朝为官，是我陈望的荣幸。”

赵篆感叹道：“可惜一山难容二虎。”

赵篆很快就笑道：“户部尚书王雄贵有可能去广陵道担任经略使，你对这个空出来的位置有没有想法？这座小庙殷茂春是绝对瞧不上眼的，你也不用担心跟他争什么。”

吏部尚书赵右龄、礼部尚书白虢、户部尚书王雄贵，加上一个储相殷茂春，曾经都是首辅张巨鹿和“坦坦翁”的得意门生，细算下来，如今沦落到只剩下一个公认“永徽四子”中才学最次的王雄贵还在坚持为那座张庐支撑门面。

听上去似乎连王雄贵都要走了，还是去当那个滑天下之大稽的广陵道经略使，朝廷的言下之意，就是瞎子也该明白了。

要杀飞虎，先斩羽翼！

陈望只是摇头不说话。

赵篆嗯了一声，自我反省道：“是我操之过急了，这不是在帮你，反而会害你成为众矢之的。行百里者半九十啊！”赵篆像是自言自语，“父皇悄然巡边，就这么拖着，耽搁朝会，好像也不是个事啊。”

曾被马戎评点为“器识端谨”的陈望并没有说出那两个字。

但是赵篆看着东方泛起鱼肚白的天色，眼神已经悄然炙热。

监国。

赵篆收回视线后，就又是那个性情温和、君子如玉的太子殿下了。他微笑道：“听说元先生这趟游历大江南北身边带了个人。”

陈望问道：“可否说？”

赵篆略显无奈地笑道：“你我有何不可说的？那人便是被看作落难凤凰不如鸡的宋家雏凤，宋恪礼。”

陈望疑惑地道：“宋恪礼不是在广陵江北一个上县做县尉吗？此人剿匪颇有建树，只是这份不俗的政绩被上头刻意压下了。”

赵篆深深地看了眼这位陈少保，然后笑得眼都眯成一线了，用手指点了点这个嘴巴堪称密不透风的谨慎家伙：“装，继续装。别人不清楚元先生的谋划，你陈望会抓不到重点？宋家顷刻间覆灭，明面上如何，台面下又如何，庙堂上前五六排的老狐狸们其实大都看得‘一清’，但看得见‘二楚’的真不多。首辅大人和殷茂春肯定算两个，接下来就算只剩下一个人，那也肯定有你陈望。”

陈望没有承认什么，但也没有否认什么。

赵篆小声感慨道：“殷茂春、白虢、宋洞明，曾经都是元先生青眼相中的隐相人选，就算后两者都出局了，但殷茂春怎么看都应该成为下任首辅才对，没料到最后给宋恪礼不声不响地截和了去。”

陈望犹豫了一下，说道：“元先生选中了宋恪礼，但是首辅大人也做出了选择。”

赵篆对此事是真的雾里看花，十分好奇地说道：“肯定不是王雄贵，也不会是赵右龄，那能是谁？”

陈望平静地道：“礼部尚书白虢。”

赵篆下意识地笑出声，显然不信这个荒谬的说法：“白虢？不可能不可能，虽然白虢在朝野上下口碑奇佳，尤其是京城官场对他更是人人亲近，我也相当欣赏这位放荡不羁又极富才情的礼部尚书，可你要说张巨鹿经过十多年的千挑万选，临了选了当初放弃过一次的白虢担任那座张庐的下任主人，打死我也不信！”

陈望淡然道：“下官也不能真打死殿下。”

赵篆愣了一下，继而捧腹大笑。陈望在他心中是个从来不会说笑的老夫子式人物，这句话真是让他长大见识了。只是笑过之后，赵篆就开始沉思。

父皇为了给自己铺路，用“呕心沥血”“机关算尽”来形容也不为过，其中让父皇感到最头疼和痛苦的无疑是辅弼鼎臣的“碧眼儿”。赵篆本身在承认首辅大人的功劳的同时，对张巨鹿这个人绝对全无好感。还不是太子殿下时的四皇子赵篆，就曾极为忌惮这位虽然权倾朝野却无半点儿私欲的首辅大人。张巨鹿若只是位潜心做学问的儒家圣人，大不了就是被朝廷做成塑像供上神坛搁在张圣人身侧，很简单。可张巨鹿不一样，重事功而轻学问，是典型的权臣权相。赵篆内心深处觉得张巨鹿就是个没有丝毫生气的活死人，恨不得敬而远之。

如果张巨鹿果真如陈望所说选中了昔年的得意门生白虢作为死后的“守陵人”，那么赵篆就不得不仔细权衡利弊一番了。

一个羽翼需要很多年去丰满的宋恪礼，将来赵篆再没有手腕，也能轻松对付。

这不过是远虑。因为每一位新皇帝从来不忌惮什么新臣子，怕的只会是那群老臣。

显而易见，白虢可能会成为近在咫尺的心腹大患。

这是近忧。

陈望没有打扰出神的太子殿下，等了片刻，见他仍是没有回神，就脚步轻轻反身离去。

过了很久，赵篆张开手臂伸了个舒服的懒腰，转头望去，没有看到陈望。

赵篆独自离去。

天也亮了。

第四章

身后纵有万古名

不如生前一杯酒

祥符元年年末，初雪骤降，不下则已，一下便是场鹅毛大雪。只是相较往年，听说今年太安城内外几处赏雪佳地游人少了七八成，想来会让那些零散摊子的卖酒翁妪少挣好些碎银子。

京城内有无数座张府，可是有一座府邸无疑是独一无二的。地方官员赴京也好，外乡士子游学也罢，只要是随口向京城百姓问起张府在哪儿，后者肯定懒得问到底是哪位张大人的宅子呀，而是直接给出答案。

哪怕大雪纷飞，御道积雪厚得扫也扫不干净，可朝会依旧，何况还是在太子殿下监国的敏感时刻，哪个官员吃了熊心豹子胆敢迟到？

但是今天的庙堂上少了个人。少了他，所有人在震惊之余俱是心不在焉，甚至连监国的太子殿下都出现了一抹明显的恍惚神色。

这个头回缺席朝会的人没有告假，仿佛是在跟那监国的储君以及满朝文武说一个浅显的道理：我不来便是不来。

太子殿下对此视而不见，既没有让大太监替他去嘘寒问暖，更没有大发雷霆。可以小题大做也可以大事化小的礼部尚书白虢也是如此，只当什么都没有发生。

有些人倒是想借题发挥，可犹豫了半天，仍是不敢，毕竟连晋三郎今日都主动把嘴巴缝上了。

这名让整个朝会不像朝会的官员就是当今首辅张巨鹿。他与那位御驾巡边的皇帝陛下并列为本朝勤政第一人，只不过一个是君王里的第一人，另一个是臣子里的第一人。

张巨鹿今日并非身体不适，而是穿上那件正一品紫袍朝服后突然不想参加早朝，然后就不去了。这位鬓角渐白的老人在清晨时分就坐到了屋檐下，没有换上一身更舒适保暖的衣服，府上老管家搬来了竹篾编织成套的简陋火炉，已经多次往炉子里添加炭火了。

张巨鹿此生除了少数几次被至交好友“坦坦翁”强拉硬拽着小酌两杯外，几乎从不饮酒。他坚持认为喝酒误事，可遇上今日这般无所事事，以后似乎更是无事可做的情景，还是没有半点儿想饮酒的念头。

接近午时，潦草地吃过些府上自制的粗糙糕点，他继续翻看手中那本自己编撰而成的无名诗集。张巨鹿治国才干卓然于世，就是他发迹之初的那些犹有一战之力的强势政敌恐怕也不会违心否认。只是张巨鹿作为翰林院黄门郎出身，除了年轻时候那些制艺文章马马虎虎还算有点儿飞扬才气外，之后不论是奏对还是折子，就文字本身而言，都显得寡淡无味。这么多年下来，他无一篇名诗佳作传世，也没有对哪位文豪格外青睐，没有对哪篇佳作有过一语中的的评点。

在外人看来，首辅大人好像对行文一事有着天然的抵触，事实上唯有桓温知晓，老友张巨鹿虽然不喜舞文弄墨，却也会钟情许多读书人的佳作，尤其是诸多画龙点睛的佳句。不论是边塞诗、闺怨诗、感怀诗，还是祭文、散文，张巨鹿喜欢的篇章、佳句尽数收录于那本自编自订的诗集中。像上阴学宫那篇泷冈欧阳氏的《祭父文》，西垒壁之役中赵长陵亲自操刀的《伐楚檄文》，等等，张巨鹿都会时不时拿出来翻一翻。诗集中有黄龙士的“黄河直北千余里，冤气苍茫成黑云”，有那位当年被文坛骂成“媚徐媚凉”之人的那句“天涯静处无征战，兵气销为日月光”，也有不知出自前朝何人的宫怨名句“外人不见见应笑，天宝末年时世妆”，尤其是徐渭熊在三百多篇中占据了颇多篇幅，甚至连徐凤年明摆着重金购买而得的几首诗词也名列其中。

这大概就是所谓的“宰相肚量”了。

老管事突然小跑上台阶，低声说道：“启禀老爷，小少爷登门了。”

张巨鹿有些疑惑，但没有说什么，虽然他这个爹当得让儿子儿媳皆是敬畏如虎，可也不至于不近人情到让子女不许打扰的地步。只不过长子、次子两个儿子性子偏软，自小又有些迂腐气，成家立业后，两个儿媳又出身小户人家，若非托了让首辅大人抱上俩孙子的福，他们哪里敢来这里找不自在？幼子张边关是三个儿子中的异类，性子最犟，跟这张府的关系也最僵，大有一副与父亲老死不相往来的架势。张边关主动走入这栋府邸，确实是太阳打西边出来的事情。张巨鹿虽然面无表情，可还是下意识地多望了几眼院门方向。

虎毒尚且不食子，天底下当爹的有几个是打心眼里厌恶自己儿子的？

张边关还是那个吊儿郎当的德行，屁颠屁颠跑进了院子，手里拎着个在京城不常见的玩意儿，是江南那边乡野流行的竹编铜皮小火炉，内搁炭火，铺覆以灰，用以取暖。上了年纪的老人在冬日不论是出门散步还是在家闲聊，都喜欢拎着这种物件。张家祖籍在广陵江以南，张巨鹿科举发迹之前，寒窗苦读时便经常使用这个，毕竟比大火炉要省炭火许多，便是贫寒家庭咬咬牙也能用上。他在京城成名之后，就只有张边关那个搬来太安城定居养老的爷爷偶尔用上几次，不知张边关今天从哪里弄了这么个登不上台面的老古董来。

张边关跟管事讨要了些新炭火倒入火炉，又从张巨鹿脚下那竹篾大火炉中铲了些灰，蹲在地上捣鼓完毕，递给张巨鹿。后者愣了一下，接过后放在腿上，一手捧书，一手拎炉，暖意顿时多了几分。

张边关又跟管事要了条小板凳，絮絮叨叨地埋怨道："多大岁数的人了，也不晓得服老，非要在室外赏雪读书逞英雄……"

管事会心地笑着离去。这些话啊，也就是小公子说得，其他两位公子那是万万不敢说这类言语的。老爷只要稍稍不耐烦了，一个斜眼，那两位只知埋首苦读圣贤书的公子就会战战兢兢，身处夏日亦是如履薄冰。

张边关用铁钳拨了拨大火炉中的炭火，自顾自说道："听市井坊间说，如今你这个首辅大人说话越来越不管用了，许多五六品的小官也敢打马虎眼，除了王雄贵的户部和礼部还算厚道外，吏部、兵部、工部、刑部，对张庐都是上有政策下有对策，尤其是那翰林院和国子监，清贵官老爷们和清流读书人们，隔三岔五就要出炉几首借古讽今的诗词，诛心得很。更有甚者，说皇帝陛下御驾巡边，先前去两辽，那是去整肃内外廷勾连的贪墨大案；时下去蓟州，是为了给韩家翻案，矛头所指，都是奔着朝中某位姓张的大官去的。"

张巨鹿笑问道："还有没有？"

张边关一敲铁钳，冷笑道："有！怎么没有？真要说，一个箩筐都不够！"

张巨鹿淡然自若地反问道："你不也说了当下只是些不入流的官吏在那里搬弄是非？"

张边关双手放在炉子上方烤火，头也不抬："阵阵阴风起于地底，若是不及时阻止，等到引来邪雨浇在头顶，那还有救吗？"

张巨鹿不耐烦地道："就说这些？说完了就可以走了。"

张边关猛然抬头，红着眼睛责问道："这趟来我其实就说两件事。第一，有御史弹劾我大哥侵吞良田，二哥科举舞弊。别人骂你首辅大人，我不管，也没那个本事掺和，可为何如此作践我两个哥哥？！你分明可以管，为何忍气吞声？就算……就算是同样的结局，我一摊烂泥什么都无所谓，可你就不能让我两个哥哥走得光彩一些吗？！"

张巨鹿淡然道："你二哥科举舞弊，是说他乡试得了第六名的亚魁来历不正。我当年虽未授意什么，可细究起来，这一指责也算属实，毕竟当时天子钦命的主考官是我张庐门生。以你二哥的制艺本事，过乡试虽不难，可要摘得亚魁无异于痴人说梦。至于你大哥侵吞良田一事……"

张边关怒道："就我大哥那书呆子，就我大嫂那每次来府上都是一模一样还算值钱的衣裳首饰，与民争利？！你首辅大人为了名誉清望，从不去大哥官邸看一眼，我张边关去过无数次，大哥大嫂过的是什么样的清苦日子，我比谁都清楚！”

张巨鹿打断幼子的言语，平静地说道：“永徽八年，我确实帮你大哥购置过良田三百亩，手法并不光彩，只是你大哥一直被蒙在鼓里而已。”

张边关愕然，然后眼泪一下子涌出眼眶，喃喃自语：“这是为何啊，为何你连自己儿子都要算计啊……”

张巨鹿望向院落里的积雪——白茫茫一片，半日无人去扫，兴许要厚及膝盖了——轻声道：“所谓的‘永徽之春’，庙堂衮衮诸公都心知肚明，以后与自己并肩而立者多是来自寒门。”

张巨鹿放下书，站起身，双手拎着那只小火炉，自言自语道：“寒门无贵子的规矩已经打破，意义之大，比起当年大秦帝国之后纵横游士纷纷创立豪阀，‘游’士不再是那无根浮萍不遑多让。可豪阀的利弊这八百年来谁都深有体会，那么未来八百年，如今那些跳过龙门的寒士可会自省？又会自省几分？寒士骤然富贵，朝为田舍郎，暮登天子堂，你真以为谁都能在官场这染缸里把持住本心？恰恰是这些光脚之人站在了高位上，一旦为恶起来，最是没有底线。”

张巨鹿笑了笑，说道：“这个门是我张巨鹿打开的，那么反观我张巨鹿，堂堂一朝首辅，权倾朝野二十年，尚因子孙舞弊贪墨一事而身败名裂，算不算是给后世跻身朝堂的寒士公卿的一剂清凉散？”

张边关缓缓抬起头，泪流满面，颤声道：“爹，你总是这般登高望远，说着天底下嗓门儿最大的话，做着天底下气魄最大的事，可是不是忘了回头低低看几眼我们这些子女？”

张巨鹿没有侧头看这个幼子，嗤笑道：“怎么，怕了？也对，世人谁不怕死？便是那些动不动就要让家里准备棺材然后慷慨赴死的清官也怕死啊。我倒是没来由想起一件趣事。某些被投入了诏狱的公卿兴许是难得的真不畏死，只是怕死得不明不白，几乎人人都在牢中的墙上用炭笔写下绝命书。世人兴许不知，诏狱内一支炭笔可是得花好几百两银子才能买到手的。穷些的，倒也难不住他们，手指蘸血，照样能写出可歌可泣的血书。你大哥为人刻板，做不来这等最能积攒声望的事情。你二哥稍稍伶俐些，若真侥幸当了清贵官员，是想做却也不敢。至于你张边关，大概是不屑为之？”

张边关站起身，一把夺过张巨鹿手中的小火炉，狠狠地砸在阶下雪地中，那些滚出火炉的熊熊炭火很快就消散不见。

张巨鹿没有计较这个儿子的“忤逆”行径。

别说什么舐犊之情了，他甚至要亲手给儿子们端上三碗断头饭，哪怕儿子要揍他这个当首辅大人的老爹几拳，似乎也不算什么。

张巨鹿缓缓转过头，看着脸色铁青的幼子，问道：“你真以为你大哥二哥半点儿不知朝局？真以为他们不知张家一门的结局？就只许你张边关聪明一世，他们聪明一回也不得？”

张巨鹿收回视线，冷笑道：“那你也太自以为是了。我张巨鹿的儿子，数你张边关心思最重，可你两个哥哥迂腐归迂腐，岂会真是蠢人？对时局耳濡目染这么多年，心思再单纯也早早开窍了。”

张边关蹲下身，喃喃道：“当年你执意要我们三个儿子娶妻只娶小户人家，就是在等这一天吧？若是高门世族的女子，牵连祸害的人就多了，到时候皇帝陛下杀起人来也畏首畏尾。你真是个千古难逢的良心首辅，临了都不让坐龙椅的君主难堪。大嫂二嫂都算持家有道，这些年她们的家族也算沾了张家的光，明里暗里获利颇丰，隐约都成了当地的大族，你对此也破例睁只眼闭只眼。嘿，你这是想着让自己的良心好受些吧？”

张巨鹿没有说话。

张边关揉了揉脸颊，看着雪地里那只爷爷留下的小火炉，轻声道：“爹，你为了当一个好官，从一开始在我爷爷奶奶那边就不当一个好儿子；接下来是不当一个好丈夫；然后到了我们这儿，是不当一个好爹；结果到最后，连个好爷爷都不当了。真的值当吗？”

张巨鹿抬起双手，呵了一口雾气，笑道：“好官？”

张巨鹿怔怔出神，还记得至交好友“坦坦翁”曾经说过些醉话：于己，忠臣奸臣易做，清官昏官易做，唯独夹在君王和百姓之间的好官最难当。一言两语难说清。了却君王天下事已是很难，赢得生前身后名更是何其难也。

张巨鹿突然说道：“年轻时读到一首无名氏的边塞诗，其中的‘走马西来欲到天，更西过碛觉天低’两句，令我尤为神往，总想着有一日若是官场不得意，大不了投笔从戎，去亲眼看一看边关那野旷天低的风景，也不枉此生，只是后来仕途安稳。你娘生下你后，我就帮你取名‘边关’。”

张边关不知为何心平气和了许多，挤出笑脸自嘲道：“因为这个名不副实的名字，这么多年一直被京城那帮二世祖调侃嘲讽，说你这位首辅大人还不如取个‘张太安’或者‘张京城’。”

张巨鹿微笑着走下台阶，弯腰捡回那只小火炉，自顾自拿起铁钳放入些炭火，递还给这个幼子，轻声道：“知道你们几个心冷了很多年，爹也做不了什么。”

张边关愣住，忘了言语。

张巨鹿招招手，让管事又搬来一条小板凳，坐下后问道：“这趟来的由头是不是蔓儿跟你要了一封休书？你觉着一口郁气出不得？都嫁鸡随鸡嫁狗随狗那么多年了，她却在这个关头弃你而去，你有种夫妻本是同林鸟大难临头各自飞的憋屈感觉？”

被接连问了好几个问题的张边关摇头道：“她这么做，我不介意。”

张巨鹿欲言又止，最后只是说道：“别恼她。张家三个儿媳妇就数她最不容易。难为她做这个恶人了。这般聪慧心善的良家女子，是我们张家对不住她。”

张边关直直地望向这个爹，后者反问道：“明白了吗？”

张边关猛然间记起一事，顿时哽咽起来。

女子无情时负人最狠。女子痴情时感人最深。

张边关似乎解开了心结，使劲点了点头。

张巨鹿笑问道：“那‘坦坦翁’总说，‘身后纵有万古名，不如生前一杯酒。’以往我一直是不信的，但今天要不咱爷儿俩喝上几杯？”

张边关自然不会拒绝。

于是京城最大的官和太安城最没出息的纨绔，这么一双古怪爷儿俩隔着火炉，面对面，一人坐一条小板凳，慢慢喝着酒，酒壶就放在炉沿上。

张边关说道：“爹，其实没谁怨你。”

张巨鹿喝了口酒，默不作声。

一杯接一杯，父子二人就这么喝着。

管事蹑手蹑脚送来第二壶酒，顺手给首辅大人带了件厚裘子披上。

张边关最后醉醺醺地踉跄离去，张巨鹿送到了府邸门口，最后将那件裘子给儿子穿上。

张巨鹿站在台阶上，伸出手接了些雪花，握在手心。

世事无奈人无奈，能说之时不想说，想说之时已是不能说。

半年前还没有谁会相信，西楚水师能够像今天这样对下游的广陵水师呈现出气势如虹的狮子搏兔之姿。

如今西楚水师就如箭在弦上，只等顺流而下，直扑春雪楼。

在此刻的夜色中，仅是在灯火的映照下，那一艘艘巍峨的楼船巨舰也散发出狰狞的战争气息。每一位上了岁数的西楚遗民见到这一幕，想必都会情难自禁地悲喜交加。二十年来天下只闻北凉铁骑甲天下，谁还记得昔年的大楚水师壮天下？最近几个月来，不断有年迈遗民徒步或者乘车至江畔远处遥望此景，或跪或揖，无一不是怆然涕下，然后似癫似狂大笑离去，返家告于同乡老友。

曹长卿亲自坐镇调度水师！

他的座舰“神凰”以大楚京城命名。

一位原本正在挑灯观图的中年青衣儒士抬起头，轻轻掐灭灯火，走出位于顶楼的船舱，望向广陵江右岸，看到一支装束异于水师的骑军突然出现，然后，为首的骑士和几名扈从乘坐小船悠然渡江前来。小船船头傲然站立着一人，身材修长，大概那便是女子心仪的所谓“玉树临风”了。随着小船临近，灯火中这名骑士的脸孔也越发清晰起来，坚毅而自负，英气勃发，欠缺了几分君子的温润之姿。不过，对这个年轻人实在是无法再苛求什么了，能在三个月内就硬生生用马蹄把藩王赵毅苦心经营十多年的地盘踩烂，这样的人若是个与人为善的温良书生，那才奇怪。

大楚水师副帅之一的宋元航就站在青衣儒士身旁，看到那个不速之客后，毫不遮掩自己的不喜神色。不光是他，神凰楼船下边几层陆续走出船舱的水师将领对这个年轻人都谈不上好感。年轻人锋芒毕露不是坏事，可目中无人到从不把规矩当规矩的地步就相当惹人厌了。同为大楚一等一的豪阀子弟，更早立下大功的裴穗何其恭俭？若不是坐镇水师的这位处处帮你圆场，你寇江淮早就在骂声一片中卷铺盖滚回上阴学宫读你的兵书去了。先前几次三番打乱布局，擅作主张调兵遣将，这且不去说，今夜造访水师，你小子竟然连一声招呼都不打？真当泱泱大楚缺了你一个寇江淮就成不了大事？

接下来的场景更是让船上的水师统领们震怒。

寇江淮并未登上楼船拜见统领大楚三军的主帅曹长卿，而是按剑站在小船船头，抬头望向那一袭青衣，直呼其名后沉声问道：“曹长卿，为何不许我吃掉宋笠那支掉入口袋的六千兵马？”

双鬓霜白的曹长卿默不作声，与这个年轻人对望。

身材高大的寇江淮全然没有自己是在跟大楚继叶白夔之后的第二根定海神针对话的觉悟，语气愤懑，近乎诘难：“战机稍纵即逝，那宋笠并非不谙兵事的蠢人，等到他在东线上站稳脚跟，平息了春雪楼的内斗，我再想要一鼓作气……”

“寇江淮，你此时已经是寇将军了。至于将你罢官卸甲的圣旨，稍晚几天你才会收到，不过早到晚到其实都一样。”

“曹长卿！我寇江淮本以为大楚好歹还有两个半懂得用兵的人，足够去争霸天下，既然今夜只剩下半个了，那复国无望是板上钉钉的事情，我做不做官都无所谓！我倒要睁大眼睛看一看，那半个能不能帮你们打下春雪楼！”

寇江淮愤而掷剑入广陵江。

小舟掉头就走。

宋元航轻声问道：“尚书大人，这小子失心风了？”

曹长卿微笑道：“没疯，寇江淮很清醒，对东线战局的看法也是对的。”

“这……”

“只不过寇江淮不知道自己一叶障目了。”

“尚书大人，此话怎讲？”

“我曹长卿想要的东线主将，不该只把目光放在春雪楼和赵毅身上。若是止步于此，他所谓的那半个之人，谢西陲就能办到。”

青衣大官子低头望向滚滚东流的广陵江水，怔怔出神。

你寇江淮应该看得更远，看的应该是那座太安城才对。

襄樊城内，王府。

年轻的靖安王赵珣奉召前往广陵道靖难平叛，至今无功无过。偌大一个青州就交由一个同样年轻的瞎子主持大局，亦是平静无澜，既未做出什么惹眼的显赫功绩，却也不至于沦落到用自污手段去赢得新靖安王信任的地步，可谓“君臣相宜”的典范，有些类似燕剌王与纳兰右慈那对搭档了。

入夜后，星光点点，陆诩站在屋檐下仰头“看着”璀璨星空，身边是那个靖安王府安插在他身边的死士女婢。不承想，随着朝夕相处相濡以沫，二人反倒成了一条绳上的蚂蚱，不过这未必就不是年轻的靖安王的独到手腕。

“先生，你让王爷只许败不许胜，到时候丢了他们赵家的颜面，皇帝陛下多半会责怪吧？”

“自然会的，而且是严责重罚。”

“那王爷为何还答应了？”

“新老交替之际，一朝天子一朝臣，以往的亲疏关系就要推倒重来，往往不看功劳大小，只看忠心厚薄。青州这边用几千人命去表忠心，差不多也够了。老皇帝刻意压谁，那也只是为新皇帝重点用谁做铺垫而已，否则谁会念新天子的好？历史上马上退出舞台的明君大多喜欢这般隐晦行事，就是担忧新君无人可用。而且天下大乱不可避免，世子殿下在这场大败之后，除了向皇帝和太子两人表态，也可以顺势将自己择出乱世，静观其变。”

“先生，你这算不算书生不出门，便知天下事？”

“我这个先生比起太安城里的元先生和燕剌王身边的纳兰先生，还是差了许多啊。”

“先生过谦了！”

瞎子陆诩笑而不言。

“先生，你再给我随便说一些大道理吧，虽然听不懂，可我喜欢听。”

“哪有那么多道理，一肚子牢骚而已。”

“先生，我说件事，你可别生气。如果有一天王爷用我要挟先生，先生大可以放心。拿一个死人要挟活人，挺难的吧？”

“别做傻事。你自尽了，以赵珣的性子，我也离死不远了。身边有个无法牵制的心腹，他会睡不安稳。”

“先生你这是在帮我找一个活下去的蹩脚借口吗？”

“你也不傻嘛。不过说真的，这个理由不蹩脚。”

“先生，你是个好人。这么活着，你累吗？”

“这有什么累不累的，退一万步说，总比前些年在永子巷下赌棋骗人钱财轻松些。”

“先生，我觉得吧，你有大智慧！”

“可我还不是一样看不出你是穿着新衣裳还是旧衣裳。”

“摸一摸总会知道的……”

“嗯？”

“脱了后呗。”

“非礼勿视……”

“先生，你不是总喜欢说自己是瞎子吗？！”

陆诩蓦然笑了。

然后他轻声说道：“赵珣，珣，《淮南子》称之为美玉，可若拆字解之，不正是一旬帝王吗？”

陆诩叹了口气：“我辈读书人的脊梁，过不了几天就要断了。”

同样的夜幕，却是远在边关。

随着远处一阵细碎马蹄的响起，不亚于一座边关雄镇的蓟州雁堡如同一头被惊醒的巨兽，几乎瞬间，无数灯笼火把同时亮起，照耀得堡垒亮如白昼。

雁堡外围有条护城河，随着城门大开，缓缓放桥，那远道而来的七八骑无须等待，就策马上桥，进入雁堡。

城洞内匍匐着雁堡一大帮李氏嫡系：有深居简出的老堡主李出林，有特意从蓟西赶回家中的嫡长子李源崖，还有一群平日里很难碰头的大佬，除了那位南渡江南后无故暴毙的嫡长孙李火黎，无一缺席。在蓟州俨然是土皇帝的李家上下齐全了，前年老堡主的八十高寿也没有如此盛况。

七八骑中，为首的那位是一张陌生脸孔，脸色苍白，瞧着像是难以忍受北边冬日的酷寒，披了件出自辽东贡品的厚实狐裘子，大概是上了岁数，已经将峥嵘之气温养得十分内敛，并没有什么气势凌人的感觉。除了李出林和李源崖这对父子，雁堡没有谁清楚这名雍容男子的身份，不过其他人借着辉煌灯火和余光还是瞧出了端倪：在那男子身后充当侍从的一骑竟然是离阳仅有的大柱国——大将军顾剑棠。

跪在地上的李氏成员除了不知轻重的少年和懵懂无知的稚童，都猜出了这位男子的身份，一时间眼神敬畏忐忑却又炙热自豪。能让这名贵客大驾光临，是何等的荣幸，是何其光耀门楣？兴许是之前被顾剑棠提点过，李出林、李源崖都只是跪着迎接，没有画蛇添足地称呼什么。那男子翻身下马，温颜笑道：“北地天凉地寒，何况《礼记·王制》有云‘八十杖于朝’，老堡主快快起身，其他人也都别跪了。”

身后六骑同时下马，轻甲佩刀的大将军顾剑棠默默上前，帮这名男子牵马。

李出林小心翼翼地站起身，那张枯槁威严的沧桑脸庞上，仿佛每一条皱纹的缝隙都散发出异样的光彩。身材尤为高大的老人起身后依旧微微弯着腰，大概是不敢让五步外的男子抬着头说话。仅就身体状况而言，八十高龄却老当益壮的李出林实在是比眼前的男子要更像一个“年轻人”，起码李出林会给外人一种豪气不减往昔的雄壮气势，而那深夜造访雁堡的客人就难掩疲态，尤其是在武道大宗师顾剑棠的无形衬托下，越发暮气沉沉。

随着男子挪动脚步向前走去，来访者的队伍开始“支离破碎”，场面又有了喧宾夺主的嫌疑。披裘男子走在最前头，特意喊上了老堡主李出林结伴而行，顾剑棠一手牵一匹马紧随其后，然后是李源崖，这四人缓缓走在前列，然后是那各自在王朝北线上手握重兵的五骑，最后才是那些李家老小。

因为被牵马五人隔开了视线，没办法去顾大柱国那边凑热闹混熟脸的李家人都开始望向这些背影。眼光毒辣的雁堡老家伙认得出其中大半，然后猜得出剩下的，难免咋舌。这五人无一不是顶着实权将军称呼的军方大人物，官位最低的也是正四品。可以说，这五人要是死在雁堡，那么两辽北线就要瘫痪一半。只不过有着佩刀与否都是天下用刀第一人的顾剑棠压阵，这五位将军应该想死都难。

这五骑除了位高权重，还有个共同点，就是相比杨慎杏、阎震春那些春秋老将，他们战功虽然稍逊，名气更小，但胜在年轻，年纪最大的也不到五十，最年轻的那位更是才三十出头。边关战场本就比王朝官场更不讲究凭借岁数打熬资历，所以可以说这五位注定会成为离阳朝廷未来的军界砥柱，说不定下一任太安城的兵部尚书就会从他们中间脱颖而出。

男子走在大块青石板铺就的平整道路上，抬头看着灯笼火把绵延而成的数条火龙，轻声感慨道："这是朕生平第一次进入蓟州，应该早些来的。我赵家是马上得天下的，朕平日里去勤勉房教导赵家子弟，也总说不能就此懈怠，更不能为古人所误，相信什么马上得天下之后便是下马守天下，而要继续在马背上治理天下。朕说是这么说，可自己做得似乎并不好，言传身教，想来有些赵家子弟更难似家族先祖那般重视戎马边务了。"

修炼成精的老狐狸李出林就算胆子再肥，也不敢插嘴天子家务事，只能竖起耳朵不错过一个字，只要微服私访的皇帝陛下不问话，那就坚持光听不说。

这位能心安理得让顾剑棠牵马护卫的男子，正是悄悄巡幸边关的当今天子赵惇。但皇帝陛下没有在出京的时候便下诏让太子殿下监国，而是在即将由蓟州返程的节点上，才让司礼监掌印太监宋堂禄交给礼部白虢一封密诏，由他公之于众，个中三昧，能让官场上那些穿紫披绯的大佬咀嚼良多。

老人这是第一次亲眼见着皇帝，可心悸得厉害。当年韩家满门抄斩引发蓟州动荡，与韩家结亲的雁堡李家也成了被殃及的池鱼。当时还未给李源崖腾出家主位置的李出林不可谓不心狠手辣，不但让人绑缚那对晚辈夫妻前往蓟州州城的法场，连他们的那双年幼儿女也没有放过，最后两个本已经姓李的孩子连同他们的父母人头滚地。至今想起，李出林心底虽然有些愧疚，却没有半点儿后悔。

大势倾轧之下，几个无辜的人的几条性命算得了什么？

韩家一夜之间从数百年的忠烈成了通敌叛国的逆臣，这十多年来朝野上下都说是“碧眼儿”首辅一手遮天残害忠良，甚至当下都演变成了御史台弹劾张巨鹿的有力罪状之一，这让闲暇时喜读史的老人难免有些戚戚然。历朝历代尽是弄权的奸臣蒙蔽天听，最终天理昭昭，奸臣伏法的故事，从不敢明言皇帝如何昏聩。说实话，李出林对那位位列中枢却处处洁身自好的首辅大人也是佩服得很，若不是张巨鹿力排众议执意对北线边关鼎力支持，倾半朝赋税去支撑起北地防线，此刻就在自己身后的那位兵部老尚书如今肯定就没那么游刃有余了。

至于为何当今天子要“多此一举”登门雁堡，李出林得到顾剑棠的手书密信后，也曾与长子李源崖有过一场密晤，得出的答案不外乎三点。一来赵室朝廷或者说是皇帝陛下为韩家平反，需要蓟州方面提供能够服众的证据。雁堡作为世世代代扎根蓟北的老牌豪门，又是当年的受害者之一，在关键时刻站出来说话，要比那位国子监右祭酒的弹劾更加“熨帖”，也更能赢得朝野的同情。墙倒众人推是大势所趋，但那堵屹立于庙堂二十余年的张家高墙也不是谁都有资格去推一把的。再者幽州那边不安分，时下有做出过界且过激的举动，上万骑流窜入蓟西境内，朝廷当然要提防北凉徐家那个年轻人彻底反水。随着蓟南老将杨慎杏的离去，豢养着七八千私人甲士的雁堡李家自然而然落入了朝廷的视野之中。父子二人猜测，最后便是皇帝陛下的一桩私事一份私心了。在前两次御驾亲征都无功而返后，当今天子就再未有过巡边的举动，甚至连那繁华的江南地都没有去过。世人误以为当今天子只重内政不重边功，这绝对是乡野村夫的看法，李出林始终坚信当今天子对那个北莽有着无比强烈的征服欲望，因为这是唯一能够证明他能与先帝并肩的壮举。

皇帝赵惇沿着青石路渐次登高。雁堡这条路径也有“青云路”的美誉，蓟州官员都要来此走上一遭求个彩头，只不过对坐龙椅的人来说，官员梦寐以求的平步青云实在是不值一提。

李出林心中有些骇然，都说皇帝陛下勤政之余不忘锻炼体魄，蓟州这边都以为这个才五十岁的男人还能在那把椅子上继续坐北望南个十几二十年，怎么事实上体力如此不济，竟是每走百步就要喘口气才行？难道蒸蒸日上的离阳这就要变天了？要知道现如今的离阳可不算太平，内忧外患：外有北莽百万铁骑虎视眈眈，内有西楚复国，更内的庙堂上亦是风雨如晦，人人自危。若是在这个时候发生些什么变故……李出林实在是不敢再往下深思了，生怕流露出丝毫异样被身旁的天子察觉。

雁堡如山，层层递进，节节攀高，皇帝陛下在“半山腰”一处视野开阔的亭子里停脚歇息，伸手将那件厚重裘子拢紧了几分，沉默良久，瞥了眼西边，突然说道：“老堡主，对于朕的不请自来，你肯定已经有了应对之策，不过你应该想多了，也想错了。不妨与你说句心里话，朕之所以来雁堡，不过是想更近一些看一看那个地方。”

雁堡老堡主似乎被吓了一跳，下意识地猛然直起腰杆，然后迅速地重重弯下去。见惯风雨起伏的老人战战兢兢，不敢言语。

皇帝招招手，顾剑棠走上前几步。

李出林则识趣地轻轻退出去，在阶下等候。

皇帝咳嗽了几声，语气有些艰难：“剑棠，朕改变主意了。明日你随朕返京，到时候由你送他一程。既然朕不敢见他，而朝堂文官谁也不配见他，朕想来想去，那么也就只有你这个大柱国头衔的武将当得起了。他深埋心底的那份心思，朕其实知道一些。”

顾剑棠平静地道：“陛下可有言语需要转述？”

皇帝犹豫了一下，自嘲道：“你就跟他说，赵惇这个名字里的‘惇’字无愧天下，唯独愧对他张巨鹿。”

第五章

三世修得善姻缘
今生得闻奇楠香

皇帝赵惇御驾临边，太子殿下赵篆顺势监国，离阳朝政并未因此而发生动荡，恰恰相反，在储君赵篆的调度下，在包括“储相”殷茂春在内的一干“永徽之春”公卿的大力辅弼下，甚至呈现出比以往更具生命力的景象。赵篆表露出与当今天子如出一辙的勤勉之态，从不缺席朝会，通宵达旦地批朱，频繁召见臣子，太子殿下不负众望彰显出来的明君气度，无形中使得祥符元年之末笼罩在太安城上的浓重阴霾淡化了几分。

在赵篆的主持下，王朝中枢展开了一系列堪称眼花缭乱且影响深远的权力变迁。齐阳龙众望所归地入主主官一职始终空悬的中书省，一举成为离阳历史上极为罕见的宰相，与尚书省领袖张巨鹿被京城百姓并称为“首辅”大人。一直在京城累官升迁至户部尚书的王雄贵平调外放为广陵道经略使。与此同时，同出于永徽年间的赵右龄辞任吏部尚书，官阶擢升半品，进入中书省辅佐那位年岁已高的中书令齐阳龙。被朝野上下一直誉为“储相”但官阶其实不过正三品的翰林院掌院殷茂春终于跨出那实质性的一大步，不但受封为离阳六位殿阁大学士中排名第二的中和殿大学士，而且接任吏部尚书。有京察和地方大评作为铺垫，离阳朝堂对这项调动毫不奇怪。礼部尚书白虢则补上了王雄贵离任后的空缺，从礼部辗转进入户部。虽说品秩相同，但一个是清水衙门的礼部，一个是掌管天下疆土赋税的户部，明眼人都看出白虢也踩上了一个新台阶，并未落下赵右龄、殷茂春两人太多。至于与理学宗师姚白峰矛盾公开的国子监右祭酒晋兰亭，成为离阳王朝近五年来升迁速度最快的幸运儿。在原礼部左侍郎按部就班升任尚书后，这些年在太安城风口浪尖上的晋三郎再次给了所有人一个天大的惊喜，晋升为从二品的礼部左侍郎，本该在情理之中执掌礼部的左祭酒姚白峰成了那个意料之外。用兵无方导致平叛大业磕磕绊绊的前方主帅卢升象竟然不贬反升，虽说辞去了兵部二把手的左侍郎官职，但获得了一个实打实的正二品的骠毅大将军。先前被视为有望领兵南下出征的龙骧将军许拱非但没能取代那公认的碌碌无为、名不副实的卢升象，这位姑幕许氏的顶梁柱反而被“雪藏”为兵部左侍郎，并且任职之后据说即将被“赶出”太安城，前往北线巡边。

很难想象，如此恢宏的风起云涌，从头到尾都与那位紫髯“碧眼儿”全然无关。

去年京察，赵右龄和殷茂春向皇帝陛下递交了有关在京一千八百余官员的提拔和申斥事项。今年是外察即地方大评年，殷茂春前段时间返京后，很快就碰上了天子巡边，于是在一封由辽西进京的圣旨的授意下，地方大评的详细状况就送到了太子殿下手上，赵篆受命全权负责此事。今日早朝后，太子殿下让司礼监掌印宋堂禄传话给所有殿阁大学士，中书、门下两省的大佬，六部尚书、侍郎、主事官员以及数位赵姓宗亲公侯，命他们参与这场在离阳朝廷也算司空见惯的临时午朝。

议事房内，吏部稽功司郎中、验封司郎中和新任考功司郎中三位官员负责禀报具体情况，太子殿下和那二十几名离阳王朝内权柄最重的名公巨卿纷纷传阅档案，还有包括司礼监秉笔和随堂在内的几大太监旁听，这些身披鲜艳大红蟒袍的内宦主要还是负责添加炭火和更换茶点。

首辅张巨鹿受邀却并未列席。

温暖如春的屋内新面孔不多，可许多老脸孔都换上了崭新的朝服，未至新年便已有了新气象。

原吏部尚书赵右龄已是屈指可数的一品大员，今天坐在中书令齐阳龙身边，有意无意瞥了眼同是张庐出身的殷茂春，低头悠悠然喝茶时，嘴角悄悄翘起。某人被喊了十来年“储相”，时至今日不过是当了个外廷吏部尚书，无非是吃自己剩下的残羹冷炙，差不多尘埃落定，还不是依然没能丢掉一个“储”字？何时才能担任名副其实的“相”？永徽之春中，白虢才气公认最盛，却视你殷茂春最具宰辅器格，但我赵右龄如今却是先行一步了啊。你殷茂春身上那个所谓的中和殿大学士，不过是皇帝陛下施舍给你的一份当不成尚书令的补偿罢了。

其实在前半个月，赵右龄还有些隐忧，他不怕蛰伏多年的殷茂春在这场升官盛宴中一鸣惊人，就怕殷茂春继续被压制在翰林院那一亩三分地上，因为这意味着等到某人彻底倒台后，届时殷茂春注定会成为最大的获利者。如今朝廷将吏部尚书给了殷茂春，殿阁大学士也给了他，那么熟谙天子心思的赵右龄就可以放心了。

略微润了润嗓子，心情舒畅的赵右龄手指捻动杯盖，以余光漫不经心地打量了一眼新任户部尚书白虢。他从未把这个不争气的家伙视为敌手。别看白虢在朝廷有口皆碑风评上佳，但是一旦爬到了他们这个高度，只注重四个字：简在帝心。果然，白虢既没能进入“坦坦翁”的门下省，也未能拿到之前有望问鼎的六部第一尚书。说到底，屋子内，最失意的人是殷茂春，第二大失意人就是咱们的新户部尚书了。不过在赵右龄看来，没有什么根基的白虢能够捞到一个户部尚书，也该知足了。

赵右龄抬了抬眼皮子，视线所及，刚好瞧见那蓄须的年轻晋三郎也悄悄看过来。赵右龄面无表情，多次鲤鱼跳龙门的新任礼部左侍郎晋兰亭赶忙微笑致敬，赵右龄根本没有搭理，转身放下茶杯，心中冷笑不止。不过是一个专门靠走歪门邪道勉强跻身王朝中枢重地的“幸运儿”，真以为能长盛不衰？庙堂之上不怕君子之争，甚至不怕朋党之争，最忌讳的就是因私怨四处树敌。出身北凉地方上的一个不入流的小士族，短短几年内就惹恼了桓温和姚白峰，就算你凭借大势侥幸扳倒了某人，事后岂是你一个晋兰亭能收场的？

除了晋兰亭是头一次正式参加这种最高规格的午朝外，还有个比晋兰亭更让太安城感到陌生的官员，那就是江南道豪阀姑幕氏的许拱。身为兵部侍郎，这位哪怕错过了春秋战事却仍然有名将美誉的龙骧将军此时在顶头上司卢白颉身侧正襟危坐，眼观鼻鼻观心，神情坚毅而刻板。相较“棠溪剑仙”卢尚书的清逸风姿，许拱更像是一位正统意义上的沙场武将，体形魁梧，相貌粗犷。他此次的上位，是在座职位有过变更的诸位中最为扑朔迷离的一个。照理说，许拱既无巨大边功，也不是顾剑棠的嫡系，在朝中台面上也没有什么可以依傍的大树，本不该被纳入京城朝堂，可这次先是突兀地凭空出世，然后迅速被排斥出京城，使得许拱更像是一个天大的笑话。

朝会一直进行到黄昏才进入尾声，已经六十来岁的工部尚书和刑部侍郎尤其难掩疲态。

太子赵篆吩咐司礼监秉笔去让御膳房送些吃食来，在此期间，所有臣子都可以抽空休息或者走出屋子透透气。

桓温是资历、官声和功绩都极其足够的重臣了，自然不会像一些六部侍郎那么拘谨局促，率先离开屋子。

太子赵篆很快就跟随起身，快步走出，笑着喊住了“坦坦翁”，然后结伴而行。

这幅场景落在有心人眼里，不可谓不引人遐想。

晋兰亭始终坐在位置上没挪动屁股，也没有主动跟屋内的某位前辈客套寒暄，显得格外形单影只。

屋外廊中，桓温微笑着问道：“不知殿下有何事？”

四下无人，太子眨了眨眼睛，偷偷做了个举杯饮酒的手势。

桓温也不客气，嘿嘿笑道：“这敢情好。”

两人走去了远处的偏屋，身后只跟着司礼监掌印太监宋堂禄。

太子犹豫了一下，说道：“国子监右祭酒一职暂时空缺，姚大家也未举荐谁担任，‘坦坦翁’可有什么建议？”

桓温愣了一下。

太子赵篆笑着不说话。

桓温也笑了，也不含糊，直截了当地说道："国子监右祭酒的人选没有，老臣那边的门下省倒是缺个称心如意的辅官，赶巧了，借此机会正好跟殿下要个人。"

赵篆皱了皱眉头，轻声问道："难道是？"

虽然太子殿下没有说出名字，但是"坦坦翁"已经点头。

双方心知肚明。

是勤勉房的陈少保陈望。

他寒士出身，进士及第，没有跻身一甲三名，但也够格进入翰林院成为清贵的黄门郎，然后担任天子近侍起居郎，后成为短暂的东宫侍讲和考功司郎中。

清贵归清贵，可官位都不高。

"少保"也仅可算是天家恩赐的勋位。

可要是陈望能够前往门下省成为桓温的左膀右臂，那么没有一个正三品的高位就说不过去了。

甚至从二品都不是没有可能。

如此一来，当下在太安城炙手可热的晋兰亭比之也要失色许多。

桓温突然一拍脑袋，说道："国子监右祭酒的人选，老臣倒是想到一个十分不合适的人选。"

太子殿下忍俊不禁，有些无奈地道："'坦坦翁'，你这个说法……"

桓温哈哈大笑，也不再说话了。

但是双方再一次心知肚明。两个官职就这么在喝上酒之前敲定了。

一个是陈望，去门下省。

一个是孙寅，去国子监。

两人似乎皆是出自北凉。

昔年被贬低为"北蛮子"的离阳王朝不似文风鼎盛的西楚，历来不设太师、太傅等职，一统中原后依旧如此，而且为了防止权相专权，甚至连中书、门下两省的主官也空悬，直到近年桓温和齐阳龙先后打破旧例。

勤勉房作为龙子龙孙和公侯王孙的读书之地，在此讲学的师父无不是德才兼备的清流硕儒，只不过官阶品秩都不高，甚至有些著作等身的名士才堪堪入品。哪怕是时下勤勉房的一把手陈望，头上顶着的少保头衔也仅是个勋号，实打实到手的俸禄比翰林院普通黄门郎还要低些。所以当陈望横空出世继任勤勉房少保后，太安城也只当是出了个殷茂春第二的“小储相”，少不得要按部就班打熬个十几二十年，才能真正进入中枢重地，可很快就传出一个轰动京城的小道消息：此人不但马上要赶赴门下省担任要职，甚至有可能从执掌翰林院十数年的殷茂春那边虎口夺食！仿佛是为了佐证这阵不知从京中哪座府邸吹出的风，“坦坦翁”与国子监左祭酒姚白峰联袂登门探望陈少保，据说相谈甚欢，相互引为忘年交。回头再看那位晋三郎，相较之前寂寂无名的陈望，虽说亦是春风得意平步青云，可在王朝顶尖高层中一直没有这份殊荣。由此可见，有关“养望”一事的功夫，陈望远比礼部侍郎晋兰亭更加纯熟，堪称炉火纯青。

一时间，太安城内皇亲国戚天潢贵胄扎堆的王郡街上这栋原本不起眼的小小郡府顿时车水马龙。陈望妻子的祖父并非出身先帝正统一脉，人微言轻，只不过在春秋战事中立场坚定地站在先帝身后摇旗呐喊，嫡长子才得以世袭柴郡王。陈望的妻子作为郡王女儿，本该循例降爵为县主，当今天子念在两代柴郡王都忠心耿耿，这才破格敕封，并且钦点了她与陈望的婚事。如今看来，当初非但不是寒士陈望攀了高枝，反而是柴郡王捡漏儿的功夫天下无双。

陈望与郡主早已搬出王府，新宅邸倒是相距不远，他妻子回娘家一趟也就一盏茶的时间。起先柴郡王还怕女儿频繁回家惹来陈望的不快，日久见人心，才发现这位贤婿的胸襟确实不凡。如今陈望少保加身，又即将进入权柄渐重的门下省，却无半点儿寒门子弟常有的一朝得志便反复，一如既往性子温良待人恭谨。

因为陈府常年闭门谢客，不见生人——这是陈望在发迹前便立下的铁律，许多想要烧热灶的投机客就只好退而求其次，携礼前往少保大人老丈人的府邸，这更让有“冷板凳郡王”绰号的柴郡王脸上有光，稍稍上了年纪的郡王有事没事就笑眯眯地负着手去街上邻居家串门，前半辈子的憋屈大概都一扫而空了。

太安城迎来了第二场雪，旧雪未曾融尽，新雪便又铺上了，惫懒些的门户就干脆不去扫雪了，熟谙节气的老人念叨着换岁前恐怕还有场雪景可赏，只是冬寒刮骨，苦了他们这些行将就木的老骨头喽。

不过唏嘘之余，老人们多会呼朋唤友围炉闲聊。天子脚下的京城百姓喜好指点江山，尤其是他们这些经历过两朝乃至三朝离阳皇帝的老家伙，虽然对硝烟初升的西北边塞和告一段落的广陵战事都开心不起来，但大抵还是乐观的，毕竟本朝经过二十余年的休养生息，又有着永徽之春的结实底子，见惯风雨的京城老人坚信，明年的这个时节，天下就会彻底太平了。某些老人还会想着，若是能在躺进棺材前瞧见本朝吞并北莽的场景，那便死而无憾了。

太安城这个被百姓称作“郡王巷”的地方，隐约摆出跟张首辅府邸所在的那条路两两对峙的架势。只是双方的境况截然相反，后者每当早朝和退朝时分，那都是车水马龙；而前者则街道冷清，罕见身影。因为前者那些宅子里的人物虽然个个身份尊贵至极，但除了极少数人能够参与朝政外，大多是中看不中用的绣花枕头，自永徽以来便始终被某个紫髯“碧眼儿”排斥在朝廷中枢之外，所以每天早、晚的那趟来回，只在屈指可数的朝廷大典举办期间，有人被推出来当摆设时才会出现。后者的街道无比喧闹，人人身着紫绯官袍。不过祥符元年入秋以来，一向死气沉沉的郡王巷，车驾逐渐频繁起来，原本习惯了自立山头的这个地方开始接纳许多新鲜面孔。

暮色中，早先在郡王巷中门槛高度只能屈居末流的陈府，宅子的年轻主人破天荒主动领了一名陌生客人回家。府上门房是世代为老郡王府待人接物的老人，可他仍认不出那个还穿着朝服的中年男子是何方神圣，竟然能让主人如此郑重其事。看那人的官补子，是织锦质地的文三品孔雀。老人自认眼光还算毒辣，是不是世家子，他有信心一看就能认清，老门房小心地打量着那个与主人一起跨过门槛的家伙，总觉得此人身上的气韵有些矛盾，明明是文官，却像是才从沙场上走下来的武将，但又不似早年经常进出兵部、顾庐闹出笑话的那些糙人。

府上仆役的数目堪堪能保证四进宅子运转无碍，所以，陈望和客人入府后一路前行到书房前就没有碰到人。不要说遵循亲王规格建造的高门豪宅，就是附近那些按照祖制有三路五进大院的郡王府，这个晚宴时分谁家不是人来人往人声鼎沸？大雪时分，无由持一碗，约一二至交，身居高位，尽情高谈阔论，何等快哉！反倒是这个就规模大小而言相形见绌的陈府，最有“庭院深深深几许”的意境。

主客两人落座后，一名中人之姿的高挑女子闻讯赶至。她入屋的时候，丈夫正在亲自煮茶，炉中的火苗微微摇曳，壶水渐渐沸腾，为略显冷清的屋子增添了几分暖意。陈望抬头看了眼妻子，微笑着介绍道：“是兵部的许侍郎。”

无论尊卑，郡王巷中就没有孤陋寡闻的人物，被敕封“长乐郡主”的女子立即就知道了来者的多重身份：龙骧将军许拱，姑幕许氏的顶梁柱，离阳军中威望名列前茅的青壮将领，时下被郡王巷上上下下调侃为太安城的“新人小媳妇儿”。她还听说这位许侍郎好像不太受待见，虽说算不得明升暗贬，可想要像“棠溪剑仙”卢白颉那般迅速融入京城庙堂，难如登天。本名赵颂的宗室女子对朝政一向不感兴趣，丈夫为何会领着这位兵部侍郎回家，她像往常那样不去深思。来者是客，她自然清楚该如何应对，总不能折了自家男人的面子，于是与许拱不温不火地打过招呼后，赶紧接过陈望手上的烹茶活计，替两个男人倒了两杯茶后，又立即告辞离去。

许拱打趣道：“少保有福气，我等委实羡慕不来。”

许拱一直是个地地道道的地方官，历来不在太安城这个“朝中有人好做官”的“朝中”刻意埋什么人脉伏线。这次能够进京，就如外界传言的那样，还是靠着本族老人和江南道数位前辈“卖老脸”才求来的，以后的路子，就真是师父领进门修行看个人了。所以他进京之后极为克制内敛，几乎足不出户，之所以能跟陈望搭上线，缘于陈望作为考功司郎中辅佐殷茂春主持地方考评的“大计”期间，跟许拱打过一次交道。君子之交，相见恨晚。当时许拱打破脑袋都料想不到陈望能这么快脱颖而出，一跃成为位列王朝中枢的重臣公卿之一。

陈望也没有太过谦逊，点头笑道：“拙荆在赵家那么多金枝玉叶里头，性子确实算好的了。”

说到这里，陈望略作停顿，脸色柔和，下意识地补充了一句：“我很珍惜。”

许拱犹豫了一下，问道：“冒昧问一句，虽然在下的家族多年来一直希望我某天能够进入兵部，可不知为何，家中老人对于这次召见入京有诸多惊奇，尤其是庾老供奉临行前更是给了我‘福祸参半’四字赠言，言谈之中亦是有些世事难测的莫名感慨之意。显而易见，江南道那边希望我进京，但是我能否入京却不是他们能够左右的。敢问少保，京城中是否有人帮我说了好话？”

能言之言且言尽才是君子之交。许拱清楚自己这么开门见山询问不符合为官规矩，只是自认与陈望相交诚挚，也就不屑遮掩了。

陈望笑了笑，伸手指了指自己。

许拱愕然。

陈望正了正神色，说道：“起先庾家上柱国进京，毫无疑问当时是存了引荐许兄入京的念头，也有所布局，不知为何后来就没了下文。就我看来，最后关头应该还是觉得暂时不让许兄来太安城蹚浑水为好。我当时还没有进入勤勉房担任少保，仍是坐在吏部考功司郎中的位置上，在其位谋其政，就跟太子殿下说了些言语。当然，那都是些锦上添花的东西，若非许兄自身能耐摆在那里，任由我说得天花乱坠，太子殿下也不会生出什么想法。”

许拱有些哭笑不得。

陈望坦诚地道：“上柱国庾剑康有他的考量权衡，我也有我的想法。时局动荡，我总觉得，以许兄的文韬武略，此时不出山更待何时？难道许兄错过了一次春秋战事，还要再错过一次？试问，许兄还有几个二十年和几次机会可以错过？当然，上柱国那边出于谨慎的心思我同样理解，将许兄当作奇货可居，静待局面再糜烂上几分，说不定到了那个危急关头，就不是一个兵部侍郎可以‘打发’你这位潜龙在渊的龙骧将军了。”

许拱点头道：“少保的话，我听进去了。”

陈望笑道：“所以这次连累许兄被赶去两辽巡边，被太安城视作笑柄，许兄可别怪我画蛇添足啊。要不然我以茶代酒，自罚三杯？”

许拱豁达地大笑道：“陈老弟这番话可就矫情了啊！”

陈望“针锋相对”：“喊了我那么多次‘少保’，才喊了一声‘陈老弟’，还敢说我矫情？到底是谁矫情？”

身材魁梧坐如山峦的许拱厚着脸皮道：“恳请少保大人恕罪则个。”

陈望喝着茶水，屋门口站着犹豫半天还是没有出声敲门的女子。她折返是想跟丈夫说一声自己要去娘家那边取些物件回来，看着这个男人脸上此刻暖洋洋的笑意，她既由衷地感到高兴，也有难言的愧疚感。高兴的是自己夫君是任何一位挑剔的女子都挑不出毛病的佳偶，他终于有了可以袒露心扉的朋友，可以一起喝茶一起闲聊；而愧疚的是，成亲以来，她从不知道该怎样为他分担些什么。凭借女子的直觉，她感受得到他那种隐藏很深的压抑。大概是久在帝王身侧伴君如伴虎的缘故，他处处如履薄冰事事提心吊胆，而她这个所谓的金枝玉叶，以及她父亲所谓的皇亲国戚，其实一直是自己男人的束缚，而不是助力。陈望从来不喝酒，哪怕是成婚那一天，也是点到即止。他每天都会挑灯夜读，睡得比她要晚许多，起床却要比她早很多，仿佛他总有读不完的书籍忙不完的政务，但难得的是他从没有因此让她觉得自己被冷落。她虽非心思如何玲珑剔透的聪慧女子，却也不笨，她相信他是实实在在在意着自己，更不会在外边拈花惹草。陈望的洁身自好，在郡王巷数十座府邸中无人能够出其右。

他在意她。

她很心疼他，可她又不知为他做些什么。屋内，离阳王朝两个最有才华的男人喝着淡茶，言谈无忌，她悄然离开。

陈望问许拱广陵道战事的走势，许拱忧心忡忡，语气有些沉重：“兵部最早预期半年即可平乱，其实也不全是盲目乐观，杨慎杏和阎震春当时不说大胜，只要撑下来，那么西楚复国就无异于一场慢性自杀。可是两位老将的失利，促成了西楚这把新刀的‘开锋’，才使得谢西陲和寇江淮两个年轻天才有足够的余地去以战养战，愈战愈勇。现在西楚羽翼渐丰，就很难速战速决。加之主帅卢升象始终有名无实，他真正的敌人除了西楚叛军，还有朝廷的钩心斗角。军中山头林立，争权夺利，西楚那边却众志成城，此消彼长，这场仗难打。好在朝廷总算没有把罪过都推到卢升象头上，没有阵前换帅，否则……”

陈望点头道：“太子殿下说了，他已经做好西楚余孽大军杀至京畿内的心理准备。”

许拱大惊失色，赶忙环顾四周。

陈望平静地道：“放心，就算这种话传到了殿下那边，你我都不会有任何事情，殿下这点儿胸襟肚量还是有的。”

许拱心情激荡。陈少保简单的一句话泄露了太多天机。

粗看这句话是称赞太子赵篆极有容人之量，以及点明太子对西楚战局抱有消极态度。更深层含意则是陈望在跟他传递一个隐蔽的信息：太子殿下是一位宽容的储君，值得你许拱投效。若是再往下深入挖掘，许拱就有些不寒而栗了。在太子如今还只是监国的敏感时刻，皇帝陛下还健在，就劝说或者说提醒一个兵部侍郎明确站位，是不是言之过早了？难道说这里头有什么玄机？要知道这些年太安城可没有传出半点儿陛下身体有恙的骇人秘辛啊。

难道说？

就在许拱内心正剧烈地天人交战的时候，陈望好像不过是拉了一句不咸不淡的家常，很快跳到下一个问题：“那北凉能守多久？万一西北门户守不住，接下来怎么守？”

许拱何等老辣，安静坐在对面的陈望不动声色，他脸上也没有丝毫波澜，对于这类分内事自是早有腹稿，立即答复道：“一般情况下，光靠北凉边军能守个两年，但这是建立在双方不出现大纰漏或者是大阴谋的前提下。可事实上两军对垒，你永远猜想不到对手的下一步是惊艳还是昏聩。历史上许多经典战事也是阴错阳差造就的，有将错就错的，甚至有以错着胜妙算的，以至于还有某些人输得莫名其妙，某些人赢得自己都感到匪夷所思。如果是寻常的两军对峙，领军之人用兵平平，那无非是比拼双方的底蕴，没有什么悬念，可凉莽大战不能以此类推，因为双方拥有太多太多名将。”

许拱有些神往，眼中出现一抹恍惚：“北凉有褚禄山、袁左宗、燕文鸾、陈云垂、何仲忽……哪一个不是一场场硝烟熏出，可独当一面的大将？北莽有拓跋菩萨、董卓、柳珪、黄宋濮、杨元赞……”

许拱感叹道：“几乎每一个人都可以让整个战局发生无法预测的变数。”

许拱渐入佳境，话匣子一打开就完全关不上了，一手持杯却不喝茶，一手抬起在空中指指点点：“在北凉被纳入离阳版图之前，北方游牧民族南侵，有两条路可以选择。第一条是以中原头颈之地的北凉作为首选，大军居高临下，往往势如破竹，缺点是战线稍长，哪怕一路打到了中原之腰膂的襄樊，也再难更进一步，往往只能大掠而返。第二条则是由蓟州边境钻隙南下，先遣游骑栏子分批搜索，荡平零碎的关外阻碍，一方面掩护大军，一方面掳掠村庄，逼迫中原王朝退守据点，城池与城池之间被分隔开，如岛孤悬，边防瘫痪，北方蛮族骑军则顺势南侵，畅通无阻。

“如今北莽看似选择了一条不明智的路线，其实是取近忧而弃远虑，是没有办法的办法。北蛮子决心打本朝，没有上策可言，只有中、下两策可以选择。北莽拖不起，我朝则是最拖得起。如果等到广陵道的西楚覆灭，那时候北莽再开战，那才真是没的打。一个内部安稳的中原大地，一个锐意进取的中原朝廷，无疑是北方游牧民族的噩耗。假使北莽先打他们的西线，即我们朝廷用半朝国力打造出的两辽防线，门外汉也许会觉得这条线路距离太安城最近，北莽理应如此用兵，但真相是北莽到时候根本做不到倾力南下。因为北凉三十万边军注定会呼应东线两辽，对北莽南朝展开主动攻势。一旦让北凉铁骑肆意插入腹地，进入草原，届时北莽大军就算侥幸一路推进到了太安城脚下，那也是有来无回的下场，南朝没了不说，说不定连北部王庭都给捣烂了。

“既然现在北莽选择了硬骨头北凉作为突破口，不妨退一步说，假设北莽拼着伤筋动骨真打掉了北凉，也没有到可歇口气的时候，因为接下来很快就有两场恶仗死战要打，最致命的是这两场战争是同时进行的，元气大伤的北莽不得不陷入两线作战的境地——西蜀有陈芝豹坐镇，东线上有大将军顾剑棠领军，搁在北莽面前依旧不是什么软柿子。

“若是再退一步，陈芝豹没能牵制住北莽，顾剑棠那条号称‘固若金汤’的东线也给彻底冲散，这又如何？太安城让给你们北莽好了。我朝依旧有一战之力！”说到这里，许拱那只手由北往南猛然一拉，“我们大可以一口气退至广陵江以南，别忘了还有燕剌王赵炳的百战之师。以赵炳大军作为核心战力，陛下轻而易举地聚起五十万大军，绝非难事。”

许拱突然自嘲一笑：“话说回来，北莽真能把我们逼到这个地步，也算他们的本事。他们要是最终赢得天下，别人不说，反正我许拱心服口服，反正大不了就是战死罢了。”

陈望轻声道：“这一切也有个前提啊。”

许拱默然片刻后点头道：“前提是北凉愿意死战到底。”

陈望自言自语道：“我知道那个人愿意的。”

许拱嗯了一声：“没办法，谁让他是徐骁的儿子。谁都可以退，唯独他不行！”

陈望微笑道：“我很难把当年那个花钱跟我买诗的年轻公子哥跟如今那个说打就敢真打的北凉王联系在一起啊。”

许拱有些不知如何应对。

陈望喃喃道：“北凉雪花大如席，太安城都这样大雪纷飞了，想来我家乡那边只会更加酷寒。”

许拱有些佩服这个比自己要小上十多岁的读书人。一个北凉出身的年轻人，进京赶考进士及第，在京城官场上竟然从没有说过一句北凉的坏话，也从未遮掩过自己跟当时还是北凉世子的那人的那点儿“香火情”，哪怕是这样，依旧能简在帝心，一步一步走上高位，甚至有望冲顶，去争取一下未来文臣领袖的交椅。这期间的故事，许拱不敢相信，也不奢望陈望会主动说出口，而且即便陈望愿意说，他许拱胆子再大，也不敢听。除非将来某一天陈望果真将“储相”二字中的前缀去掉了，成了第二个张巨鹿，并且他许拱还需要成为离阳王朝的第二个顾剑棠。

两人这番交谈正如饮茶，兴尽了七八分，还留有二三分余味，再说下去，也许都要自觉面目可憎了。

许拱起身告辞。陈望也起身相送，一直送到门外，笑道：“明日许兄就要前往北线，我还要准时去勤勉房，就不送了。”

许拱点头道：“无妨，你我以后有的是机会相聚。”

许拱乘坐那驾不起眼的马车于风雪中缓缓离去，车轮才碾轧出痕迹，就迅速被鹅毛大雪覆上。

陈望转身踏上台阶，抬头看了眼夜色，突然对那位老门房吩咐道：“老宋，备马车，想去赏雪了。还有，记得让人跟她知会一声。”

老人惊讶地道：“夜禁？”

跟许拱一样来不及脱去朝服的陈望笑道：“不换衣出城便是。”

老人立马倍感自豪，会心地笑道：“老奴这就去。”

没过多久，一辆马车出了南城门，在一处小渡口停马。

陈望走下马车，不知为何，站在前往南方的渡口，所望的方向却是西边。

陈望掏出那常年携带的小物件，轻轻嗅了嗅。

他年轻时读书，曾见古语有云：三世修得善因缘，今生得闻奇楠香。

他手中之物正是一片价值万金的奇楠木。

他那时候不过是个寒窗苦读十年书依然前途未卜的穷酸青年，经常坐在那个芦苇丛生的阴凉渡口读书，而她往往会一边捣衣一边听他读书。

他说以后科举成名，一定会衣锦还乡，一定会给她捎带些这奇楠香木。

还有——

一定会娶她。

然后，他千里迢迢来到了这座天下首善的太安城，在千军万马过独木桥的科举中成功跳过了龙门。

只是到最后，他成亲了，掀起了红盖头，可烛火中的那张娇艳脸孔——

不是她。

他只给家乡那女子送去了“勿念勿等”四个字。

这么多年，他最怕的不是那位天心难测的皇帝陛下，也不是那位锋芒内敛的太子殿下，更不是那个无孔不入的赵勾。

他最怕自己说梦话，怕自己喊出她的名字，更怕自己当时满腔热血选择的道路会连累那位远在北凉的婉约女子。

她曾经羞红着脸却一本正经地跟他说，以后若是成亲了，田间劳作时就不许他碰了。为何？因为他是读书人啊。

陈望捏紧那片奇楠，嘴唇颤抖，闭上眼睛。

隆冬大雪拂了还满肩头，何况他根本就没有理会那些落雪。

陈望。

望，月满之名，日在东，月在西，遥相望。

这位当之无愧的年轻储相缓缓睁开眼睛，轻声道：“你找到好人家了吗？”

就算没有，也千万不要再等了。

你如果嫁人了，应该也是找一个比我更懂得珍惜你的读书人吧。你肯定在怨恨我这个负心人吧？

陈望满脸泪水。他不知道的是，渡口良人还等着他，只不过曾经是站在渡口，如今是躺在了芦苇丛中，会永远等下去。

人已死却不怨，未归之人却不知。

第六章

紫气东来三千里

陆地青虹滚青雷

被誉为“离阳东南小庙堂”的春雪楼建于狮子崖上。春雪楼所在的瘦绿山庄前身是大楚王朝的避暑胜地，被春秋战火殃及毁于一旦，二十余年来广陵王赵毅不遗余力地大肆扩建，搜罗了无数名花奇石“养在闺中”，其中有一块由广陵水师和藩王骠骑联手搬运至山庄的春神湖巨石，形如珍珠，是当之无愧的天下石魁，更是涵养风水的压胜宝物。

瘦绿山庄南临广陵江，狮子崖一带原本经常有江南士子登高览胜作赋，成为赵毅这位皇帝胞弟的藩王的禁脔后，便成了只有广陵道有资格进入春雪楼议政那一小撮权贵人物的独有福利。狮子崖又称聚宝山，大奉王朝末年曾有得道高僧在此降狮说法，引来天上落花如雨的瑰丽异象，落花坠地即成石，色彩绚烂，方圆百里不计其数。自大奉末年至永徽元年，每逢战乱，这些陷入无主境地的石子便不断被旅人、游人、采石人捡拾，如今十不存一，进入了寻常百姓家。赵毅封王就藩之后，或强取豪夺，或高价购买，搜罗这些石子，围绕着春神湖巨石随意铺展开去，逐渐铺满了狮子崖。

崖上春雪楼，楼下有口井。

江南头场小雪姗姗而至，却又骤然消散，只不过广陵道的战火实在让人提心吊胆，对于下雪与否，降雪大小，人们都漠不关心。冬雪消融，正午时分，狮子崖上风景旖旎，一个胖子独自坐在楼底下的井口上。这口小井历来无水，为何而挖自古便是谜。胖子身穿一袭圈金绒绣的明黄色大蟒袍。离阳诸位藩王中，也只有这头肥猪有此殊荣，哪怕当年功无可封的北凉王徐骁，也不过是一件蓝大缎蟒袍而已。燕剌王赵炳的蟒袍较之这位的都要逊色一筹，至于更实质性的就藩之地，常年瘴气横生的南疆自然无法跟天下赋税半出于此的广陵相提并论。离阳朝野上下对于这个藩王中最有无功受禄嫌疑的广陵王向来恶评如潮，言官御史直接、间接死在广陵王手上的数目更是让人咋舌。

时下终于遭受报应被架在火堆上烤的胖子似乎并没有外界想象的那般仓皇失措，而是安静地坐在井口上，没有什么戾气，也无颓丧的神色。

每当赵毅坐井发呆的时候，便是春雪楼的嫡系心腹也不敢打搅。

远处，世子殿下赵骠毕恭毕敬地站着，刚从前线返回的西线主将宋笠与其并肩而立。

崖外是广陵江，江面上停着密密麻麻的水师战船，虽然对外声称广陵水师被西楚夺走一半，但那仅是数量上的失利，绝大部分楼船巨舰都牢牢握在广陵军手中。

赵骠跟宋笠关系莫逆，多年来一直称兄道弟。世人皆知在广陵道境内只有成为宋笠的女人，才能真正逃过世子殿下的魔爪，否则就算你有个当刺史的爹，也称不上有保命符。此时赵骠压低声音气哼哼地道："当年都说西楚太傅逃至此处，不愿接受徐家铁骑的招降，抱着那亡国公主毅然决然跳崖赴死，狗屁！徐瘸子分明是摆了朝廷一道，就该给徐骁一个更恶心的恶谥！"

宋笠笑着，没有附和，转头瞥了眼滚滚东流的江面。

楚亡之后无春秋，高崖之后无中原。

当初大楚覆灭，可仍有南唐、西蜀两国负隅顽抗，但在文坛士林中就已经有这种说法了。

赵骠打着哈欠，神游万里。突然被宋笠撞了一下胳膊，赵骠这才发现父王在朝他们招手，赶忙上前，跟宋笠一同走到井畔。

赵毅看向宋笠，笑问道："那寇江淮当真辞官隐居了？"

宋笠点头道："一开始末将也以为是曹长卿的障眼法，如今看来，寇江淮突兀地撂担子应该八九不离十。"

赵毅给了这员福将一个鼓励的眼神，宋笠酝酿了一下措辞，这才继续说道："西线战局本已支离破碎，寇江淮若是继续扩大战果，王爷的数万骠骑少不得折损一半，方可挡下寇江淮的推进。且不说寇江淮的离去是传闻中与曹长卿政见不合，还是西楚朝堂有人不愿他坐大，才给他下了绊子，反正对王爷来说肯定是一件好事。入春前，西线都不会有大的动静。一鼓作气，再而衰，曹长卿答应寇江淮离去很是无理。也许日后史家评价此事，会将此看作一个重要的转折点。"

体形异常庞大的赵毅嗯了一声，有些艰难地弯腰捡起一颗石子，握在手心，感受着凉意，问道："不说以后，我们只谈眼下。宋笠，你觉得接下来是曹长卿亲自领军，还是会让谢西陲补上寇江淮的空缺？不管是谁主持西线，似乎都不是什么好消息啊。"

宋笠毫不犹豫地说道："谢西陲领军的可能性更大，曹长卿多半依旧退居幕后运筹帷幄。"

赵毅自嘲道："也对，他曹长卿哪里瞧得上本王和卢升象，他眼中只有顾剑棠罢了。顾剑棠一天不从两辽边线南下，曹长卿就一天不出面主事。"

宋笠点头道："看似自负，何尝不是长远考量。曹长卿锋芒太盛，他只有丝毫不插手具体的兵马调度，才能给谢西陲和寇江淮这两个年轻人足够的机会去成长。"

赵毅突然笑道："时无英雄，使竖子成名。"

赵骠有些茫然。他清楚所谓的"竖子"是指谢西陲、寇江淮之流，可不明白父王所谓的"英雄"又是指谁。

赵毅感慨道："当年徐瘸子轻轻一脚，就是神州陆沉。"

赵毅脸上流露出浓重的讥讽之色："这回藩王靖难，雷声大得不行，其实呢，不是雨点小，那根本就是没有。除了赵炳老匹夫的那个儿子心怀叵测，其余都是一群酒囊饭袋。徐瘸子如果没死，随便从北凉拉出五万精骑，曹长卿和他的西楚就完全不可能蹦跶了。至于赵炳嘛，若是真愿意出死力，与本王联手，也能解决这个麻烦，只不过赵炳这家伙，心机跟那被徐骁调侃为'妇人'的赵衡差不多深重，不过扮痴装糊涂的本事，赵衡就跟他差了十万八千里。曹长卿和那小女孩儿还没揭竿立旗的时候，他就故意连续三封六百里加急奏章传给太安城，说什么南疆动乱，这不前不久还上了一封请罪的折子？说南蛮十六族勾连西楚余孽，导致他亲自出马的前线连续大败了三场，死了好几万人马。好几万？你娘的！好几百人才对吧。你儿子当年不过是十几岁的小崽子，就能去南疆腹地砍人头筑京观，你赵炳一去，反而吃了败仗，而且一吃就是三场？号称可'弹指破城，挥袖灭国'的纳兰右慈干啥去了？一个大男人，总不会是给你赵炳折腾得怀孕生娃去了吧？"

赵毅叹了口气："在所有藩王里头，一蹶不振的老靖安王赵衡怨气最大局限也最大；淮南王赵英则是才气最高本事最小；胶东王赵睢性子最软，从头到尾皆是最不成气候。至于本王，眼界最小，争不来'天下第一的铁骑'的名头，能争个'天下第一的水师'就很知足了。本王野心最小，从不觊觎那把椅子，从小就是这样，甚至为了我哥能一屁股坐上去，当年还特意跑到徐瘸子跟前差点儿下跪。所以，别看这些年外人都说本王凶名赫赫，实际上徐骁这个北凉王才是威风八面。要说本王最厌恶谁，其实还是赵炳，见风转舵，过河拆桥，口蜜腹剑，都是一把好手。只可惜啊，皇兄一直全心全意防范西北，不管本王这个同父同母的亲弟弟怎么劝说，他始终不肯对南疆有所动作。"

赵毅惨然一笑，抬头看着儿子赵骠，自嘲道："那年徐凤年来广陵江，你跟他结下死仇，本王故意示弱于徐骁，从你身上剜下一块肉送往北凉，然后在这种时候给皇兄送去一封密折。不是说北凉徐骁的什么坏话，而是说赵炳此獠万万不可任其积蓄势力。结果呢，皇兄还是不上心。要是从本王身上剐下几斤肉就能换来皇兄回心转意，本王真会去做的。既然皇兄不愿做恶人，那么本王来便是了，所以这小半年以来，本王让人暗中刺杀了那燕剌王世子四次，全部无功而返。"

宋笠默不作声。

头一回听闻此事的赵骠张大嘴巴，一脸震惊之色。

赵毅丢出那颗被手心焐热的石子：“后来陈芝豹入京担任兵部尚书，本王知道此人肯定会封王就藩，于是再次递交密折，向皇兄提议让陈芝豹就藩于广陵道和南疆道之间。若是陈芝豹嫌弃藩地太小，本王甚至可以多让出一个州。结果如何，你们两个现在也知道了。”

赵毅哈哈笑道：“骠儿，为父不过是想让你顺顺当当袭爵，都已经不奢望孙子当亲王了——将来肯定是去太安城做个享乐郡王的命。可那赵炳当爹当得就要霸气多了。”

然后赵毅深深地呼出一口气，有些疲惫地挥挥手，欲言又止的赵骠和一直沉默的宋笠一起退下。

赵毅继续坐在井口上，望着天空，像个坐井观天的傻瓜。

战场就是一座熔炉，把所有跟“自以为是”沾边的东西都践踏碾碎。

北凉边军中除了极少数高层将领会使用标配以外的兵器，例如宁峨眉的长短双戟，又如李陌藩这座不能以常理看待的移动武库，还有寥寥几位拥有自己的槊，此外几乎所有边军将士都不携带任何有沉重或者奇巧嫌疑的玩意儿。至于骑军的对战，绝对不是很多百姓想象中那种展开冲锋撞在一起后，便减速停马纠缠互砍，这种不堪入目的画面能让内行的骑将感到崩溃——那真是把宝贵的骑军当成步卒，暴殄天物了。实际上骑军对战就如江湖人切磋技击，两把兵器一触即分，然后寻找下一个战机。

眼下这支以三千骑撵着七千羌骑跑的龙象军，如果在先前那波跟柯扼部羌骑对战的冲锋中没能取得战果，那么在拉伸出一段间距后，王灵宝会转头观察敌方骑军的动向，来决定是以直接停马掉头还是缓速绕弧的方式来展开第二轮集体冲击。假若第二波对撞仍然没有清晰地分出胜负的迹象，王灵宝就要依照己方骑兵的损伤程度，来选择麾下哪一部放弃沉重的铁枪，换上更为轻便的凉刀，以及哪一部应当继续使用铁枪冲锋或是轻弩齐射。战事胶着的沙场上，一个微小的优势可以扩大优势，一个漏洞也足以葬送全军。从“大将军”徐骁到“将军”陈芝豹，曾经给北凉铁骑烙下最深刻烙印的两个人都坚信一点：徐家铁骑真正强大的地方在于，有足够的耐心和实力去等待敌方主动犯错。

遇上如此无懈可击的敌人，那群羌骑无疑是倒了八辈子的血霉。

这支羌骑本以为是狼入羊群，不但可以在流州“饱餐”一顿，甚至在将来有望去富饶的中原大肆烧杀劫掠。所有的骑兵都年复一年听人说着中原的美好：那里有数不尽的良田，白花花的银子堆积成山，而且那里的女子环肥燕瘦，最重要的是她们的肌肤比草原上风吹日晒的女子要好太多太多，摸上去就跟抚摸上等绸缎一般。可事实上是还未天黑，美梦就破碎了。

三千龙象骑杀得他们像是一群丧家犬。若非羌骑独有的迅捷，在这种兵败如山倒的溃逃中，在龙象骑兵极富效率的追杀下，这帮溃骑根本坚持不到半个时辰。

在先前冲锋中被雪藏起来的凉弩终于逐渐发挥出令人发指的杀伤力。羌骑为了追求最大限度的速度，连不熟悉的枪矛都主动舍弃，至于所披甲胄只是北莽寻常轻骑的标配，与南朝那些大将军嫡系轻骑轻巧却结实的昂贵战甲相差很大。要知道，凉弩可是成功结合了历史上秦弩、奉弩两大名弩优点的怪胎，组装拆卸都极为简便，经过北凉两代大匠良弓的改进，各种凉弩皆拥有了几近完美的平衡点。除了射速，大弩的射程、贯穿力和精准度都要胜过长弓。在无数场中原王朝跟北方游牧的战争中，以步战骑，踏弩、床弩可以发挥出巨大的威势。

故而有人说，千百年来，中原王朝是用两样东西死死地挡下了北方游牧民族的马蹄，一样是巍峨的城池，再就是劲弩。

其中对弩的使用，堪称炉火纯青的北凉若是自称第二，无人胆敢自称第一。

北莽南朝对北凉短弩再熟悉不过，可谓深恶痛绝。南院大王黄宋濮曾经致力于大规模推广类似的短弩，只是出于各种复杂的原因被多方阻挠，成效甚微。

战马脚力最佳、骑术最上乘的那拨龙象骑军负责阻截，滞缓羌骑的逃窜。他们不断射出一支支弩箭，只要造成杀伤，不论羌骑生死都不去管，哪怕有羌骑坠马，面对唾手可得的军功他们也绝对不去多看一眼，一切都交由后边并未持弩的袍泽去补上一矛刺死捅杀。

作战分工如此明确，手段自然异常狠辣血腥。

对这些狼狈的羌骑来说，不幸中的万幸就是那个一上来就丢掷黑虎玩耍的少年初期一通大开杀戒后，便重新上马，不再展开杀戮。

羌骑起先不是没想过以鸟兽散的姿态四处逃离，避免被龙象铁骑一路衔尾追杀。只是才出现这个苗头，龙象骑军在那名主将模样的魁梧汉子的指挥调度下，就立即有了应对之法。除去与羌骑纠缠不休的龙骑弩骑，两千龙象枪骑迅速拉伸铺开锋线，然后猛然加速冲锋，清一色地举起臂弩，差点儿就跟前方的弩骑配合，形成一个口袋阵形，一股脑儿兜住所有羌骑。等到羌骑放弃这个念头，继续簇拥在一起往北方疯狂撤退时，那些龙象骑兵又渐次放缓速度，在马背上进行休整。这种相比弓弩射杀更为隐蔽的战力，更让羌骑感到头皮发麻、脊骨生寒。

北方游牧民族天生便是马背上的民族，因为生于忧患，所以不得不英勇善战，但是天苍苍地茫茫天大地大的土壤也养育出草原骑士那种深入骨髓的散漫不羁，他们可以做到悍不畏死，以迅雷不及掩耳之势展开狂野的冲锋，但是他们那种杂乱的锋线落在中原用兵大家眼中，实在是不值一提。那种大声嘶吼挥舞战刀，甚至让屁股抬离马背的彪悍姿态，在纪律森严的北凉边军中都是必须磨掉的棱角。北凉骑军最重整体性，从不推崇单枪匹马一味单干的陷阵英雄。

黄宋濮、柳珪和杨元赞能够在北莽脱颖而出，与他们在保存北莽自身优势和汲取中原兵法精髓的同时，能压制北莽骑军本身的劣根性有重大关系。

今天，三千龙象骑军是师父，羌骑是学生，老师教会了学生这个道理。

可惜学费太过高昂，得用命来换。

王灵宝在心中计算着羌骑的撤退速度，南朝边境线上的地势以及驻军分布，以及另外两支龙象骑军的支援速度，考虑是不是干脆一路杀入姑塞州，然后长途奔袭到柳珪那老家伙的后头，用铁矛往这个南朝大将军的屁股上狠狠地捅一下。北凉边军对什么老南院大王黄宋濮和杨元赞都没啥感觉，唯独柳珪是人人都想砍下脑袋的。理由很简单，北蛮子天天嚷着那句“柳珪可当半个徐骁”，王灵宝不能忍，整个北凉边军都不能忍！

王灵宝作为身经百战的边关猛将，自然也有自己的心思。不过两个念头都不是什么私心：一个是杀掉柳珪，再一个就是用自家的龙象铁骑跟那两支王帐重骑来一场酣畅大战。

在荡气回肠的战争史上，始终没有出现真正意义上的轻骑与铁甲重骑的对决。哪怕是盛产战马并且马政卓越的凉、莽双方，在二十来年的对峙中，更多还是利用轻骑的机动性去展开突袭和追杀。

在凉莽边境这个未来注定会流血千里的恢宏战场上，双方拥有最优良的战马、最锋利的战刀、最骁勇的骑卒，加上最广袤平坦的战场，也许某天就会爆发出战争史上第一次重骑与重骑的巅峰对决。

北凉铁骑中的重骑，除了老凉王的亲军大雪龙骑，就是旧龙象军中接近六千的重骑了。大雪龙骑是北凉军最关键的家底，不会轻易出动，所以王灵宝坚信自己极有希望让整个天下见识见识什么叫重骑之战，以后百年千年都会有人对此念念不忘，都不会忘了有一支军队叫北凉铁骑。

王灵宝从没有什么为国为民的大义，对于北凉死守西北却被离阳朝廷百般算计，被中原百姓当成狼心狗肺的蛮子，他没有怨气？有，而且大了去了！

但是史书可以忘记他王灵宝这种死了便死了的小人物，唯独不可以忘记大将军一辈子的心血——北凉军！

王灵宝突然看到主帅朝自己招了招手，赶紧快马上前。

徐龙象平静地说道："你领兵追杀三十里，能杀多少是多少，然后返回青苍城。"

王灵宝虽然满腹狐疑，但依然没有任何质疑。

然后这位龙象军副将就看到少年露出一个罕见的狰狞笑容，他跃至黑虎背上，一路狂奔，直接跃过了大队羌骑，独自往北而去。

难不成有落单的大鱼在前头？

战功这种好东西当然是多多益善，要是能去姑塞州耀武扬威一番更好。不过他也不是不知轻重的莽夫——八千羌骑加起来的战功也比不上一个徐龙象。

能让年轻主帅动心的人物，肯定不是易与之辈的小鱼小虾。王灵宝立即有了决定，喊来几名校尉后沉声下令道："三十里内做掉所有羌骑，漏掉几骑便抵去几骑的军功。如果功不够抵罪，什么下场，按照龙象军的老规矩来，你们比我清楚。这三十里路程，准许你们放开了手脚随便杀。"

夕阳西下。

在骑虎北冲的少年北方百余里外的地方，有两人并未骑马，几乎是凌空飞渡，一路南下。

那位中年青衫剑客悬佩着北莽朝第一名剑"定风波"。

风姿如剑仙。

他身边人物的身高让人瞠目结舌。那人足有一般江南女子身高的两倍那么高，并且浑身呈金黄色，面目肃穆，像是一尊降临凡间的天庭神将。

他们身后百里处有一骑疾驰。骑士戴黑斗笠，浑身笼罩于宽大的黑袍之中，似乎有些怕见阳光。

他握着马缰绳的手指一直在微微颤抖。不光是手指和胳膊如此，他整个人都是如此，嘴唇、牙齿都不例外。

这就是借尸还魂必须付出的代价。

正因为他付出了这种不见天日的惨痛代价才得以苟延残喘，所以比谁都更渴望让姓徐的那对兄弟去死，而且务必死得比他更惨！

他确实已经死过了，还是被某人活活撕裂的。

但是插柳可成荫。

他，“一截柳”，已经靠着大秦王朝失传已久的秘术死而复生。

夕阳西坠之际，如垂垂老矣的迟暮老人不堪就此沉寂，回光返照，大片大片的火烧云簇拥在西方天空，燃烧得绚烂无比。

俗语说“早烧不出门，晚烧行千里”。

那么明天肯定会有人再没有机会远行了。

霞光万丈，映照得大漠上那位青衣剑客仿佛披上了一件黄金战甲。中年剑客在千里黄沙数尺之上凌波微步，抬头望了眼西天的云霞，左手拇指按住剑柄，鞘中古剑将出未出。原本以他的清高，怎么都不会与人联手针对某个人，只不过人在宗门身不由己，既然是女帝陛下和太平令的共同授意，那他“剑气近”也就只能违心行事。

按照西京那口蛰眠大缸透露的征兆，徐龙象应该就身在附近。不过，撞上然后截杀还需要一点儿运气，毕竟边境黄沙千里，寻找一支万人骑军尚且不易，何况是寻觅一个人？这无异于大海捞针。若是徐龙象已经跻身可与天地共鸣的天象境界，黄青倒是勉强能够与之感应，不过根据朱魍机密谍报显示，这个生而金刚境的少年始终有意无意地滞留在指玄境门槛上，没有选择势如破竹地一路破境。

黄青突然停下身子，双脚轻轻落在沙地上，拇指加重几分力道按住剑柄，瞬间，六七缕剑气萦绕于“定风波”剑鞘上。

在棋剑乐府中比府主太平令还要高出一个辈分的铜人师祖也随之停下脚步，神情古井无波。

黄青望向前方，轻声笑道：“师祖，这趟差事还是交由我来解决吧？”

“剑气近”的脑袋甚至不到金黄巨人的肩膀。这位在北莽极少露面的武道大宗师点头，平淡地道：“你先来便是。”

师祖的言下之意很明显，在他看来，一个“剑气近”未必能拿下徐龙象。

黄青对此一笑置之，并无怨言。

他对这位师伯祖恭敬有加，不光是因为辈分上的差距，还因为师祖的证道之路。这位师祖跟王仙芝就像是“同年”，比北莽武神拓跋菩萨和离阳境内的轩辕大磐更早去以身验证“自开天门”的可行性。儒、释、道三教圣人的证道长生，无非跟天地借门而过，铜人师祖这些人却是直接选择破门而入。

已经逝世的李淳罡之所以被誉为“吕祖之后第一人”，在于这位剑神更为难得，力求以手中剑自建天门。李淳罡的剑道独辟蹊径，几近天道。

这是各人所走道路之争，跟武评排名高低没有绝对的关系。但是若说王仙芝曾经是离阳江湖一甲子的磨刀石，那么黄青身畔的铜人师祖就是北莽江湖的另一块磨刀石。从拓跋菩萨到慕容宝鼎、第五貉，再到洪敬岩，无一例外都与铜人师祖切磋过。不同于武帝城王老怪六十年数百场的全胜战绩，铜人师祖既没有如此恐怖的厮杀次数，也没有碾轧哪位顶尖高手的骇人传闻，但是他不论对上谁，都是不败，只求一个不输也不赢。

太平令曾有言：“铜人师伯与人斗，不败即可，只有最后那场与天斗，胜之即可。”

铜人师祖轻声提醒道：“此子曾经在青苍城内破去慕容宝鼎的金刚不败，你小心些，不贴身肉搏是最好。”

黄青气势已起，剑意盎然，缓缓推剑出鞘两寸，嗯了一声，然后笑道：“师伯祖，那黄青先行一步。”

铜人师祖木然点头道：“我且先盯着那个不肯安分的孩子。”

黄青轻轻呼出一口气，向南方一掠而逝，剑鞘外的那几缕剑气在黄青奔跑途中逐渐粗如陆地青虹。

剑气近！

蔚为壮观。

由北往南的那一骑在看到金黄巨人后并未放缓速度，冲到铜人师祖身侧，本想一鼓作气擦肩而过，只是战马竟然如撞一堵无形的南墙，猛然停下马蹄，甚至往后撤退了几步。

戴斗笠披黑袍的“一截柳”伸手摸了摸坐骑的鬃毛，好不容易安抚住胯下那匹倍感不安的汗血宝驹。那只手惨白如雪毫无血色，肌肤下的筋脉清晰可见。

曾经身为朱魍首席刺客的“一截柳”显然有些不悦：“需要如此谨慎吗？在‘剑气近’的剑气面前，天底下根本就没有什么狗屁金刚境。就算真有，那也是两禅寺的李当心。”

魁梧巨人双臂环胸，神情漠然。

“一截柳”突然疯了一般弯腰大笑起来，指了指铜人师祖：“我错了，竟然把近在咫尺的你老人家给忘了。当年‘枪仙’王绣来北莽练枪，最后还是被老祖宗你赤手空拳挡下的。”

铜人师祖瞥了眼这条本该前途似锦却落得个生不如死的可怜虫，毫不掩饰他的怜悯眼神。一个见不得光的私生子，别人要忌惮几分，他哪里需要上心？哪怕是“一截柳”的老子站在这里，也就那么回事。

“一截柳”脸色阴沉，而在棋剑乐府素来不苟言笑的铜人师祖破天荒地嗤笑道：“我这辈子见过很多天赋卓绝的年轻人，他们都以为整个天下应该围绕着他们转动，做事情从来不讲退路，最后无一例外都死得很早，死法也挺惨。”

“一截柳”冷笑道：“那徐凤年不就活得有滋有味？”

铜人师祖破天荒地大声笑起来，笑声如雷鸣，传入云霄：“你也配跟他相提并论？”

“一截柳”如疯如癫，低头咬着一根指头哧哧笑道：“我不配？我慕容凤首十四岁入金刚，二十岁跻身指玄境界，二十二岁就去挑战拓跋菩萨，他徐凤年那个时候在做什么？”

铜人师祖反问道：“那徐凤年现在在做什么，你现在又在做什么？”

“一截柳”抬起头看着那渐渐淡去的火烧云，故作漫不经心地道：“他命好呗。我输给他，非战之罪。”

铜人师祖眯起眼睛，看着头顶的暮色：“根据棋剑乐府和公主坟两处密档所载，自大秦至大奉再到春秋，八百年来，仅是有迹可循的谪仙人总计出过三十七位，全都夭折，不论是皇朝争霸，还是江湖争锋，都无一人登顶。这些谪仙命好自然是‘天生’的命好，可落在了‘地上’，大都水土不服，被冥冥中的大道害惨了。”

他继而感慨道：“世人辛辛苦苦为求长生证天道，可那不过是云上天人的囊中物。须知嗟来之食再美味，那也是嗟来之食啊。”

“一截柳”李凤首皱眉问道：“你与我说这些做什么？”

铜人师祖平静地道：“北莽如今好苗子已经不多了。至于以后……我劝你回头，莫做乞儿小偷，要学李淳罡、王仙芝去做强盗。”

暮色降临，日头坠尽，“一截柳”缓缓摘掉那用作遮阳的斗笠，冷声道：“老子都已经死过一回了，撑死了再死一次。”

铜人师祖摇了摇头：“既然如此，那么与其让你死在徐龙象手上，还不如让我送你一程。”

“一截柳”骇然失色，不等他撤退，整个人就腾空而起，如悬空缚于蛛网中央，四肢扭曲，头颅被拧转。

就在此时，铜人师祖望向遥远的东方。

有紫气东来。

铜人师祖犹豫了一下，侧过身向东踏出一步，一步即百丈。

逃过一劫的“一截柳”狠狠摔落在地上，像一摊烂泥。

“一截柳”坐在地上大口喘息，然后失心风般猖狂大笑：“徐凤年，你遇上这怪物，比你遇上拓跋菩萨还要该死啊！李淳罡的克星是王仙芝，王仙芝的克星是你，那么你今天就该尝到那两人尝过的滋味了。”

陆地生青虹，那剑气摧枯拉朽，直撞徐龙象。

少年与齐玄帧座下黑虎站在一起，没有手持凉刀迎敌，而是将那柄战刀插入地面。

三年时光已经让当年那个不愿与天师府老神仙去龙虎山习武修道的倔强孩子成长为北凉那支重要边军的统帅。在世人眼中，少年跟他那个不务正业经常游历江湖的哥哥不太一样，更像是“人屠”徐骁的儿子，不喜豪奢，不擅风流，但是跟父辈一样成名于沙场，初出茅庐便获得“万人敌”的称号。美中不足的只有一点，他从未跟大宗师级的顶尖高手捉对厮杀过。但是跟徐凤年磕磕绊绊从世子殿下做到北凉王截然相反，徐龙象几乎没有遇到什么质疑声，哪怕以少年的年纪破格统领龙象铁骑，也很快服众，甚至当初北凉官场还闹出过一阵阴风邪雨，说“为何不是一鸣惊人的徐龙象承袭徐骁的爵位？”。

徐龙象在龙虎山赵希抟悉心栽培，传授“大梦春秋”下，心窍渐次洞开。黄蛮儿不再是当年那个痴痴傻傻的黄蛮儿，心智与常人无异，且保留了一份赤子之心。须知赤子之心虽是儒家圣人的说法，实则与秘籍上记载的“不沾因果号‘佛子’”“不惹尘埃曰‘道胎’”无异，都可算是三教成就圣人的长生资质。

徐龙象对那条气势如虹的粗壮剑气视而不见，反而转头望向那头黑虎，咧嘴笑了笑。在外人看来，这头曾在齐大真人身畔听圣人言语数十载而悟道的灵物，摊上这位少年还是有些遇人不淑的。体形足有普通林中王两倍有余的黑虎竟还了一个十分人性化的神情，毫无戾气，低下那颗巨大的头颅，碰了碰徐龙象的额头。

徐龙象伸手摸着黑虎的脑袋，喃喃自语道：“小时候我娘经常罚我哥背书，那时候我什么都听不懂，听过了也会忘记，只觉得我哥哥捧书读书的样子……”说到这里，徐龙象学着当时少年徐凤年的模样晃了晃脑袋，“很好看。”

少年脸上有些笑意：“后来我爹私下经常说，咱们徐家祖坟冒青烟，总算也出了个读书人。”

黑虎突然趴在地上，听到“读书人”三个字，流露出一股深沉的缅怀之意。遥想昔时，莲花峰斩魔台，被凡夫俗子誉为“餐霞长生”的那位真人便会在每日日出日落之时诵读经书，偶尔也会有人登顶拜访，与齐玄帧坐而论道，口绽莲花响春雷，异象绵绵，那幅场景，何其辉煌。黑虎久伴吕祖转世的齐玄帧，饱受恩泽，福缘极重，便是天师府的黄紫贵人遇见它也必须执礼相待，万万不敢将其视为禽兽。

那抹青虹相距一人一虎已经不足十里路程。

徐龙象微笑道："小时候大姐惫懒，莫说读书识字，便是女红也不愿学，唯独喜欢听我哥讲那些神怪故事，每次睡不着就要拉着我哥坐在床边给她讲故事，等她睡着以后才准我哥离开。我哥不管白天有多累，都不会拒绝。而且大姐屋子里的物件总是随意丢弃，我哥一得闲也总会帮她收拾整齐。后来，大姐远嫁江南，她闺房中的每一样东西都齐齐整整地搁置在原处，本该感到轻松的我哥反而总是很……"

大概是不知道该用什么词语来形容他哥哥，少年挠了挠头，干脆就放下眉头搁在心头。

徐龙象使劲吐出一口气，望向前方，眼神坚毅起来，沉声道："我爹是个大老粗，加上边关事务无比繁重，有心也无力，从来不知道怎么跟我们这几个子女相处，都是我哥在那里照顾两个姐姐和我这个痴儿弟弟。我懂得不多，但既然有人打到我们家门口了，既然我天生有些气力，总不能还像小时候那样让我哥一个人承担。我在进入龙象军之前，二姐就说过北莽军中有些练气士擅长望气，专门针对北凉军中顶尖高手谋定而后动，还说北莽朱魍秘密制订了一系列屠龙计划，把我哥放在首位，我也在前五，所以二姐也不许我心生杀机倾力出手，防止气机外泄。但我想，与其让他们鬼鬼祟祟地暗算我哥，还不如由我来当诱饵，打乱他们的布局！"

徐龙象指了指那条势如破竹的青虹，开心地笑道："你瞧，这不就有人上钩了？"

徐龙象这次违背军令私自领兵截杀羌骑，并没有身披那套坚不可摧的符甲，甚至都没有携带，而是将之留在了青苍城外的主帅大帐。

从小到大，哥哥徐凤年都会把最好的东西送给他：徐脂虎、徐渭熊，一直都是这样。

徐龙象握紧双拳，在胸前重重一击。千里黄沙之上仿佛响起一声撞钟的巨响。以他为圆心，无数黄沙迅猛地向外滚动散开。与此同时，青虹未至剑气至。

第七章

只道鬼神能护物
不知龙象自成灰

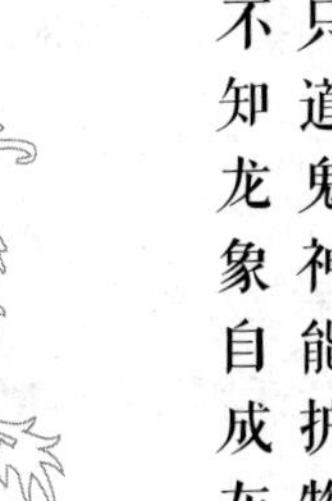

远方，棋剑乐府剑士黄青闭目前掠，腰间那柄古剑定风波依旧出鞘不足两寸。

双方交战，除了那头黑虎外就再无谁在一旁观战了，百里之外的铜人师祖亦是不知为何赶赴东方，为紫气而去。

如果有人看到这一幕，在不知“剑气近”黄青身份的前提下，哪怕是高居二品的小宗师高手，也会为这名剑客如此大肆挥霍剑气而惋惜：高手对敌，不是比拼花架子，而要讲究蓄势之时敛而不发，起势后出手则一击毙命。如青衫剑客这般交手之前就意气生发气势如虹，委实太托大了。只有跻身一品指玄境界的巅峰高手才能看出些端倪：这剑客不是如市井无赖街斗时那般故意示威，也不是像两军对峙阵前战鼓喧天那种先声夺人，而是这名佩剑却未出剑之人的气势太足了！

月满则亏，水满则溢。

黄青的剑气之盛，到了需要平时刻意压抑才能不伤旁人的恐怖境地。

棋剑乐府黄青，确实不负“剑气近”的词牌名。

既然已到富可敌国的地步，一掷千金又如何?

始终闭目前掠的黄青默念道：“一斛珠，致礼金刚境。”

鞘中剑由出两寸增至三寸。

一斛即百升十斗。

世间一粒珍珠才多重，一斛珠又该有多少颗?

三寸剑光芒骤起，瞬间绽放出成百上千颗以剑气凝聚而成的青色珠子。

大小不一的剑气青珠滚向前方。

如无数青雷滚走大地，直奔徐龙象。

远方，已经可以看到此番壮观气象的徐龙象只是扯了扯嘴角，似有不屑。

少年轻轻抬起一臂，一拳重重轰向地面。

徐凤年第一次出现在北凉边军的大校武中，少年徐龙象曾亲自擂鼓。

下一刻，少年和“剑气近”之间不断有沙丘炸碎，地龙拱背突出，黄沙漫天，如同地牛翻身。

生而金刚境界、身具龙象之力的少年和“剑气近”，两人对战，也许会是一场前无古人后无来者的气力之争。

这场气力之争又像是矛盾之争。

水行中龙力最大，陆行中象力为尊。

徐龙象，当世唯一生而金刚境界的幸运儿，堪称北凉最坚固的大盾。

只是他遇上了一剑光寒北莽十三州的黄青，此人是北莽最锋利的那杆长矛。

黄青仅是剑出三寸，便气象恢宏。

像是天上剑仙扯断了一串念珠，数以千计的剑气珠子，大珠小珠落玉盘，滚滚前冲。

徐龙象则将大漠黄沙地当作鼓面，一拳擂响，引来地牛翻身的景象，天翻地覆，不断有一道道黄色龙卷破土而出。

剑气凝聚而成的青色珍珠在黄沙中纷纷撞烂崩碎，尘土漫天，遮蔽视线。

地牛翻身虽有力拔山河的无敌气概，可那些为剑气牵引的珠子每一粒都蕴含灵性，虽然十之八九都被龙卷黄沙击碎，但仍有不下百颗青色剑珠绕过沙柱，一股脑儿涌向徐龙象。

表情木讷的徐龙象向前踏出一步，身前竖起一堵急速流动的扇形沙墙，珠子纷纷撞在墙面上，既有玉石俱焚的绚烂，也有以卵击石的无奈。

青色剑气散乱流淌，黄沙亦是汹涌无边。

一袭青衫在一斛珠功亏一篑之际左手按剑，无声无息飘然而至。

黄青轻描淡写地从腰间摘下剑，以剑柄撞在徐龙象胸口。剑身出鞘三寸的定风波在一击之后，被狠狠撞回鞘中！

徐龙象并未被撞飞，双脚依旧扎根大地，但是身体倒滑出去数丈。少年微微弯腰，强行止住后退势头，瞬间开始冲刺，朝那青衫剑客迅猛地砸出双拳。

黄青手腕一抖，横剑于身前，左臂手肘抵住剑鞘，硬抗徐龙象的双拳。

位列天下名剑第六的定风波在鞘中发出一阵刺耳的轰鸣，剑鞘剧烈颤抖。

徐龙象保持双拳撞剑的姿势，继续向前奔跑，黄青则被向后推出十数丈。

双脚离地一尺的黄青拇指轻轻一敲，面带笑意，从容不迫，推剑出鞘一寸。

骊歌一叠。

徐龙象懒得理睬这是什么剑招剑意剑势，双拳又是一砸。

两寸剑，二叠。

三寸即三叠。

徐龙象一次次出拳砸在剑鞘上，身形悬空的黄青虽然始终不曾弃剑，但一直没有阻挡下徐龙象的冲势，不过，随着骊歌叠数的增加，黄青在少年每一拳递出后的后退距离也越来越短。

徐龙象轰出第八拳，骊歌八叠之后，黄青终于岿然不动，大有泰山崩于前而不动的宗师风范。

长衫袖口鼓荡飘动的黄青望向眼前的少年，没有说话，但眼神中有不加掩饰的惊讶之色，只是还有一丝尘埃落定后的淡淡失望感。

最后一拳轰出传说中的八龙八象之力，自然可以说明徐龙象是世间罕有的武道天才，可他黄青尚有骊歌九叠甚至最后演化而来的“十重山”，若在北莽朝野威名赫赫的少年止步于此，那他黄青不敢说无须出剑便可胜过对手，最不济也是稳稳立于不败之地。

黄青之所以选择以剑意“骊歌”对敌徐龙象，内心深处何尝没有将少年与慕容宝鼎做对比的念头。后者是成名已久的石佛之身，黄青前些年跟那位位高权重的皇亲国戚有过一场切磋，没有生死相向，点到即止。黄青年轻时便立志以剑摧破两禅寺白衣僧人的“金刚禅定”，完成拓跋菩萨未能完成的壮举，号称“无坚不摧”的慕容宝鼎无疑是一块上佳的试剑石，据说在流州青苍城内让慕容宝鼎金身出现裂缝的眼前少年更是。

面无表情的徐龙象看似不温不火再度递出一拳。先前八拳皆是循序渐进，龙象之力层层递进；黄青的骊歌无非也是按部就班，层层叠加。

本想以骊歌九叠重创徐龙象的黄青没来由地心一跳，毅然舍弃骊歌九叠，轻喝一声，直接跳跃到十重山。有六七条青虹萦绕全身形同护驾的黄青不仅没能用十重山挡下第九拳的撞击，眨眼之间青虹反而炸碎，定风波被双拳砸出一个惊人的弧度。

黄青一退再退，直到十八丈外才堪堪止住颓势，定风波的剑鞘好不容易恢复平直。黄青不怒不惧，反而心生惊艳和欣慰感，抬臂横剑势转变为显然要更加郑重其事的竖臂提剑势，并在剑势转换的眨眼间，顺势卸掉佩剑上的庞大余劲。

黄青拇指摩挲着剑柄，淡然自若，再无剑气倾泻化青虹的景象，只是越是这般，越有风雨欲来的压迫感。

李淳罡已逝，所幸还有一位“桃花剑神”。

出海访仙的邓太阿在返回陆地前，一剑挑海，水淹观音宗。

黄青此生只去过一趟离阳江湖，只是到北凉便停步不前，跟武当山的年轻掌教李玉斧有过一面之缘，很快便返回北莽。其间谈不上针锋相对，也无剑拔弩张，他倒是借机欣赏了八十一峰朝大顶的壮观风景，也在早、晚两个时间观望过大莲花峰武当主宫前千百人在晨钟暮鼓声中一起练拳的清静场景。

黄青虽然最终没能继续远行赶赴中原腹地，既没有挑战白衣僧人李当心，也没能遇上新一代天下剑道魁首邓太阿，但已是乘兴而去乘兴而归，并且在与李玉斧的闲谈中偶有所得，对武道修行裨益极大。在“道”这个字上，在跟李玉斧和和气气的短暂交往中，黄青自认没有分出胜负，但是对“术”字一途，颇有一番鲜活的体悟。

徐龙象没有乘胜追击。黄青微微扬起手中古剑，轻声笑道：“在下棋剑乐府‘剑气近’黄青，佩剑定风波。年少时以棋道入剑道，三十岁复归棋道，本以为有生之年再回剑道便是此生武道尽头，不料无意中找到了一条新路，算是达到了我宗门的棋子棋手观棋三重境界的第三境，由此创出一新剑，原想以此剑去与邓太阿一较意气高低……”

少年一脸费解，嘀咕道：“打架就打架，恁多事。”

黄青哂然一笑，还是不厌其烦地轻声解释道：“嘴上说是一剑，但也许是百剑千剑，甚至是万剑，准确来说，应该是一局剑。”

徐龙象根本不说废话，直接迈开步子，开始向这名絮絮叨叨的中年剑客展开直线冲刺。

如同秀才遇上兵的黄青一笑置之，然后神情肃穆起来，闭上眼睛，吸纳天地浩然之气。

一股股浩然正气充塞天地间，恍恍惚惚形成一副棋盘，以一条条天下名川大河作为蜿蜒棋线，一座座山岳巨峰做那硕大棋子，自成小千世界。

若说黄青目前展露出来的实力，剑术不过是指玄，意气不过是天象，可他此刻的胸襟则直达陆地神仙。

难怪黄青去了一趟北凉便欣然返回北莽。

黄青松开手中那把定风波，古剑迅速飘浮在他身前，剑出一半。

黄青右手做提子和落子状，轻声道：“武当山。顶。”

“顶”是围棋术语之一。

正好克制徐龙象那好似空有凝重却略显笨拙的棋形。

一道剑气横生。

徐龙象以蛮横的肩撞击碎这座顶在前方的“武当山”的缥缈气韵。

黄青继续提子落子。

先后两子更改的幅度极小，故名“小尖”。

剑气却浑厚坚实。

俗语“小尖无恶手”，黄青的棋着或者说剑招也是堂堂正正。只是，正常手谈对弈，当然是你一子我一子，但是黄青造就的这一局棋则是落子如飞，根本不讲规矩。

“小尖”之后是“紧气”，“紧气”之后是“象步飞”，再有封、镇结合，又有连绵而出的千层宝阁势。

黄青那张清逸的脸庞上焕发出一种宝相庄严的仙佛光彩。

所有微风便可拂动的黄沙此时此刻出奇地全部静止，唯有磅礴的剑气肆意纵横。

我有天下无双的充沛剑气。

终有一剑告之于天地。

我有四十年郁气出不得，今日不得不一吐胸臆。

剑气如山如渊，剑气如江如河，剑气如鱼如龙。

少年方圆两里之内，剑气此起彼伏，不论徐龙象如何蛮横冲撞，都难以靠近黄青和那柄出鞘一半的定风波，反而时不时被磅礴的剑气冲击得踉跄而退，不等身形站定，又被连绵不绝的后着轰得风雨飘摇。

一方困兽犹斗，一方岿然不动。盘上棋子如何能与局外棋手较劲？孰优孰劣，看似再明显不过。更可怕的地方在于，黄青的这一手“新剑”非但没有再而衰的迹象，招式反而越来越运转如意，剑道意境更是渐入佳境。徐龙象越是凭着生而金刚的雄浑体魄凶悍地挣扎，黄青剑招的意气就越是缜密。似乎这名立志要为北莽剑道正名的“剑气近”在拿徐龙象做磨剑石。磨剑石越是坚不可摧，相互磨砺之下，剑锋越是锋锐无匹。眼界再粗浅狭窄的门外汉也清楚，等到那半剑全部出鞘，其威势必将是任你达到金身不坏的人间菩萨境界，也能一剑摧破。

棋盘中的少年被一道粗如手臂的剑气撞在肩头，瘦弱的身躯在空中翻滚出几个大圆，双脚落地后，仍然一路滑出去七八尺，在沙地上割出两条痕迹。只是黄沙尘土为剑气所压制，才浮起寸余便被重新镇压下去。

见微知著，徐龙象哪怕纹丝不动，不牵动黄青的剑气展开反扑，但只要身在棋盘之上，便无时无刻不在抗衡那股囊括方圆三里的剑意。即便如此，徐龙象依然不知疲倦地一次次奔跑冲撞，不曾流露出半点儿疲态。世人所谓的力大无穷，用在少年身上真是妥帖至极。

徐龙象抬起头，望向远处的青衫剑客，眼眸中绽放出淡金色的玄妙荧光，再度前冲，但这一次不是成直线奔跑。

少年的身形在沙地上依次留下一长串定格的残影，依稀可见他的奔跑路径，短距离内杂乱无章，若是拉伸开来看，便是一个半月弧形。那些残影无一例外都在剑气的碾轧下被摧毁殆尽。当最后一个距离黄青只有十丈的残影消失之际，以词牌名“剑气近”为号的剑客抬起手臂，双指并拢，做拈子落盘状。其间略作停顿三次，每一顿，黄青身前的剑气就百尺竿头更进一步地浓郁了一分，连压三手后，剑气大涨，而且锋芒毕现。黄青布下的棋局瞬间厚实壮大，就像在棋盘上增添了三枚大小可算违反规矩的硕大棋子。

徐龙象三次冲撞，声响一次比一次巨大，最后一次撞开剑气时，原先一直势如破竹的身形破天荒出现一丝凝滞。黄青微微一笑，转动手腕，变压为挂，一道剑气破土而出，倾斜直上，撞在一处空中，如同守株待兔，将瞬间闪现的徐龙象一击撞飞。

《大象》有云：地势坤，厚载万物。黄青这一剑，便是取材于地，一气地中求。

被撞入空中的徐龙象来不及做出应对，就被接下来一道道从地中拔出的剑气砸在身上。剑气凌厉如地龙黄蛟，哪怕徐龙象被撞回地面也没有停歇。少年双手插入地面，双脚抵住沙地，试图借此缩短后退距离，但是剑气冲劲浩大，少年身上不断炸开团团黄雾。当一缕剑气撞在左侧肩头时，徐龙象肩头显而易见地往下一坠，胸口差点儿就要贴紧地面。等他左手一拍，肩膀往上一抬，堪堪挡下这一冲击，第二道、第三道、第四道……无数地中生长裹有黄沙的剑气又落下。

身躯一寸一寸不断下沉的少年双手五指成钩，死死地撑在地面上。

大楚王朝曾有霸王可扛鼎，可你徐龙象就算膂力通神，又扛得住天地之重吗？

黄青还真想见识见识。既然借助徐龙象磨砺这一新剑的初衷已经达到了，黄青就想拿天赋异禀的少年去掂掂白衣僧人的斤两，以便为将来一战做好铺垫。

念起意动则气生，方寸衍天地，这就是不甘屈居人下的黄青另辟蹊径的独到剑道，不同于自负“世间事一剑事”的李淳罡，也不同于“剑术极处即是道”的邓太阿。

定风波才剑出一半便有这等气魄，黄青极有可能已经摸到陆地剑仙的门槛。

龙虎山齐玄帧曾有一句戏言流传于世：“指玄不过弯腰奴，天象只是低头乞，陆地神仙才算盘腿坐。”说的就是对天人而言，悟得指玄亦不过是个哈腰奴仆，跻身天象境界仍不过是侥幸乞求得一点儿天机，只有成为陆地神仙，才算是不低头不弯腰，但也仅是盘腿而坐于天地间，比起天道还是要矮了几分。相传曾有一位不知名的得道高人前往斩魔台问道于齐玄帧，以彼之矛攻彼之盾，询问齐玄帧本人又如何自处，据说齐大真人只是笑着回答了一句：“且容盘膝而坐的贫道伸一伸脚。”

不愧是吕祖转世，曾过天门而不入。

齐玄帧同时也说过一句云遮雾绕的古怪谶语：“陆地神仙有生死之别，但无高下之分。”

不管黄青到时候是站是坐，一旦成就天地之力为我所用的剑仙境界，加上他不在三教之内，那就有了被称为无敌的资格。

黄青睁眼望向那个差不多等于趴在地上的少年，眼神有些怜悯，既是惋惜少年的天赋，也有几分隐晦的自嘲之意。太平令曾言，毒蛇出没之地必有草药，这便是世间万物相生相克之理。天网恢恢，即便鲤鱼化龙，也难逃一劫。四百年前高树露无敌于世，却为无名无姓的游方道人封山。李淳罡的剑道被誉为“与天齐肩”，想开天门便开天门，一样为王仙芝克制，最终王仙芝又死在徐凤年手上。那么，当自己以三教之外的武夫身份迈过陆地神仙的门槛后，谁会是那个命中注定的宿敌？

黄青敛了敛心神，收回思绪。前方徐龙象已经被无数道剑气轰入大坑内，他的视线中，以少年为圆心的数百丈内，一条条黄色蛟龙般的剑气拔地而起，如朵朵花苞怒放，不间歇不停顿地砸在少年的后背上，让其无法有刹那的喘息机会。毕竟，一身龙象之力不敌天地浩然气象是情理之中的事情。黄青虽然有些遗憾那少年终究还是没能让自己倾力出一剑，但能够在一局剑中纯粹只靠肉身坚持这么久实属不易。黄青也不希望以此虐杀徐龙象，倒不是怕日后被那年轻的北凉王记恨，而是黄青能有今天的剑道大宗师境界，自有与之相匹配的胸襟气度。

黄青伸手按下那柄定风波，猛然推回剑鞘：“落子天元。”

同时，一道粗如山根的恐怖剑气从天空坠落。

剑气悉数炸入大地，正如名剑归鞘。

剑气竟然浓郁到像是水流的夸张地步，从那个大坑中疯狂溢出，向大坑外沿数丈外迅猛流淌，浸透了黄沙。

黄青心中微微一叹，就要转身返回姑塞州。

蓦地，他手中的定风波轻轻颤抖，渐渐地，幅度越来越大。

黄青皱了皱眉头，再次望向那个大坑。

那里察觉不到一丝生机存在，但正因为如此，那种如野兽从喉咙挤出的尖厉笑声才显得尤为可怕。

一个衣衫褴褛的消瘦身影沿着坑壁渐渐走出，伛偻着腰，双手低垂。

当他抬起头时，黄青看到了一双金黄色的眼眸。

那双眼眸中不带半点儿感情色彩，不悲不喜，无忧无欢。

眨眼之后，黄青就驾驭剑气在自己身后接连竖起六道蕴含青色流华的高大墙壁，而退尽人类气息的少年则瞬间从黄青的背后出现，然后开始奔跑，在一口气撞烂六堵墙壁后，奔速不减反增，相距两丈时，少年高高跃起，朝黄青扑杀而去。

黄青握剑之手往下一滑，握住定风波的剑鞘尾端，抬臂后，剑柄精准地击中少年的喉咙。

他沉声道：“敕退！”

剑尾气生，气冲斗牛。

一团璀璨的剑芒在少年胸前怒放。

但是让黄青感到讶异的是，那少年在受到撞击之后，脑袋往后一仰，然后以更快的速度往前一撞，直接撞碎了剑气不说，还差点儿让他脱手丢剑。

黄青后撤几步，在此期间五指短暂松开，在佩剑定风波的剑柄被撞回到手心处之际，重新将其握住，这才总算没在阴沟里翻船，否则堂堂“剑气近”就是被人用喉咙撞飞手中剑了。

但是黄青的掌心也渗出血丝。

黄青手腕一抖，剑才出一寸，就被落地后身体一拧旋转而至的少年一手按住剑柄，一手“轻轻”推在胸口。

不但定风波被推回剑鞘，黄青也被疯魔一般的少年一手推出去十几丈远。

倒飞的黄青双脚在空中如蜻蜓点水踩了几下，踩出一长串玄妙的“涟漪”，而那些逐渐扩大的涟漪相互触碰后，便有剑气如莲从“水中”摇曳而起。这二十余株青莲转瞬便有成人那么高，拦在少年追杀的路途上。

金色眼眸死死盯住黄青的少年在冲刺过程中咧嘴笑，却无声，双手随意撕碎一株株碍事的青色莲花。

黄青一脚前踏出半步，鞋背尽数被黄沙掩盖，一脚在地面上画弧后移半步。他身后的黄沙为这半步气机牵引，竟顺势腾起了一条长达十余丈的月状沙蛟。

黄青这一式不是剑出鞘，而是鞘离剑，刺向那少年的心口。

从古至今剑制一直是越来越短。秦剑之长足有二十二寸有余，大奉长剑不过十九寸六分，之后春秋九国抛开私人剑炉不言，朝廷铸剑各有长短，但都不超出奉剑剑制。位居天下名剑前列的定风波作为一柄铸造时间不过二十年的新器，却直追大秦古剑，长达二十一寸三分，以求“长剑致远”的深意，未尝不是当年赠剑之人对黄青在剑道上的期许。

黄青出鞘而非出剑后，默念道：“十六观！”

剑鞘离剑尖十六寸，每出一寸便有一观。

一观一相，十六寸距离，空中浮现出十六种妙不可言的异象。

先是出现一尊身形缥缈的青衫小人坐于黄青手中剑尖之上，正坐面西，有大日升腾，状如悬鼓，既见红日，开目闭目。

日观之后继而起水观，有冰如琉璃，熠熠生辉。

接下来有金刚七宝金幢，灿烂生辉。

不断有宝树、宝池、宝莲升起，有无量诸天作伎乐，天女散花。

一剑生佛。

徐龙象心口被这一剑或者说剑鞘击中，身躯保持前冲姿势，但竟就那么突兀地悬停住。

黄青缓缓前行，推剑入鞘，剑每回鞘一寸，便有一相消散，而少年则随之后退一步。

黄青看着十六步外的那个少年，轻声感慨道：“只道鬼神能护物，不知龙象自成灰。”

第八章

数百飞剑截紫气　大仗之前有大仗

流州青苍城以北，北莽前锋已至古董滩。此地本是大奉王朝兵马最盛时打造的一系列塞外关隘之一，主要用来储备军需，军队亦可从此出关，用兵威压戎狄。此时，它早已成为仅供羁旅文人作诗吊古的遗址，那些早年用流沙、散石和红柳条芦苇筑成的低矮城墙，轮廓尚可见。城墙两侧更高一些的沟口烽燧早已为年复一年的风沙削平。来往于北凉和西域的商人倒是偶尔还能在此捡到些断箭头、残刀、铜钱之类的古物，因此它才有了“古董滩”之名。

大将军柳珪的帅帐便驻扎在古董滩一处小湖泊的北岸，帅帐周围除了诸多身手不俗的军中高手护卫，还隐藏着十余位成名已久的北莽江湖人士。其实不光是边帅柳珪有此殊荣，任意一位边关大将身边都会存在这么一小拨草莽豪杰，以防不测。大战在即，若是被北凉武道宗师来一个万军丛中取大将首级，让隔岸观火的离阳朝廷取笑不说，更有损北莽军心。不过，柳珪显然在那些南朝权势将领中也是极为特殊的一个，否则也不会被北莽女帝誉为“半个徐骁”，因此，他的帅帐除了大量针对刺杀设置的亲卫扈从外，还有一拨更为隐蔽的“隐士”——人人气韵出尘，深居简出。这些面容枯槁的古怪人物便是望气士，这些望气士多是春秋遗民出身，在北莽境内始终比豪阀嫡脉还要高出一等，天潢贵胄的宝瓶州前任持节令便因误杀了两位望气士而获罪，流徙至千里外的极寒之地。

大将军柳珪率领大军到达古董滩后，其本人没什么异样，该吃吃该睡睡，各条军令有条不紊地传出帅帐，他甚至还会亲自骑马去往前线查看形势。这让那些望气士和高手扈从一个个紧张万分，生怕那个在他们看来年轻自然十分气盛的北凉王一怒之下突袭军营。他们望气士的性命再值钱，那也没办法跟柳大将军相提并论啊，谁不知道柳珪是陛下心目中南征中原的最佳主帅人选之一，位置甚至远在同为大将军的杨元赞和几大南朝持节令之前。

柳珪今日此时就独自蹲在湖泊边上。有关龙象铁骑的异动早已传至帅帐，几名心腹将校都建言趁此机会，一举挥师南下，踏平那座兵力不足的青苍城，柳珪没有答应。想到那些年轻人当时眼中闪烁着那种自己最熟悉不过的嗜血光彩时，柳珪忍不住笑了笑。年轻好啊，连生死都不当成什么大事，倒是他这种大可以躺在军功簿上享福的老家伙越来越惜命了。不过，尚未如何迟暮的柳珪惜命归惜命，还不至于怕输怕死，只是一个流州还不在他眼里，更别提一个无关大局的小小青苍城了。先前董胖子藏藏掖掖，在边境上做出一连串连自己人都被蒙蔽的花哨动作，如今总算是显露些獠牙了，哪怕他等于被划拨到流州，注定只能干些锦上添花的勾当，柳珪也不怎么恼火，毕竟他的眼睛从一开始就看中了比贫瘠的北凉更诱人的一大块肥肉——中原。

柳珪喃喃自语道："年少时读闲书读到一句，叫'富贵不还乡，如衣锦夜行'，如今年纪越大，感触越深啊。"

柳珪突然想到一事，自嘲一笑。那个当年陛下金口一开"半个徐骁"的说法还真是利弊参半。好处自然是让自己在南朝军中声名鹊起，至于坏处，现在开始显现了，听说那三万龙象骑军根本不需要主帅发话，就个个自发地渴望砍下自己的脑袋当尿壶。柳珪下意识地摸了摸自己的脖子。老朋友前几天还寄来一封信，信上调侃他杨元赞远远不如柳大将军的脑袋金贵。

柳珪听到身后传来一阵急促的呼喊声，站起转身望去，见三人小跑而来，有黑狐栏子新任统领林符，还有来自棋剑乐府的一名高手，更有麾下望气士的头目。最后者神情慌张，快步走近后小声说道："大将军，我们望见有一气东来，目标正是帅帐！若是没有估计错误，应该是北凉王本人亲至！最迟三炷香工夫！"

柳珪愣了一下，他可是无比清楚董卓马上就要在幽、凉两州以北地带展开大动作了，于是笑问道："那北凉王疯了吗？"

林符无奈地道："我的大将军，这都啥时候了，还管他徐凤年是不是脑子进水了？咱们赶紧布置防线吧，这种顶尖武道大宗师单骑破阵，如果真铁了心对大将军你出手，真的不容小觑。"

柳珪神情不变，但到底没有倨傲自负到谈笑风生等着那天下第一人杀到跟前，淡然道："林符，传令下去，中军转东，再让呼延克钦和耶律宗堂各领五百亲军快马轻骑列阵于左右两翼，你再领一百八十黑狐栏子见机行事。至于那支王庭私军，让他们自行布置便是，对付江湖高手，他们更有经验。"

林符小声问道："不需要把两百重骑放在战阵最前方？"

柳珪瞪眼道："且不说两百重骑能否稍稍挡下那北凉王的脚步，就算能挡住，事后还能剩下几骑？你不心疼，我还心疼哪！"

林符嘿嘿一笑，再不敢自作主张，赶紧转身跑开去调兵遣将。

柳珪跟那白衣练气士和棋剑乐府的高手并肩而行。练气士似乎被大将军的临危不乱感染，不复先前的惶恐不安，轻声说道："大将军请放心，陛下先前赐下那训练有素的六百人，若是用以陷阵杀敌，意义不大，可要说专门针对这种单枪匹马的武夫，堪称有的放矢。虽说那北凉王确实武力惊人，但相信还不至于强大到……"

柳珪笑着接过话头："杀人如探囊取物是吧？"

练气士神情有些尴尬，柳珪平静地道："我虽不了解那徐凤年的深浅，但我觉得他如果真想玉石俱焚，杀我柳珪并不难，难只难在他如何全身而退罢了。之所以说他疯了，不是说他徐凤年明知不可为而为之，而是觉得用他北凉王的命换我柳珪的命，怎么算都划不来。"

他继而笑道："我很放心，你们更应该放心才对。咱们太平令算无遗策，暗中未必没有留后手。"

那名来自棋剑乐府的剑客会心而笑。

大概一炷半香工夫后，柳珪大军阵前出现了一支让人大开眼界的军伍。

人数不过六百，但每一名在北莽军中被称为"材官"的甲士都异常魁梧健硕，人人虎背熊腰，长臂如猿。

北凉多劲弩，北莽多强弓，这是世人皆知的事实。

但是这一刻柳珪大军阵前却摆出了弩阵。

更让人望而生畏汗毛倒竖的是，这战阵中没有一把轻弩，甚至连腰引弩都只占少数，更多的是那种足可用作攻城守城的大床弩和穿云弩车！

光是一架穿云弩车便需要十二名材官控制，储藏弩箭五十，每支弩箭就长达三尺，与刀剑无异，且箭尖淬有绿莹莹的剧毒！

北莽慕容女帝当初"招徕"江湖势力，那可不是光动嘴皮子就能办成的，正是此物立下奇功，从一座座不服管束的宗门帮派上铁血狠辣地碾轧过去。

两百步内一支弩箭激射而出，号称"等同于二品宗师的全力一击"。

如果这个说法还不足以形容大床弩和穿云弩车的可怕威力，那么还有一个更耸人听闻的说法。

百步之内一支弩箭即飞剑！

这些弩根本就是以舍弃原有用途为代价，经过重金打造和养护，换来女帝陛下那句名言："江湖人不肯乖乖在江湖里蹦跶，那朕就把你们串起来做糖葫芦好了。"

在沙场上若真是被形成规模的此弩往死里针对，全然不惜误伤己方士卒，一个陷阵再悍勇的万人敌又如何能身经百战，如何能长命？

柳珪在大军后侧的重重护卫中，没有穿上金光闪闪的甲胄，也没有竖起惹眼的旗帜，他望向正前方，眯着眼睛不说话。

这位大将军身边一名嫡系将领忧心忡忡地道："决定胜负的其实也就是两百步到五十步之间的那三拨弩箭，如果连最后实力如同仙人飞剑的弩箭也无法见功，被那人闯入大军之中，大弩再掉转方向，就多半来不及了。”

柳珪指了指前方那在练气士授意下不断微微改变阵形的弩阵，摇头笑道：“那你也太小看这些练气士和材官巨弩了。仔细看一看弩阵的宽度厚度就能知道，弩箭的攻击方向并非横向一线或者几线，而是决心在纵向上射出巨大的扇面箭雨。即便那人不会一根筋地直线破阵，这些大弩也可以在练气士的指挥下临阵应对。弩箭本身的威势确实很可怕，但更可怕的还是这些一开始就有备而来的练气士和材官。”

那将校感慨道：“也难怪咱们北莽的江湖拍马也不及离阳那边有生气了。”

柳珪冷笑道：“江湖要那么多生气做什么？一群只知以武犯禁的莽夫，眼中少有家国大义。我敢断言，将来我朝铁蹄踏入中原腹地，多的是离阳江湖的高手帮着我们杀人，说不定杀起人来他们比我们北莽大军还要尽心尽力……”

柳珪突然不说话了——老人视线所及的最遥远处出现了一点刺眼的紫色。

身侧将领倒抽一口冷气，颤声道：“还真来了！”

柳珪下意识地就要抬臂发号施令，放下手臂后，一时间神情复杂，自言自语道：“不愧是徐骁的种啊。”

紫气东来，全然不停。

弩阵中传出砰的一声巨响。

弩箭攒射，破空而去。

几乎是同时，第二拨急促的箭雨洒向高空，直刺那道紫气。

刹那之间，以弩阵所在地为支点，扇面大张，射出了数百支如同一根根扇骨的弩箭，其中半数都无异于仙人一剑！

可是眨眼过后，紫气掠空，没有任何停顿，就那么划破长空，继续往西，一闪即逝。

人竟然就这么在柳珪大军头顶消失了！

背朝大军的柳珪不知何时挪动了一小步，脸色阴沉，伸手随意地拨开护在身前的那具剑客的尸体，望向西方。

一支弩箭穿透尸体的胸口，钉入柳珪脚边的地面，连箭尾都看不见。

不理睬四周那些后知后觉更显惊慌失措的护驾喊声，无动于衷的柳珪皮笑肉不笑地道：“好一个来而不往非礼也。”

他们动用弩阵，不但没能截下那抹东来紫气，反而使得那棋剑乐府剑道宗师为了保护大将军柳珪被一支弩箭悍然钉杀。

武力超群的江湖人士一旦踏入战场，虽说荣华富贵到手得很快，但未必能紧紧握住那无根浮萍般的军中地位，说不定还没焐热就暴毙了。

一名貌不惊人的披甲材官迅速赶到柳珪身侧，满脸歉意，抱拳苦笑道："属下无能，让大将军受惊了。"

北莽军中有一条雷打不动的铁律：主帅战死，麾下万夫长和千夫长一概赐死。除了柳珪本人看不出异样外，恐怕所有人都捏了一把冷汗。

柳珪摆摆手，一笑置之。这名隐藏在弩阵中的中年甲士可不简单，是道德宗麒麟真人最小的师弟，身负指玄境界，弩阵正是由此人全权调度。现在这种情况也在情理之中，毕竟器物是死的，哪怕弩箭有飞剑之力，若是连敌方高手的气机都抓不住，就算有一千一万支弩箭也白搭。练气士的望气天赋与实打实的指玄境宗师终归存在一定差距。事实上，箭雨中便以这名道德宗真人的最后一箭最具威胁，但那北凉王也因此而恼羞成怒，心生杀机，不但用手接住了那支百步弩箭，还朝大军阵形中的柳珪掷出一箭，结果棋剑乐府的高手成了替死鬼。

柳珪有些费解：这北凉王此行不为杀人立威，到底图什么？在这个凉莽大战在即的节骨眼上，他孤身跑去流州以西的荒芜地带做什么？那里照理说是会有一支羌骑搅局，可羌骑虽说刀锐马快，但才万余人而已，注定影响不了大局。

就在柳珪满腹狐疑的时候，一名年迈的望气士挤入亲骑护卫的包围圈，快步走到柳珪身边低声说道："启禀大将军，西方又有顶尖高手突兀地出现，气势不弱于北凉王，两者很快就要对撞在一起，看情形是要阻截北凉王西行。"

羌骑突入，龙象骑军无理分兵……柳珪突然哈哈笑道："有意思，本将这大鱼饵都没能让北凉王上钩，那小小羌骑竟能无心插柳柳成荫？"

柳珪瞬间收敛笑意，喊来黑狐栏子的头领林符，沉声下令："练气士分作三拨，第一拨带领弩阵向西推进，其余两拨为两翼的呼延克钦和耶律宗堂各自率领的五百亲骑领路。至于你林符，带上全部黑狐栏子，我再给你两百重骑和一万轻骑，不用理会那北凉王的动向，只管寻找那些脱离大部队的龙象军，不惜代价与之决战！"

林符惊喜之后，小心翼翼地问道："大将军，要是青苍城守军和龙象军副将李陌藩选择此时出城，大举进攻古董滩……"

柳珪冷哼一声，反问道："就算他们有这份胆识，可他们有这个胃口吗？"

林符缩了缩脖子，再不敢废话半句。

战场上危机四伏，危险常在，机遇则稍纵即逝，是无功无过的庸人，还是力挽狂澜的沙场名将，往往就取决于主帅的一念之间。

柳珪看到那位年纪不大但辈分极高的道德宗真人似有犹豫，大概是生怕中了调虎离山计——一旦自己被北凉死士刺杀于流州，道德宗肯定会被陛下迁怒，于是他轻声笑道："真人不用待在我这个老家伙身边浪费光阴，打不着秋风的，若是此次能够击溃那支龙象军，我一定亲自替真人向陛下请功。"

当下装束与材官头目一般无二的道人虽说贵为国师袁青山的小师弟，可在柳珪跟前还是十分恭敬，闻言后对这名大将军的好感又增加了几分。北莽权贵武人大多目中无人，道人在心中决定，不论流州战事成败，返回宗门后都要劝说几位师兄在柳珪身上押重注，而不是在柔然铁骑共主洪敬岩那边孤注一掷。北莽灭佛的手段比离阳还要狠辣，道门势力越发如日中天，尤其是道德宗在师兄化虹飞升之后，地位趁势水涨船高，不降反升。相信若是能够跟柳珪在"发迹"之前结下香火情，北莽一统天下后务必会整合中原道教，当下还勉强算是道教祖庭的龙虎山，到时完全没办法跟近水楼台的道德宗争那执牛耳者。

柳珪站在原地看着远处逐渐飞扬的尘土，突然哑然失笑："总不至于咱们这仗还没开打，北凉就完蛋了吧？原来是大仗之前有大仗啊！太平令，好算计。"

东来紫气西去。

一尊气势雄壮如天庭神人的"黄金铜人"大步前行，脚下溅起的尘土比一支疾驰的千人骑军还要大。

紫气似乎不愿与此人有过多纠缠，之前哪怕掠过弩阵与柳珪大军也没有更换路线，此时方向竟稍作偏移，但浑身金黄的巨人随之横移一步，踩踏出一个大坑，继续拦住去路。

紫气仍是不愿与之对撞，速度不减，可前进路径再次飞快侧移几分。

正是棋剑乐府铜人师祖的大宗师则得势不饶人，再度选择与紫气针尖对麦芒。

大路朝天，铜人师祖偏偏不愿与紫气各走一边。

事不过三。

转眼过后，不再刻意隐忍的紫气与铜人师祖已是近在咫尺。

这是铜人师祖第一次近距离看到这位名声震天的年轻人。

他浑身流淌紫金气，眉心那枚枣印如倒竖的第三眼。

那双冰冷的眼眸与宗门内天生"有眼无珠"的晚辈洪敬岩倒是有几分神似。

这便是北凉王徐凤年吗?

铜人师祖张口欲言却无声，但同时腹部鼓胀，发出如大钟撞击的轰鸣声，一只手掌平推而出，看似轻描淡写，但势可断江开山。

徐凤年骤然加速，擦肩而过，身后的黄沙大地塌陷出一个长达十丈的五指掌印。

铜人师祖身形倒退如平地滚雷，速度相较徐凤年竟是有过之而无不及。一人前掠，一人倒掠，两人继续并肩。

铜人师祖伸出一手，试图钩住徐凤年的脖子。

徐凤年抬起手肘挡去这位黄金巨人的勾手。

两人一触即散，拉开一丈间距，依旧保持原有的前进态势。

铜人师祖左脚脚尖落地生根，右脚一旋，身形率先停下。在他这转身的刹那，徐凤年的背影已经远在半里之外。

体形魁梧如传说中昆仑仙人的北莽武道宗师停下后，深吸一口气，大口一开，鲸吞天地元气，以雄壮的身躯为圆心，散出一圈圈肉眼不可见的气机涟漪。

地面巨震且龟裂开来，被撕裂出一幅仿佛蛛网的图案。黄金巨人一跃而起，急速拉近两人的距离，在空中将手臂高高抬起，朝徐凤年的后脑重重轰下。

但是徐凤年骤然一顿，铜人师祖一拳砸在距离地面六尺高度的半空，在徐凤年前方保持狮子搏兔的身姿。

徐凤年脚尖一点，斜向上掠起，在铜人师祖肩头轻轻一点，试图借势继续前冲。

直起腰杆的铜人师祖大喝道：“好大胆！”

一掌凌空拍下。

天空中蓦然出现一个风卷云涌的旋涡。

与此同时，铜人师祖另外一手托起。

陆地冲起一道龙卷。

上取象于天，下取法于地。

两两相撞，夹击天地之间的徐凤年。

徐凤年身形轻盈一旋，堪堪躲过这场惊天地泣鬼神的撞击。

但他前进的脚步终于还是为铜人师祖所阻滞，后者前踏一步，使出缩小天地成方寸间的神通，伸手扯住半空中徐凤年的脚腕，在空中抡出一个半圆，狠狠地砸出去。

徐凤年左手五指张开，轻轻一拂，硬生生刹住身形。这是他第一次站定，直面前方那位在棋剑乐府一直被洪敬岩压住风头而名声不显的铜人师祖。

铜人师祖冷笑道：“想走？”

徐凤年面无表情，没有答话，视线直接跃过金黄巨人，看向西面。

铜人师祖瞥了眼年轻北凉王腰间的佩刀，平淡地道：“不出刀，很难。”

这并非铜人师祖口出狂言。

别人不清楚此人的通天本事，徐凤年倒是知道些。听潮阁藏有一份绝密档案，其中便有很早接触到的烂陀山那位六珠菩萨，但铜人师祖的潜藏实力显然不是那女尊菩萨可以媲美的。

档案上别的不说，仅是两个措辞就足以让人心生忌惮：“谪仙”“天王法身”。

徐凤年确实没有把握撇下此人继续前行。

可这不意味着徐凤年若是放开手脚大战一场，就没机会宰掉他。

徐凤年深呼吸一口气，左手拇指轻轻按住刀柄，沉声道：“如你所愿。”

下雪了？

真的下雪了。

以江南寒族书生身份跻身北凉顶层官场的陈锡亮和流州刺史杨光斗并肩立于城头，一起望向因雪而泛白的天空。

相较中原腹地那些高大雄伟的城墙，青苍城的低矮外墙显得如此滑稽可笑，而这座孤城又恰恰位于西北边塞，就如纤弱女子被推到洪水泛滥的江畔，随时会被一个浪头打死。陈锡亮伸手去接那些暂时还稀疏单薄的雪花，呢喃道：“太安城那边，雪中退朝者，朱紫尽公侯。”

杨光斗点头笑道：“是啊，咱们这儿可不太一样，大雪满弓刀，甲重刀更沉。不过这边的莽夫可说不出什么朱紫公侯，顶多嚷几句‘井口有个黑窟窿’的打油诗。”

陈锡亮有些笑意，问道：“我曾经在江南道听说了这个典故，好像跟大将军有关？”

杨光斗搓了搓手：“王爷还是小世子殿下那会儿，大将军带着一家人在听潮湖赏雪，结果给世子殿下硬逼着写诗，大将军哪里作得出诗来，抓耳挠腮了半天，情急之下，还真给大将军憋出了那么一首。如果没记错的话，整首诗是：雪花大如拳，井口黑窟窿。黄狗换白衣，白狗……”

陈锡亮笑问道：“接下去呢？”

杨光斗无奈地道：“大将军明摆着是接不下去了嘛，当时就给咱们世子殿下追着撵着打了半天。不过这幅荒唐场景以往在清凉山经常有，王府上上下下早就见怪不怪了。”

杨光斗说到这里，有些伤感，嗓音沙哑，轻声道：“那时候的大将军，腿脚还是很利索的，逃命起来健步如飞。”

陈锡亮呼出一口雾气，笑道：“离阳所有世子殿下里头，就咱们北凉胆敢如此‘大逆不道’了吧。”

杨光斗笑道：“可不是！”

李陌藩匆忙走上城头。他身为龙象军副将，果真如传言中那般桀骜难驯，入驻流州后就没踏入过刺史府邸半步，今天竟然主动面见刺史大人，这让城头那些守军都大吃一惊。前段时间龙象军违反都护府军令擅自分兵出击，流州军、政双方已经有剑拔弩张的不好迹象。杨光斗转头看了眼李陌藩，笑道：“呦，稀客稀客，李副将也有登高赏雪的雅兴？”

李陌藩皱了皱眉头，没有计较刺史大人的冷嘲热讽，沉声道：“最先出现的紫气异象和弩箭破空，本将不知底细，不去说它。但方才前线游弩手来报，古董滩柳珪大营有三支骑军紧急出动，皆是赶赴临谣城方向。其中呼延克钦、耶律宗堂两员大将各领五百轻骑，柳珪心腹部下林符更是手握柳家军一万主力骑兵，甚至连仅有的两百重骑兵也隐藏其中，随时可以人马披甲冲锋作战。”

杨光斗神情凝重，问道：“奔着你们龙象军主帅而去？”

李陌藩嗯了一声，狠狠揉了揉下巴，眼神阴森：“看来那支穿插到青苍、临谣之间的羌骑是诱饵。”

杨光斗一听到这件事就火冒三丈，忍不住就要愤懑地说几句“早知如此何必当初”的言语。品秩不高暂时作为刺史幕僚的陈锡亮拉住杨光斗的袖子，走上前一步，平静地开口问道：“李将军，假设小王爷的龙象军已经对上那万余羌骑，如果羌骑避其锋芒，有意诱敌深入，龙象骑军能否在追击战中取得成果？”

李陌藩冷笑道：“只要被咱们龙象军逮住了，除非是羌骑一看到就选择掉头跑路，否则不需要一个时辰，肯定全军覆没！”李陌藩伸手按住墙头，“现在怕就怕最擅长绕圈子的羌骑一味避战，让他们熬到跟林符大军会合。”

李陌藩转头看着杨光斗这位流州名义上最大的官员：“本将入城，不是请战来的，只是来打声招呼。本将会分出一万龙象军跟上林符，若是柳珪留在古董滩的大军趁机向南推移，我亲自率领仅剩一万的龙象骑军抗敌，青苍城丢不了。”

杨光斗终于忍不住怒道：“大战一触即发，兵力劣势的前提下还敢分兵，不断分兵！李陌藩，亏你还是大将军生前颇为器重的将领，我杨光斗一个没读过几部兵书的门外汉都知晓此事是兵家大忌。流州之重，既在于我方以死守青苍城来牵制柳珪大军，更在于三万龙象骑军保持引而不发的姿态，以便对整个北莽南朝形成威慑力。两者缺一不可，少了任何一点，这凉莽第一场大仗，北凉就已经输了。任你龙象骑军以一换二，任你李陌藩战功累累，北凉王也要砍掉你的脑袋，你李陌藩死不足惜！”

李陌藩神情冷漠，生硬地说道：“杨刺史，本将说过，青苍城丢不了！退一万步说，本将那一万龙象骑军全打没了，只要让主帅和王灵宝顺利返回青苍城附近，柳珪一样要乖乖当缩头乌龟。现在最重要的是确保咱们龙象军主帅在临谣以东那边的战场上不出现丁点儿意外。”

杨光斗踏出一步：“姓李的，北凉王允诺我杨光斗在流州可便宜行事，你真以为本官不敢先斩后奏？！”

李陌藩满脸不加掩饰的鄙夷之色，轻轻歪过脑袋，指了指自己的脖子：“你倒是来试试看！杨老儿，凭你那点儿本事，砍得掉老子的脑袋？”

陈锡亮没有拉架当那和事佬，只是遥望向古董滩那边，缓缓说道：“刺史大人和李将军都没有错，只是事有缓急轻重，当下我们不妨做最坏的打算。羌骑的出现一开始就是北莽设置的陷阱，现在咱们龙象军已经咬钩了，并且北莽要吃掉的不是几千龙象军，而是一个更重要的目标——主帅徐龙象！那么，我觉得北莽南朝肯定会启动与之相对的阴险后手，说不定就是一小撮北莽最拔尖的武道高手，起码面对小王爷都可一战。若被北莽得逞，这个损失，是我们脚下的青苍城，是整个流州，甚至是整个北凉都无法承受的结果。”

陈锡亮继续说道：“既然如此，我觉得调动一万龙象军去策应，不是多了，而是还不够，还要加上所有可用的游弩手以及城中的白马义从，甚至如果可以，青苍城中潜伏的死士谍子都该紧急出城。”

李陌藩点点头。

杨光斗默然不语。

陈锡亮转过头，望向李陌藩：“李将军，我不要你立什么军令状，也不想听什么吃了败仗提头来见的豪言壮语，我现在只想问你一句话。你手上只有一万龙象骑军，一旦柳珪大军毅然南扑，你真能保证青苍城坚持到两万龙象军返回？！”

李陌蕃眼神异常坚毅，沉声道：“可以！”

李陌蕃笑了，伸手重重一拍腰间的北凉战刀，另外一手指向城外：“陈锡亮，你信不过我李陌蕃没关系，但请相信我这柄凉刀！一把不够的话，城外还有一万把！”

陈锡亮点了点头，李陌蕃转身大步离去。

陈锡亮突然朝着这员北凉边军猛将的背影说道：“李将军，龙象军将士是北凉人，流州百姓也是。”

“以前从不这么觉得，但是从现在开始，老子记下了！”

说完这句话，背对两位“文官老爷”的那位武将猛然抬起手，伸出大拇指。

第九章

一剑生佛十六观 八方雷动斩天雷

黄青大半剑，十六观生佛。

定风波全部归鞘，黄青反手握剑。

被剑鞘尾端击中胸口的少年，胸口出现一个鲜血淋漓的窟窿，虽未露出白骨，但早已被透体剑气伤及心肺。

饶是气机绵长如江河的黄青在使出这一招后，也需要以数次吐纳来安抚体内疯狂乱窜的气机。武道招式皆是讲求窍穴洞开一气呵成，追求意气所指一往无前的境界，但黄青这十六观则极其诡异，一气生成后，却硬生生在十六大窍穴处“关起大门”，让那一股气机洪流接连十六次撞击大堤，借此成就声势。

十六观，一观一顿，契合佛经上所载的一步一莲。

虽然一剑功成，不过黄青心底还是有些美中不足的遗憾。据传北凉王不遗余力帮徐龙象这个弟弟重塑了一套符将红甲，黄青更希望与自己对敌的少年穿上那套号称“固若城池”的甲胄。

冷不丁，以心如止水著称于北莽的黄青很不合时宜地笑了，因为眼前的一幕让他倍觉荒诞。

那少年低头看了眼胸口，然后抬起头盯住黄青，张了张嘴，只见一股青色流华萦绕齿间，那是黄青先前种于少年心肺间的驳杂剑气。少年非但没有就此顺势吐出剑气减轻伤势，反而咽回剑气：“没吃饱，还有吗？”

黄青握紧手中名剑，微笑道：“别的没有，剑气有的是。”

眼眸泛着金色的徐龙象转头回望一眼，不知是看青苍还是那凉州。

少年回头后扭了扭脖子，全身上下所有关节发出一连串黄豆炸裂般的刺耳声响，他举起双拳，然后一脚轰然踏下！

暗中急剧蓄势的黄青眯起眼，只见一条条凝聚如虹的气机不断从少年身上涌出，碎裂，破散。

在剑道上登高望远可谓只差邓太阿一步的黄青都感到匪夷所思。

自行散气？

少年原本已经在指玄门槛徘徊的不俗境界一路坠回金刚境！

龙虎山老天师赵希抟曾经传授这个徒弟大梦春秋，这在天师府不是什么秘密，那些羽衣卿相世家的黄紫贵人都误以为那是老家伙昏了头去为虎作伥，是帮助徐人屠的小儿子在武道修行上更进一步。事实上赵希抟是出于私心为爱徒徐龙象着想不假，但大梦春秋的真正作用，恐怕天下人打破脑袋都猜想不到，不是增益实力之法，而是道门的镇压厌胜之法！

世间匹夫怀璧死，那不过是死于人妒，赵希抟若是不用心良苦为徒弟造匣藏璧，那徐龙象可就是遭天妒了！

徐凤年为徐龙象锻造符甲，何尝不是如此？

之前少年在黄青气势磅礴的一局剑中，看似是穷途末路困兽犹斗。

其实，裹身符甲和大梦春秋孕育出的道门气机，才是真正意义上的困兽！

黄青如临大敌，低头看了眼定风波：终于可以递出完整一剑了。

徐龙象同样低着头，憨傻笑着。哥，我要打架了。

江南小雪一场。

徽山日复一日地人头攒动，别说小雪，便是大雪纷飞，都无须轩辕家族如何扫雪，道路上的雪早给人踩踏干净了。那些比肩接踵的游客都是奔着瞻仰大雪坪缺月楼去的，虽然牯牛降他们肯定没资格走入，但远远看一眼也能乘兴而来乘兴而归，回去后都能跟乡里乡亲的江湖朋友好生吹嘘一番了。随便看到个穿紫衣的女子，他们就敢吹牛皮说自己见着那位女子武林盟主了，但现如今哪位女侠行走江湖行囊里没有一套紫衣，否则出门哪里有脸皮自称仙子？前段时间武林大会隆重召开，共襄盛事，众人拾柴火焰高，让徽山紫衣的声望百尺竿头更进一步，尤其是连北凉听潮阁都千里迢迢送来那么多箱子的武学秘籍，无疑等于当今天下第一人都承认了轩辕青锋的盟主位置，谁还敢说三道四？何况那女子何其豪迈，大肆赠送大雪坪旧有秘籍如分发几枚铜钱，许多老成持重的江湖名宿那一张张老脸都笑开了花。

徽山的热闹衬托得龙虎山越发冷清。

加上远方那座武当山香火渐盛，以及姓吴的青城王分去天师府掌管北地道教事务的权力，龙虎山若不是还有一位白莲先生勉强支撑着台面，这个冬天真是怎一个“冷”字了得。天不寒，可心冷啊。

不过这一切对龙虎山山脚小道观内那个喜欢清净的老道士来说，反而是一桩好事。

姓赵的老道士一直是个不可理喻的怪人，出身天师府嫡系，才华横溢，能与齐玄帧论道，能与李淳罡比剑，能与轩辕大磐比气力，天赋分明比那位已经飞升的龙虎山掌教赵希翼还要高出一筹，但当时为了不当那殊荣无双的羽衣卿相，愣是逃下山去隐姓埋名浪迹江湖了，这一走就是很多年，返山后也不住在天师府，就在山脚破败道观内混吃等死，前几年更是冒天下之大不韪收了“人屠”的小儿子做徒弟。若非当时龙虎山道教祖庭的地位仍然不可撼动，朝野上下的口水都能淹死这脑子拎不清的老道人。

赵希抟在好不容易修缮过的观内外逛荡，去青龙溪边发了会儿呆，似乎记起什么，跑去弯腰系紧了那排竹筏的绳索，然后蹲着看溪水，很是落寞。他起身后抖了抖袍子，回到道观，又去那小子住的屋子的床边坐了会儿，坐了半天还是不知道该干什么，实在是无事可做，就又去那口井边坐着。老道人曾经骗那徒弟这口井通向北凉，跟他家是连着的，结果这痴儿每逢有山楂可摘，就会撅起屁股往井里丢，自己也不舍得吃，算是都送给他那个哥哥了。他这个当师父的想偷几颗骗几颗尝尝，那都是绝对不行的。

赵希抟坐在井边，怔怔出神。

老人当然不喜欢那个差点儿马踏龙虎山的“人屠”，但这不耽误老道士打心眼儿里喜欢“人屠”的两个儿子。

徒弟黄蛮儿不去说，就跟他晚年得子差不多，不是儿子胜似儿子。

他对那个世子殿下的印象也一直不坏。他第一次去北凉王府，跟那只满身心眼的小狐狸斗法，很有意思。但那时候也只是不讨厌，真正喜欢起来，还是后来年轻世子来龙虎山，面对自己那郑重其事的一揖。

这个世道门阀林立，真的不缺世家千金子，而越是一帆风顺的天之骄子，越难去愧疚和感激，让他们说“对不起”和“感谢”这五个字，比起随手一掷千金，要艰难无数倍。山上天师府那些晚辈不正是如此吗？倚仗着父辈的余荫，自幼活在山上，哪里知道山下讨生活的不易。殊不知所有坐高位者，甚至包括坐在那把龙椅上的人，开创家业的先祖，无一例外都是泥腿子啊。

老道士叹息一声，突然之间，老人的眼皮子不停地抖起来，心更是剧烈一颤！

老人脸色大变，迅速掐指，脸色越来越苍白，猛然起身，又颓然坐回。

自欺欺人的赵希抟对着井口怒吼道：“徐凤年，你这次要是护不住黄蛮儿，贫道这辈子还能活几天，就在你家门口骂街几天！”

老道士骂着骂着，莫名其妙地笑了起来。

笑声中有些一生不曾登顶有负祖辈期望的悲怆感，更有些说不清道不明的豁达洒脱感。

赵希抟缓缓站起身，走向自己的屋子。

南朝西京有栋摆着一口有蛟龙蛰眠的大缸的隐蔽小楼。

楼内那些见惯天底下最奇异怪事的隐士尽哗然。

很快，老妇人和北莽帝师就被惊动，第一时间赶到小楼。

老妪的视线中，在缸内象征北凉版图的方位，原本平整如镜的水面如同被利器割裂出了一条经久不散的“水沟”。

老妪经过初期的震惊，然后嘴角泛起冷笑：“一只钩钓起两条鱼吗？”

老妪盯着水面，轻声问道：“除了‘剑气近’和铜人师祖，还能不能调些高手过去？武力稍逊一筹的也可以。”

太平令摇头，惋惜地道：“不可能，距离最近的洪敬岩也来不及。至于实力差上一截的，就算去十几二十个也没用，何况南朝边境也抽调不出，大多已经在南院大王身边了。”

老妪问道：“会不会有偷鸡不成蚀把米的可能？”

太平令淡然道：“铜人彻底拦住徐凤年很难，但是拖延他的脚步，给黄青赢得那迫使徐龙象遭受天谴的时间应该不难。南朝所有练气士都已准备就绪，届时会添一把火。”

老妪点了点头。

这就足矣。

老妪猛然后退一步，但很快踏回那一步。缸中有一物破开水面。

龙抬头！它死死地盯住那条线。

又见江南又见雪。

一名老道人开始登山，走向天师府。

老人从箱底找出那太多太多年不曾穿过的一袭黄紫道袍，还梳理干净了头发胡须，惹来无数天师府晚辈如同白日见鬼一般的眼神。

老道人走向祖师堂，对墙上悬挂的所有祖师爷画像，一幅一幅一位一位拜过去。

走出祖师堂后，这位龙虎山硕果仅存的“希”字辈老真人来到山顶。

风雪中，老人盘腿而坐，轻声笑道：“都说‘沙场有刀，不怕死于马背；江湖有酒，不怕死于酩酊’。贫道从来不敢杀人，连那酒也总喝不尽兴，一生从没有活得豪气过，最后走这一遭……”

老道人仿佛在与天地言语，大声道：“且尽兴！”

老人伸出手指，直刺双眼。

然后这位黄紫老真人颤颤巍巍地抬起那鲜血淋漓的右手食指，在眉心划出一抹印痕。

如开天眼。

老人双臂垂下，轻轻搁在膝盖上，各掐一诀，安详地道：“黄蛮儿，为师的本事就这么点儿，学不来开天门，连开天眼也是这般勉强。

“若是仍然无法为你挡下天劫，莫怪师父啊。”

世人羡长生，道人修清净。

老人在生前最后一刻，记起了前几年山脚道观里自己徒弟的打鼾声，一点儿都不清净啊，可是最让老人怀念。

祥符元年冬末，天师府池中那朵位于最高处的紫金莲枯死。

徐龙象开始冲刺，速度比起先前对敌黄青时快了何止一筹，缩地成寸的道家神通根本就没办法相提并论。

道教典籍上恭维自家神仙的说法里，有一种叫“撒豆成兵”，当然是糊弄乡野村夫的措辞，但是黄青的剑气早已弥漫于四周，无处不在，倒也有几分草木成兵的意思，更重要的是配合洞察先机的指玄境界，黄青可以精准地捕捉徐龙象的进攻路线。徐龙象在撞到他和定风波之前，必然会冲击那些细小如蠛蠓充斥天地间的微妙剑气，这就能让黄青未卜先知，谋定后动。

黄青预料到徐龙象会绕至身后对他后背展开一次捶杀，他没有转身，抖剑出鞘寸余，与此同时，身后两丈外蓦然炸出一条剑虹，割裂长空。可是意料之中的那一幕并没有出现，徐龙象没有如约而至，那么黄青的先手剑招也就失去了意义，更失策的是黄青在先手之后已经开始布局针对少年撞开剑气青虹的后手。

顶尖武道宗师生死之争，差之毫厘，足以谬以千里。果然，故意停顿了一下的徐龙象鬼魅般的身影最终在黄青身侧浮现，然后一撞而来。黄青原本体内的气机流转如瀑布直泻三千尺，此时硬是横移几大窍穴，如一条大江改道而流。定风波虽来不及出鞘，但黄青手握剑鞘横扫，一抹剑罡划弧切出，成扇形分开天地，气势雄壮。

天下武功唯快不破，徐龙象没有后退避其锋芒，而是凭借恐怖的速度低头、弯腰，继续前冲，以一记凶悍无比的肩撞，直接把黄青撞飞很远。

徐龙象在地面上笔直地狂奔，几乎是一瞬间便伸手攥住黄青的脚踝，使劲往下一扯，不但将黄青的身躯扯向地面，还直接扯烂了黄青堪堪开始运转的气机。

见黄青撞在地面上，徐龙象就是一脚凶悍地踢去！

有苦说不出的黄青只得勉强用手臂格挡住这一脚，身躯再度被踹向空中，但刹那之间就又被跃起的徐龙象用手肘轰在胸口，重新打回地面。

黄青见头顶黑影压下，徐龙象十指交错握成一拳，这一拳若是被结结实实地击中，别说“剑气近”黄青，就是金刚不坏的慕容宝鼎恐怕也要变成一尊破碎大鼎了。

黄青后背砸在地面上，面朝天空中急坠而下的徐龙象，定风波剑柄抵住沙地，剑鞘朝天直指那得势不饶人的癫狂少年。

剑留鞘走。

剑鞘刺向徐龙象。

名剑定风波便以这种方式首次出鞘。

徐龙象双拳砸在剑鞘上，砸偏了剑鞘，身形仅是略作停顿，继续向下砸去。

黄青左手轻轻一拍地面，身体骤然一旋，带动右手定风波抡出一圈光芒璀璨的圆形剑罡，如一轮明月生于黄沙大漠。

虽是仓促之下的出剑，气势远未攀至巅峰，但定风波不出则已，一出仍是极为惊人。

可惜应了那句老话，道高一尺，魔高一丈。

徐龙象根本没去权衡利弊得失，直接就用拳头轰烂了圆月剑罡。

什么叫真正的势如破竹，徐龙象这就是！

黄青赶忙剑尖一点，身形飘荡出去十几丈。徐龙象双拳砸在大地上，那一声炸裂巨响竟是深入到了百丈之下的地底。

黄青在远处站定，紧紧握剑，抬起手臂，高度与肩齐平。

这位“剑气近”嘴角渗出血丝，手中长剑非但没有外吐剑气青虹彰显威势，反而如仙人餐霞饮露，疯狂吸纳四周的“青雾”。

随着定风波完完整整的出鞘，尤其是做出鲸吞状后，黄青和徐龙象身边原本肉眼不可见的剑气迅速凝聚，如夏日夜空的萤火虫，星星点点，飞入长剑的剑尖。

黄青的词牌名是剑气近。

何谓“剑气近”？

那是在说黄青人未至剑未出，剑气便已如那“天阴将雨，群飞塞路”的蠛蠓，细微不可察，密密麻麻，不计其数，布满世界。

黄青一手持剑一手负后，抬头看了眼有些许黑云飘来的天空，收回视线，看向那个在坑中缓缓站起身的少年。

黄青轻声说道："人活一世，每走一步就是在天地间留下一步痕迹。只是到最后，世人的脚步大多了无痕，如风吹黄沙，雪掩路径，水冲石阶。我黄青亦是不能免俗，但我手中剑不一样。"

黄青每说一字，手中长剑定风波的附近，上、下、左、右四个方向就各自叠加一柄"定风波"，层层叠叠，纹丝不动，不动如山。

他身前很快就叠放了将近三百柄一模一样的"定风波"。

徐龙象已经完全看不到黄青的身影，但依稀可以听到这名北莽剑道第一人的嗓音。

"江湖百年来两代剑神，李淳罡以意气风发著称于世，剑开得天门，一袖即青龙；邓太阿则以快剑享誉天下，以细处锋芒冠绝剑林。

"黄青不愿走他们的路，手中这把定风波只求两字。

"不动。"

在黄青和徐龙象之间出现了一座巍峨的剑山，而这座剑山还在不断递增扩大，不断朝徐龙象层层推进。

徐龙象不退反进，一撞之下撞断了拦在路上的高低数十柄长剑，前奔的身形被阻滞后，他双手一扯，又扯碎了十几柄"定风波"。

徐龙象不管怎么冲，用蛮力打破那些长剑，下一刻总有一柄柄新剑补上原有的位置。被剑山剑墙所阻的少年显然也打出了火气，身形倒退，与那座剑山拉出一段距离后，这才展开迅猛的冲锋，一鼓作气撞碎了不下百柄"定风波"，整个人都撞进了剑山，凹陷入山腹。但是下一刻剑山便开始自行生长，气势不但没有衰减，反而逼退少年，哪怕少年双脚踩地，试图用肩膀牢牢地扛住大山前移，双脚仍是一步一步向后滑去。

少年干脆以头顶住那堵剑墙，再以双手撑住。

整个人倾斜的少年怒吼一声，使劲往前一推，如木支墙！

整座剑山似乎都发出一阵微颤，嗡嗡作响，剑鸣如群蚊出声。

但是厚度被阻止，高度还在叠加的剑山依旧凭借稳步攀升的气势缓缓推进。

少年已是额头鲜血淋漓，双手手掌更是血肉模糊，脚上的靴子更是被踩穿。

少年猛然转身，双臂张开，以那并不宽阔的后背力扛剑山。

剑墙终于止步！

比巨大剑山更高的高空中，乌云密布，隐约有电闪雷鸣。

少年双眼的瞳孔逐渐缩小，直至完全消失。

黄青轻声道：“你徐龙象的诞生本就不是讲规矩的事情，你不该长活于世间。我便以规矩成方圆。”

黄青手持定风波，划了一个圆。

这么一个看似连稚童都可以随手耍出的简单动作，剑气之盛甲天下的黄青却做得极其艰难和缓慢。

然后，剑阵成山的那无数柄“定风波”开始变阵。

徐龙象身前、身后和头顶长剑浮空，形成一个巨大的半圆。

每一柄“定风波”的剑尖都指向当中的少年。

黄青顺着那道剑弧看去，望向天空。

黑云越来越厚重，越压越低，粗如合抱之木的紫雷疯狂滚动。

持剑之臂开始抖动的黄青轻声道：“既然你自寻死路，不怕引来天劫，那我便最后送你一程。”

这最后一剑名“规矩”。

黄青本想以此去跟剑神邓太阿一较高下，这将会是剑道上一场前无古人的快慢之争，不承想先用在了徐龙象身上。

黄青突然吐出一口鲜血，溅在长剑上。

定风波坠落在地。

铺天盖地的半圆剑阵轰然炸开。

黄青一脸震惊和茫然之色。

远处，少年弯腰而立，双臂低垂。

黄青看不到少年的脸孔。

七八股浓郁的黑气如一条条恶蛟，围绕着少年肆意游弋。

就在此时黄青的衣衫出现了一阵毫无征兆的飘拂。

那惊鸿一瞥的场景更是让这位“剑气近”感到惊悚。

铜人师祖被人一刀捅入腹部，就这么一路撞来，两人一刀一起不断前冲撞到一座山丘中。

偌大一座山丘瞬间粉碎，下一座沙丘依旧如此不堪一击，就像只是辞旧岁时孩童手中的爆竹。

黄青转过头，看到那人左手持刀站定，更远处一座山丘炸开处，铜人师祖在漫天风沙中站起身，与之一道起身的还有高达百丈的威严天王法身。

难道说，铜人师祖在那人出刀后甚至都来不及请出法身？

那北凉王徐凤年就这么来了？

震惊之余，余光瞥见高空异象的黄青也松了口气。

就算你徐凤年来得如此迅猛，但仍是来不及了。

大劫已至。

七重天雷将落！

一重重过一重，任你是陆地神仙又如何？

轰隆一声。

一道紫色天雷砸向徐龙象。

徐凤年根本不理睬铜人师祖和“剑气近”，直奔那滚滚天雷，一刀挥出，跟羊皮裘老头儿当年那一袖青龙如出一辙。

那道天雷直接被撞碎。

黄青看得目瞪口呆。这兄弟俩做事情都是这么不讲理的吗？

那可是象征天劫的大雷啊。

你徐凤年难道真想七重天雷都一人扛下？

仙人齐玄帧当年在斩魔台力扛天劫，也不过是扛下六重紫雷而已。

徐凤年站在徐龙象身边，伸手按在弟弟的脑袋上，轻声道：“黄蛮儿，爹走了，但只要哥还在，天塌下来，就轮不到你来扛。”

黄青相信，以徐凤年的实力破去一道天雷不难，但绝对不相信徐凤年可以代人受罚。这便如朝堂上，北莽女帝震怒之下要一人死，任你是拓跋菩萨武功盖世，军功显赫，也阻挡不了皇帝的决定。这无关修为高低，天道循环自有规矩。

但是眼前的景象由不得黄青不信，这实在是超出了北莽“剑气近”想象的极限。

铜人师祖祭出宝相庄严的百丈天王法身后，法相巍峨，俯瞰众生，头颅与黑云齐平，本体则走到黄青附近。胸口那一刀穿透身躯，可没有丝毫鲜血流淌，这位隐藏极深的谪仙人平静地解释道：“此子预料到徐龙象肯定会有破境之日，早有伏笔铺垫，只是不知他是以何种秘术将徐龙象的气数转嫁给自身。这等手法倒行逆施，只会惹来更多天道责罚。”

黄青感叹道：“多半是那套重见天日的符将红甲作祟。否则以徐龙象生而金刚的体魄，多添一身符甲来增加战力，与画蛇添足无异。我原先以为那符甲是道教祖庭龙虎山的厌胜神通，用以压制徐龙象的境界提升，现在看来仍是小觑了徐凤年的心机。黄青早先偶然听闻武当山吕祖有杯盏倒海之术，不出意外，那符甲即是杯，为的是搬运徐龙象的气数。”

气势暴涨的铜人师祖略作思索，点了点头：“八九不离十。”

这位师祖万般算计都没有算到那年轻人一出手便是左手刀，直接将自己撞到这处战场。这一刀毫不拖泥带水，又掺杂着类似四百年前某无名道人镇封魔头高树露的玄通，哪怕是铜人师祖也只能一退再退，无力反抗。如果不是徐凤年志不在杀人而选择主动拔刀，那么他真可能连天王法相也请不出来，就此陨落。在铜人师祖的视线中，那徐龙象终于怒而跻身天象境界，恶蛟之气萦绕全身。当下黄青恐怕完全不是对手了，自己的法相也未必可以降伏。

铜人师祖淡然道：“黄青，你且退下，天劫将降，没有必要在此被拖着玉石俱焚。”

黄青苦涩地道：“师祖，黄青这一退，愧对手中剑，便终身无望登顶剑道巅峰了。”

他如何不清楚此时疯魔的徐龙象扛不扛得下天劫两说，但要腾出手来让他黄青吃不了兜着走是绰绰有余。

黄青低头望向名剑定风波，吐出一口浊气，脸上浮现出一抹决然的笑意，抬头望向前方，握紧长剑，反而向前踏出一步：“逆水行舟，不进则退！说不定今日便是黄青踏入剑仙境界的契机。”

铜人师祖轻声道：“直觉告诉我今日的事情会一波三折。你不退也好，替我盯着那兄弟二人，我要为头顶那一缸熔炉添些沸水，彻底断去徐龙象的一线生机。”

随着黄青身畔铜人师祖缓缓抬手，顶天立地的天王法相也抬起那双手臂，双掌猛然间合十，炸出一轮一轮金色涟漪，炸裂声余音袅袅。

似有一物在他掌心生出。

黄青竖剑在身前，开始蓄势。

远方又有一幕异象横生。徐凤年按在徐龙象头顶的那条手臂上红丝拂动，如千百纤细赤蛇齐齐吐芯，疯狂汲取徐龙象那七八条黑蛟的气机。

那些红丝曾是“人猫”韩貂寺以指玄杀天象的压箱底绝学，如今被徐凤年用来“窃取”弟弟的天象境界。

天雷如巨石滚走于似黑色丝帛的云层，声势更壮。

雷声轰鸣，紫电交织，空中云上犹如有无数天庭仙人在大声怒斥。

匹夫一怒，血溅五步。天子之怒，伏尸百万。

那么此刻，九天之上的仙人震怒又当如何？

徐凤年收回手，轻轻一推无法动弹的徐龙象，将弟弟黄蛮儿推到数里地外。

徐凤年望向天空，那一条条紫雷游走于云层，如一尾尾蛟龙穿海。

徐凤年手握北凉刀，抬头看着天空，没来由地笑了笑，自言自语道："徐骁，你说那幅场景，像不像龙袍蟒服？"

黄青破天荒对一人生出敬畏之心。传言王仙芝曾经拥有举世皆敌的胸襟，其宗师气度远超武评其余九人，而此时此刻的徐凤年独力面对天劫，也一样有了隐若敌国的气概。

黄青闭上眼睛，自握剑练剑起的一幕幕在眼前不断浮现，如走马观花。

这位"剑气近"在"规矩"一剑无功而返后心境受损，几乎等于为山九仞功亏一篑，但是在目睹徐凤年按刀而立后，他山之石可以攻玉，他借机触摸到了陆地神仙的门槛，摇摇欲坠的境界竟是因祸得福，稳步攀升。

黄青睁开眼睛，神情肃穆："只等我黄青以观雷落而成新剑，稍后就以新悟得的剑仙一剑敬你北凉王。"

电闪雷鸣，天空如同炸开一个窟窿。

第二道紫雷轰然坠落！

不是直直降临砸在徐凤年头顶，而是在这名年轻北凉王身前几十丈外落地，然后转弯激射而至。

其势如万人铁骑冲锋。

徐凤年双膝微蹲，右手双指并拢，左手刀尖直指紫色天雷。

徐凤年沉声道："断江。"

紫雷如滔天洪水迎面撞来，徐凤年一刀断开。

紫色大潮一分为二，在徐凤年左右两侧一冲而过，很快消散于天地间。

天上似有仙人怒斥出声，响彻云霄："一介凡夫俗子，安敢忤逆天道？！"

然后，第三道更为粗壮的滚雷急急降临人间。

徐凤年将凉刀插入身侧大地，起一势：一脚踏出，双手抬起，划半圆。

起手撼昆仑！

一掌硬生生托起紫雷。

天与云和紫雷一同踏下，地更是塌下，徐凤年站在深陷十数丈的坑底。在黄青眼中，那道紫雷绚烂地炸碎，在大地之上如一水缸破裂后缸中水流泻开来。

徐凤年重新提起北凉刀走出巨坑。

第四道壮阔无双的紫雷在破开底层云海后，突然分成千万条粗不过手臂的紫雷，杂乱无章地溅射向徐凤年。

天网恢恢。

四面树敌，八方雷动，比起黄青那“以规矩成方圆”后半剑的圆剑，何止是更胜一筹。

许多紫雷飞快地钻入地面，又迅猛地炸出，对徐凤年寸寸逼近围困，真可谓翻天覆地。

徐凤年默念一声。

六千里。

就在徐凤年迎战第四道天雷的关键时刻，铜人师祖身后双手合掌的百丈法身突然双掌分别向两边拉开。

一幅灵动的画卷在双掌手心浮现。

有佛陀入定念经，顽石点头。

有真人坐而论道，天女散花。

有书生手捧书籍，东临碣石。

有剑仙驭气凌空，弹剑而歌。

有神将策马持矛，金甲璀璨。

黄青虽然知道铜人师祖是谪仙人，却不知道这位师祖竟然正是那位曾经为天道镇守大门的仙人！

那画卷中人分明都是数百年前证道飞升之人！

就在此时，那头远离战场一直焦急转圈的黑虎突然柔顺地蹲下。

有一位相貌清逸的中年道士负手站在黑虎身旁，遥望铜人师祖的天王法相，似笑非笑。

自吕祖以来，无人比他更显仙风道骨。

黄青试图观天雷落而悟地仙剑，却因为这名奇怪道人莫名其妙地横空出世，硬生生被阻碍了体悟过程，但更奇怪的是，虽然悟剑中断，但全然不妨碍境界提升，甚至剑意趋于圆满的速度不降反升。

那道士头顶的道冠分明是武当道人的逍遥巾，却身披龙虎山的道袍，脚穿一双朴素的麻鞋，不见脚步挪动，就突兀地出现在黄青身侧，与他并肩而立。只是

“剑气近”面朝徐凤年，道人则面对铜人师祖，两人井水不犯河水。黄青心中生出一个让自己都感到滑稽的矛盾念头，极不可能，但最有可能：这位不速之客是那位曾经在斩魔台上一坐便甲子的真人——齐玄帧，不是天下第一人胜似天下第一人。

黄青年轻时候偶遇北莽国师袁青山，听其讲述道门秘辛，评点道门高人境界高低，说：绝大多数顶着真人、神仙头衔的所谓得道高人，不过是“出家道士”，只有武当掌教王重楼与龙虎山天师算“山居道人”，身在世间但了却俗扰，可为山岳增灵秀，福荫道统。两者之上，龙虎山有个结茅而居修孤隐的赵姓道士，窃取天机，养出恶龙，颠倒乾坤，可算幽隐道士。千年以来，真人羽化飞升的不在少数，他袁青山只敬重两位前辈。一位是数次应运而生的神仙道士，另外一位便是修成天仙却过天门而返的天真道士——吕祖吕洞玄。齐玄帧是吕祖转世如今已经无人质疑，黄青当时也已经从麒麟国师嘴里得到确认。至于武道上任掌教洪洗象是否一样是吕祖转世，黄青与袁青山那次分别后再无相逢，也就不敢妄自揣测天机。

至于为何“齐玄帧”会出现在此时此地，黄青倒是有几分大胆的猜测。如果说吕祖过天门却返回世间的传闻属实，那铜人师祖这位镇守天门的仙人沦为谪仙人也就有理可循。

黄青有些无力，齐玄帧若是出手，自己就算能递出那一剑，铜人师祖就算能完整地铺开那幅壮观的画卷，又能成事吗？

齐玄帧开口了，天地之间毫无声响，但黄青偏偏一字不差听入耳中。

“黄青，我辈剑士，手中既有三尺青锋，安能摧眉折腰事权贵？”

闻益言如赠金，闻重语如负山。

后背情不自禁微微弯曲的黄青脸上泛起苦涩的神情。北莽江湖被陛下以铁血手腕“纳为宠妾”，成为问鼎中原的一股助力，是大势所趋，岂是他棋剑乐府“剑气近”所能抗衡的？更重要的是，他黄青第一次握剑就在棋剑乐府之中，太平令有大恩于他。

黄青缓缓挺直腰杆，平静地道：“齐真人，我黄青有所不为，有所为！”

齐玄帧喟然轻叹，似乎有些遗憾，但到底还是没有阻拦黄青继续养育那一剑。

铜人师祖站在那尊天王法身脚下，怒喝道：“齐玄帧，你不过一缕残存气息而已，如何挡我？！”

魁梧老人做愤怒状，天王法身亦是张须怒目。

齐玄帧没有理睬铜人师祖的恫吓，只是抬头望向那幅天人迭出的长卷，画卷在众人头顶绕出一个大圆。

在这大圆上的皆是七百年前那些得以证道飞升过天门的威风祥麟，不论三教九流，都曾是人间最富气象的风流人物。

虽仅是一位位天之骄子的幻象，但这个都能吓破陆地神仙胆子的阵仗，是否前无古人不好说，但注定是后无来者了。

本就黑云密布的天空此时更如釜底加薪，沸水更沸，尚未落下的数道紫雷越发雄浑粗壮。

便是那道已然落地生根的紫雷，气焰也瞬间暴涨数倍，徐凤年那原本破去大半紫雷的六千里，更是出现难以为继的危险迹象。

证道长生，天上不断降雷，而地上之人只有一气，绝对不存在换气新生的可能。

那剑招“六千里”催生而出的恢宏剑气先前蜿蜒延伸，气势如虹，已经一气呵成斩碎了十之六七的绽放紫雷，可在铜人师祖百丈天王法身搅局后，天地异变，熔炉喧沸，地面上的紫雷齐齐相撞，撞出无数雷光火花，将徐凤年笼罩其中，只能依稀见到那条原本壮阔如广陵大江的剑气缩小成了一条小溪，在徐凤年四周流淌游走，抵挡紫雷侵袭。

铜人师祖声如洪钟，冷笑道：“齐玄帧，莫不是你此行不过是虚张声势，怎的还不出手相救？”

一步踏出，声响更重，“齐玄帧，你是不能还是不敢？！”

齐玄帧长袖飘摇，鬓角发丝随风轻轻拂动，说不尽的风流写意。

这位大真人微笑道：“凭你守门奴，也想坏我道心？”

齐玄帧转头看了眼那紫电天雷铺天盖地的场所，摇头道：“第四道天雷而已，就算有你从中作梗，又何须贫道出手啊。”

相伴游历江湖六千里，路程何其远，广陵江何其长。

凉州城外绕城而过的溪水又何其小，何其近。

曾经有个缺门牙爱喝黄酒的老头子牵马过河，再无还乡。

天雷围困之中，只听一人朗声大笑道：“老黄，风紧不扯呼！”

第四道天雷顷刻间轰然崩碎。

但是第五道颜色越发转深的紫色天雷刹那即坠！

徐凤年双手伸出。

霸王扛鼎！

紫气疯狂倾泻，从五指间漏下，汹涌流泻在头上和肩头。

齐玄帧收回视线，收敛笑意：“仙人以大地为棋盘，一山一城一国皆为棋子，以天下气数为握子之手臂，肆意落子，随性定夺凡人生死。在贫道看来，此事有违大道！”

有违大道！

这四个字被齐玄帧说出口后，那尊天王法相的仙人长卷发出一声布帛撕裂的细微声响，然后愈演愈烈，画卷一点儿一点儿粉碎，画上的仙人化身一位一位消散。

甚至连天王法相的眉心也出现一道裂缝，金光四射。

铜人师祖额头现出一条血痕，金色鲜血流淌满面。

齐玄帧冷声道：“今日贫道在此，是来了结你我当年的天门恩怨。与你说道理，你却不听劝！”

大真人一手负后，一手向前，伸出一根手指轻轻点出。

铜人师祖胸口如遭雷击，轰然往后倒飞出去，撞在法身上，百丈巨大法身也仰面倒下。

齐玄帧另外一手大袖一挥，铜人师祖就被猛然拎起，然后被丢到不知几千里之外。

齐玄帧看也不看那一闪即逝落在广陵道的铜人师祖，冷笑道：“既然不听劝，那就滚你的！”

手中定风波只求不动的黄青突然动了，骤然出剑，提剑奔跑，冲刺，直冲那为紫雷压顶的徐凤年。

一剑之威不亚于一道天雷。

齐玄帧没有阻拦，只是叹息。

在一人一剑的前进路上，一个身影挡住去路。

来者任由长剑穿胸而过，一拳捶在黄青脑门上！

黄青当场死绝！

长剑脱手的尸体重重坠落在远处。

尸体七窍流血，但是这位自幼立志以手中剑压下离阳江湖的“剑气近”，面容上不见任何遗憾悲苦。

被长剑贯胸的少年双手颓然下垂，朝天空发出一声怒吼。

齐玄帧看着这位自己另外一世应该喊一声小舅子的少年，眼神有些愧疚，轻声道："大路朝天，各走一边。李玉斧，我不如你。"

就如黄青所言，人活世间，有所为有所不为，何况是他生前身后都是修道之人的齐玄帧。

各人各有脚下路，齐玄帧可以搬走一些堵死路的拦路石，却无法替人去走路。

齐玄帧的身躯似云渐淡风渐轻，最终灰飞烟灭。

双目无瞳神情僵硬的少年竟然没来由挤出一丝笑意，望向这个当年在斩魔台上"见过"的中年道人："姐夫，走好。"

齐玄帧会心一笑，点了点头。

有一道浑厚的气息起于南朝西京某地，由北南下，再度搅局。

齐玄帧勃然大怒，在消散之前，一手按下。

西京那栋楼内的蛰眠大缸顿时炸裂。

满楼皆水。

有龙出水。

即将彻底消散的齐玄帧面露忧虑，遗憾地道："接下来斩龙一事，力有尽时……"

黄蛮儿咧嘴一笑，一扭脖子。双手无力拔出长剑的少年无师自通，以气驭剑抽出那柄定风波，将长剑高高抛起，然后用嘴巴叼住剑柄，无形中，虽然荒唐可笑，但亦是一式横剑！

少年先看了眼远处的哥哥，然后回头看了眼齐玄帧。

那眼神似乎是在对齐玄帧说：有我在，你放心走。

齐玄帧点头后，望向天空，彻底消失之前好像在问天："凡人凡，长生长。若说凡人有情皆苦，长生无情又有何欢？"

徐龙象开始朝北方跑去。

他低头，弯腰，咬剑，横剑！

第十章

与世为敌我无敌
雪中有刀斩真龙

蜀南竹海碧连天，晚来天欲雪而未雪，一行人漫步其中，恍若神仙中人。

有男子一袭白衣，面如冠玉，只是相较往日竹海中那些登高览胜的游学士子，要多出一股说不清道不明的沙场气息。另外一位年龄稍长的男子则满身书卷气，更符合纯粹的读书人风范。

两人身后跟着一名身段婀娜的女子，姿色冠绝蜀国。她白衣大袖，甚至连绣鞋也是白底，上面只绣淡青色莲花，好像是刻意与前方男子的衣饰相呼应。她手中拎着一截纤细的竹枝。前方两人脚步悠然却不缓慢，这让她力有不逮，微微喘气，但她丝毫不敢提议休憩片刻，因为她知道，不论是登山，还是将来在那场硝烟中的跟随，只要停下，那就永远都追不上身前的伟岸男子。

哪怕她是“谢谢”，是那位蝉联胭脂评榜首的动人女子，是西蜀第一大宗门春帖草堂的女主人。

她忍不住抬头看了眼心仪男子身边的中年书生，眼神中有由衷的敬畏之色。她与后者同姓，只不过她是微不足道的谢家旁支，他却是中原十大豪阀之一谢家的嫡脉，而谢家是不幸在春秋战火中首个倾覆的世族高门。

当时谢家那个名叫谢观应的嫡长孙被誉为“天才”，文武双绝，与李义山隔江联手做“文武评”“将相评”“胭脂评”，只是随着徐家骑军的不断南下，谢观应突然失踪，在生死存亡之际失去家族砥柱的谢家就此消亡。谢观应之后，两届新武评所幸还算中规中矩，勉强得以延续下去，只是文评就做得狗尾续貂，无法服众，很快就再没有人胆敢接手，后来连上阴学宫的徐渭熊都知难而退，就此打消念头。

她谢谢不过是谢家当年落难时匆忙落在棋盘上的众多棋子之一。当这位消失了整整二十年的谢家男子出现在西蜀，然后以谋士身份辅弼封藩西蜀的陈芝豹时，谢谢可谓如坠云雾。

三人拾级而上。山势回旋，崖壁如剑削，至山顶锁龙崖，远眺而去，竹海尽收眼底。

谢谢身为竹海主人，为两人介绍锁龙崖的典故，手指崖刻，娓娓道来：“传闻上古时代有祖龙葬身西蜀，而这条龙的爪、眼、珠都被仙人以大神通剥离，其口中所衔龙珠便镶嵌于此壁之中。从此，西蜀龙气只够化蛟，而不足以成龙，历来只有蛟而无龙。历史上曾有割据西蜀的武夫试图凿开锁龙崖，但很快便无故暴毙。数百年来，儒、释、道三教名流都喜在此壁上题字，各有千秋。占据最中央那块风水宝地的‘登仙台’，是大奉朝草圣所书；最上方‘修真安乐即昆仑’行书七字，则是道教圣人刘庵以剑刻下；崖刻中字最小的，是一位无名僧人篆刻的‘向心朝佛’，出奇处在于‘心’字最早少了一点，后来儒家宗师王远山于雪夜登山，持烛观字，兴之所至，抽出佩剑凿下那一点，这就是如今‘王远山雪夜画龙点睛，观字悟道成圣’的由来，他也就此跻身儒圣境界，超凡入圣。”

中年书生望着布满山壁的名士崖刻，就像在看着一张沟壑纵横的老人脸庞。人与山，客与主，两两沉默。

谢谢走到白衣男子身边，轻声问道：“将军，世上真有蛟龙吗？”

蜀王陈芝豹淡然道：“见之则有，不见则无。”

谢谢愣了一下。若是常人说这种等同于废话的言语，肯定被她当成装腔作势的下乘机锋，可是向来惜字如金的“小人屠”岂会如此无聊？

被观音宗宗主称为谢飞鱼的中年书生微笑着开口道：“其实不光是西蜀无龙，西蜀南边的南诏，燕剌王赵炳所在的南疆，胶东王赵睢管辖的两辽，也都无龙。可要说蛟，倒是处处皆有，不足为奇。龙虎山赵黄巢窃取西楚气数，以道教第一福地地肺山为穴，硬生生养出了一条黑龙。北莽吸纳洪嘉北奔带去的气数，也在西京某地成功地养蛟蜕为龙。”谢飞鱼突然笑出声，“南疆赵炳和纳兰右慈一直为出龙一事殚精竭虑，小动作不断，太安城视而不见；北凉徐骁和李义山懒得计较那虚无缥缈的气运，反而被朝廷视为心腹大患。谢谢，你可猜得出其中玄机？”

谢谢摇摇头。

谢飞鱼转头瞥了眼白衣陈芝豹，语气渗着玩味之意：“太安城在二十年前广为流传的‘白蟒兴秦’四字谶语，黄龙士是始作俑者，我也有推波助澜，钦天监当时很快就从灰扑扑的地方志古籍中找出了佐证。地肺山的黑龙便是为此而来。至于朝廷御赐给徐凤年的那件藩王白蟒服也出自我手。说起来，谶语这种装神弄鬼的伎俩，包括我在内的所有人再怎么捣鼓，说到底也是拾人牙慧，给那位黄三甲提鞋都不配啊。”

说到这里，谢飞鱼突然望向北边，眯起眼，略带讶异地咦了一声，左手缩在袖中快速掐算。

陈芝豹几乎同时望向北方，只剩下依旧懵懂无知的谢谢一头雾水。

她听说过跻身一品境界中的天象境后，便有望做到玄之又玄的天人感应。对于一品四境，谢谢近水楼台，见解颇深。天象境是一道门槛，天象、指玄两境的悬殊仅次于一品、二品的差距。道门真人一品即指玄，而且许多天赋不俗的望气士，例如观音宗的梅英毅，也能悟出指剑这种指玄神通，而且许多身在一品金刚境界的武夫，多半也有一两手指玄秘术做撒手锏。入天象者相比入指玄者，实在是凤毛麟角。跻身指玄，能够百尺竿头更进一步的是少数，但若是踏入天象境界，成就陆地神仙境界则是件顺水推舟的事情。

谢飞鱼袖中手指不停掐算，轻声道："如果说天象之前，武人体内的气机只是一口井一方池塘，虽然各有深浅，但终归只算是死水，一旦遭遇生死大战，井中、水池中的水少去一分便是一分，那么一旦跻身天象境界，那就像春神湖，与大江大河相接相通，属于有源的活水。只是一旦天降暴雨，江河中洪灾泛滥，湖水自然难逃牵连。由此可见，天象境界有利有弊。与天地共鸣后，就像跟老天爷交了一份户牒路引，三教圣人不敢擅造杀孽，就在于三教中人'规矩'最重，正所谓天理昭昭，不敢越雷池一步，便是此理。"

陈芝豹问道："北莽那边动手了？"

谢飞鱼点头道："动静委实不小啊。"

接下来便是长久的沉默以及这位中年书生偶尔的出声，不过，他即便说话，也是言简意赅，让人捉摸不透。

谢谢陆续听到了"剑气近"、谪仙人、七雷变八雷、齐玄帧、龙虎紫金莲、蛰眠大缸等。

其间，谢谢发现陈芝豹的视线从西转移到东，好似在欣赏一道流星划过天空。

但她顺着他的视线什么都没有看到。

暮色渐浓，谢飞鱼难掩疲态，但整个人很快又神采焕发，伸出那只左手弹了弹五指，斩钉截铁地说道："大事可期。"

谢飞鱼望向天空，张开双臂，喃喃道："天地之间有着一层层筛子，易上难下。谪仙人既是由上而下的漏网之鱼，也是天人故意丢下的鱼饵啊。

"我谢家以退为进，我谢飞鱼一退再退。

"陈芝豹，我助你吸纳龙树僧人的佛家气运，用以弥补你退出北凉的损失。之前更是助赵黄巢养龙于地肺山，让你进京担任兵部尚书，换取他积攒下来的道门气数。

"只等曹长卿一死，你便可以三教融合于一身……"

谢谢脸色苍白，低下头，大气都不敢喘。

陈芝豹面无表情。

谢飞鱼缩回手入袖，自嘲道："圣人有云，'天地所以能长且久者，以其不自生，故能长生’。”

陈芝豹皱起眉头：“谁说西蜀有蛟无龙？”

谢飞鱼转过身面对那号称锁龙的崖壁，一抖袖，身前浮现出一个白碗。碗中有一条条小蛟如鱼游弋。蛟跃出碗口，如飞鱼，游向山壁，隐没其中。

谢飞鱼哈哈大笑：“齐玄帧打破了蛰眠缸，龙蟒大战在即。今夜过后，南疆隐龙仍是难成气候，西蜀却有真龙一条！”

女子坐在一座沙丘上，坐姿如边关性情豪迈的男子一般不讲究。她的身材异常高大，哪怕是坐着，也有种如山般巍峨的气象。她亲眼见证了某人以一己之力抗衡天劫紫雷的壮观画面，哪怕她本身即是世间最顶尖的练气士宗师，也难免心旌摇曳。她尾随那人来到此地后，看到了铜人师祖的天王法相，“剑气近”黄青临终的地仙一剑，齐玄帧的横空出世和最终消散。对于齐玄帧的出现，她倒是比世上所有人都要多几分明悟。修道之人，“因缘”二字便如俗人疾病缠身，病去如抽丝。齐玄帧或者说吕祖若想继续修道无碍，就必须得出一个“结果”，跟身为谪仙人的铜人师祖彻底了去恩怨。至于为何一气化生的齐玄帧将铜人师祖丢掷到广陵道，她猜测应该与黄三甲有关，后者如果能够将功补过，未必不能重返天上。

黄青死在悍然升境的徐龙象手下属于意料之外，却在情理之中。在她看来，镇压江湖六十年的王仙芝，这位老匹夫的拳头当然不讲理，可徐龙象天赋异禀，比起王老匹夫毫不逊色，甚至要比远处视线中的那一位更不讲理。黄青就算资质、心性和实力都在顶尖武夫之列，可此时遇上不惜玉石俱焚引下天雷的徐龙象仍是为时过早，真正成为剑仙之后还差不多。

由于齐玄帧横插一脚，局势并未一边倒向北莽，但是大厦将倾的势头依旧难以阻止。

白衣女子神情复杂，双手抓起两把沙子。她犹豫不决：是否该出手？

她澹台平静和那烂陀山的六珠菩萨如今都算登上了北凉的贼船，各有各的隐秘诉求。后者是希冀借助北凉铁骑一统西域，甚至在将来能够畅通无阻地传法于中原。相比女子法王，观音宗就没有这么功利，澹台平静的初衷无非是“补天”。宗内祖师爷曾经传下“天倾西北”的四字谶语，后来她师父经过毕生苦心孤诣的钻研，直达学究天人之境，也才得出“西北云天破开大口，气机倒灌大地，正如海水倒灌江河”的含糊结论。澹台平静只能走一步看一步，假使北凉真是罪魁祸首，那么观音宗作为北凉目前的盟友，就不得不临阵倒戈。只是这个深藏心底的秘密，澹台平静始终没有跟那个人坦承，非不愿，实不能。

澹台平静看了眼远方，第五道天雷将坠未坠，那人在迅速换了一口新气之后，蓄势待发。

在这之前，他试图去阻拦徐龙象奔赴北方，但很快就被头顶的天雷盯上，无暇他顾。

世事多无奈，无疑又是一个非不愿实不能，哪怕是扛下四道天雷的他，也不能例外。

心有灵犀，一点即通。

澹台平静虽然没有得到任何提醒，但是已经获悉他的念头。

她叹了口气，不再犹豫，抬起双臂，大袖如翼。

双拳贴在一起，缓缓拉出一段距离，黄沙从指间撒落。

黄沙撒下，粒粒分明，依次悬停。

瀑布天落，其喷如珠，其泻如练，其响如琴。

她身前出现这幅宛若鬼斧神工的玄妙画面，虽然仅是发生在方寸之间，称不上壮观，但绝对惊世骇俗。

观音宗拥有两样秘传重器，使得这座宗门力压北方扶龙派练气士。一样是卖炭妞手上那件差点儿让徐凤年阴沟里翻船的陆地朝仙图，还有一样便是只闻其名不见其形的月井天镜，分别针对天地间的毓秀、钟灵，让其难以逾越天道雷池，被束缚在规矩方圆之内。后者数百年来第一次现世，恰好便是不久前澹台平静试探徐龙象。不过那时候的符器天镜由两滴绿色水珠坠出两线后画弧而成。也正是那个时候，某人违反常理从天镜中一穿而过，如同撞碎海上明月，让修道近百年修出古井不波境界的澹台大宗师心生涟漪。

文似看山不喜平，修道一事则恰恰相反，最怕道心生起伏。澹台平静抚平涟漪，更是抚平道心。这次她破例帮他一回，就当偿还“前世”那份引领之恩了，之后不论凉莽大战走势如何，她都不亏欠他半点儿，一切照规矩行事。

澹台平静正襟危坐，身前是那条黄沙造就的静止瀑布，准确来说是月井天镜另一种形态的显圣。

她的双臂猛然往外一扯，天镜骤然变大，竖立在身前。

澹台平静伸出一根手指，轻轻一推镜面。

这面镜子平移出去，然后一闪即逝。

北方三百多里路程外，这面扩大无数倍的月井天镜缓缓浮现。

镜子以南，是叼着剑低头奔跑的徐龙象。

镜子以北，是一头在蛰眠大缸被齐玄帧击破后怒而现身的庞然大物。

少年和那头本该只会绣在世间龙袍蟒服上的巨物，照理会在镜子出现的地方对撞，然后便是一场惊天地泣鬼神的捉对厮杀。

那巨物腾云驾雾而至，云雾中偶见狰狞的头颅、飞舞的长须和那双黄金色的眼眸。

当它察觉到前方天镜泄漏的气息时，硕大的金眸中流露出一丝充满人性化的讥讽之色。

它略作停顿后，便俯冲出云雨，径直撞向镜子。

背对澹台平静的徐凤年如释重负，没有转身，而是轻轻点头。这个细微的动作，当下已经是他竭尽全力对这位练气士宗师表露的最大限度的感激之情了。

澹台平静遥望那个头悬紫雷的孤单背影，没来由地泪眼模糊。

曾经有个双鬓霜白的男人站在广陵江畔，说此生来生都愿识尽世间好人，读尽世间好书，看尽世间好山水，天上风景再好，自己从不羡慕。

澹台平静大张旗鼓地祭出宗门重器后，神情有些颓然，坐在沙丘上怔怔出神。

毕竟，这对正在力扛天劫的徐凤年而言，绝对不是什么雪中送炭的举措，反而是雪上加霜。

世上有“草莽龙蛇”的说法。大蟒在山，入江成蛟，最后才能登门化龙。春秋九国，战火纷飞，除去西蜀的真龙自古便被锁住，八国各有气运孕育而生的真龙潜伏，随着离阳赵室一统中原，原本有蛟无龙的北莽借机养出一条真龙，是为了入主中原夺取天下；而一意孤行的赵黄巢也侥幸在地肺山养出一条黑龙，更在下马嵬驿馆阴险地布局，是为了吞食西楚气数和祸害北凉徐家。如今谢飞鱼追随陈芝豹入蜀，捕蛟养龙是助陈芝豹熔三教于一炉而成圣，一旦功成，不说那蜀地气数会暴涨，光是陈芝豹本身，就足以跟徐凤年这个所谓的天下第一人一较高低，甚至胜算更大。

天下真龙有三，所针对的对象到最后竟然都是她眼前这个男人。

尤其是北莽这一条，马上就要降临此地。

澹台平静看着那个背影，轻声问道：“你说你可怜不可怜？”

她深呼吸一口气，站起身，终于再度心如止水，再不去看那个注定连九死一生都成奢望的男人，转身走下山丘。

徐凤年先后以李淳罡的一袖青龙、武当老掌教王重楼的两指断江、悟自北莽峡谷的起手撼昆仑和老黄的剑九六千里摧破四道天雷。

这四手都是兵来将挡水来土掩。

徐凤年抬头看着第五道不断滚动积蓄紫气白电的天雷，默不作声。

如果说仙人抚顶是结发受长生，那么紫雷压顶是在说生死在天吗？

此时此刻，徐凤年说不出什么人定胜天的豪言壮语，只是不能死而已。

徐凤年这一次没有被动扛雷，而是脚尖一点，在黄沙大地上踩出一张庞大的蛛网，拔地而起，一掌高举，迎向那道终于落下的天雷。

天塌下，能否一手托起，总要试一试。

徐凤年手掌触及恢宏的紫雷，如针尖对上重锤，那道粗壮的天雷没有顺着手掌流泻而下，反而凝聚平整如镜面，保持整体下坠的态势，显然是不给徐凤年半点儿投机取巧的机会。

徐凤年手心处如凡夫俗子伸掌接雨，雷电如水珠四溅开来。

这一幕蔚为壮观。

徐凤年双眼泛红，偷师于“人猫”韩貂寺然后不断孕育的红丝如万千条纤细赤蛇游动于全身。

天雷没有将徐凤年击落回地面，但是下坠乃大势所趋，紫雷由上而下层层挤压，气势看上去像是在消减，但分量力道始终不弱分毫。

半炷香工夫后，手臂颤抖的徐凤年依旧悬在高空中，但是直直降落的天雷不断压缩后，变作一道厚度不过三寸有余的狭窄平面。

徐凤年抿起嘴唇，咬紧牙关，但是血丝依然不断渗出牙缝，到最后满嘴鲜血。

徐凤年吐出体内那口仅剩一分的气，微微弯曲的手臂瞬间伸直，手掌往上一托，身体拔高一丈。整个紫雷镜面虽然没有就此崩裂，但镜面中心处硬是被他撞出一个凹陷。

澹台平静虽然已经走下山丘，跟徐凤年背道而驰，可还是能够确定这第五道天雷多半已经无法压下徐凤年。

她此时才意识到下雪了。

只是此处被天劫干涉，暂时无雪落下罢了。

她突然转头望去，心中的愤怒、惊讶、慌张交织在一起。

她破天荒生出后悔的情绪，竟是直接反身掠回沙丘，举目望去。

形势严峻到了极点。

月井天镜是她送出去的，她当然知晓徐龙象和那头鳞大如盆的巨物对撞的结果。咫尺天涯，后者并未跟少年接触，而是直接来到了此地，接下来后者很快让她这位练气士大家见识到了何谓“天机难测”。史书记载：天龙能幽能明，能细能巨。东海曾有天龙出没，从云端张口吸海，水似大瀑入龙口，壮观至极。澹台平静眼中所见跟这类记载异曲同工。那条蛰伏北莽西京多年的真龙穿镜之后，被月井天镜短暂地约束了威势，细小如蛇，浮空游弋，但它开口之后，很快就把那即将被徐凤年击破的第五道天雷鲸吞入腹。如此一来，它猛然摇身，抖落掉那些天镜强加于它的天道“规矩”，体态和气势一同迅速增长，瞬间长成小蛟长度的二三十丈。

它没有急于对徐凤年落井下石，而是如同饱餐一顿后腹部鼓胀的大蟒，安静地匍匐在高空，冷冷地盯着徐凤年，就像是在幸灾乐祸地看戏。

第五道天雷消散了，但是黑云密布的天空中，滚滚雷声更是大噪，更高处凭空多出一道紫雷。

七雷变八雷。

帮倒忙，澹台平静的无心之举是如此，它包藏祸心的举动更是如此。

引雷天人似乎因为被坏了规矩而震怒，却不是去责罚那北莽真龙，而是请来“帮手”惩治徐凤年。

第六道天雷根本没有给徐凤年任何喘息的机会便降临人间。

这道紫雷非但不粗壮如峰，反而极其之细！

生死一线。

真的是一线之隔。

徐凤年几乎是第一时间放弃撤退的决定，靠着本能尽量让脑袋往后仰去，虽然脑袋堪堪避过了这一线雷，可腹部难逃一劫，被这条紫线瞬间洞穿！

与徐凤年血脉相连的少年原先在三百里外茫然四顾，不知道为何没能截下那条“大蛇”，当回头看到那道接引天地的紫雷时，他似乎意识到什么，开始掉头狂奔原路返回。

第七雷不知为何声势出奇地远逊前六雷，雷声渐小，电光渐淡，但是天空中的黑云逐渐转紫。

澹台平静耳中不闻雷声，但是心脏不可抑制地如同擂鼓。

她不过是个局外人，就已经如此狼狈，那么那个家伙该如何面对？

远处那条体形越来越壮大的真龙，一双黄金眼瞳不带感情，两根龙须悠悠然摇晃。

徐凤年落回地面，先前撑住第六雷的右手犹有电光萦绕，刺刺作响，他用左手轻轻按住血流如注的腹部，但仅是能够勉强不让伤势扩大而已。

他仰起头，看着天空。

什么大秦皇帝，什么真武大帝，什么离阳王朝权柄最重的藩王。

娘亲走了，徐骁走了，大姐走了，二姐坐在了轮椅上，当初差点儿也走了。

为中原百姓镇守西北门户，要是他能做到自然最好，实在做不到也谈不上有太多愧疚的事情。

但是谁想带走他徐凤年的弟弟黄蛮儿——

不行。

第二次游历江湖的尾声，羊皮裘老头儿在广陵江一剑破甲两千六，他那会儿根本没办法跟广陵王赵毅讨要说法，是徐骁讨回来的。当时徐骁说他老了，以后就要靠徐凤年自己跟人讲道理了。

那么他徐凤年今天就要跟老天爷讲一讲道理。

头顶的天空中第七道天雷隐隐转动，敛起天威，引而不发。

这使得原本只在几里地外簌簌飘落的雪花随风倾斜着飘来。

那柄插入远处地面的北凉刀并不显眼。

雪中有刀。

也许在中原人士眼中，“人屠”徐骁那首以“雪花大如拳”开头的打油诗根本就是边疆蛮子的无稽之谈，但眼下青苍、临谣两城之间的雪况，确实有几分雪大如席的气魄了。

澹台平静望着高空中那第七道天雷。这本是徐骁幼子的本命天劫“龙象劫”的最后一道关隘，但因为北莽真龙的搅局，从而诞生了极为罕见的雷上雷。且不说那完全无法预估的第八雷，当下的第七雷澹台平静都不觉得徐凤年能够扛下。这位大宗师也难以掩饰她苍白的脸色，呢喃道：“气开地震，声动天发。师父，你以前总自嘲杞人忧天，现在天真的要塌下来了。”

天劫一事听起来很玄乎，可澹台平静却深谙其中脉络。三教圣人证道飞升要容易许多，这就像朝堂上的京官一旦拥有翰林这个清贵的身份，他日跻身殿阁中枢一般都是水到渠成之事。世间有个“雷霆雨露俱是天恩”的说法，像那龙虎山父子天师联袂乘鹤飞升，还有之后北莽国师袁青山的化虹飞升，就是典型的雨露多于雷霆，天恩浩荡。拓跋菩萨、邓太阿这些武夫则类似地方官员，“晋升”路线要曲折许多，最后关头更是必然雷霆远重雨露。吕祖之后，承受天劫最重之人，当数斩魔台上那位素有“高坐云霞”美誉的外姓天师齐玄帧。只是当时唯有极少数人洞悉齐玄帧的吕祖转世身份。不管齐玄帧当时出于何种考虑，反正世人所知的结果就是，这位人间仙人在“五雷轰顶”之后仍然没能扛下第六道天雷，遗憾兵解转世。原本世人都无比期待武帝城王仙芝会引下多少道天雷，六还是七？可惜这么一号举世公认可与吕洞玄一战的老怪物竟然说死就死了。如今徐凤年倒是引来了八雷在顶的恐怖异象，但是这种千载难逢的场面，除了有心无力的澹台平静和那条落井下石的真龙外，就再没有具有此等眼福的旁观者了。

澹台平静身后突然传来一个略带调侃意味的温醇嗓音：“这可不像你啊。”

她没有转头，问道：“你怎么来了？”

一名不修边幅的中年男子来到澹台平静身边，粗布麻衣，破旧靴子，满脸胡楂，一看就是个没婆娘帮忙拾掇的单身汉子，相貌平平，无酒更无剑，若说是个游侠，江湖人还不笑掉大牙？但他既然能够跟天底下首屈一指的练气宗师说上话，自然不会是什么无名小卒。更早几年，他跟徒弟行走江湖倒是还有些讲究派头，比如骑驴拎桃枝啥的，倒不是为了装高人风范，而是兴趣使然。事实上，混到了他这个份上，就是扛着驴行走或是背着棵桃树招摇过市，江湖上也无人胆敢不敬。

八百年来剑道独秀于武林，其中奇才迭出，光是跻身或者接近陆地神仙境界的高手，便有三十余人之多。每一代江湖都有一到两位剑神，大多成为当时的天下第一人，但只有极为年轻便登顶武道的“桃花剑神”被视作继吕祖和李淳罡之后的又一位剑道魁首，获得“几近道”的说法。因此“邓太阿”这三个字，江湖再往后推三百年也绕不过去。

这个出身低贱却成就奇高的中年男人微笑道：“折腾出这么大的动静，我能不来吗？”

接下来邓太阿自言自语道：“王老怪具体是怎么输的，我想不出，但为何输，我能猜到一些。当时姓徐的小子虽说出窍神游，蕴养神意，之前又有了高树露的天人体魄，看上去跟我和拓跋菩萨、曹长卿这几人较量都不落下风，但如果说跟王仙芝叫板死战，资格嘛，是有，但至于生死胜负，怎么都不该是王老怪战死。所以我猜王老怪在最后关头犯了跟高树露相同的毛病，弃术而问道，想要在‘道’之一字上压倒徐凤年。”邓太阿自顾自点了点头，“多半是如此。就像我，将来侥幸跻身天人境界后，若再以剑术杀了人，终归会觉得胜之不武。”

澹台平静讥讽道："这是每任天下第一人都该有的自负吗？"

邓太阿摇头笑道："自负？大错特错，应该说是没有这股子与世为敌我无敌的意气，断然成为不了天人。"

澹台平静陷入沉默。

邓太阿轻声道："李淳罡借剑给我后，我心有明悟，明白了自己的局限。非邓某目中无人，邓某的剑确实将剑气修至极微，剑速修至极快。我邓太阿练剑，将'术'字修到了'几近道却仍然未曾达道'的境地，但我的剑道够小不够大，为此我驭剑出海不知几万里。澹台前辈你久居孤悬海外的岛屿，应该经常观海，就会理解那种'烘日吐霞，吞河漱月'的壮阔意境。邓某一路远行，兴之所至，一剑接一剑削平斩断数百座岛屿，也曾追随大海潮随波逐流，最终悟剑有……"

说到这里，邓太阿不再言语，而是望向远处的高空。

澹台平静叹息道："不管有几道天雷压顶，都有一个规矩，那就是最后一道天雷的威势必然是之前数雷的总和。"

邓太阿啧啧道："行百里者半九十吗？"

澹台平静问道："你不帮忙？"

邓太阿瞥了眼那条黄金眼眸的悬空真龙，摇头，沉声道："这有什么好帮忙的。我会请曹长卿一起对付王仙芝？曹长卿会请求徐凤年联手刺杀离阳天子？徐凤年会喊帮手去宰掉慕容女帝？"邓太阿突然笑出声，有些无奈，"如果可以，这小子多半会的。吴素怎么有这么个无赖儿子？"

澹台平静淡然道："他也是徐骁的儿子。"

邓太阿感慨道："是啊。不过三人都执拗，都一根筋，果然不是一家人不进一家门。"

澹台平静笑道："不这样，你邓太阿会传授飞剑给徐凤年？"

澹台平静其实很不愿意与人说话，但是第七道天雷将落未落带来的压迫感太强，让她十分烦躁，不得不用言语来分心借以静心："你悟剑以后，谁是你的最终对手？"

邓太阿想了想："大概是超凡入圣后的陈芝豹吧，这个年轻人太能忍了。"

澹台平静对此没觉得有多奇怪。入蜀辅佐陈芝豹的谢观应城府可怕，躲藏得比离阳帝师元本溪还要深，差不多有二十年时光不遗余力地布局，才选中了陈芝豹，就是为了让摇摇欲坠的世族豪阀重新崛起。因为陈芝豹一旦下决心争夺天下，必然需要那些百足之虫死而不僵的高门华族来鼎力相助，日后江山一统，谢观应身后的那些势力必然人人皆是从龙之臣。其实可以说谢观应的敌人先后有三人：毁掉门第根基的徐骁和为此推波助澜的黄龙士，再就是为寒门打开门缝的张巨鹿。如今一个死了，另外两个也都快要死了。谢观应的胜算很大。

邓太阿说道："来了！"

他和澹台平静几乎同时往后倒掠。

那条北莽真龙也摇尾晃须转身离去。

呈现出深紫色的天空中，如同神人撬动一座山岳投掷于海，高空震荡出一圈肉眼可见的剧烈涟漪，然后涟漪迅猛扩展出去。

大地与之共鸣而颤动，大雪黄沙共翻滚。

一道紫雷光柱"缓缓"渗出涟漪阵阵的"湖面"，如同一根砸入水中的石柱。

徐凤年以气驭回那柄北凉刀，不是之前一刀洞穿铜人师祖的最强左手持刀，而是破天荒地双手握刀!

抬起头，望向那第七道天雷，双袖仿佛盈满风雷的徐凤年嘴角竟然有些笑意。

扛天雷，是个技术活儿啊。

可惜老黄和羊皮裘老头儿都不在了，要不然这俩老头儿，一个肯定会笑得合不拢嘴露出那缺门牙，一个大概会故意掏耳朵斜眼撇嘴吧。

自己年少时无比憧憬江湖，总以为高人行走江湖没点儿风度怎么行，不承想自己最后最敬重的两个高手，都是没半点儿高手风范的。

一直倒掠出好几里的澹台平静始终盯着那处恢宏的战场，那才是真正字面意义上的"天人交战"啊。

她的视线中一道紫雷下，一抹白光上。

然后，宏大的紫雷被纤细的白光一劈为二，化作两条紫雷洪流，分别流泻在大地之上。

白光越拔越高。

紫雷不断汹涌垂下，势头好似没有止境。

在澹台平静眼中，就像出现了一个巨大的"人"字。

若加上那一层"湖面"，便是个不甚完整的"大"字。

那抹璀璨如彗星的白光，攀高的速度越来越慢，开始呈现出凝滞不前的疲态，虽然距离那"湖面"不过十几丈，但委实是再难百尺竿头更进一步了。

澹台平静神情悲凉："人力有时而穷，只能尽人事而听天命。"

逆水行舟，不进则退。

白光彻底停滞，但紫雷不停。

白光被一丈一丈往下压回地面。

邓太阿朗声笑道：“是谁说过，蚍蜉撼大树，可笑不自量！”

当白光坠地时，只听大地之上传来一声沉闷的低吼声。

双手握刀的徐凤年右手握刀不变，左手沿着那柄凉刀的脊背向外滑去，然后不顾锋刃，五指紧握刀尖！

在他脚下紫雷如洪水泛滥。

徐凤年的双臂绽裂得血肉模糊。死扛。不松手，不弃刀。

紫雷倾泻了整整一炷香时间！

澹台平静几乎不忍去看，喃喃道：“第七道天雷之后还有第八雷啊！”

徐凤年已是七窍流血，视线早已模糊。

但是恍恍惚惚之间，他好像看到凉刀的刀尖之上开出了一朵紫金莲花，很小，但摇曳生姿。

原本紫色洪水流淌的大地上，一朵，两朵，三朵……一朵朵莲花怒放，如同莲池，而天上那道源源不断的紫雷终于彻底迎来尾声。

越是如此，澹台平静越是倍觉凄凉，再次说了那句话：“第七道天雷之后还有第八雷啊。”

邓太阿盯住了那条不仅仅是隔岸观火的狰狞真龙。

它趁着第七道紫雷停歇第八道天雷尚未落下的间隙，偷偷疯狂汲取着紫雷。

它的身躯已有长达百丈的规模。

徐凤年站在“洪流”之中，只能垂臂用北凉刀抵住地面来支撑摇晃的身形。

北莽真龙在远处高空中竟扯动嘴角，发出了一声如同嗤笑的声响。

但是它很快就猛然睁大黄金眼眸，露出疑惑和惊惧的眼神。

那个渺小的“蝼蚁”竟升入高空，与它在同等高度上遥遥对峙！

这一刻不仅是澹台平静一脸匪夷所思，就连邓太阿都瞪大眼睛。

那座“莲池”中“水波”翻滚摇动，出现了一条通体雪白的两百丈巨蟒！

徐凤年就站在巨蟒头顶。

龙蟒对视！

两头庞然大物的头顶紫雷滚滚。

澹台平静闭上眼睛。

邓太阿喟叹道：“最后的选择竟然不是去扛下第八道天雷，而是……”

邓太阿没有说出口。斩龙！

巨蟒迅猛地向那条真龙撞去。

北莽真龙汲取紫雷不停，但是当龙蟒相距不足十丈的时候，吞雷生长的真龙才生长到一百五十丈。

真龙抬起头颅，做天王张须相，朝那高出一头的大蟒嘶吼咆哮！

白色巨蟒根本不理睬它的示威，张嘴扑下，一口咬住真龙的脖子。

徐凤年双手握住刀柄，高高跃起，一刀刺下！

徐凤年将刀刺入真龙头颅。

死死咬住真龙脖子的巨蟒同时狠狠往下一扯。

一人一龙一蟒一同坠落，重重坠地。

徐凤年双手往下一按，凉刀刀锋全部钉入真龙头颅，只余下刀柄。

龙蟒相互撕咬缠斗。

天翻地覆。

当一切尘埃落定时，北莽真龙头颅被斩，滚落一旁。

白蟒奄奄一息。

徐凤年腋下夹刀，满脸鲜血，不知是哭是笑，颤颤巍巍地将手放在倒地白蟒的脑袋上。

与此同时，第八道天雷在天地之间倾斜挂落，炸向一人一蟒。

一路狂奔而返的咬剑少年悍然决绝地撞向天雷。

第十一章

蚍蜉撼树谈何易
三请法身蟒吞龙

随着那道紫雷如一条长虹贯穿天地，风雪为之牵引，倾斜着大肆飘零。邓太阿的左肩很快铺满积雪，右肩上的雪就要浅了许多。他伸手拍了拍肩头，好奇地问道："那条真龙如此不济事？世人都说'山不在高，有仙则名；水不在深，有龙则灵'，邓某不知蛟龙的厉害，但敢确定，任何一位陆地神仙经此打击，也许会遭受重伤，但绝对不会死。那条吞食人间无数气运孕育而生的真龙，既然能折腾出这么大动静，应该不至于这般不济才对。这中间可有古怪？"

澹台平静望着远方匍匐于地的一龙一蟒，神情复杂，缩在白色大袖中的五指悄悄颤抖，摇头道："龙，可巨可微，能幽能明，受伤轻重，只须看它体魄的变化，越是重伤，体形越小。至于死亡与否，那就得看它临终是否吐出精华凝聚的龙珠，潜伏在渊，等待下一次转生。否则就算被斩下头颅，仍有由明转幽的机会。现在北莽真龙虽然头颅被斩，可未吐龙珠……"

邓太阿拍拂不尽肩头的落雪，干脆抬起手轻轻一挥，漫天飞雪竟是如撞一座火炉，在他数丈外的高空悉数消融。若是平时，邓太阿必然不会做出这种多此一举的动作，可见目睹这场大战后，饶是他这个领衔当世剑道的"桃花剑神"也很难做到无动于衷。邓太阿阻挡下惹人心烦的飘雪后，似乎也意识到自己的异样，轻声笑道："什么明幽，邓某是个粗人啊。"

澹台平静耐心地解释道："围棋有九品境界，部分境界亦可用在蛟龙身上。最后四境由低到高分别是具体、通幽、坐照和入神。先前真龙被我宗重器月井天镜蕴含的天道束缚，由入神境暂时跌落具体境，即便它以汲水之势窃取了一道半的天劫紫雷，也只攀升到坐照境界，恰如棋坛国手灼然高坐与人对弈。这才有了那一场龙蟒对峙。白蟒因有徐凤年相助，得以占据上风，否则寻常的蟒龙之争，哪怕是一条大江之主的千丈巨蟒对上一条才得具体的十丈幼雏真龙，照样胜算不大。"

说到这里，澹台平静叹息一声，感慨道："百足之虫，尚且死而不僵，何况是一条契合天道的真龙。"

邓太阿转头瞥了眼身边风雪中大袖如白鸾振翅的高大女子，无奈地道："倒是越说越晦涩了。好在邓某勉强听明白里头的玄机了。澹台宗主的言下之意，是说那条真龙还有一战之力？真龙奸猾，那小子也不差，借雷池开出紫金莲花，现在两败俱伤，谁都没有外力可以凭借，除了大眼瞪小眼，还能做什么？"

澹台平静不作声，双手十指探出袖口边缘，将袖沿攥紧在手心。

邓太阿自言自语道："一切就看徐龙象能否扛下最后一道天雷了。扛不下，有徐凤年顶上，那北莽真龙注定会崭露头角，抓住机会落井下石。况且北莽练气士也不是吃素的，除了送出真龙，不会没有埋伏后手。”

澹台平静问道：“难道邓太阿你就一直袖手旁观？”

“袖手旁观？这个说法挺应景。”邓太阿直视这位带领整座观音宗赶赴西北边疆的练气士宗师，哈哈笑着，反问道，“天劫要如何，徐家兄弟要如何，甚至那条真龙和北莽练气士要如何，邓某都不管。对阵双方比拼道行，各安天命罢了。可如果有人想要坐收渔翁之利，那可就要问过我邓太阿答应不答应了。”

澹台平静脸色如常，问道：“此话怎讲？”

邓太阿转头望向远方的战场：“龙蟒两败俱伤，如果以独有符器尽收囊中，那可是好大一件功德。搁在沙场上，这等军功应该不亚于武将的灭国之功了吧？澹台宗主，试问换成你们练气士，借此跟老天爷邀功，讨要个鸡犬升天的恩赐，行不行啊？”

澹台平静脸色微变。

邓太阿不理睬澹台平静的微妙变化，双手环胸，望向高高在上的云端，冷笑道：“邓太阿以往一心只求在剑道上登高望远，但是从现在开始，实在是烦透了这些居高临下的钩心斗角，生生世世斩不断理还乱，拖泥带水，人人被当作牵线傀儡。”

邓太阿重重冷哼一声：“吴家剑冢葬剑十数万，邓太阿出而一剑不取，至今尚未有过一把佩剑。”

一向与世无争的澹台平静全无退缩，破天荒与人针锋相对，问道：“怎么，威胁我？”

邓太阿豪迈大笑：“你也配？”

澹台平静胸脯起伏不定，显然怒气不小，但她最终还是没有说话。

紫金莲花绽放的雷池渐渐枯竭，破格晋升坐照境界的雪白巨蟒没了支撑，气息涣散，濒临死地，跟徐凤年对视一眼后便缓缓闭上眼眸。

腋下夹刀而立的徐凤年背靠着巨蟒脑袋，盯住身前那颗等人高的真龙头颅：“还装死？有点儿真龙该有的气象好不好？”

那颗龙头原本呈现死寂气息的黄金眼眸依旧没有生气，但是听到徐凤年的话语后，两根龙须悠然晃动。

徐凤年见它终于不再藏拙示弱，视线稍稍往上偏移，看着并无一物的空中，一语道破天机：“如果我没有猜错，你是在等北莽西京练气士以百余条性命作为代价，帮你‘点睛’再生吧？”

真龙的双眼毫无生气，但两根龙须如风中双莲曼妙摇曳，带动空中浮现出一阵阵玄妙的纹理。

徐凤年笑道：“你我谁生谁死，也就那么回事，反正都有那么一位练气士可以鹬蚌相争渔翁得利，不等你入神，她就可以拿出月井天镜将你降伏镇压，你甘心吗？”

龙须摇动，涟漪起而声响动，借天地之口庄严出声，充满了讥讽鄙夷的意味。

“蝼蚁！”

徐凤年闻声后心脏如擂重鼓，胸口衣衫顿时被扯出裂缝，但他神情怡然，甚至还有心情抬起手臂，胡乱擦了擦脸上的血污，笑道：“蚂蚁缘槐夸大国，蚍蜉撼树谈何易。这个道理我当然听过。你这种应运而生的真龙也好，头顶那群久居高位最喜好讲规矩的天人也罢，看待世间，都如同在看井底之蛙。世人的生死福祸，皆是操之于你们手中的鱼竿，你们再以‘长生’二字的鱼饵诱之，美其名曰‘天理循环，法网恢恢’。”

说到这里，还擦着脸的徐凤年没有完全放下手臂，那把出鞘凉刀便斜挂在腋下，从刀尖上滑落了一滴具体境真龙的鲜血。他挑起眉头，瞥向天空，嘴角扯动：“我打架一向不太喜欢动嘴皮子，能不说话就尽量不说话，之所以跟你说这么多，你我心知肚明——你在等，我也得慢慢恢复。跟王仙芝死战后，高树露赠予我的天人体魄坏去大半，气机外泄不止，但是我没有去修复体魄，而是前往武当山采取秘术，一心致力于完善体内的那座池塘，不惜在武道上瘸着走路……”

徐凤年歪过头，狠狠地吐出一口鲜血。世人习惯以“痛彻骨髓”或者“痛彻心扉”来形容一个人疼痛至极，但是像徐凤年这种体内气机粉碎由内及外的疼感更加夸张，就像是一个不曾习武的普通人被一柄小锤子一寸寸敲碎捣烂肌肤骨骼，外加被细针不断挑弄筋脉，但是头脑却偏偏时时刻刻保持着清醒。

徐凤年脸色有些狰狞：“真是痛啊，经历好几次了也没能习惯。当年端孛尔纥纥的那支雷矛，比起来跟挠痒痒差不多。”

说话间，那口即将落地的鲜血竟化作一条形似赤色蛟蛇的灵物，蹿回徐凤年身上，渗入肌肤，转瞬即逝。

只见徐凤年袒露的肌肤处处可见红丝扶摇，如蛇吐芯。

恢复了一些气力的徐凤年将沾满真龙血液的北凉刀握紧递出，抹在雪白巨蟒的额头上。

两缕龙须剧烈晃动，好似在震怒。

徐凤年长呼出一口气，轻声道："黄蛮儿，再撑一下。"

一抹璀璨的白光始于西京，从北莽飞速冲入流州。

细看之下，其实是两条流光交缠扭曲在一起，如双龙逐珠。

徐凤年竭力挺直腰杆，露出罕见的郑重其事的神色，左手握刀，右手张开，提起凉刀在手心重重划过，然后死死地攥紧拳头。

此时，面对龙头的徐凤年身后，咬剑前冲的少年硬生生地跟那道紫雷对撞。

本该击中徐凤年后背的天雷被少年拦截，一撞之下，消瘦的少年当场被冲击得双脚落地，身体后仰。

原先笔直一线的紫雷轨迹微微偏移，出现了一丝转折。

绚烂的紫电在少年头顶疯狂溅射。

少年被势不可当的紫雷撞入地面，膝盖已经深陷地面。

紫雷前端被少年咬在嘴中的定风波切割出一条缝隙，但这仍然不足以破开紫雷。

紫光疯狂地包围了长剑，长剑颤动如秋蝉凄切长鸣。

不过是一柄名列前茅的人间名剑定风波，如何能挡下这道紫雷？

"黄蛮儿"徐龙象的整张脸庞都"嵌入"紫色雷光中。

表面上，第八道紫雷粗壮仅是如合抱之木，并不如何雄奇骇人，只比纤细如线的第六道天雷胜出一筹，甚至远远不如被徐凤年一袖青龙毁掉的第一道雷，后者好歹还粗如水缸口，但是一旁观战的澹台平静和邓太阿都无比清楚，这道紫雷足以剥离出数百条威势强大的"第六道天雷"。"剑气近"黄青如果能够活着见到这一幕，恐怕再不甘心，也可以死而瞑目了。

这才是跻身天象境界后徐龙象的真正实力。

如此恐怖的实力，任何练气士都觉得为天地难容。

一道身影突然浮现在少年身边，依稀可见是一位身披黄紫道袍的老者。

咬住长剑的黄蛮儿艰难地扭头，任由紫雷撞在脖子上。

年迈的道士双目紧闭，面朝少年。

一老一少，久别重逢。

老人咧嘴一笑。

先前徐凤年刀尖开出的那朵紫金莲花，便是这位老人以本命紫金莲花彻底凋零换来的悲壮结果。

老道士的身影以肉眼可见的速度烟消云散。

少年其脸庞被紫光笼罩，嘴唇微动，却发不出半点儿声响，更看不清是否流泪。

下半身已经消散的老道士先转头瞥了眼徐凤年那边：“姓徐的，可别死翘翘了，以后上坟带不带酒不打紧，多烧几本《素女心经》就可以了。

老人转头看了眼少年，像是回到了龙虎山山脚那座破败的道观，一如既往地絮絮叨叨着。

“徒弟啊，师父不过就是先投胎去了，下辈子咱爷俩再做师徒……

“还有啊，今年山上的山楂真是多啊，可惜你小子不在，没你帮着吃，师父摘了好些却吃不完。”

最后老人伸手指着天空，气哼哼地道：“黄蛮儿，干他天劫！”

一代天师就此消逝。

扭转脖子去看老人的少年被天雷撞击得脑袋越来越低，他试图抬起一条颓然下垂的胳膊，想要去伸手抓住师父，不让老人离去，但徒劳无功。

少年向前踏出一步，蓦然腹部如擂鼓般震动，与大地共鸣，激荡出一圈圈涟漪。

物有不平则鸣！

除去兄弟和龙蟒这一圈，之外方圆十里，大地全部瞬间塌陷！

但就在徐龙象越挫越勇的转折点上，那条在具体境界濒死却未死的真龙获得了久旱逢甘霖一般的强大新生。

两抹交错在一起的白光在临近真龙头颅时，猛然间分道扬镳，然后瞬间撞入真龙死气沉沉的眼眸之中！

点睛！

真龙开眼！

尸首分离的真龙身躯上的那四只龙爪抓入地面。

被凉刀切下的头颅掠回身躯，紧密无缝，恢复如初。

这条真龙飞入天空，消失无踪。

下一刻真龙其头探出云层，睥睨天下，俯瞰世间，其尾在八百丈外的云雾中若隐若现。

澹台平静痴痴然言语道：“不该如此的，不该如此的……千丈，天龙……”

徐凤年对此视而不见，喃喃自语道："本来想以后去了洛阳古城再让你现身的。"

一滴鲜血从拳头缝隙中缓缓坠落。

血滴距地三尺时，徐凤年轻喝一声，沉声道："请！"

咚！

如水滴敲在安静的水面，声响格外明显。

长达千丈的天龙口出一颗如圆球的天雷，冲向地面。

徐凤年身前滴血之处出现一名魁梧男子，浑身金光流溢。中原大地上千年以来，史书上数以百计的皇帝君王，没有一人能跟他身上的帝王之气相提并论。他一手负后，一手伸出，轻描淡写便撑住那道遮天蔽日的紫雷。

背对徐凤年的雄伟男子平静地道："捎句话给她，就说，'寡人有愧'。"

徐凤年默不作声，侧身面朝南方，挤出第二滴鲜血："再请！"

一名儒生模样的男子笑吟吟地浮现在徐凤年对面。

他对徐凤年点头一笑："'不问我来自何处何世，且思我要去何方见谁'，是我说与吕洞玄第六世的，也算是说与自己听的。今日过后，不后悔？"

徐凤年伸手指了指自己心口。

那人会心一笑。

他两鬓霜白，但是丝毫不损他那种无与伦比的清逸风采。他望向远处某位掩嘴而泣的高大女子，轻轻说了句"傻大个哟"，随后单手抬起。

一轮明月从他手心冉冉升起。

脸色苍白的徐凤年再转望北，沉声道："三请！"

一道光柱从不知几万里之遥的高处轰然降临世间。

一尊真武法身！

但是，不同于上次春神湖上宝相庄严衍生而出的万千气象，这回真武法身的出现，充满了有违天道的压抑气息。

九天之上，无数根渔线一般的黄金丝线纷纷成弧形降落，在大地上触底弹起，疯狂缠绕这尊真武法相的四肢。

但哪怕这种降世悖逆天道，依旧没有一根渔线胆敢出现在真武法身的头颅附近。

可是法相四周那些大袖飘摇空灵非凡的散花天女都被一根根交织成网的渔线扯碎。

邓太阿根本顾不上身边澹台平静莫名其妙的失态，脸上满是震撼的神色，苦笑道："王仙芝你是个怪物，但这家伙则是个疯子啊。"

澹台平静回神后，毕恭毕敬地弯腰一揖到底，泣不成声，低头哽咽道："师父你曾说，天道是要让人俯首低头，大道却是要让那东海之鳌和井底之蛙皆可自得其乐。徒儿错了，也明白了。"

当那尊真武法身抬起一脚后，大战便进入酣畅淋漓的状态。

只见这尊法相一手扯去身上密密麻麻的金黄渔线，一脚便踩断了那道依旧对少年黄蛮儿不依不饶的紫雷。

紫雷如一根鱼竿崩断成两截。

前踏出一步的法相双手分别握住两截紫雷，一截被甩手抛回高空，剩下一截被丢掷向那条已成气候的北莽天龙。

古书记载，水虺、山蟒五百年化蛟，蛟千年变真龙，再千年而终成无上天龙。

北莽真龙本不该这么快便成就天龙之资，但天道如此。

那条在云端游走的天龙与真武大帝法身为敌，竟是有敬但无畏，伸出一爪按向那半截紫雷。

龙爪被雷矛贯穿，天龙低头破开云雾，向地面发出一声咆哮，嘴中再度吐露出一道紫雷。

徐凤年面无表情地说道："不论天地，身处北方，也敢放肆？！"

真武法相同时缓缓开口，声音恢宏至极，如黄钟大吕回荡在天地间。

掀起云海如怒涛的天龙在真武法相出声后，顿时显出千丈真身，无再半点儿云雾遮掩。

与之同时，东、西、南三方又各有一道威严无匹的光柱落下。

于是四方天地齐震。

仿佛回光返照的徐凤年呈现出病态的神采焕发，转头朝那尊法相趋于虚幻的真武法身点头致意。

满身帝王气势的魁梧男子已经随意拨开了那道紫雷，笑问道："更待何时？"

那位掌托升空明月的儒雅男子，当他五指张开后，月辉无双，之后那轮圆月化作光芒，全部流淌入徐凤年手中的北凉刀。他微笑道："天人无忧便无忧，世人自扰且自扰，我与三世吕洞玄论道三次，都觉得理当井水不犯河水。道理道理，大道天理，不合大道的天理便不是道理啊。"

言语之间，随着光华流散，风流儒雅的男子身形开始飘摇不定。

那大秦皇帝猛然大笑，出现在真武法身脚下，坐北望南，在化作光华散入真武法相之前，呵斥道：“滚！”

东、南、西三地三道巍然光柱竟随之凝滞一颤。

虽然随后三道光柱不甘示弱地瞬间暴涨，但是就在这刹那间，徐凤年已经双手握刀。

真武法身也做出握刀的姿态。

那条天龙四爪在高空重重按下，两缕龙须剧烈颤动，口衔龙珠。

大珠如烈日当空！

徐凤年一脚踏出，一刀斩下。

真武法身同样是一脚前踏，一刀斩下。

天空中被劈出一个形如新月的弧形裂隙。

那一刀斩在那颗当空悬停的如日大珠上！

这一幕宛如日月相撞。

天龙千丈身躯上的片片龙鳞一起剧烈地震动。

那一刀劈下后，徐凤年如开山一半停滞不前。

刀锋上崩碎出一个细微口子。

徐凤年握刀双手的手心血肉磨尽，最后白骨触及刀柄。

那条做四爪抓地状的天龙被逼迫得步步退让，不断嘶吼。

徐凤年浑身炸出一阵猩红血雨，怒吼道：“老子斩的就是天龙！”

那把凉刀砰然断裂成两截。

徐凤年重重扑倒在地面。

高空中那颗龙珠也轰然炸裂开来。

那轮弧月将龙珠后面的北莽天龙的头颅当空斩成两半！

大地晃动，身长远不及千丈天龙的巨大白蟒一跃而起，张开大嘴，囫囵吞下全部天龙头颅和半条身躯！

将半截天龙吞吃入腹的巨蟒将其拽到地面之后，继续吞食另外那半截龙身！

天地重归寂静。

再无天人天龙，大雪终于落得肆无忌惮了。

徐凤年斩龙。

凉蟒吞龙！

浑身鲜血的徐凤年盘腿坐在地上，大雪压身，雪血相融后，他更显得狼狈不堪。徐凤年大口喘气，每一次呼吸都像是在撕扯五脏六腑。他用余光瞥见那断作两截的北凉刀，想要驭气取回，但念头初生就吐出一口鲜血。

此时，一个四不像的雪白活物从他身后游弋而出，在空中如在水中，长不过三尺，身躯修长似蛇，额头有双角如蛟，两须如鲤，且有四爪。它的动作迅疾如雷电，下一刻便将断刀衔至徐凤年腿上，抬起那颗小脑袋，邀功一般朝徐凤年摇晃尾巴。

徐凤年笑了笑，伸出手，摊开。小家伙忽然扭转身躯，纹丝不动地悬停在空中，看样子是故意视而不见。徐凤年弯曲手指在它头颅上轻轻一叩，似蛇似蛟的小家伙啪嗒一声摔在徐凤年膝盖上，先是装瞎，这回是干脆装死了。

满脸血污的徐凤年哑然失笑道："那珠子都粉碎了，就算被你吞下，想要完全消化少说也得几百年，对你我裨益不大，但是黄蛮儿需要用它来养身固体凝聚魂魄。乖乖吐出来，我数到三。"

结果等徐凤年数到三的时候，躺在他膝盖上装死的小家伙特意抽搐了一下，好像在表态它是真的英勇阵亡了。

徐凤年双指拈住它的尾巴，无奈地道："不愧是我的本命物，无赖起来很有我当年的风采嘛。好了好了，我答应你，回到凉州以后，听潮湖中那万尾锦鲤任你吞食。"

小家伙脑袋仰起，与尾巴齐平后微微后仰，首尾衔接，弯出一个可爱的小圆，就像是一块灵动的龙璧。

它稍作犹豫，不情不愿地张开嘴巴，吐出一颗丝丝裂缝清晰可见的珠子，分明是小如米粒，却焕发出日月般的光辉。吐珠后的小东西有些萎靡不振，一闪即逝，凭空消失。徐凤年一手拿住两截凉刀，一手双指捏住珠子，艰难地站起，转身走向徐龙象。

少年呆呆地站立，嘴中那柄名剑定风波的剑身和下垂双臂都有刺眼的雷光萦绕游动。

其气势之盛，就连徐凤年都感到心惊。

但这种强大，就像一个看似鼎盛的王朝，实则危机四伏，一触即溃。

徐凤年没有走近气机紊乱至极的徐龙象，而是松开双指，摊开手心。那颗破碎的龙珠在掌心滴溜溜地转动起来，徐凤年往前一推，珠子滑出掌心，但是很快就一弹而回，徐凤年若不是赶紧侧过身，就要被珠子撞到了。对江湖武夫来说，这颗珠子是无法想象的大补之物，滋补精气神的效果堪称无出其右。珠子大概是感受到徐凤年的抗拒，只在他四周旋转，对灵性盎然的珠子来说，选择黄蛮儿作为龙穴自然远远不如选择天然相亲的徐凤年。

澹台平静掠至徐凤年身边，神情复杂，问道："天予不取，就不怕反受其咎？"

徐凤年淡然道："黄蛮儿为了扛下天雷，自封心窍，三魂七魄都很不稳，就算一步跻身天人，可跟丧失心智的高树露无异。澹台平静，你要是能帮上忙，我就不跟你计较先前试图龙蟒双收的险恶用心。"

澹台平静心思百转，没有答应也没有拒绝。

徐凤年冷不丁嬉皮笑脸道："那算我求你了，傻大个，行不行？大不了回头我把月井天镜还给你。"

澹台平静愣了一下，神情恍惚。

邓太阿不知何时出现在两人身旁，轻声笑道："都这会儿了，还打情骂俏？"

澹台平静转过头，望向自身气数锐减但同时疯狂汲取天地气运的少年，脸色凝重起来。

邓太阿哪壶不开提哪壶，打趣道："呦，咱们澹台宗主好歹百岁高龄了，也会做出此等小女子娇羞状，瞧瞧，耳朵都红透了。"

澹台平静没有理会"桃花剑神"的戏谑，轻声叹息道："就算我帮忙，恐怕也来不及了。他离跻身天人境界只余一个执念。不斩执，就算邓太阿夺走那柄剑，我送入珠子，一样没有意义，徐龙象还是回不来人间。况且，不论是我送珠，还是邓太阿夺剑，代价都会很大。"

澹台平静抬手拂袖，清风卷起一捧黄沙飘向少年，沙砾没有立即化为齑粉，而是如一支箭矢射入湖水中，一点儿一点儿缓慢下来。但是在缓慢下来的过程中，出现了一种"自然"同时又堪称"无理"的风化现象。说自然，是因为寻常黄沙大漠中的沙砾风化是天经地义的事情；说无理，则是因为，正常情况下，绝对不会在这短短几丈距离内便出现必须经过几年甚至是几十年的漫长过程才能实现的景象。这种诡谲的现象，就像一个才会走路的稚童，走出一步就变成少年，再走几步就走完了中年暮年，随即老死。

邓太阿啧啧称奇道："这就是天道。"

澹台平静忧心忡忡地道："所谓的'天人境界'，即无忧忘世，众人皆醒我独睡，正如圣人所言的'列子御风而行，独来独往'。如何让徐龙象醒来，才是最难的事情。”

邓太阿笑了笑：“大道理说破也没鸟用，邓某倒是有一剑……”

说话间，邓太阿便双指并拢，竖起后轻轻往下一劈。

若说徐龙象四周依循天道规矩，自成小千世界，此方天地混沌如鸡子，那么邓太阿这一剑势要天地开辟，一剑劈开那鸡子。

邓太阿放声笑道：“‘开山’之后再来一剑，就叫‘铺路’吧！”

指剑削山，山要合拢。

邓太阿又在山与山之间横放了一道道剑气，硬生生阻挡住了天道汇聚之势。

邓太阿御气踏风飘然前掠，跃过徐龙象的头顶后，手中多了那柄紫电缠绕的定风波。这位“桃花剑神”径直穿过这座天道雷池后，身形愈行愈远，扣指弹剑，大笑道：“开山、铺路两剑换一把称手好剑，互不亏欠。”

几乎在邓太阿踏出第一步的时候，澹台平静就驭气从徐凤年身边摘走那颗珠子，紧跟在邓太阿身后，宛如一线天的路径仅有一剑长度的宽窄，白衣大袖的澹台平静像一只束手束脚的白鸾，跟随邓太阿掠过徐龙象头顶，同时手腕一抖，将那颗珠子拍入少年胸口。当澹台平静在远处落脚后，就像是从鬼门关走了一遭，心有余悸，仿佛魂魄都在战栗，这种感觉比生死大战的劫后余生还要来得强烈。正因为她是世间首屈一指的练气士，是世上最清楚天道森严的人物，才最觉得后怕。这个道理很简单，假设当朝首辅张巨鹿在太安城内微服私访，老百姓与之擦肩而过，不知身份，大可以不当回事；但若是一名在六部任职的官员与“碧眼儿”打了个擦肩，难免如履薄冰。

邓太阿和澹台平静一前一后穿过雷池，就是一眨眼的事情。

她转过头，露出骇然的表情。

两山合拢，但是徐龙象身边站着徐凤年。

澹台平静知道他是靠着月井天镜前往，也可以凭借月井天镜抽身，但关键在于，这趟往返的中间，徐凤年不是去看风景的，而是去“喊醒”弟弟徐龙象，每度过一个瞬间，他可能就要衰老一旬甚至是一个月，也许小半炷香的工夫后，澹台平静就会看到一个白发苍苍的伛偻老人，而不是一个先前才二十多岁的年轻北凉王。

澹台平静咬了咬嘴唇。她可以理解徐凤年把珠子赠给徐龙象，天底下兄友弟恭并不少见，虽说在帝王将相的门墙内相对罕见，但是徐凤年愿意把好东西让给徐龙象，她不奇怪，甚至当时徐凤年肯为了弟弟力抗天劫，澹台平静一样认为在情理之中，毕竟那时候徐凤年还算有一战之力，可是当下你徐凤年体内的气机池塘干涸见底，除了送死还能做什么？！

澹台平静不可抑制地怒气冲天。

她突然微微张大嘴巴。

徐凤年似乎只跟弟弟说了一句话，然后便迅速地退回原地，从那面摇摇欲坠的月井天镜中踉跄走出，脸上带着灿烂的笑意。

澹台平静不觉得一句话就能喊醒徐龙象。

一句话能打破天道？

但接下来的景象让她不得不相信，规矩和道理这两样东西在这对兄弟身上真的行不通。

少年睁开眼，转身跑向徐凤年。

他低着头蹲下身，轻轻背起精疲力竭的徐凤年。

远处传来一阵马蹄声，应该就是那姗姗来迟的两千多骑龙象军了。当然，就算这支骑军早早赶到战场，也只有毫无还手之力被殃及池鱼的份儿。

澹台平静来到兄弟二人身边，瞥了眼徐凤年搭在弟弟脖子上的双手——手心如被刀锋剐刮干净，露出触目惊心的白骨。她轻声提醒道："王仙芝的弟子——楼荒来了。"

远处的风雪中，一名木讷的男子腰间佩古剑"菩萨蛮"。

疲惫不堪的徐凤年一脸无所谓，微笑着，沙哑地道："楼荒就是来看戏的，真要报仇，也会老老实实等我恢复实力。如果肯杀一个手无缚鸡之力的仇家，那么楼荒就不是王仙芝的亲传弟子了。"

澹台平静冷笑道："楼荒等得到那一天？"

徐凤年瞪了她一眼，有气无力地道："怎么跟师父说话的？！"

澹台平静如同被触及逆鳞，泛起一丝若有若无的杀机。

徐凤年用下巴敲了敲黄蛮儿的肩头，示意他不要理会这个婆娘。

澹台平静的言下之意是问徐凤年能否重返巅峰，这个巅峰显然不可能是当初力战王仙芝之时，也不可能是"三请"之时，而是扛下最后一道天雷之前，那时候徐凤年虽无高树露的体魄，但拥有充沛的精气神。徐凤年不想正面回答这个问题，是因为他自己心里也没底。经此一战，他跟前世算是彻底撇清关系了，坏处是没了压箱底的手段；好处则相对隐蔽，那就是北凉不会因为他徐凤年一人的气数气运而发生波折。反过来说，徐凤年有了本命物，已经跟北凉的命运休戚相关，一旦北凉被破，他必定身死。对此徐凤年倒是没有患得患失，能救下黄蛮儿，并且为这个弟弟消除了后患，今天这笔大买卖，他就算赚到了。跟老天爷撕破脸皮做生意，非但没赔个精光，还有点儿赚头，本身就是件足以让徐凤年自己都感到牛气冲天的技术活儿。

大战之后，徐凤年有些困意，眼皮子直打架，但是在昏睡过去之前，徐凤年还是有些话要跟弟弟说清楚，于是就那么絮絮叨叨婆婆妈妈断断续续说起了心里话。

“黄蛮儿，我不想说什么你师父不是为你而死的屁话，老天师就是为了你搭上性命的，你有愧疚感，其实哥也有类似的愧疚感……

“当初老黄离开北凉去武帝城时，我也很想欺骗自己，老黄是个剑痴，去东海就是为了证明‘剑九黄’这三个字，但我其实很清楚，老黄就是为了我去的，没其他的缘由了。他也许是想告诉我，你徐凤年将来有一天没了北凉，还有个江湖可以念想念想嘛。也许是老黄觉得，我跟他第一次闯江湖，他都没怎么给我长过脸，于是要再风风光光走一次。也许……谁知道呢，总之就是老黄走了，跟老天师一样。人生在世都难逃一死，但为了我们，他俩很早就死了。

“你小子想着替哥多杀几个高手是几个，你的想法我懂，但是没做好，准确说是做得一塌糊涂，哥也就是一路赶来打这个打那个，实在顾不上揍你，否则早揍得你屁股开花了。现在也想揍，就是真没力气了……

“小时候我明明做了错事还喜欢跟徐骁顶牛，觉得那是一件很解气的事情，就怕咱们爹不打不骂，事后还总觉得自己爷们儿，长大后才知道这是不对的。黄蛮儿，你别学哥。”

徐凤年唠叨的嗓音越来越小。

徐龙象始终没有插话，小心翼翼地背着这个哥哥。

小时候他早早就显露出天生神力的天赋，经常背着哥哥在清凉山跑上跑下，偶尔哥哥还会在手里拽着一只风筝，爱凑热闹的大姐便在他们身后跟着跑，欢快地嚷着“飞喽飞喽”。

黄蛮儿轻声道：“哥，不许睡觉。”

位于西京内廷角落的那栋僻静小楼内，廊中跪倒了一大片人，此楼不远处则躺着许多死人，而且死的都是被北莽视为价值连城的练气士。

身披黑衣白裘的老妇人站在屋檐下，双手叠放插袖横在胸前，被撩起的衣袖恰如蝠翼。

这位让北莽男子尽数匍匐在她裙下的老妪很少动怒，但是今天她的脸色十分难看。先是楼内擅长占卜的道德宗南溟真人战战兢兢地告诉她，棋剑乐府的铜人师祖生死不知，“剑气近”黄青毫无疑问是死绝了。然后国之重器蛰眠大缸被不知名的陆地神仙一掌拍碎，那条豢养二十余载耗费无数气运的真龙破缸而出。这也就罢了，天雷滚滚之下，那条趁火打劫的天龙竟然还没能占到半点儿便宜，于是她果断决定帮它一把。因为她一向敢于跟老天爷豪赌，不上赌桌则已，要赌就赌一把大的。上一次她赢了，赢得盆满钵满，整个北莽王朝跟了她姓。可是这一次，那个南溟真人告诉她，她输了，楼外那一百来具尸体就是明证。其实她震怒不是因为自己在北凉流州输掉了一场无关大局的战役，甚至都不是因为死了条真龙，更不是因为那些向来不问苍生问鬼神的练气士。

真正让年迈妇人无法忍受的，只是一件根本无法与人言的小事：她在人生最落魄寒酸的时候输给了一个名不见经传的辽东莽夫，在权势正值巅峰的时候又输给了他的儿子！

太平令站在妇人身侧，老人是唯一还敢站着的北莽臣子。

她终于开口了。

“传旨董卓，准其擅自调动所有边境兵马，不论大将军还是持节令，一律听命于他。违者，让董卓先斩后奏！

“传旨拓跋菩萨，领亲军火速南下，直扑流州。

“传旨李密弼，着手准备鲤鱼过江。

“传旨黄宋濮，命其起复，领军坐镇西京。”

一道道圣旨从她嘴中说出。

她毕竟是垂垂老矣的暮年妇人了，难免精力不济，一时间有些难掩苍老的疲态，但是她今日甚至不允许自己出现这种片刻的懈怠，从宽袖中抽出手，猛然扯掉身上那件老旧的狐裘，丢到台阶外的雪地中，然后大步离去，再不看一眼那件不断积雪的旧物。

第十二章

敬春秋金戈铁马
敬你们写意风流

太安城从来不缺热闹，但是很多热闹很难凑，一旦遇上可以凑上一凑的热闹，那就会人人不甘落后。

时下就有传言，接替晋三郎的国子监新任右祭酒要开课讲武，那么到底是纸上谈兵还是真有满腹韬略，是骡子是马，拉出来遛一遛就知道了，绝大部分人还是奔着看笑话去的。

现任礼部侍郎的晋兰亭在国子监中颇有口碑，不但在任职期间为国子监争取到了诸多朝廷的恩赐，还创办了京城内最负盛名的诗社，与社中七名才子并称“京城八俊”，一举包揽了新科一甲三名：状元李吉甫、榜眼高亭树和探花吴从先。其中有“诗鬼”美誉的高亭树在一次饮宴聚会上作出了脍炙人口的《醉八仙》，一下子就让在座八人一夜间名动天下。在京城正当红的八位俊彦虽然出身迥异，有天壤之别，却经常诗歌唱和，尽显士子清流的风流倜傥。明眼人都看得出八俊之首的晋三郎虽说在中枢阁臣们那边不是很讨喜，但是他一点儿一点儿凝聚起来的“气势”已经不容小觑。

在这种情况下，一个叫孙寅的门下省小卒子破格补上右祭酒这个清贵的空缺就显得格外突兀且无礼。更奇怪的是，此人并没有传出有什么结实的靠山。所以孙寅的横冲直撞，跟地方官员许拱入朝出任兵部侍郎，加上陈望的一步登天，就成了祥符元年尾巴上京城官场的“三大惊奇”，十分惹眼。不过，有姑幕许氏身份的许拱毕竟之前就有龙骧将军的底子，陈望陈少保则有太子侍讲和考功司郎中的双重铺垫，这越发衬托得孙寅的晋升奇了又怪。

何况孙寅狂妄至极，公开扬言自己要讲的内容是一场大演武，他将作为攻方，手中拥有两支兵力：北莽百万铁骑和广陵道的西楚复国余孽。所有听课之人都属于守方阵营：有朝廷新封骠毅大将军的南征主帅卢升象所率大军，有大柱国顾剑棠的两辽防线，有所有参与靖难的藩王势力，当然还有那支被中原刻意遗忘多年的北凉铁骑。

这场可谓前无古人的唇枪舌剑言语交锋，光是参与旁听的国子监学子便浩浩荡荡去了六千人之多。其实大多数人听不到新祭酒在说什么，不过不用担心，很快就会有人从前头传递消息到后方，层层扩散，如一道道波澜。赶早占地的学子都是席地而坐，稍后的就只能站着，再后边就得踮起脚伸长脖子，之后就需要站在板凳、椅子上了。不过最前方距离那孙狂徒不远的最佳位置倒是摆放着许多简易却厚实的蒲团，有三十余个，那些有资格坐蒲团的贵客当真是尊贵得无以复加！

其中为首之人正是那离阳朝廷三十年来的第一位宰相，中书省主官齐阳龙。中书令左手边是执掌门下省的“坦坦翁”桓温，右手边是没能在权力变迁中接任白虢的礼部尚书之位的“失意人”，继续执掌国子监的理学宗师姚白峰。还有从清水衙门礼部转去实权户部的白虢。更有时值隆冬却尤为春风得意的某位皇亲国戚，嗯，就是那位借着佳婿的光，大摇大摆撞入京城视野的柴郡王。

这场漫长的讲武从午时一直进行到黄昏都还没有收官的迹象，但是没有一人退场，甚至不断有新面孔拥入，人山人海。

更有监国天下的太子殿下携手太子妃悄然半途加入。

很快又有老吏部尚书、新中书省辅臣赵右龄不掩身份地破开人流，参与其中，坐在了一个临时新增的蒲团上。

相较赵右龄，由翰林院掌院升任吏部尚书的“储相”殷茂春就要含蓄低调许多，轻车简从到了国子监，跟年纪轻轻就做到令人瞠目的门下省左散骑常侍陈望并肩而立，虽然既看不到什么，也听不到什么，但这两位足可称为中枢重臣的大人物，一个外廷首官的正二品，一个清贵无双的正三品，这一站就足足站了两个时辰。因为他们站在极其靠后的位置，又没有扈从护驾，更没有身穿朱紫官服，加上左右前后都是寒窗苦读圣贤书的国子监普通学子，没有谁知道近在咫尺的地方就戳着这么两位当朝大佬，只把他们当作了寻常的太安城儒士。

国子监持续喧嚣，成为京城上上下下热议的焦点，国子监外的酒肆茶坊更是人满为患，都等着那场辩论的结局水落石出。

不断有士子书生跑到街上大声汇报“即时战况”。

然而在几乎人去楼空的翰林院出现了两张风尘仆仆的老面孔。一位是郁郁不得志潦倒多年的元先生，另外一位让当值官员差点儿当面翻起白眼。以前宋家两夫子称霸文坛的时候，那官员人人都得竖拇指夸赞一声“好一位宋家雏凤”，现在嘛，两位夫子都死了不说，还谈不上有啥哀荣，谁不知道风光无限的宋家是肯定没机会东山再起了？没毛的雏凤不如鸡，谁还乐意把你被贬至贫寒地方当个小县尉的宋恪礼当棵葱？这样的冷灶要是还能烧热，老子就把灶灰全吃了！

不过这名从七品清流官员倒是没太过拿架子给脸色，毕竟先前出门访亲的元朴元黄门还在翰林院挂着职，抬头不见低头见的，没必要为了一个宋恪礼损了自己多年八面玲珑点滴积攒下来的功德。

元朴，或者说离阳帝师元本溪在自己屋内落座，“半寸舌”的口齿自然含混不清：“不去国子监看一看？那里是你宋家的兴起之地。”

跟元先生结伴走过大江南北的宋恪礼摇摇头，平静地道：“旧地重游无济于事。”

元本溪沉默片刻，缓缓道：“陈望，孙寅，以后就是你的政敌了。他们不论事功学问都不输你。不过这两人率先由暗转明，这是你最大的劣势，也是你唯一的优势。”

宋恪礼点点头。

暮色中，距翰林院不远的赵家瓮尚书省衙门，一名紫髯碧眼的高大老人独自走到御街上，站在这条天底下最雄伟宽阔的街道中央，背对皇城大门，望向南方的天空。

老人没来由地记起自己年轻时候的一场偶然相逢。那时候那人也很年轻，起码腿没瘸。

当时自己被恩师故意押在翰林院，而至交好友已经在兵部担任司驾主事，其余的同年进士也都各自有了一份锦绣前程。那是一个文人被武夫压得喘不过气的时代。往前推十年，文人便如伶人，在朝堂上只配给武将当应声虫。若是再往前推移个几十年，王朝内处处藩镇割据，人人封疆裂土，读书人连应声虫都难做，马屁没拍对，或者拍得花团锦簇但是武人误会了或者听不懂，那个读书人说不定就会被直接咔嚓一下砍掉脑袋。这么一个王朝，不说中原正统的大楚，就是心甘情愿给大楚当奴做婢的东越，也有资格笑话这个北方的邻居是一群未开化的蠢蛮子，而他因为生得紫髯碧眼，连中原人眼中的离阳北蛮子都要冷嘲热讽。

在某个读书人的日子终于好过些的深秋季节，一个天气阴沉的日子里，他去兵部衙门找好友开后门借阅一份有关两辽疆土的舆图。他如愿以偿拿到舆图，结果滂沱大雨骤至。他不敢让雨水沾湿舆图，只好在衙门口檐下躲雨。可那场肃杀的大雨始终不停歇，他就只能老老实实地等着。然后他看到一个年轻人撑伞而至，手里拎着个小木箱子。对这个人他见之不喜，因为此人身上有着浓厚的武人气焰，观其身上装束，大概是个朝廷睁一只眼闭一只眼的杂号校尉。兵部衙门庭院深深，有数重数进，他猜测这人恐怕在第一进院子就止步了。果不其然，那家伙被阻在第一进的院子里。他就没有再去上心在意了，只是等雨的时候偶尔转头瞥一眼，看到那个貌不惊人的年轻武人孤零零地站在大雨中，就这么一直淋着雨，雨伞放在脚边，还有那个打开的箱子，里面白花花的，应该是银子。只是这么丁点儿银子，在胃口能吞天的兵部老爷眼中算什么？同僚三四人喝上一顿花酒的费用而已。

他依稀听到那个吃了闭门羹的年轻人的话语，颠来倒去就是几句话一个意思：“我徐骁拿脑袋跟诸位大人保证，只需给我一千兵马一个月，只要一个月，下次拜会大人，就会让人扛来十箱，十箱黄金！”

雨一直下，他听到那个院中的年轻人不断大声说话，不断妥协。

从一千兵马减少到八百，再到五百，而箱子也从十箱增加到二十，再到三十箱。

当大雨终于渐渐转小的时候，兴许是在里头优哉游哉饮茶笑谈的兵部老爷们觉得差不多可以出门返家了，这才陆陆续续有三三两两结伴而行的大人物走出重重庭院，谈笑风生，目不斜视地跟那个年轻人擦肩而过。后来有个职方主事倒是终于打量了一眼，却不是看那个讨要兵马的年轻人，而是看了眼箱子里被雨水浸润着的银子，发出一声嗤笑，似乎还阴阳怪气地说了句话，只是当时在门口躲避出院众人的他没能听清。

他想着既然雨还没有完全停，干脆就等院内的好友结束事务再说。

可能真的是天无绝人之路，他看到一位身穿虎豹补子的老人负手走出院子，身边有一位兵部属官殷勤地帮忙撑伞，伞面全都倾斜向老人。

老人经过那年轻人身边的时候停下脚步，用脚踢了踢箱子。因为雨小了许多，他听清楚了那场身份悬殊的对话。

“哪里人呀？”

“末将徐骁，来自辽东锦州！”

“打败仗啦？”

“是！但是末将兄弟七百人吃掉了洪成璀的两个主力营，其中一营还是骑军……”

“什么主力什么骑军的，都是废话嘛，输了就是输了。本官就当小赌怡情一次，只问你一句：给你点儿人手，你小子真能赚回本？”

“能！”

“嗯，那行吧。本官给你枚虎符，可以去右卫军调遣三百人。至于箱子，对了，你先前说是扛来多少只？”

“回大人，是三十。”

“三十？”

“五十！”

“呦，还挺上道。行，本官就给你三百人，记得回头把箱子直接搬去本官府上。”

“谢过大人！末将定不辜负大人恩德！”

“哦，差点儿忘了，你叫什么来着？本官可不希望到时候想杀人都不知道找谁去。”

“锦州营徐骁！”

最后，那名兵部大佬走出衙门大门，身边跟着那个屁颠屁颠一手为其撑伞，一手卖力拎着那个箱子的官员。

他看到那个年轻武将双拳紧握站在雨中，腰杆始终挺直，不过手中多了一枚虎符。

年轻人将虎符放入怀中，弯腰捡起雨伞，转身走向大门。

他在年轻武将捡伞的时候就已经收回视线，眼观鼻鼻观心面朝南方。

后者没有急于撑伞，而是在门口檐下停下脚步，似乎看见了他，主动开口笑问道：“还在等雨停？”

他愣了一下，点了点头。

然后那家伙就朝他咧了咧嘴，很干脆利落地把伞抛来，根本不给他拒绝的机会，大步走下台阶，踩在泥泞中，渐行渐远。

那一天，他张巨鹿记住了那个年轻武人的名字。

徐骁。

那一年，还没有用上“永徽”这个年号。

偶遇的两个年轻人，一个还不是权倾天下的当朝首辅，一个还不是功无可封的大将军。

两人更不是老死不相往来的政敌。

在这个祥符元年末尾，只剩下他这个已是老人的张巨鹿了。

站在御道上的老人缓缓回过神，笑了笑，自言自语道：“我不喜饮酒，但要是能在地下遇见你，得请你喝一杯。不过在这之前，就让我为北凉撑一回伞吧。不是为你徐骁，是为北凉百姓，亦是为离阳百姓。”

祥符元年末，皇帝赵惇巡边回京。御史台和六科给事中联名弹劾一人。

离阳首辅张巨鹿下诏狱，朝廷向天下公布其十大罪。皇帝下旨：诛九族。

广陵道和南疆道接壤处的祥州，因一条年岁并不久远的杏子巷而著称于世。这条巷子两侧都是江南庭院，虽不宏大，却精致。住客也不是达官显贵，而是一些当年没有参与洪嘉北奔的落难文人，既有遁世的西楚遗民，也有上阴学宫心灰意冷的先生。这些读书人落脚时，委实是手头拮据，建造不出什么大宅子。

范家府邸便在杏子巷最深远处。

范氏曾是南唐富可敌国的豪阀，这一房的范氏先辈在当年逃难前分家时不要珍宝，唯独要了那一整楼最不易携带的藏书。这二十余年来，范家上下都是捉襟见肘，若不是靠贩卖新楼内的古籍，就要沦落到揭不开锅的境地了。

好在离阳昌盛，国运兴，棋运亦兴，范家出了一个不爱功名的“棋痴”范长后，与离阳朝廷新科探花吴从先并称为“先后双九”。两人不到三十岁，就已是打遍广陵江以南无敌手。后来成为“京城八俊”之一的探花郎吴从先，登科后被皇帝陛下钦点与离阳棋待诏四位大国手交战，四战全胜，获得了匪夷所思的战绩，而在“先后之争”中略胜一筹的范长后，就顺势成为无形中的离阳棋坛第一人，新获“范十段”美誉。范长后所居的杏子巷一时间车水马龙，只是这位棋痴一直闭门谢客。在棋盘上“闲谈温和，大方正派”的范长后，在生活中显得尤为拒人千里。

范家藏书于“宽心”“求恕”两阁，其中求恕阁三层为硬山顶，进深各六间，前后有廊，楼前凿有一口正正方方的天井，占地三亩，青砖铺地，不生一根杂草，为夏季晒书所用。不久前刚刚成为范氏家主的范长后定下数条严苛的藏书规矩，其中有“代不分书”“书不出阁”“外姓与本姓女子皆不得登楼入阁”“藏书柜匙由多房嫡长掌管”。

今天在冬日是个温煦的好天气，适宜晒书驱除霉湿。一名相貌清雅的青衫男子把一捧捧刻本摹本搬出阁楼，摊开放在求恕阁前的天井青砖地面上，从头到尾他都是亲力亲为，并没有让仆役代劳。

一个脸颊被日头晒得红扑扑的少女蹲在地上，随手翻开那些书，不是看得津津有味，而是眉头紧皱。看了眼她的背影，男子莞尔一笑，伸了伸懒腰，然而，当瞥见一个巨大的身影坐在天井边缘日光与阴影交错的台阶上默不作声时，男子愉悦的心情顿时蒙上了一抹阴郁之色。这个魁梧巨人曾经拜访范家的方式极其震撼，他没有递交名帖，也没有叩响门扉，而是从天而落，砸在了范家后院的池塘中。当时范长后正与人下棋，陷入了殚精竭虑的深长的思考，对弈之人让他把那个访客带来，范长后叮嘱家内听闻声响的下人不要声张，然后这个魁梧如天庭神人的家伙就跟那一老一小形影不离，从不说话。

正是“范十段”范长后的男子走到老人身旁。老人坐在一条小板凳上，身前摆放了一张金丝楠木棋盘，手边有一小盏白盐、一碟脆生生的白萝卜、一碗白米饭。在那个肌肤金黄的魁梧客人出现后，老人就摆出了眼前这局残棋，然后也不落子，不言不语。除非那个少女跟老人说话，哪怕是范长后说什么，老人也懒得搭理。范长后此时站在老人身后，对着那大势已成的官子局，满腹狐疑。黑白棋子犬牙交错，是典型的斗力之局，很不讲究棋形，但以范长后的眼光来看，这局棋远远不值得老人如此用心对待。

要知道他范长后在世人眼中是无师自通，且公认材质鲁钝，仅就天资而言，与少年成名的吴从先相差十万八千里，只是靠着一股韧劲才得以大器晚成，在前几年终于得以跟吴从先旗鼓相当。其实范长后当然是有师父的，还是春秋“棋甲”的黄龙士，若非如此，他范长后“大器晚成”肯定要再晚二十年。当今天下，围棋以九段最高，那几位在帝王身畔的棋待诏顶尖国手都是毋庸置疑的强九；乡野也有些具备九段实力的高手，却未必当得一个“强”字；而在上阴学宫求学而扬名的北凉郡主徐渭熊有“徐十且十三”的说法。“徐十”是说这位女子的实力远超九段高手，是当之无愧的十段大国手。“徐十三”则是说她往往能下出十三段一般神鬼莫测的卓绝妙手，故而跟西楚曹官子算是同一流的围棋圣手。范长后自认“范十段”的称号勉强能担当，但对上徐渭熊和曹长卿还要差很多，有着一子之差的巨大距离。至于跟眼前这个师父相比，嘿，这次惊喜的师徒重逢，授业恩师让他两子，范长后依旧是十战皆负。

老人盯着棋局，抓起一撮盐撒在萝卜上，开口问道：“月天，还记得当年我跟你下第一局棋的时候，我说了什么吗？”

字“月天”、号“佛子”的范长后毕恭毕敬地答道：“师父说了两句话，一句话是‘真正的功夫在棋外’，一句是‘棋下得再好，也就那么回事，会下棋和会做人有天壤之别’。”

春秋第一魔头黄龙士嗯了一声，嚼着味道寡淡只有些许咸意的萝卜：“所以我除了教你下棋外，更要你不可耽搁了做学问。现在吴从先在京城一举成名，你不争什么，反而比吴从先更出名，将来离阳朝廷不管谁坐龙椅，是姓赵还是姓什么，都会有你的一席之地。”

范长后轻声问道：“师父为何要我跟燕刺王世子殿下交好？是因皇帝杀首辅张巨鹿而失望吗？”

黄龙士笑着反问道：“月天你难道觉得‘碧眼儿’不该杀？”

范长后不敢跟师父故弄玄虚，坦白道：“就算皇帝要为太子赵篆铺路，杀张巨鹿一人足矣，诛九族，火候则太过了。”

黄龙士笑了笑：“先不说火候大小，你先说说‘碧眼儿’为何是必死之局？”

范长后走到棋局对面，正襟危坐，沉声道：“首辅张巨鹿大兴科举，为寒门子弟打开龙门，且门下永徽公卿出现了殷茂春、赵右龄之流，他们不但是能臣，而且在张巨鹿的庇护下，得以顺风顺水浸淫官场多年，越发熟谙帝王心思和朝堂规矩，既知道如何明哲保身，又知晓如何在养望蓄势的同时赚取青史留名。这等臣子与春秋之中那些君要臣死臣情愿赴死的骨鲠‘忠臣’不一样，即便君要臣死，臣可以不死，心底就不愿轻生。以后不断涌现的寒士重臣，既然出身市井，几十年积攒的家底丢了便丢了，在某些时刻，不似根深蒂固的门阀子弟富有‘舍得一身剐’的气概。张巨鹿是永徽之春的缔造者，更是满朝寒士穿紫黄的始作俑者，这是一死。”

黄龙士抓起一捧白米饭塞入嘴中，缓缓笑道：“远远不够。”

“太子赵篆要登基，不出意外，会是一位太平盛世的皇帝，身无军功，但是朝堂上若是文有张巨鹿，武有顾剑棠，新帝赵篆便极难服众。当今天子对首辅大人不断下出‘试应手’：晋兰亭的弹劾，大将军杨慎杏关于蓟州忠烈韩家的旧事重提，破格提拔柴郡王的女婿陈望，召齐阳龙进京，重新启用中书省、门下省用以抗衡尚书省，诸多手段，一直在向首辅步步紧逼。张巨鹿看似从头到尾都选择步步后退：自行裁撤张庐势力，接连舍弃赵右龄、殷茂春和白虢，仅留下公认最无宰辅器格的王雄贵，甚至在张庐最后一根栋梁——户部尚书王雄贵被贬为广陵道经略使离开京城后，张巨鹿依然没有出声。”范长后说到这里，停顿了一下，“但是，但是只要张巨鹿不死，哪怕自己‘引咎’辞官，返乡隐居山林，本来就是用作抗衡张巨鹿作为过渡的大祭酒齐阳龙依然会很尴尬。而且张巨鹿是几岁，齐阳龙又是几岁？到时候天下格局一有风吹草动，不在庙堂而在江湖的张巨鹿，反而有机会成为众望所归的救世之人。今时今日张巨鹿和齐阳龙的悬殊待遇以及在百姓心中的地位，届时恰好就要颠倒过来。皇帝陛下岂会不明白其中的道理，岂会留给太子一个烂摊子？若仅是如此，没有我先前所说的张巨鹿第一死，贬谪他还可以作为君王驾驭臣子的制衡术，可是既然将来是一个没有大战事的王朝，加上朝中越来越人才济济，皇帝的祥符之春比起张巨鹿的永徽之春并不差，赵家留你张巨鹿有何用？！”

黄龙士点点头：“张巨鹿这二十年是雪中送炭，不能杀；以后就只能做些锦上添花的勾当，尾大不掉，确实可以早点儿杀。这也算是一死。两死了，你继续说。”

范长后显然胸有成竹，打好了早有定论的满腹草稿，没有什么停滞、思索，娓娓道来：“先前两死，是当今天子要考虑的身后事，凉莽大战和平定广陵则是迫在眉睫的眼前事。张巨鹿生前四面树敌，其中三面的死敌分别是皇室勋贵、门阀文臣、地方武将。这三者一直对首辅大人憋着口滔天恶气。皇室宗亲这二十年过着过街老鼠一般的苦日子，当初原本以为离阳赵室先帝一统天下，他们都是功臣，又是赵姓人，理所当然可以与皇帝共享江山，不料被张巨鹿和徐骁两个人一文一武分走了全部功劳，这让他们如何能忍？有张巨鹿这块拦路石站在庙堂一日，那些世族身份的臣子如何有出人头地的一天？张巨鹿越是大公无私，这群人为家族谋取利益就越难下手。当时张巨鹿要大刀阔斧治理胥吏、盐政和漕运三事，却磕磕绊绊，工部老尚书不惜冒着惹怒首辅大人的风险也要替人出头从中作梗。老尚书为谁出头？自然是为这一大帮家族盘踞地方的文臣。文武之争是历朝历代的惯例，张巨鹿可以使用手腕摆平党争，但是用广陵靖难的阳谋，借机不断削藩和抑武，阎震春，杨慎杏，几大藩王，都成为实力折损的棋子，那些手握兵权的武将亦是不能忍的。皇帝杀恶人张巨鹿，为三方势力出一口恶气，可谓一箭双雕，事后由新天子来安抚众人，便可算一举三得了。”

黄龙士脸色平静，道：“这也是一死。不过有件事你没有点透。这一死的必死之处在于，张巨鹿若是在权势巅峰时被罢官，那么对张巨鹿积怨已久的三个死敌胸中那口恶气也算吐出大半。气易出而难聚，以后他们再想跟这位‘碧眼儿’争斗，也就很难再有不死不休的决心了。抱着这种心态跟‘碧眼儿’斗，就算新皇帝给他们撑腰，肯定还是会被张巨鹿像随手弄垮青党一样分而治之。”

范长后正色肃然道：“徒儿受教！”

黄龙士伸手去抓所剩无几的萝卜，瞥了眼这位赢得棋坛“佛子”名号的徒弟，问道：“这就没了？那比你那个在襄樊城的小师弟可要差了太多。”

范长后微笑道：“张巨鹿不结党，自断羽翼也就罢了，还故意跟最大的臂助‘坦坦翁’分道扬镳，彻底沦为孤家寡人。若非如此，那些无知士子哪里有胆子在张巨鹿门口投掷罪状书来沽名钓誉？这幅景象，跟当年是个功名在身的读书人就得骂上一骂的‘人屠’徐骁如出一辙啊。若是桓温坚定地站在首辅身侧，别说他们这帮一腔热血的读书人，就是晋三郎也没这份气魄。张巨鹿少了桓温，又是一死。”

黄龙士不置可否，只是岔开了话题，眯起眼望向那盏盐和那碗饭，笑道：

“名士风流多逸事，这些流传朝野的逸事就像读书人的盐。光吃白饭就没滋味了，虽然死不了人，但就是缺了那股精气神。早先偏居一隅藩镇林立的离阳，文人成天被武人欺负得半死不活，自然屁大点儿的逸事都没有。‘碧眼儿’确实了不得，才短短一个永徽，就有翰林院当值黄门郎大醉而眠，天子亲自为其披裘，更有‘坦坦翁’在禁中温酒一壶论天下。所以说啊，天下读书人的膝盖虽说还弯着，但是腰杆子终于还是直起来了。”

范长后抬头望了一眼那些沐浴着日光的书籍，感慨道：“儿时那场丧家犬般的颠沛流离我记忆犹新。那些驻守关卡的武将只认金银，处处刁难也就罢了，最让我难以释怀的是他们用长矛挑起书箱，满箱子读书人命根子似的孤本珍本就那么散落满地，被肆意践踏。我想，一本书能安然晒太阳的世道，就是我们读书人的好世道吧。”

范长后唏嘘之后，深呼吸一口气，说道：“张巨鹿科举舞弊，长子侵吞良田，地方上家族与民夺利，罪证确凿……”

说到这里，范长后苦笑道：“真是滑稽的‘罪证确凿’啊！后两者应该是真，可若说张巨鹿泄露考题，恐怕谁都觉得荒诞吧。不管真相如何，加上那桩牵连到老首辅的韩家惨案，这又是一死。”

范长后双手握拳搁在膝盖上，隐约有些怒气：“这也就罢了，十大罪中竟还有‘私通边军’一罪。私通谁？倾半国赋税打造东线以御北莽，那是先帝定下的国之大纲，张巨鹿何罪之有？”

黄龙士摇头道：“这条罪状说得最为晦涩，你猜错了。这一条不是在说顾剑棠，是在说北凉。当然这里头也有顺便敲打顾剑棠身后北地数十万边关将士的意思。张巨鹿掌权后看似步步为营，竭力压制北凉徐家，但其实那都是表面现象，北凉边关该拿到的好处从没有减少。换成其他人来当首辅，朝廷这边也许会乌烟瘴气，但北凉那边只会更加难受。这是张巨鹿在拿损耗君臣情分的代价，为王朝西北换取一份隐蔽的安稳。这当然是一死。”

范长后愕然，继而站起身，面朝北方重重作了一揖。

黄龙士冷笑道：“是不是越发觉得‘碧眼儿’不该死了？别看当下好像有无数人为首辅大人的倒台偷偷拍手称快，其实真正的明眼人，尤其是像你这种打心底认为‘民为重君为轻’的读书人，一个个都在咬牙不语。你以为当时好像所有人都在骂徐瘸子，就真是所有人都仇视北凉了？‘碧眼儿’‘坦坦翁’、顾剑棠、阎震春、卢白颉、卢升象，还有许拱等，真是只有仇视而无由衷的敬仰之意？要知道当时徐骁带着北凉亲骑披甲策马南下，率领前往边境阻截徐凤年的顾剑棠嫡系大将蔡楠，整整六万人马，面对那个老瘸子，别说与之一战了，全都直接心服口服地跪下了，只说了句很多将士都清清楚楚听在耳中的‘末将参见北凉王’！不但是他这个被朝廷寄予厚望用以压缩北凉生存空间的大将军蔡楠，六万甲士都是一样的心思，把远远见着大将军徐骁一面视为一生中的莫大荣耀。结果到最后成了徐骁代替顾剑棠巡视顾家铁骑。庙堂文臣私下说起来愤愤不平，但是离阳各地的武将士卒可都不觉得有啥丢人现眼的——徐骁如此跋扈而霸气，这是他应得的。张巨鹿有你这样的读书人默默记在心中，同样也是‘碧眼儿’应得的。故而这又是‘碧眼儿’的一死！”

黄龙士面无表情地从棋盒中拈起一枚棋子，轻声道：“太子赵篆对这位首辅素无好感，曾经试图结好张巨鹿的幼子张边关，无果。乱世养武将，治世重文臣，此人注定会是个文人皇帝。但为了文武平衡，新帝必然要延续先帝赵惇留下的尚书、门下、中书三省相互掣肘的棋局，阁臣会比当下更多，但文臣领袖绝对不能有。赵篆要坐稳龙椅，张巨鹿又是一死。

“张巨鹿看事情比所有人都要远，以自污导致身败名裂，且不留退路，以警醒后世。‘碧眼儿’无比清楚以后会形成文人治国的格局，而刑不上大夫这个‘礼’，会被文臣反复提起。自永徽元年起，尚书省独大，不说六部尚书，就是侍郎也没有一个被杀头，若是按照当下的势头，离阳以后就更难死‘士大夫’了。其中有件事的苗头很有意思，那就是宗室贵胄和豪阀子弟贪渎，多少讲究一个吃相，可寒士出身的文臣，抖落掉身上的泥巴后，就要更加没脸没皮，手段也更加隐蔽。‘碧眼儿’对此显然是心知肚明的，所以这一死是他自求的。只不过在我看来，死一个首辅，对‘世风日下’的后世实在是用处不大。

“但正因为如此，张巨鹿这一死，最让我黄龙士佩服。

“皇帝赵惇要他死，张巨鹿愿意死，又是一死。这一死是读书人‘货与帝王家’的最无奈，但也是读书人问心无愧的最风流。”

双指拈棋始终不落于棋盘上的黄龙士不再言语，盐、米饭和萝卜早已被吃得一干二净。

范长后轻声道：“张巨鹿有九死了。”

黄龙士低头看着棋局，笑问道：“都说九死一生，你觉得‘碧眼儿’还有那一线生机吗？”

范长后摇头道：“众人要他死，他又不想生，如何能活？”

黄龙士把那枚白棋敲在棋盘东北方一处，而且重新正了正位置。范长后十分惊奇，师父与自己对弈，向来落子如飞，更不要说刻意去摆正已经落下的棋子的位置了。因为黄龙士说过，落子即生根，世事从来如此无情，世上就算有长生丹，也不可能有后悔药。这让原本对棋局没了兴致的范长后重新生出好奇心，仔细看去。在这位范十段专心致志找寻答案的时候，黄龙士弯腰伸手从棋盒中抓起一枚黑棋，望向棋盘上偏西的位置，握棋子的两根手指在那里画了一个圈，淡然道："先前你看我一气呵成摆出这个棋局，别看此地似乎大战正酣，黑白双方对杀极其激烈，但其实很可笑，很有可能无关大局。"

跟黄龙士面对面而坐的范长后心一跳，俯瞰棋局，接连问道："是离阳、北莽对峙局？！这里是北凉？北凉拥有三十万铁骑，怎么可能无关大局？师父，我真的想不通，您可以帮徒儿解惑吗？"

黄龙士将那枚黑棋丢回棋盒，笑道："你一个范十段怎能猜到北莽太平令的下一步？别费脑子了，给你一百年也想不出来的。下棋能有你这份功力，差不多可以了，你以后就想着怎么在新朝局中博取功名吧。棋力越高，为人越虚啊。"

范长后小心翼翼地看了眼自己的师父。

黄龙士笑道："说的是你们这些凡夫俗子，师父和那位北莽帝师不在其中。"

范长后问道："那西楚曹长卿？"

黄龙士笑道："一半一半。知其不可而为之，他啊，就是个傻子。曹长卿整个后半辈子其实都在争一口气，毫无意义。"

远处传来呵的一声，似乎是在嘲笑这老头儿胡吹牛皮指点天下。

黄龙士有些尴尬，范长后看到师父吃瘪，想笑又不敢笑。

黄龙士站起身，走到还在那儿翻书的小姑娘身边，揉了揉她的脑袋，很心疼地叹息道："闺女啊，以后别找那铜人的麻烦了，你杀不掉他的。"

老人拿起一本书，走向正是被齐玄帧一把丢到广陵道此地的北莽铜人师祖身边坐下。但是很快，呵呵姑娘挤在两人中间，黄龙士不得不往边上挪了挪屁股。他伸出手掌放在书本上，感受着日光残留的温暖，说道："我年轻时候去斩魔台拜访过齐玄帧，那位大真人说了句'自己提笔写书，不如清风翻书人看书'。我黄龙士是不信也不答应的，否则这一遭就白走了。"

铜人师祖一言不发。

黄龙士转头问道："还有多久？"

铜人师祖依旧双目无神地望向正前方。

求恕阁的这一方天井重归寂静无声。

一日复一日，全天下终于都知道当朝首辅张巨鹿死了，死在狱中。

那时候，世人才记起一个该死却不死的老王八好像很早以前就送给当时如日中天的首辅大人一句晦气的谶语。

“难过除夕。”

那时候所有人才恍然大悟，好像大魔头黄三甲的所有断言都一一应验了。

除夕，月穷岁尽，故而与新春首尾相连。

旧岁至此而除，另换新岁。

祥符元年的除夕夜，杏子巷不论老幼都在燃灯守夜迎新年，范家也是如此。

宽心阁前，铜人师祖站在天井中央，举头望天。

小姑娘和范长后坐在石阶上。

小姑娘板着脸。

范长后则是像个孩子，低头哽咽。

白天里，师父破天荒地耐心跟他说了许多事情许多道理，说了几位仍然在世的大幕僚各自的谋划布局，说了离阳太子赵篆和燕剌王世子赵铸的优劣，说了他应当如何策应小师弟陆诩，如何在几大股势力的血腥绞杀中脱颖而出，甚至连如何功成身退都说与他听了。最后师父跟他说了一句很莫名其妙的话，就像后世史书上给他范长后的一句盖棺论定：范长后，喜功名，擅权术，文采斐然，内酷烈而外温和，离阳中兴六臣之一，善终，谥文贞。

阁内，独占春秋三甲的老人手持一盏油灯，安静地走在书架与书架之间，灯芯渐燃渐短，随着新春将至，灯芯越发短了。

灯火飘摇，就要熄灭。

黄龙士走到窗口，望向夜空，笑容洒脱，呢喃道：“很高兴遇见你们，叶白夔，徐骁，张巨鹿，元本溪，李义山，赵长陵，顾剑棠，纳兰右慈，桓温，齐阳龙，曹长卿，李当心。”老人举起那盏油灯，“敬你们，敬春秋，敬你们的金戈铁马，敬你们的写意风流！”

老人打开窗户，随手将那盏油尽灯枯的油灯丢出窗，哈哈大笑道：“我这一生何其壮哉！”

第十三章

离阳王朝换新君 举国上下皆缟素

在祥符元年那个多事之秋，广陵道的战况实在是让人在痛心疾首的同时腹诽不已。杨慎杏兵出蓟州被瓮中捉鳖，阎震春三万精骑全军覆没，虽然结局不堪，但好歹都真刀真枪跟西楚叛军对上了，对比之下，几支靖难王师的扭扭捏捏简直是让朝野上下都感到荒唐！淮南王赵英率军离开辖境后屯扎滑山，按兵不动；靖安王赵珣的六千骑在到达蒿鳌湖后也没了动静；至于那位燕剌王世子，一路北上的途中倒是惹得鸡飞狗跳，真到了广陵道南部，却干脆彻底没影了，敢情你这位殿下根本不是奔着靖难去的，而是大摇大摆打秋风养秋膘来了？

但是，在再过几天就是祥符二年的年关时分，淮南王的出兵让人精神一振，离阳对这位以性子软弱著称于世的藩王大为改观——他率军竟是连克滑山以东的黄羊、小腥、恨这三关！

其中，黄羊关守将宋武阳原本已经参与叛乱，在关隘竖起了“姜”字大旗，但是淮南王赵英列阵关外一里处，一骑独出，招降宋武阳，后者下令城弩射杀，结果被副将王檄突然拔刀斩杀当场，王檄开门迎接淮南王赵英麾下大军入关。淮南王以降将王檄三千兵马为先锋，连夜奔袭小腥关，守将纪云坚决不降。赵英下令强攻，亲自督战。王檄部卒冒着箭雨先填壕沟，再架云梯，以蚁附之势攻城，两次攻城，阵亡五百余人。亲身陷阵的王檄浑身浴血，请求休战，赵英不许，让王檄一旁观战，下令嫡系亲军展开攻城。黄昏时刻，源源不断的床弩、投石车和撞城木陆续被投入战场，双方血战至夜幕降临，淮南步卒战死于城下者八百人，赵英始终握鞭骑马位于“赵”字大旗之下，无动于衷。第二日拂晓，攻城再度展开，赵英心腹将领夏屏率领八十先登死士首次攻上城头，全部力战而亡，夏屏尸体被守将纪云以铁矛捅落城头。王檄愤而请战，躬冒矢石，一身铁甲嵌入羽箭六七支，被巨石擦在肩头，砸回地面，起身后攀梯而上，又被一锅滚烫的油汁当头泼下，从云梯坠地，幸得亲卫冒死抬回。

身穿那件明黄藩王蟒袍的赵英望着无比胶着的惨烈战况，耳中充斥着城头那边的哀号和喊杀声以及自己身旁的擂鼓声，当然还有寒风吹动“赵”字大旗的猎猎作响声。这位在离阳王朝一直只是众人讥讽对象的赵姓男子缓缓抬起头看着旗帜上绣的那个“赵”字，抿起嘴唇，似有一种负重多年终于如释重负的解脱笑意。

攻城一方的撞城槌都换上了第四根，最远可及三百步仍具有可观杀伤力的巨大床弩也毁坏大半，而小腥关几座弩台上的弩机早已没有了密集的弩箭可射，零零星星，再无气焰。但是誓死与城关共存亡的小腥关依然垂死挣扎，防御凶悍，钉着长五寸重六两的钉子两千多颗、四面装刃以增杀伤的狼牙拍悉数破烂，城上由绞车施放且可以收回的夜叉檑和车脚檑更是扯断了粗壮的绳索，但是城头还是不断有勇健的甲士抛下锋锐的铁钩和长铁链组成的“铁鸮子”——狠狠抛出后，即可钩住攻城士卒的盔甲甚至是身躯，就像钓鱼一般将上钩之人悬挂在半空。

更有形状奇特的锉子斧或钩刺或铲砍攀城之人的手臂。

策马靠近战场的赵英就亲眼看到一名士卒的整条胳膊被铲断，那手臂便先于士卒从城头掉落。

赵英对此无动于衷，神情漠然地掉转马头。

岌岌可危的小腥关告急，纪云不得不命快骑出东城门求救于恨这关，约定双方在清晨卯时一起奇袭淮南王大营，小腥关到时候会主动打开城门冲出养精蓄锐的两百骑军，纪云领头冲阵，骑军之后就是小腥关仅剩的四百人。赵英命麾下高手率十骑精锐斥候追杀，不料还是被求援者负伤逃脱。第二天寅时，知道小腥关注定无法再守的纪云果真怀必死之心，跟两百骑军出现在城内门口，不管恨这关主将是否救援，他都会为了大楚而战死。正值壮年的纪云不是不惜命，不是不懂时务，但是在他二十岁那一年及冠时，没有出现本该为其授冠的父亲，也没有观礼庆贺的大宾，是他自己为自己加缁布冠，因为身为大楚武将的纪海早已战死沙场，叔伯三人亦是相继战死。

坐在战马上的纪云让部下打开城门前，回头看了眼火把照耀下的一张张脸庞，没有说话，只是猛然抱拳。

这一天，西楚叛军小腥关守将纪云于卯时出城，主动冲击淮南王。只是“赵英大军”似乎早有所料，有条不紊地列阵而守。三关中骑兵数量最多的恨这关，不顾西线主将谢西陲当时定下的据守军令，倾巢出动，八百骑军和两千五百步卒火速救援，被守株待兔的赵英真正主力在半途中打了个措手不及，先锋八百骑在劲弩攒射之下伤亡惨重，大军一触即溃，主将副将皆在混乱中被淮南王游骑射杀，只留下老弱残兵的恨这关城头比小腥关更早被一支奇兵换上“赵”字大旗，恨这关步卒统领带领七百兵马逃回城下后自刎而死。

纪云在三次冲锋后，死于淮南王赵英大将侯大通的一支羽箭，箭矢透颅而过，纪云坠马死绝。

小腥关两百骑四百步卒，同样全部死于冲阵。

身穿惹眼蟒袍的赵英下马走过那些尸体，慢步登上城头，望着东方升起的旭日，笑着说了句：“日出有曜，羔裘如濡。”

接连告捷、三关在手的淮南王没有向太安城传递哪怕一封捷报，甚至没有就此占据广陵道西大门户之一的险隘恨这关，事实上这位藩王在破关后完全没有分兵消化胜果的意图，只是让重伤的王櫆和他的残部继续留在黄羊关。在三关城头插上“赵”字大旗后，他率领所有淮南道士卒继续向东而行，兵锋直指险峻难攻的摇幽关。在恨这、摇幽两关之间，是水网密布的广陵道西面难得一见的平原地带。

淮南王在恨这关稍作整顿后，带上了一切可供骑乘的战马，缓缓推进。这个架势仿佛是在安静地等待紧急赶赴摇幽关的大楚西线主帅，那个年纪轻轻就让整个离阳朝记住名字的天才将领——谢西陲。

在更靠近摇幽关的平原地带，都拥有足够整顿时间和斥候侦察的两军开始遥遥对峙。淮南王赵英下马后在蟒袍之外披上了一件精致的甲胄，背上了一个珍藏多年的箭囊。这位被讥讽为“志大才疏”的赵姓藩王，就藩之后常年酗酒装疯卖傻，还被当今天子多次申斥的可怜虫，在长子“无故”死于丹铜关后便一直膝下无子的男人，翻身上马，直视前方，对身边两位跟随多年的将领笑道：“侯大通、虞千山、夏屏先我们一步，跟咱们几个在年轻时约定的那样死在战场上，现在轮到我们三人了。这么多年连累你们活得如此憋屈。”

侯大通哈哈笑道：“活得确实挺憋屈，这不死得挺痛快嘛。等会儿我非得多杀几个西楚余孽，保证气死老夏。哈哈，忘记这家伙已经死了！”

虞千山比相貌粗野的侯大通更像个摇晃羽扇的文雅谋士，但也是披甲佩剑，微笑道：“你们倒是痛快，难为我这个读书人了。”

赵英在下令展开冲锋前闭上眼睛，轻声道：“父皇，儿臣不孝，这些年都没机会去皇陵敬酒，今日就以血代酒。”

淮南王赵英正前方有两千重甲步卒列阵拒马，而步军两翼各有一千精骑，更有近千游骑远远游弋，伺机而动。

这一日，除去从淮南道各地征调的四千兵马外，藩王赵英连同侯大通、虞千山两员大将心腹以及所有近卫亲军，人人战至阵亡，无一人是背后中箭矢而死，无一人是被游骑背后砍杀致死。

同一日，闻讯一路从蒿鳌湖疾驰赶来的靖安王赵珣六千骑在黄昏时刻到达战场外围，在明知大势已去回天无力的前提下，在明知摇幽关仍有一千重骑纹丝不动的情况下，在亲眼看到淮南王赵英的尸体被西楚武将一矛挑落马背的时候，年轻的藩王赵珣依旧决然地率军冲锋！

六千青州骑最终只剩下两百骑拼死护卫赵珣逃离战场。

这一战参加靖难的两大藩王一死一伤。

正值年关，西楚叛军在摇幽关大捷意味着本就不厚重的包围圈口子大开，两面漏风，对离阳朝廷而言可谓雪上加霜。前者可以欢天喜地地辞旧迎新；后者则在阎震春战死后，让京城再度笼罩上了一层厚重的阴霾。所幸继杨慎杏、阎震春之后，又一位成名于春秋的持重老将在和主帅卢升象开诚布公地长谈一番后带兵南下，三万大军直逼青秧盆地，不求大败西楚，只是力求救出大将军杨慎杏被困的四万蓟南步卒。

一直在佑露关停滞不前的骠毅大将军卢升象也终于在万众瞩目中有所动静了——率军沿着豫东平原向南进军。

但最能安定人心的一件事，不是将近十万大军的调动，而是两个人出现在了太安城。

一位是巡边返京后就让首辅大人下诏狱的皇帝陛下，一位是伴君而行的大将军顾剑棠。

那位曾经因为一件鸡毛蒜皮的小事就对淮南王责罚的君主，回到太安城后只下了两道圣旨。前一道是让张巨鹿死得凄凉，不予谥号。后一道是让藩王赵英死得极尽哀荣——赐谥“毅”，且言“朕若失股肱”。

年关不好过，但终究还得跨过去。

太安城，爆竹声声辞旧岁，只是比起以往缺了那份喜庆气。

就这样离阳朝廷迎来了祥符二年。

新的一年第一次早朝。

皇帝赵惇坐在龙椅上，这是这位君王登基以来不知道第几次这般坐北朝南了。他透过宽阔的殿门，透过宽阔的宫门，直直望向那条一览无余的御道。

帝王自当南面而听天下，向明而治。

兴许是敏锐地察觉到当今天子的走神，司礼监掌印太监宋堂禄没有按时喊出那句“有事启奏，无事退朝”。

朝堂上的文武百官和殿外的臣子都恭敬地低着头，收敛视线，屏气凝神，安静地等待，那些对早朝一事苦不堪言的年迈老臣都不露痕迹地打起盹来。

皇帝一点儿一点儿缓慢地收回视线，从那条好似没有尽头直达南疆的御道收回到宫门。皇帝还清清楚楚地记得当年召见先灭大楚再平西蜀的两位武将。

年长的那个瘸子步子不急不缓，不是那种因为瘸拐的慢，而是一种走在这条为人臣子最该郑重其事的道路上却不当回事的散漫。此人佩着一柄名震天下的徐家刀，他的一步一步走近，让身为九五至尊的自己有一种倍感耻辱的窒息感。

瘸子身后的那个年轻人相貌堂堂，一袭白衣，而且真是年轻啊，让人见之便心生亲近感，尤其是他这个坐拥江山的新君，恨不得放低身段与之把臂言欢。新帝在心底认为，先帝可以有那个瘸子为之南征北战，那么他自己也该有一个有过之而无不及的“白衣兵圣”，他一样可以像先帝那样富有魄力地给予一个年轻武将最大的权柄、最多的兵马，为他牵马送行，让他放开手脚去扬鞭塞外，君臣联手建立前无古人的边功。

只是当年那个白衣年轻人拒绝了，皇帝有些失望，但没有生气。

再后来，皇帝看着那些日后熠熠生辉的年轻读书人也是这般在晨曦中带着难以掩饰的拘谨和兴奋感，一步步走入自己的视线。

殷茂春、赵右龄、白虢、王雄贵、郑贞贤、钱又建……

群英荟萃。

他们共同缔造了离阳王朝的“永徽之春”。

他们注定会与寡人一同在青史上流传千古。

永徽末年的朝会，庙堂上没有那两个桀骜难驯的碍眼藩王徐骁和赵炳，但是有顾剑棠、杨慎杏、阎震春这样功勋煊赫的武将，还有卢升象、卢白颉这样有足够年月去积攒战功的青壮将领。有张巨鹿、桓温、姚白峰这些渐渐老去的文臣领袖，有殷茂春这些正值壮年的名士，更有那些好似取之不尽用之不竭的一甲头三名状元郎、榜眼郎、探花郎。

先帝曾经深深地遗憾自己最早志在天下时，用人处处捉襟见肘。

但是他赵惇不一样，他真正感受到了坐拥江山的那种豪气。

皇帝又把视线收回一些，看到了那扇殿门。

那道门槛就是一道至关重要的龙门，天底下所有的官员都想要跨过。

他亲眼看着一位位官补子绣白鹇、鹭鸶或是熊罴的年迈文官武将年复一年跪在殿外广场上，眼巴巴地看着这座老百姓口中的金銮殿，一直跪到躺进了棺材还没能进入其中。

他也曾看到许多让他想笑但只能强忍着的场景：有人饿晕了晒晕了被太监抬走，有人憋不住尿急被发现被申斥记过，甚至还有前一日为了抢花魁撕破脸，第二天便相互偷偷肘击的同僚。还有人悄悄打着哈欠被他这个皇帝眼尖地发现，他开玩笑地故意板着脸喊那人入殿听训。他记得那家伙不等他发话，吓得扑通一声趴在地，七尺男儿不停地磕头，泪流不止。他温言问话，得知此人前夜在户部衙门当值，几乎一宿没睡，便准那人告假休息一天。他还笑着询问殿上的户部主官能否批准，当时还不是王雄贵更不是白虢坐户部尚书那个位置，而是素来以严谨闻名的老尚书难得玩笑地附和了一句，“陛下金口一开，臣不准也得准”。六年后，那个户部官员去了淮南道高升郡守，老尚书则早已致仕还乡。

皇帝再次收回视线，把目光放在了大殿内。

西楚老太师孙希济的那把椅子没了，这个老头子当下应该是在西楚皇宫内站在那个小丫头的身前。

皇帝对这位老人谈不上憎恶，几次君臣对话，皇帝都佩服老人的学识渊博，甚至私下明言暂时只有西楚的水土才能赋予老人这种独到的气韵，当然只是暂时而已，老人也是真诚地点头认可。这样的老人哪怕去了西楚，皇帝也觉得，等日后朝廷大军平定广陵道，只要老人还愿意活下去，那么离阳王朝就应该有让老人安享晚年的胸襟。

皇帝最后看着背对自己面南站着身穿正黄蟒袍的年轻人。那是他的儿子，太子赵篆。

对于这个已经监国一段时日的儿子，皇帝没有什么不满意。

只是看着他，就难免对嫡长子赵武有些愧疚，所以他打算将那个据说风华绝代的陈渔远嫁给驻守边关的赵武。

跃过太子的头顶，皇帝看到了一个刺眼的空位。

那附近有站在那里有些年头的门下省主官桓温，还多了一个新任中书令齐阳龙。

另一边还站着从两辽返回的大柱国顾剑棠。

就是唯独少了那个人。

皇帝的双手下意识地握紧了龙椅的扶手。

他去了一趟诏狱，但是始终远远地站着，一直从深夜站到清晨，却没有走近去面对那人。

他怕，怕那个紫髯“碧眼儿”在狱中会狼狈不堪，怕自己会看到当朝首辅失魂落魄的模样。

但他心底真正怕的是，那个叫张巨鹿的读书人没有半点儿颓然之态，只会笑着骂他赵惇是一个昏君！

嘴唇轻轻颤抖的皇帝悄悄松开手。

宋堂禄几乎是同时朗声道：“有事启奏，无事退朝！”

寒气侵骨的夜色中，一对夫妇携手走在万籁俱寂的宫中，走到一座雄伟的大殿前。神采奕奕的男子转身帮妻子紧了紧狐裘的胸前绳结，然后抬头望向那座殿阁的顶部，伸手指了指，轻声笑道：“肝胆相照，君臣共分秋月。意气相投，兄弟共坐春风。这是先帝与徐骁、杨太岁在那儿的情谊。”

男子侧身温柔地握住妻子的双手，低头帮她呵了一口热气，然后说道：“‘大丈夫当雄飞，安能雌伏？！’这是赵衡七岁时就在先帝跟前脱口而出的言语，我万万说不出。‘弟愿无恙者有四。青山、藏书、美人与兄长。’这是赵毅那个大胖墩说的，所以天下是我这个兄长的，但我乐意送给他一个广陵道。赵炳那家伙少年时，经常称可以听见床头短剑呜呜做龙虎吟，但是越年长越沉默寡言，我就把他打发去了南疆。打北莽没他的事情。至于赵英、赵睢，我对他们一直没什么感情，但是赵英既然死得其所，我也不会吝啬什么。”

男人看着眼眶泛红的妻子，突然笑了：“我知道，我这是回光返照，时日不多了。”

他的妻子，母仪天下的皇后赵稚，把脑袋轻轻搁在他的肩膀上。

只是赵惇而不是什么皇帝的男人抚摸着妻子的头发，柔声道：“这辈子没什么遗憾，就是觉得陪你的时间太少了。说来好笑，也许我面对那几位阁臣面对那些奏章的时间，都要比在你身边的时间更多。”

赵稚突然问道：“还记得我们当年那个把戏吗？那时候你只是皇子，我是皇子妃。”

赵惇哈哈大笑，退后一步，一本正经作揖道：“皇后娘娘千岁千岁千千岁。”

赵稚也退后一步：“陛下万岁万岁万万岁。”

片刻后，赵惇捂着嘴，仍是不停地咳嗽出声。

赵稚轻柔地帮他捶背。

赵惇缓过来后，握紧她的手：“走了。”

赵稚嗯了一声。

她说道：“陛下，知道吗，能嫁给你，我很开心；能跟你白头偕老，更开心。”

“我知道你一直觉得自己长得不够好看，但其实啊，你已经不能再好看了。瞧瞧，你都有白头发了，我一样还是看不厌，心情还是跟当年初次看到你时一模一样。一眼看到，就喜欢得不行，喜欢到此生再不会不喜欢了。”

"原来你也会说这些情话啊。"

"哈哈……情话自然是会说的，只是以前总以为天底下最好的情话，就是跟你一起走到了今天，还能让你知道我比初见时更喜欢你。"

被紧紧牵着手的妇人停下脚步，呜咽抽泣，很没有一位女子母仪天下该有的风范。他跟着停脚，试图伸手帮她擦拭泪水。但是他最终倒向了她。

她搂着他，虽然泪痕犹在，但眼神异常坚毅，压低声音说道："走了也好，你总算可以安心歇息了。我会帮你看着这大好江山，帮你看着坐在龙椅上的篆儿……"

才步入祥符二年，就传来一个天大的噩耗。离阳王朝开春时，举国上下皆缟素。偌大一座太安城，更是处处可闻哭声。然后，一名当了二十多年皇子和只穿了一年太子蟒服的赵姓年轻人，名正言顺地穿上了那件王朝独一份的衣服，君临天下。

年轻的一国之君穿着无比合身的崭新龙袍，高高坐在那把椅子上。他在满朝文武行跪拜大礼之时面无表情，跟历代皇帝一样举目望向远方。

皇帝这时候本该是虚手一抬，不失礼仪地沉声说一句"众卿平身"，但是他没有急着开口。他眯着眼，尽情欣赏着殿内殿外黑压压的跪拜身影。他不说话，就没有人可以起身。因为从现在起离阳皇帝就是他赵篆了啊！他有意无意地瞥了眼西北方向，嘴角不易察觉地微微翘起。

在幽州边境胭脂郡，陶家是可以称为郡望的名门大族，族中子弟在幽州官场"文武通吃"，而且陶氏家风朴厚，陶氏家主陶锦藻极富善名，建造义仓储粮，多次开仓赈济幽州。在北莽百万大军压境北凉的时刻，胭脂郡许多大族都遵循狡兔三窟的治家理念，让年轻子弟携带财产偷偷转出北凉，唯独陶家没有任何动静。

一行人十数骑于这个开春的深夜赶赴陶家大宅。夜色中，马蹄密集地踩在那条竖有朝廷御赐六座牌坊的青石板路上，声音显得格外清脆悠扬。年过五十的陶锦藻在得到一封令他措手不及的密报后，慌忙披衣而起，举家出动，大开仪门，一家百余口一起毕恭毕敬地跪在门外的石阶下。为首一骑是个全身笼罩在厚重裘袍里的年轻人，他身后是一名两缕雪白长眉飘摇的独臂老人，一名身材犹胜北地健儿的白衣女子，之后十余扈骑皆是负短弩佩凉刀，骑清一色白马。

陶锦藻两个待字闺中的孙女并肩跪着，忍不住壮起胆子偷瞄那位正笑着扶起祖父的公子哥。他真是俊逸极了，皮囊好，气质更佳，她们猜测：难道是某位趁着士子入凉而崛起得势的中原世家子？往日总听说江南那边的书生英俊且风雅，举手投足都会有一股书香气，跟北凉本地男儿那是一个天一个地。不过她们当然猜错了，外地士子纷纷在北凉官场见缝插针占据座椅是不假，但除了包括郁鸾刀在内屈指可数的几人，还真没谁有资格让陶氏家主如此兴师动众。令她们一见倾心的这位，正是率领十余骑白马义从微服夜行胭脂郡的北凉王。

徐凤年跟陶锦藻快步走入大门，见一名妇人怀中的稚童生得清秀灵气，便摘下腰间的一枚玉佩，笑脸温煦地送给那孩子当见面礼。然后徐凤年让陶家老幼妇孺都散去休息，只剩下陶锦藻、陶文海父子相随。没有什么客套寒暄，徐凤年压低声音直截了当地问道："从陵州赶来的最后一拨拂水房谍子都安置妥当了？"

心情激荡的陶锦藻平复了一下情绪，禀报道："这一拨二十六人都已在各处安插完毕。三拨人马总计八十一人，和先前从王府秘密派遣到胭脂郡的四位二品小宗师和十五位三品高手可以暗中相互策应，一切准备就绪，只等潜入境内的北莽死士自投罗网。如今边境各个关隘都已关闭门户，又有边军精锐游弩手和幽州当地斥候大举四处游弋，就算有些漏网之鱼越过防线，也很难深入幽州腹地刺杀官员。"

徐凤年点了点头。

澹台平静、隋斜谷和白马义从自然不会参与密谈，只剩下徐凤年和陶家父子在一间雅室落座，窗外可见丛丛茂盛的绿竹。去年年末，离阳各地降雪皆重，北凉更是如此，今年的倒春寒反倒不如以往那么酷寒难熬，不过徐凤年坐下后也没有脱去那件裘子。陶锦藻、陶文海父子二人也被赐座坐下，但很显然，面对这位威名在外的年轻藩王，哪怕在自家地盘上，二人还是十分拘谨，反而像是寒酸的客人。上了岁数的陶氏家主是敬畏，而担任胭脂郡一个中县县尉的陶文海则是敬佩多过畏惧。

很快就有一名身段婀娜的女子端来热姜茶，放下后又去房间的角落屈膝坐下，弯腰娴熟伶俐地打开屉盒，将十数种珍贵的香料放在她身前一方紫檀质地的小几案上。檀案上先前陈设着典型的"主婢三件"：一瓶、一炉、一盒，炉为主，瓶、盒为婢。

徐凤年双手捧着姜茶喝了一口，顿时寒气被驱除了几分，心脾温暖起来。在这个难得浮生偷闲的间隙，他下意识地望向那个给人安静祥和感觉的女子。她大概便是那种所谓弱骨丰肌的动人女子，穿着轻重合宜，但是胸脯、腰臀处的衔接和跪坐的腿，种种圆润曲线不因冬日衣衫而消失。徐凤年当然不至于心生旖旎，更没有半点儿要与她发生点儿什么的念头，只不过这般出彩的女子确实赏心悦目。徐凤年是雅玩鉴赏的行家里手，说是宗师也不为过，否则太安城也不会对那些早年被北凉世子殿下用印章糟蹋为“赝品”的字画趋之若鹜。徐凤年一眼望去，就知道那个黄铜香炉出自“南铸”名家黄壅之手。炉子极富古意，冲淡刚健，经过多年养护，散发出一种鲜红的色泽，如同一柄精光四射的名剑。如果没有意外，炉中灰是多年来沉香焚烧的残留积攒而成，“十年烧香半炉灰”。

徐凤年有些心不在焉地神游万里，视线一直停留在那年轻女子附近。陶锦藻会心一笑，自己这个年龄最大的孙女这么多年一直不愿嫁人，害得他被一些联姻不成的老友嘲笑为“陶家有女，奇货可居”。不同于心眼活泛的父亲，陶文海始终在偷偷观察这个“浪子回头金不换”的北凉王。由于陶家有个在拂水房挂名的隐蔽身份，陶文海很早就参与到北凉尤其是幽州军情谍报的传递中，相比寻常的北凉大族子孙，陶文海对徐凤年的好奇心要更丰富也更深重。

徐凤年收回思绪，坦然道：“失礼了。”

那女子嫣然一笑。

徐凤年重重喝了口姜茶，放下茶杯，沉声道：“按照褚禄山从南朝那边挖来的情报，北莽女帝很早就让李密弼制订了一个兵马未动刺客先行的计划。北莽江湖势力被分成两块，绝大部分顶尖高手和所有末流武人都进入军中效力，而中层高手则被划分给李密弼这个北莽谍子大头目，用以精准暗杀我们北凉的边军将校和境内文官。他们不会去褚禄山所在的北凉都护府自寻死路，但是像陶文海你这种北凉不可或缺，同时又相对缺乏贴身护卫的中坚官员，是北莽死士的最佳刺杀对象。”徐凤年伸出手指轻轻转动茶杯，“凉州以北的边关皆是城池军镇，拥有很大的纵深，对方很难找到机会。幽州的情况就要复杂许多，葫芦口一带虽然有织网密布的大小戍堡烽燧，但初衷主要还是阻滞北莽大军的急速推进，对付这些秘密潜行的朱魍死士和江湖高手就力有不逮了。就算燕文鸾大将军和幽州将军皇甫枰已经派出十六支五百人左右的精锐游骑在边境线上捕杀漏网之鱼，相信还是很难奏效。幽州方向真正的战场还是在境内，因此梧桐苑和拂水房的游隼鹰士主要还是要盯住胭脂郡这样的边境郡县。不过别看游隼鹰士都已倾巢出动，真正行动起来，到时候注定会手忙脚乱。”

陶文海轻轻看了眼父亲陶锦藻，后者点了点头，陶文海这才说道：“王爷，下官现在最担心的是北莽在入境后将队伍打散，每支队伍都有一名或者数名顶尖高手带领，就算我方有游隼鹰士暗中保护，用性命作为代价在死前传递出了讯息，我方在附近的死士闻讯后第一时间赶去那处战场四周围剿，怕就怕对方在之前的袭杀中隐藏了实力，其实根本就没有一击得逞便撤的意图，到时候我们反倒可能出现第二轮惨重伤亡，等到我们回过神，不得不集中几股主要势力前去堵截时，说不定敌方其余尖端势力又开始悄悄动手了，我们肯定会顾此失彼。”

说到这里，陶文海欲言又止，明显有些犹豫。徐凤年笑道：“直说无妨。”

陶文海开门见山说道：“毕竟我们北凉只是人口稀薄的一隅之地，在这种相互比拼消耗高手力量的战争中并不占优。尤其是北莽道德宗、棋剑乐府、公主坟和提兵山四大势力都已派出精锐加入其中，更有许多成名已久的北莽魔道枭雄也受李密弼驱策，我方在二品、三品武道宗师的数目上肯定处于绝对劣势，但恰恰是这类角色，在刺杀和反刺杀的较量中可以达到一锤定音的效果。我们大量的轻骑游骑则很难发挥，说难听点儿，也许会从头到尾被牵着鼻子走，连他们的衣角都未必抓得住。”

徐凤年点头道：“事实上，北莽那边明确身份的一品高手就有五位，分别是道德宗的掌律长老、棋剑乐府的大乐府、公主坟的小念头，还有两个榜上有名的魔头。所以说，这次北莽江湖的整个老底都给他们皇帝陛下刨出来了，咱们幽州就是那位老妇人整顿江湖的第一块试金石。”

陶文海和陶锦藻这对父子面面相觑，都看出了对方眼中深沉的忧虑。

徐凤年微笑道：“当然，好消息是除了那位‘半面妆’小念头外，其余都只是金刚境和指玄境。再者二品小宗师以棋剑乐府居多，这类高手境界是不低，但要说生死相搏，未必就比得上北凉的三品武夫。”

陶文海苦笑无言，敌人反正都如此强势难敌了，这似乎也不算什么值得庆幸的好消息啊。

角落处，那屈膝而坐的女子缓缓把香灰搅拌均匀，将沉香切成小块，点炭和爇香都充满恰到好处的婉约美感。因为今夜的谈话肯定不会短暂，她的动作便不急不缓。

陶文海小心翼翼地道：“王爷，下官斗胆提议……”

徐凤年很快就说道：“你是想让那吴家百骑百剑来幽州救火？”

有些尴尬的陶文海点了点头。

徐凤年摇头道：“吴家剑士要留在褚禄山那边以防不测，现在还不能动。”

陶锦藻、陶文海知道北凉王身边那位长眉独臂老人是先前在凉州城内一战成名天下知的剑仙人物，他们当然不会觉得这种高手会离开北凉王身边，关键是他们父子哪怕眼力再差劲，也能看出眼下北凉王很“古怪”，像是大战之后只获得一场元气大伤的惨胜，如果不幸猜中，那么那位剑仙老者就更不可以擅自离去了。事实上，徐凤年倒是在身边有澹台平静的情况下，很希望隋斜谷能够出把力，但老人家完全就没把幽州局势当回事，还为老不尊，说澹台平静在哪儿他就在哪儿。两人加在一起都两百多岁了，用隋斜谷的话说就是“如今还能与她相互看几眼？当然是能多看一眼是一眼嘛”。

但徐凤年当然不会束手待毙，任由北莽势力在幽州耀武扬威，除了梧桐苑、拂水房的调动以及听潮阁高手尽出，他还让指玄境界的沉剑窟主糜奉节来到了幽州，跟那个旧北汉镇国大将军樊宝山的孙女樊小柴配合。前者的指玄境界可不是道德宗真人的指玄能够相提并论的，而以樊小柴如今的实力，面对什么棋剑乐府的二品小宗师，哪怕一对二，也可以稳胜，以她那种畸形的执拗性格，说不定对上三个都能玉石俱焚。加上观音宗练气士都已经悄悄赶赴幽州，虽然并不直接掺和这潭浑水，但会尽量盯住那些大战之际“昙花一现”的一品高手，把军情传给就近的游隼鹰士，以便幽州有的放矢。

这场战争肯定是一场由很多小规模的血腥接触战串线组成的战役，一旦双方遇上，注定非死即伤，没有什么全身而退可言，比拼的就是哪一方的转移更迅猛更隐蔽。

陶锦藻、陶文海只是猜测这位北凉王身受重伤，可北莽李密弼却是明白无误地知道这件事的，因此隋斜谷这个存在，会是北莽重点针对的一个点。在徐凤年看来，除了那位公主坟小念头会是北莽将隋斜谷看作假想敌的后手，应该还会有一位隐藏更深的顶尖高手。当然，徐凤年眼中的“顶尖”，跟陶锦藻、陶文海这些文人眼中的自然不会在同一条线上。

徐凤年问道：“这里有比较详尽的幽州形势舆图吗？”

陶文海赶忙起身去书房取图，捧回来一大摞，既有幽州疆域图，也有郡县图。他将最大的那幅幽州全州形势图摊开放在桌案上，然后将小的那四五幅分开放置。这些东西可不是谁都敢私藏的，官府一旦发现，那绝对是要抓进去吃饱牢饭。徐凤年站起身，陶锦藻和陶文海也赶紧起身。徐凤年详细地询问了幽州各个郡县的死士分布，想着查漏补缺。三人自然偶尔会谈及各处郡县的地形，陶文海惊讶地发现这位藩王对许多胭脂郡本地人都讲不清楚的地理也了如指掌，对于各地驻兵和领军校尉更是随口说出，甚至对那些品秩不过六七品的武将履历和治军风格都一清二楚。陶文海难免怀疑自己这个小县尉也难逃法眼，一时间好不容易放回肚子的心又提起，生怕给年轻藩王留下半点儿不好的印象。

三人这一聊就是整整两个时辰。那名年轻女子除了添香添茶添烛外，就一直安分守己地屈膝坐在角落。

她叫陶檀香，不是因为北凉王而如此得体地献殷勤，而是因为她很早很早就开始关注徐凤年，那时他还只是那个声名狼藉草包至极的世子殿下。陶檀香的父亲陶玄龙重金购得一幅从北凉王府流出的名画，是出自前朝西蜀国手的《龙宫仕女图》，当她看到那两个奇大无比的印章篆体“赝品”时，整个人就目瞪口呆了。世上还有如此暴殄天物的浑蛋？这幅名流雅士每次开卷鉴赏都会抱着朝圣心态去观摩的名画必定会代代传承下去，只要保存完善，说不定在五百年甚至千年后还会被人放在案头观看欣赏，这家伙就不怕因为那两个字而遗臭万年吗？后来她就有些赌气，只要是被这位世子殿下加盖印章的字画，都请父亲不惜重金买回。说来好笑，当时官不过从七品的陶玄龙一掷千金大肆收购“赝品”，“为官有道”的胭脂郡太守洪山东对他青眼有加，觉得此人是可造之材，尤其是当世子殿下变成北凉王后，陶玄龙更是又一次获得了破格提拔。久而久之，陶檀香就断断续续收藏了不下三十幅徐凤年盖章的字画，上面的未必都是“赝品”二字，像徐凤年那一方如今被京城收藏大家私下称赞为妙趣横生的“急就章”，还有一方简练生动、潇洒狂放的凤肖形印，而那幅《枇杷》上的子母印，更是让人记忆深刻。

于是陶檀香慢慢觉得自己认识这个男人很久了。

她知道他这些年中每一个从离阳江湖上，从京城朝堂上，从北凉官场上传来的消息。

她双手轻轻放在膝盖上，抬起头痴痴然望着那个从无半点儿凌人气势的男人，他每一次皱眉凝神，每一次温暖微笑，她都仔仔细细纳入眼帘，就像是在收藏一样珍品。

又过了一个时辰，徐凤年笑着让年迈的陶锦藻先去睡觉，和陶文海继续挑灯聊天。话题也更广了，不再局限于幽州甚至是北凉，而是囊括了离阳和北莽的朝政军事，两个王朝的乡土人情。陶氏家主先前在离去时走到孙女陶檀香这边，让她去烹茶和准备一些吃食。所以在之后搬去窗边小榻的闲聊间，她就坐在北凉王和叔叔陶文海之间的座位上，有点儿三足鼎立的谐趣意味。

当天空泛起鱼肚白时，神采奕奕根本没有睡意的陶文海起身告辞离去，临走前请求北凉王准许陶檀香与他一起在陶家大宅内随便逛逛。徐凤年微笑着点头答应。

两人散步走向陶家书楼，两人之间从头到尾都隔着两肩的距离，没有任何若即若离的感觉。

徐凤年歉疚地道："陶小姐辛苦了。"

她摇头笑道："不辛苦啊，就是祖父可能会有些失望，不过我不失望，很知足了。"

徐凤年会心一笑，也直言不讳："你可不愁嫁。如今赴凉为官的俊彦士子一抓一大把，品性才学俱佳的也不少。"

陶檀香嗯了一声，走近了那座阁楼，说道："世人藏书看重版本和全佚，例如版刻精良的奉版书籍，就有'一页百两银，一套值千金'的说法。但我们家书楼不在乎这个，祖父觉得什么都不如书上的先贤言语来得重要，与其花一千两银子买一套奉版，还不如买一百套寻常书籍，所以这座书楼的藏书数量并不比中原那些大书楼少，而且若是有读书人来借书看书，都畅通无阻。"

徐凤年点头道："我听说过你们陶家还会全权负责那些求学寒士的饮食住宿，很难得。北凉士子的负笈游学之风远远不如中原，但是胭脂郡因为有你们陶家而不输江南。"

陶檀香柔声道："我爹说过，一个蒸蒸日上的富足之家就像是一个肌肤充盈之人，但若是阳气过盛不去调理，必然有一天会伤及脏腑，因此我们陶家年复一年的赈灾、借书和善待乡邻都是一种必需的治病，治病不能等到病入膏肓才去亡羊补牢。"

徐凤年打趣道："就凭这一席话，你爹去当个郡守大人就绰绰有余了。"

徐凤年走向陶家大宅的大门，跨过门槛的时候对陶檀香说道："你先回去吧，女子熬夜很伤身体的，我还要去牌坊那边等人。"

她眯眼，灿烂地笑着，俏皮地说道："没事啊，我很想知道天底下谁能让北凉王等候。"

徐凤年一笑置之。

两人站在一座牌坊下。

不知等了多久，视野尽头处，终于出现了一辆马车和一队百余骑的白马义从。

陶檀香转过头，正好看到他笑了。

她看到他快步走去相迎，没有跟上去，只是站在原地看着他渐行渐远的背影。

马车和骑队整齐地停下，陶檀香看到从马车上走下一名看不清容颜的年轻女子。

徐凤年看着从凉州王府一路赶来的女子，柔声问道：“冷不冷？”

她摇了摇头。

跟白马义从一同前来的某骑十分有僭越嫌疑地没有下马，只是跟徐凤年视线交错后点了点头，然后拨转马头，策马离去。

这名骑士没有佩刀也没有负弩，只有一杆沉重的铁枪。

但有这一骑一枪，整个幽州就乱不了。

徐凤年跟白马义从要了一匹战马，先把她抱上马，然后自己翻身上马，抱着她两人共乘一骑。

徐凤年歉疚地道：“以前答应过你要看遍北凉风光的。”

她靠在他温暖的怀抱中，不说话。

徐凤年一夹马腹，沿着白马义从来时的路途策马狂奔。

除了两人一骑，四下已无人，容光焕发的她举起双手放在嘴边，很孩子气地笑道：“徐凤年带陆丞燕白马走北凉喽！”

白马走北凉。

千里快哉风！

第十四章

西北遍地起狼烟
京城人人得太平

天地一家春，可当北莽大军三线齐齐压境的时候，离阳朝廷还没有获知此事，北凉也不会传递这份军情给京城。

想必就算京城听说了，也只会松口气而已。蛮子杀蛮子，狗咬狗，不关他们一枚铜钱的事，若是打得两败俱伤，那可是件天大的好事，算是给离阳王朝“冲喜”了。

京城正南门外那条笔直的官道上，站着四个没有路引户牒的家伙。

一对夫妇带着个孩子，稚童骑在那佩剑男子的脖子上，明摆着是一家三口，但他们身边站着一个略显多余的白衣人，英气凌人。这位给人的感觉很模糊的白衣人，若说相貌，并不出类拔萃，既没有胭脂评女子的那种倾国倾城，也没有男子的英俊非凡，而附近的路上行人下意识地都不敢去打量此人，仅是一瞥，但转头一想，似乎不应该啥印象都没留下，但已经没有胆子再看一眼了。至于那不起眼的一家三口，自然是被自动忽略了。

双手扶住自己孩子两条腿的男人望着太安城的城头，有些感慨：“天底下原先恐怕也就只有这座城让我很为难了，挺想进去，但又怕惹麻烦。咱们仨都没有个正经的离阳身份，总不能真的硬闯。要说晚上偷偷摸进去，也不妥。当时城里有个姓谢的，打架不是我的对手，可要找到我也很简单。我是想带着媳妇儿闺女进去玩耍，又不是跑进去大杀四方抖搂威风，这种事情，让我年轻个二十岁来做还差不多。”

白衣人冷笑道：“洪洗象不是做到了？”

男人无奈地道：“你这不是拿我跟吕祖比吗？”

白衣人语气平淡地道：“论那些牵扯不清的身份，你会输？就算只论这一世的武道天赋，你也不会输。结果沦落到连拓跋菩萨都不如的境地。”

男子一脸“跟你没话讲”的臭屁表情。他媳妇儿赶紧打圆场笑道：“我家男人天生就懒嘛！其实也挺好的，不用莫名其妙跟谁争什么，还清净。”

男人点头附和道：“就是就是。”

那个孩子把下巴搁在她爹的脑袋上，跟着老爹一起点头，虽然没听懂个啥，但还是起哄道：“就是就是！”

白衣人遥望太安城。

八百年来，自大秦至离阳，除了眼前这座世间第一雄城，几乎所有的京城国都她都走过了。

孩子突然说道：“爹，娘亲以前不是说过吗，有个喜欢穿青衣服的家伙经常进城的，你咋就头疼了？爹，你打不过我将来的师父没关系，但你好歹争个天下第二第三吧？”

男人揉了揉下巴，一本正经地道：“也对。”

妇人在他腰间狠狠地捏了一把。

男人正想说话，发现一路同行的那家伙竟然直接转身走了。他确实像媳妇儿所说的那样很懒，懒得动脑子去想这人离开的原因，只是难免有些腹诽：你大魔头洛阳的那些身份就不乱七八糟了？有资格说我？

白衣人是洛阳，他则是那个从北莽跑到离阳，然后找到了媳妇儿，再然后因为媳妇儿说剑侠最潇洒，就随便找了把剑假装剑客，生了个宝贝闺女，最后跟洛阳、拓跋菩萨在徽山山脚遇上的家伙。如果是在北莽，他的名气就顶天大了。北莽有五大宗门，他所在的宗门位列其中，而他是唯一的宗门成员。

世间独一份。

一人一宗门。

他当然知道自己的武学天赋很好，但他从来就不追求什么证道飞升，什么天下第一，这就像他媳妇儿长得没那么沉鱼落雁，可他第一眼就相中了。世上总有些事情是没有理由的。

他唯一的追求就是无拘无束：年轻的时候是自己一个人的自由，遇上媳妇儿有了孩子后，则是一家三口的自由。至于到底什么是自由，他又懒得深思了。

他看着那座雄伟壮观的城池，能清晰地感受到那股气运。想来离阳新皇帝登基后，因为韩生宣死了，柳蒿师死了，姓谢的也走了，怕穿龙袍坐龙椅没几天就给人摘掉脑袋，所以又布置了乌烟瘴气的重重机关。这也在情理之中，以离阳王朝蒸蒸日上的国力底蕴，总不至于对一个单枪匹马的顶尖武夫完全束手无策。

他闺女突然小声说道：“爹，我想吃韭菜饼子了。”

男人愣了一下，笑嘻嘻地转头望向天大地大不如她最大的媳妇儿大人。妇人一脚踩在他的脚背上：“死样！你练武做什么用的，闺女吃个饼也不行？”

她很快补充了一句：“咱又不是不给钱！”

得了“圣旨”的男人点头笑道：“好嘞！”

他腾出一只手牵住媳妇儿，柔声道：“闺女，抱紧喽。”

刹那之间，太安城内所有明面上和台面下的一品高手，都感到一股磅礴至极的气机！

北派扶龙练气士更是惊慌失措得像一群无头苍蝇。

男人扬起一张笑脸。

自由是啥?

起码在这个时候，他是知道答案的。

自由啊，那就是闺女说要吃饼，就算整座太安城要拦，也拦不住他呼延大观嘛。

道路上炸起一抹璀璨的流光，宛如一条长虹坠入太安城。

太安城的确有“晚秋白菜春韭菜”的说法，这两样，不论达官显贵还是贩夫走卒，家家户户都吃得起，也都爱吃。京城百姓喜欢用韭菜来“咬春”，更是再贴合时令不过了，吃一口辛辣鲜味的青韭，简直能把一个冬天积郁在五脏六腑的浊气都给逐出肚子。在京城赵家瓮这个地方占地最广的一座官衙大屋内，许多官员打嗝都冒着一股韭菜味，更别提那几个不知哪位大人屁股底下冒出的闷屁了，真是让人大皱眉头后很快又会心一笑。

赵家瓮这边有向来清贵超然的翰林院，也有原先门可罗雀如今稍稍热闹的中书、门下两省的两座大衙门，但最喧沸的自然还是尚书省六部官衙，而兵部始终是六部兄弟中最具“外廷第一衙”气象的枢要重地，哪怕“储相”殷茂春代替赵右龄成为吏部尚书后也无法扭转格局。不同于其他五大部主官风水轮流转，可能没几年就要城头变换大王旗，兵部自永徽元年起，至祥符二年，二十来年就只有三人坐过那把主官座椅，分别是大柱国顾剑棠、蜀王陈芝豹以及如今的“棠溪剑仙”卢白颉，并且后两者加起来在位时间也不到两年。兵部无疑一直是新科进士们最希望占有一席之地的风水宝地，以至于去年的榜眼高亭树在君臣殿议中坦言，宁肯当个兵部芝麻绿豆大的武选清吏司主事，也不愿去礼部做最易升迁的仪制清吏司员外郎。要知道当时礼部尚书白虢就在当场的，白尚书气笑了，立马就踹了另一位尚书大人卢白颉一脚。坊间传言后来白虢平调户部尚书，有一天跟新科榜眼在早朝时遇上，尚书大人就调侃了一句，“幸好本官没去吏部就职，否则你小子就等着乖乖在兵部坐他个十几二十年的冷板凳吧”。

今天忙碌异常的兵部来了一位有些突兀的客人，兵部所有人，无论是屋外行走中的还是屋内在座批阅中的，见到他后要么停步致礼，要么肃然起身，一个个神情激动，比起单独觐见天子也差不太远了。很简单，因为此人是顾剑棠！春秋四大名将里最年轻的那个武人，昔日兵部顾庐的主人！作为将领，同为春秋名将的徐骁已经老死了，顾剑棠却甚至都称不上年迈。作为官员，与顾庐对峙十多年的张庐早已倾塌，张巨鹿更是死得无比凄凉，而他顾剑棠还是离阳朝廷唯一的超一品大柱国，手握北地边关三十万兵马大权！

顾剑棠独自走入旧张庐的那间大屋子，不用他说什么，那一大帮子在六部中格外眼高于顶的官员起身致礼后，便不约而同地迅速坐下继续做事。这便是顾剑棠留给兵部那种只可意会的冷硬气质：准你为人处世嚣张跋扈，但做事务必须雷厉风行，不许拖泥带水。

不同于其他五部尚书、侍郎各有单独房间，兵部三位主、副官员皆在同一间屋子办公，尚书桌案摆在屋内最左，左、右侍郎两张桌子在最右。眼下兵部两位侍郎，骠毅大将军卢升象作为南征主帅不在京城，新任侍郎龙骧将军许拱则按照离阳新礼制前往两辽巡边，于是只剩下尚书卢白颉还在屋内。他在见到顾剑棠后也没有故意拿架子，而是跟属官们一样搁下笔起身迎接老尚书，甚至其余人坐回去后他还站着。这不仅仅是因为卢白颉胸前绣二品狮子的官补子比起顾剑棠的一品麒麟要略逊一筹，更因为卢白颉对兵部前辈顾剑棠有着无须掩饰的尊敬之意。

卢白颉绕过桌子走到顾剑棠身边，笑道："大将军，坐下来喝杯茶？"

顾剑棠点了点头，卢白颉率先走向屋子最右那两张相邻的空桌。很快，那位写出《醉八仙》而且被尚书白虢亲口"威胁"过的榜眼郎就端来茶水，先端给"远在天边"的顾剑棠，再给"近在眼前"的卢白颉。顾剑棠接过茶水后，缓缓问道："你就是不去礼部的高亭树？"

不敢有任何画蛇添足举动只想赶紧离去的武选清吏司年轻主事浑身不由自主地紧绷起来，颤声道："正是下官。"

顾剑棠脸上没有笑意，对这个兵部新人又问了个颇为尖锐的问题："怎么不先端茶给尚书大人？"

高亭树哑口无言。

卢白颉哈哈笑道："大将军啊大将军，明明肚子里偷着乐，你就别得了便宜卖乖喽！高主事可是冒着坐冷板凳的天大风险来咱们兵部的，怎么也算是大将军你的半个娘家人，没你这么吓唬晚辈的。"

被卢白颉这么一"闹"，顾剑棠也不再故意绷着脸，展颜微笑道："就冲你小子先递茶的分上，哪怕以后吏部要压你，我在这里先跟白尚书求个人情，保证以后不耽误你升官便是。不过你小子多学着点儿，看看人家白尚书是怎么当官的——既给他自己丢面子找了台阶下，又让你念他帮你解围的大恩。"

卢白颉满脸无奈道："喂喂喂，大将军你可不厚道啊，蹭茶喝也就罢了，还拆我的台。以后我在这间屋子里可就威信全无了啊。”

卢白颉转头瞪了眼高亭树，佯怒道：“臭小子，还不滚蛋！不怕本官给你穿小鞋？想把六部尚书惹恼一个遍才罢休？到时候就算有大将军保你，也让你跑边关喝风吃沙去！”

高亭树赶忙擦了擦额头的汗水，傻笑着转身小跑离开。

那些其实偷偷竖着耳朵的兵部官员顿时哄然大笑，气氛奇佳的大笑之余，自然是人人无比羡慕高亭树这小家伙鸿运当头，一下子就在先后两位兵部尚书心里留了份不俗的印象。

顾剑棠一口喝光茶水，放下茶杯后，感慨道：“卢尚书不容易。”

低头喝了口微苦的茶水，卢白颉笑意微涩，点头道：“是挺难的。”

顾剑棠沉默许久，起身后说道：“我马上要出京返回辽西，就不叨扰了。”

卢白颉跟随起身，平静地说道：“送大将军一程。”

两人走出屋子后，卢白颉犹豫了一下，还是低声问道：“大将军真的要走？”

顾剑棠嗯了一声，跟身旁这位兵部尚书一样，都不像在屋内那么闲适轻松，脸色有些凝重：“若是到达京城之前能决定留下就还有希望，现在我就算执意留下，你觉得可能实现吗？”

卢白颉无言以对。

大将军顾剑棠的言下之意其实并不深。先帝在世时，顾剑棠曾与之结伴一路返京，仍然没能说服先帝让他这位总领北地军政的大柱国代替卢升象主持南征，那么如今新君登基，顾剑棠怎么可能在这个敏感关头凭旧功挟新主？其实顾剑棠和卢白颉都赞同某人当初的局势预判。广陵道平叛，宜快不宜慢，朝廷派遣卢升象搭档杨慎杏、阎震春一同南征，辅以数位藩王靖难，就兵力而言其实够了，妙手算不上，但肯定也不是昏着，只是除了极少数人外，大家都忘了一件事情，那就是战场上的调兵遣将和排兵布阵，要比每个台阶上下都可以让大伙儿关起门来坐着细斟慢酌的官场更加直截了当。卢升象空有极为出色的“将兵”才华，当时暗流涌动的朝局根本就不给这位兵部侍郎“将将”的机会，非但没有机会，反而把他拖累到了连将兵都困难至极的地步。于是朝廷硬生生把局面大优的棋面下成了烂泥潭似的臭棋，若是由顾剑棠坐镇，就算有那帮不知天高地厚的纨绔子弟从中捣乱，杨慎杏也绝对不敢贪功冒进，也就不至于祸害得阎震春整整三万骑军全部折在那里，更不至于让赵英、赵珣两位藩王跟送死差不多一败涂地。

顾剑棠悄然放慢脚步，说道：“卢升象得了骠毅大将军，不出意外要在兵部里腾出那个刚才我坐过的位置，到时候会是我部下辽西大将唐铁霜入京接任，不是什么好消息，也不算坏消息，趁着机会，先跟你打声招呼罢了。唐铁霜不同于卢升象和许拱，当官当不好，但带兵打仗很不错。他进入兵部后，卢尚书你尽量让他带几个年轻人一起去广陵道……到时候也许是京畿之南才对。”

顾剑棠淡然道：“之所以说这个，不是出于私心让唐铁霜做官做得平坦顺畅，不过是希望兵部在卢尚书你手上，能多保留几天沙场味道是几天。以后在兵部坐着的，恐怕没几个知道马粪是个什么味道了，更没几个大腿内侧会有满是骑马遭罪弄出来的老茧了。”

卢白颉叹了口气，说道：“这件事应该不难。”

顾剑棠突然回头看了眼昔日的顾庐，黄昏中，犹有些春日余晖洒落在屋顶。

然后顾剑棠对卢白颉笑道：“不用再送了，我要去个以前没机会去的地方。”

卢白颉驻足目送这位大将军远去。

他知道顾剑棠要去哪里。曾经的张庐。

张庐是吏部最早的所在地。毕竟不管顾剑棠把持多年的兵部如何气焰嚣张，吏部衙门始终是离阳名义上的外廷第一要地，后来赵右龄跟他的座师分道扬镳，吏部就换了个地方。当时作为仅剩的一位以得意门生身份坚定地站在首辅身后的王雄贵，他领衔的户部也没有就势一股脑儿搬入张庐，但是，那时吏部、工部、户部、礼部和刑部都会让一位侍郎在张庐老老实实坐着，以便那位文官领袖以最快的速度将其意图或者说意志传达到五部的各个关节。现在，赵右龄升迁至中书省，殷茂春入主吏部，后者出人意料地选择坐入那间屋子。

当然天下再不会有什么张庐的说法了，比起经常被念叨的顾庐，这个地方大家连提都不敢再提了。

仿佛它从来就不曾出现在离阳朝廷上。

顾剑棠走到那个地方，看着那里。

夜幕下，比起顾庐，那里连最后一丝余晖都没有了。

此次返京，那晚还没有被称为先帝的皇帝陛下站在诏狱中，却是他顾剑棠去见了那人最后一面，转述了最后一句话。

那人与他这位大将军隔着铁栅栏，却没有说哪怕半个字的临终遗言，只是对他顾剑棠挥了挥手。

顾剑棠收回思绪，不去看那些闻讯后仓促出屋跑下台阶迎接的吏部要员，也不去看一眼停留在门口的那位“储相”殷茂春。

顾剑棠径直转身，大踏步离去。

京城无声无息多了个人。照理说，别说这个天下首善之地多出一个人，就是多出一千人也跟打个水漂似的，但是这个有着戴罪之身的客人谁都无法小觑。

靖安王赵珣，离阳王朝最年轻的赵姓宗室藩王。

从下旨召见赵珣到赵珣入京，本是其职司的礼部从头到尾都没能插上手，都是宗人府一手操持。京城就没有不透风的墙，小道消息倒是已经在高层官场迅猛传播，但是基本上没有谁能够知道赵珣这趟太安城之行是福还是祸。摇幽关外那一战，同样是宗室藩王的淮南王赵英在三战三捷后竟然战死，说憋屈似乎有点儿不妥，可要说英勇那也不对啊！勇倒是勇，可也太无谋了些。抛弃三座关隘不要，跑去平原上跟人玩骑军对决，何来英明一说？至于对赵珣这家伙的评价，还算是褒多于贬，毕竟这位靖安王是奔着解救淮南王去的，而且差点儿就被西楚叛军的游骑追杀至死。两位差了一个辈分的藩王关系一般，可见赵珣对朝廷的忠心耿耿毋庸置疑，跟他父亲老靖安王赵衡那是天壤之别。只是如今皇帝陛下才继承大统，君心难测啊。

赵珣暂时住在那条郡王街的一座府邸里。这座府邸跟他没有半点儿传承关系，在一百多年前曾经是离阳朝一位权臣的私邸，僭越违制得无以复加，占地极广，房屋足有四百多间，其中更有殿阁的地基高于门外街面数丈。后来在大概四十年前被离阳皇帝赐给忠毅王，可惜王爵才世袭罔替了一代就获罪失去。最近四十年中，此宅数度辗转，主人都住不长久，其中最著名的一位当然是西楚老太师孙希济。

赵珣虽然名义上是赴京请罪，先前那道圣旨上的措辞颇为严厉，若非一切走势都在那个目盲陆先生的预料之中，赵珣还真有可能被吓得魂飞魄散。当时陆诩的赠言很简单：“既去之，且安之。”

赵珣当下也真的是既来之则安之了，这些天就经常独自在府邸中闲庭信步，尽情欣赏着府内的明廊通脊、参天古木、嶙峋假山和小桥流水。赵珣此时就站在一座湖心亭中，脸上还带着笑意。先前到达京城后，押送他进入此地的宗人府右宗正对他那叫一个鼻子不是鼻子脸不是脸的，看他赵珣就跟看一条路边野狗似的，不过，昨天兴许是听闻了什么消息，火急火燎修缮关系来了，一张皱巴巴的老脸笑开了花。赵珣当然不会在明面上计较，甚至送了那位右宗正一块早就准备好的水银沁玉扳指。老家伙一看见就眼睛发亮，显然陆先生精心准备的这样小物件正中软肋。其实，除了玉扳指，陆诩还让他随身携带了一方墨彩龟背砚，说若是左宗正出面负责接待，就需要送出此物。

赵珣由衷地感慨道：“陆诩你真是神机妙算啊。本王还是世子殿下的时候，总觉得李义山、纳兰右慈这些所谓的顶尖谋士不过是时势造英雄罢了，一旦搁在太平盛世也就泯然众人矣。直到遇见你后，才知道不管身处乱世治世，都必定会有你们的一席之地。”

赵珣先前以为，用六千骑兵的全军覆灭去完成“以退为进”的布局，代价太过惨重，但是当赵珣来到太安城，站在这座府邸中时，才开始明白陆先生才是对的。

赵珣突然看到两个身影出现在湖岸那边，然后朝着湖心亭走来，无人带路。赵珣皱了皱眉头，生出一些本能的戒备之意。

当那两人渐渐走近时，赵珣愣了一下，认出其中一人后，疑惑地道：“宋兄？”

宋家雏凤宋恪礼。

上次进京，赵珣跟宋恪礼打过一些点到即止的交道。

宋恪礼作揖道：“下官拜见靖安王。”

赵珣连忙微笑道：“宋兄不用多礼。”

宋恪礼神态闲适，有着一种骨子里散发出来的不骄不躁感，没有丝毫家族衰败己身蒙尘的颓丧之意，加上他和那个两鬓苍苍的儒士联袂登门拜访，让赵珣心底甚是犹疑。

宋恪礼轻声道：“这位是元先生，而西楚孙希济等人只算是元先生的客人。”

赵珣不笨，一下子就想透彻了。

这栋宅子真正的主人，姓元。

就是那个让父亲赵衡恨之入骨的离阳第一谋士，“半寸舌”元本溪！

赵珣一揖到底：“晚辈赵珣拜见元先生！”

元本溪没有说话，只是摆了摆手。

宋恪礼笑道：“下官是来告诉王爷，您很快就可以出京返回青州了。”

没有等赵珣回过味，宋恪礼嘴里的“很快”就真的很快应验了。

一袭鲜红蟒袍的司礼监秉笔太监捧着圣旨朝他们三人走来，步子极快，却不给人凌乱匆忙的感觉。

手持圣旨的老太监在见到元本溪后，也是先微微点头致礼，才对靖安王赵珣宣旨。

赵珣自然需要跪下，宋恪礼也后退一步跪下旁听。

唯独元本溪面朝湖水，置若罔闻，而那位在天下宦官中稳坐前三把交椅的大太监，对此根本没有流露出半点儿异样神色。

收下圣旨，赵珣只得速速离京，加上他没了陆诩的锦囊妙计，确实不知道如何跟那位离阳帝师言语，生怕弄巧成拙，就借势告辞离开湖心亭。

等到赵珣和大太监相继离去，元本溪问道："你猜这位司礼监秉笔太监回宫后，会被问什么？"

宋恪礼摇头表示不知。

元本溪笑道："皇帝不会关心靖安王如何，而会问元本溪在见到圣旨的时候是否恭敬。"

宋恪礼哭笑不得。

元本溪平静地道："先前我曾向先帝建言，如果靖安王赵珣在靖难战役中有心隐藏实力，就下旨让他入京，摘掉爵位，贬为庶民；若是竭尽全力仍然失败，便让他保留王爵，但必须在太安城住上一两年。先帝对此事上心了，而当今天子不是不上心，不过对当今天子而言，一个威望平平的藩王赵珣的去留不算什么，他更想借此模仿先帝对付张巨鹿的手腕，不断下出试应手，步步为营，点点蚕食……"

宋恪礼小声道："未免也太着急了。"

元本溪不置可否，略显吃力地打开话匣子，继续说道："赵珣很聪明，不是他本身有多聪明，事实上他比他父亲赵衡逊色许多，不过此人懂得对身后之人言听计从。我要他留在太安城只能束手对天下变局作壁上观，是因为作为天下之腰膂的襄樊实在太重要了，容不得出现半点儿闪失。那个目盲心活的年轻人本身就是个巨大的变数。我本想彻底打乱青州势力，让许拱或者唐铁霜两人中的一个去坐镇襄樊城，现在看来，也许，也许有一天，青州会成为兵家必争之地，离阳、北莽、北凉、西楚、西蜀、南疆都有可能。"

宋恪礼欲言又止。

"谋士谋士，谋划的士子，身份已经定死了，只是'士'，然后就看如何给辅佐之人出谋划策了。但这之前必须找对人。"

元本溪眯起眼睛，嗓音低沉："李义山找徐骁，是对，赵长陵就是错。我找先帝，是对，荀平则是错。纳兰右慈找燕剌王赵炳，是对。陆诩找赵衡、赵珣父子，是错。”

宋恪礼好奇地问道：“那么宋洞明、徐北枳和陈锡亮找到徐凤年，是对是错？”

元本溪微笑道：“不知道啊。”

宋恪礼很认真地问道：“先生也有不敢确定的事情？”

元本溪反问道：“难道不可以有？”

宋恪礼笑道：“可以。”

元本溪一笑置之，然后说道：“我曾经问过两个和尚同样的问题：杀千人活万人，是有所为，还是有所不为？当我问到杀十人活万人的时候，杨太岁点头说可以有所为。但我一直问到杀一人活万人的时候，李当心还是不肯点头。”

元本溪说完后，停顿了很久，伸手按在亭柱上，说道：“我接下来会让你带一道圣旨、一道密旨前往蓟州。前者是让你在蓟南扎根；后者是让你捎给袁庭山那条疯狗的，让他大胆放手打开蓟北门户。”

宋恪礼先是不解，但猛然间变得脸色苍白。

元本溪淡然道：“让北凉再乱一些而已。求生者生，愿死者死，各得其所。北凉铁骑甲天下？那就让整个中原拭目以待吧。”

跟以往如出一辙，太安城当下迎来了正月里最机不可失时不再来的那场“文采飞扬”。

一时间名刺门状满天飞。

科举始于大奉，兴于西楚，盛于离阳。在西楚，科举科目极其繁缛。离阳改制后，科举最重进士科，在某人手上，进士科又逐渐侧重试策问，起先还闹过一阵“首辅大人冷落学问独宠事功否”的风波。进士及第的人数也越来越多，从大奉的寥寥三四人到西楚的二三十余人，再到永徽后期的百余人，直到祥符元年堪称盛况空前的两百人。因为科举大兴，许多赴京赶考的外乡举子不断拥入且滞留太安城，便有了“通榜”“省卷”两大趣事，无形中也使得文坛、官场两个地方之间的关系不断被拉近。离阳进士科都在正月举行，二月放榜，跳过龙门的凤毛麟角不去说，落榜士子也不会天真地以为落榜就完事了，更不可能打道回府各回各家。毕竟一来上京的那笔巨大盘缠不是大部分士子可以承受的，所以不得不在京城逗留，有关系的找亲朋找同乡，没关系的就要借住在寺庙道观，在此期间，除了继续寒窗苦读，还得学会请人将自己的得意文章给官场大佬或是文坛名宿“过个眼”品鉴一番，或者直接投递给科举主考官之外的礼部官员，类似“宰相门房七品官”“阎王好见，小鬼难缠”的说法就是因此而生。

祥符二年眼下最不可开交转如陀螺的“七品”门房有些不同寻常。在“坦坦翁”之后主持过数次科举，如今又是“天官大人”的殷茂春门前车水马龙这不奇怪，出过父子两夫子的宋家门可罗雀也不算什么奇事，不同寻常的地方在于，今年收取名刺门状最多的府邸不是中书令齐阳龙的宅子，也不是理学大宗师姚白峰的府邸，不是身兼皇亲国戚和殿阁大学士双重身份的严杰溪家门，而是两个年轻官员的宅子：一个官员是新礼部侍郎晋兰亭，传言有望出任下一任座主的晋三郎；再一个官员就是新国子监右祭酒孙寅了。

据说这两位的门房收到的名刺可以装满几十个大箩筐！

这两位离阳最当红的官员也表现出截然不同的姿态。晋兰亭哪怕公务繁重，也竭尽全力地抽空接见所有举人士子，就算排在太后头挤不进侍郎府没能见着面的，温卷者晋大人也必定会认真回信，绝不潦草应付，以至于他几乎每天都要通宵达旦——除了当面热情地接见士子外，还挑灯批复文章诗词，有些上佳诗文晋三郎甚至还会主动传递给京城八俊浏览，可谓不遗余力帮助那些士子延誉张目，故而无人不对其感激涕零。对比之下，孙寅孙祭酒就显得格外不近人情——门状收下，但在正月头一旬中没有接见任何人，温卷也不过随随便便回复了七八份。只是这家伙在国子监讲武中实在是太过震撼人心，别忘了，那场名动朝野的舌战群儒是此人大胜！

因此哪怕这位京城公认的狂狷之徒在一封回信中以粗笔写下“狗屁不通”四个大字，那个得到回复的家伙仍是如获至宝，厚着脸皮为自己大肆宣扬，被整座太安城引为笑谈。

短短几年从黄门郎府变成祭酒府，又变成侍郎府，那么距离“尚书府”这个称呼还远吗？

晋兰亭在送走京城八俊其余七人后，独自走在廊道中。他知道书房案头有堆积成山的门状，更知道只要科举没正式开启，那座小山就会越堆越高。礼部确实是六部中最清水的，但做到了侍郎，那就是清水衙门出油水了，只不过这种油水比起金银更加隐蔽而已。

晋兰亭在一根廊柱旁停下脚步，抬起头，闭上眼睛，满脸陶醉，深呼吸一口气。

“太安城啊太安城，你让我晋三郎怎能不春风得意？”

许久过后，晋兰亭睁开眼睛，眼神炽热，用只有自己才能听见的嗓音说道："首辅大人，我会做得比你更好！"

孙寅现在居住的那栋小宅子是租的，最先租赁的时候，他还只是个门下省的小官，租金还是孙寅跟那富贾磨破嘴皮子好说歹说才降到月租十两，三月一付。等到孙寅声名鹊起后，富贾屁颠屁颠跑上门说要把宅子送给右祭酒大人，孙寅没答应，只是将三月一付改成了一年一付而已。今天孙寅要出门，透过大门缝隙看到门外那零零散散十几人还在守株待兔，孙寅就转去后门离开，结果还是被一个衣衫寒酸的年轻士子给堵住。孙寅被拦住去路，那个读书人操着浓重的旧西蜀口音介绍自己，然后弯腰双手递出一沓东西，可能是多篇诗稿，也可能是一篇长赋。

孙寅神情淡然地问了句："给晋侍郎看过了吗？"

读书人涨红了脸，嗫嗫嚅嚅，显然是给侍郎府投过卷了的，而且晋三郎多半受卷了，但肯定只给了平淡无味的客套回复，他这才来门槛更高的孙寅这边撞运气。孙寅摸摸索索掏出一把零碎银子，张开手，问道："我这一旬来就没瞧上过谁，你手上的东西也十成十让我会连骂都懒得骂。京城高官都爱惜羽毛，碰到你这种人，顶多捏着鼻子给些钱打发了。那么，你是要我给你银子，好赶紧把赊欠的租金还上，再好好吃上几顿饱饭，还是非要我看你的东西？"

那个相貌平平气质也毫不出众的西蜀道赶考举子摇头道："我不要钱，只要祭酒大人认真看一下我的诗稿。"

孙寅收回银子，接过那一摞瞧着字迹端正的诗稿，左手双指捏住一角，右手漫不经心地翻了七八页，很快就作势递还给双手生满冻疮的落魄举子。但是在后者双手马上就要接住诗稿的时候，孙寅率先松手，诗稿顿时散落满地。孙寅看着一脸错愕的读书人，不知为何又掏出了一小块碎银子，随手丢在地上，跟那西蜀举子擦肩而过的时候，冷笑道："我不会去捡起这块银子，因为对我来说实在是不值一提。你的诗稿对你来说也是如此，因为太不值钱了。"

孙寅就这么扬长而去。

走出去很远后，孙寅转过头看着那个人。

衣衫单薄的读书人蹲在地上，一页一页捡着诗稿。

孙寅还看到那人抬起手臂擦了擦脸。

孙寅叹了口气，缓缓走向距离不算近的一座府邸。

孙寅到了后，原本在京城公认极难伺候的门房全然没有阻拦，甚至还露出很真诚的笑脸，这显然不只因为孙寅是国子监二把手那么简单。

不用人带路，在书房找到正在拿花生米就酒的“坦坦翁”后，孙寅也不说话，就是自顾自喝酒。

桓温笑道：“槐花黄，举子忙。开春绿，就是你们忙了。习惯就好，等你到了我这个岁数，也就可以不忙了。”

喝了好几大碗酒的孙寅突然提起一双筷子，轻轻敲打着酒碗边沿，轻声道：“京城雪夜冻断指，破庙乞儿鼾如雷，朱门高墙暖胜春，紫衣白髭老贵人，合上一眼求不得……”

孙寅滔滔不绝地念叨着，桓温听了大半天，把一碗酒端到嘴边愣是没喝，最后忍不住笑骂道：“什么乱七八糟的玩意儿！”

孙寅停下后闭嘴不言语。

桓温喝了口酒，轻声道：“不过还是有那么点儿小意思。”

孙寅平静地道：“是我用一块碎银子借来的。是借，我买不起。”

“坦坦翁”是何等老辣又是何种道行，仅是悠然喝了口酒，发出一串啧啧声，不知是酒太辛辣还是怎的。

孙寅问道：“没酒了？”

桓温翻白眼道：“年轻人喝酒，不该用喝醉来消愁，小小年纪知道个屁的愁滋味，只有七老八十了，活腻歪了，才用酒来摧心肝。”

孙寅瞪眼道：“别转酸的，说人话！”

桓温把空酒碗重重放在桌上，也瞪眼道：“老子的意思你小子不懂？没酒给你蹭了！”

孙寅颓然靠着椅背。

桓温怒道：“幸亏你小子总算还知道趁着有顶官帽子戴，把头个月的俸落袋为安，赶紧跟那商贾改成一年一付了，要不然别说喝那几碗酒，我这扇大门你都甭想进！”

桓温一说起这个就动了真火，拿手指狠狠点了点这个国子监历史上最年轻的右祭酒：“脑子进水了！以北莽、离阳为攻守双方，讲武？讲你个大头鬼！”

桓温抓起桌上那只酒碗就砸过去，也不管孙寅额头血流不止，厉声道：“好嘛，好一个‘国难当头，武不惜身，文不惜名’！好一个‘一寸山河一寸血’！好一个‘北莽叩关直奔太安城’！天底下就你北凉孙寅一人知兵法懂时势！”

孙寅干脆闭上眼睛，打不还手骂不还口。

孙寅越是这副不死不活的样子，桓温就越是火大，重重一拍桌子：“你当那时坐在蒲团上的太子殿下是傻子，中书令齐阳龙是傻子？！”

桓温几乎是直接破口大骂了：“你当我桓温是傻子？！干你娘的！”

孙寅不冷不热地道：“对不住，我娘早死了。”

“干你大爷的！”

“也死了。”

“老子管你祖宗十八代死没死！”

孙寅彻底不说话了。

桓温缓了缓，神情凄然，双手颤抖，轻声道：“‘碧眼儿’一辈子就没徇私过，他生前只为了你这个王八蛋破例了一次啊。”

孙寅神情木然：“在国子监，那么多满腹经纶的读书人，都觉得北凉三十万铁骑就该死得一干二净，甚至认为北凉数百万百姓死了就死了。

“阎震春死了，他们无动于衷；张巨鹿死了，他们觉得大快人心。

“这些人觉得，如果他们是阎震春，可以轻轻松松大破谢西陲骑军。这些人觉得，如果他们是张巨鹿，早就可以济世经邦一统天下了。

“这些人都是读书人啊。”

孙寅低下头，双手捂住脸，哽咽道：“我年少时好不容易才读上私塾，先生是个在洪嘉北奔中不知为何留在北凉的春秋遗民。记得先生喜欢带我们半读半唱那支《长恨歌》。我离开陵州前，见先生最后一面，先生说他也没有想到，在北凉听到的琅琅书声，跟他在家乡时听到的书声原来是一样的，所以先生说，他死后葬在北凉也无妨了。

“这些读书人的太安城好太平啊。

“我不想见到这样的太平，我孙寅想回到家乡，宁愿去看那里的狼烟四起。”

桓温自言自语道：“孙寅，你要回北凉，我不拦你。但是我希望你知道，你看到的那些读书人的太安城，并不是真正的太安城，也不是所有人的太安城。

“这座城有过我恩师，有过张巨鹿，有过荀平，有过阎震春，也有我这个还活着的桓温，还有很多人，你不知道。

“徐骁、李当心、曹长卿、杨太岁，都曾经在这个地方，是那么意气风发，而且他们每一个人都能问心无愧。

“你回去北凉，可能会成为一个官吏，可能是个谋士，可能会死在战场上也问心无愧，但如果你今天没有放弃，以后有一天，在某个时候，你就有机会对另外一个年轻人说‘太安城，有我孙寅。这个天下，有我孙寅’！”

一条狭窄巷弄里的僻静院落内，一个女子安静地坐在内院门槛上，外院的柴门开着，她望着门外，像是在等人回家。

她偶尔会听见那些贩卖冰糖葫芦的悠扬吆喝声从远处传来，但可能是这条巷子实在太小了，见不着那些小贩扛着糖葫芦的身影从门口经过。

她伸手放在腹部，柔声道：“边关，我和孩子都很好。”

但我们都很想你。

如果将战事开启后的驿道比喻成一个王朝的筋脉，那么源源不断的兵马粮草应该就是帝国的血液。

当下北莽就表现出了足以让中原动容的巨大张力。

北莽女帝、棋剑乐府太平令和一个胖子站在一条驿路旁边，他们一起看着道路上由北向南的忙碌运输，神情各异。披了件崭新貂裘的老妇人眼中充满了自豪。正是在她张弛得当的治理下，十多年来，趋于统一的中原王朝没有占到丝毫上风，还被迫把半国赋税都砸入东线中，最终导致在广陵道的西楚复国。她的臣子不说拥有耶律姓氏的草原雄鹰，仍有包括拓跋菩萨、董卓、柳珪、黄宋濮、慕容宝鼎、杨元赞在内一系列功勋卓绝的大将，群星荟萃，在广袤的草原上熠熠生辉。

站在女帝身侧貌不惊人的青衫老儒，这位花费二十年时间走遍中原大地的老人，眼神冷漠；而那个不停捧手呵气驱寒的胖子，本就体形巨大，披甲后更显得臃肿不堪。

北莽女帝收回视线，转头看着这个早年名声臭遍西京大街的胖子，打趣道：“南褚北董，两大胖子，当年你输给褚禄山一仗，被撵得凄惨无比，如今那位虽说成了北凉都护，但你是南院大王，就官位来说你已经胜出一筹，这回有没有信心找回场子？”

统领整个边境战事的南院大王董卓这次破天荒没有在老妇人面前嬉皮笑脸，而是揉了揉脸颊，轻声说道：“我手里头的兵力如果跟禄球儿相同，估摸着还是很难，可现在的情况是我以一百万打他的三十万，没道理输，但总觉得有点儿胜之不武，到时候见着禄球儿，他也肯定不会心服口服。”

北莽女帝笑道：“朕有自知之明，不谙战事，所以从没有对边疆武人指手画脚的坏习惯。只是你这趟排兵布阵也实在太稀奇了，好奇到让朕赶了八百多里路来见你的地步，哪怕在路上太平令已经一次次不厌其烦地给朕详细解释过你的用意，但朕还是希望亲耳听到你亲口说，否则朕心里不踏实。黄宋濮在听说你的布局后，气得脸色铁青，甚至不惜厚着脸皮求朕准他重新担任南院大王，就是为了让你小子卷铺盖滚蛋，省得把南朝积攒了二十年的家底一口气挥霍殆尽。”

董卓握起拳头，敲了敲被冻红的酒糟鼻子，瓮声瓮气道：“跟我朝边境接壤的流州、幽州和凉州，流州最容易拿下，幽州最能耗，不过当然还是那凉州北线最难啃。”

说到这里，董卓停顿了一下，北莽女帝耐着性子等待，结果这个胖子竟然彻底沉默了，等了半天也没等到下文的老妇人忍不住气笑道：“完了？”

董卓继续说道：“照理说，伤其十指不如断其一指。主力攻打凉州，长驱直入，一路大摇大摆打到清凉山北凉王府才罢休，在两翼用相对少量的兵力牵制幽、流两州是上策。”

北莽女帝嗯了一声，显然她也是这般认为的。事实上这就是北莽初期画灰议事得出的结论。流州那个干瘪瘪的鱼饵根本就没有让北莽产生咬钩的兴趣。打流州，除了拉长粮草补给线外没太大意义，若是在流州僵持过长时间，北莽得不偿失，毕竟凉州边境上数支精锐铁骑都具备长途奔袭的恐怖实力。李义山在流州一手造就十多万流民的局面，初衷就是给疆土纵深一直是软肋的北凉增加战略上的广度和厚度。

董卓摆出一副愁眉苦脸的模样说道：“这个上策本来的确是上策，但在幽州一万余轻骑渗透到蓟州后，形势就开始变了，更别提北凉这几年一直跟西域眉来眼去，我就怕到时候不仅仅是蓟州以北，连西域都冒出一支骑军杀入南朝，左右开花，把南朝腹地彻底绞烂。我考量过徐凤年这个人的性情，他是从来都不怕玉石俱焚的无赖货，宁肯不要凉州大本营也要打掉南朝的事情，他铁定做得出来。哪怕打光北凉铁骑，也要毁掉北莽苦心经营二十年的底蕴，这应该就是他的打算。”

董卓突然狠狠吐了口唾沫，咒骂道：“这离阳运气真是好，走了个‘人屠’徐骁，又顶上了个疯子徐凤年，哪怕换成陈芝豹，老子也不用这么纠结！”

董卓眼神狠戾起来，咬牙切齿道：“既然徐凤年要玩命，很简单，那我就不给他玩花样的机会！北莽百万大军分兵三路，三线齐齐压上，我倒要看他还怎么辗转腾挪，反正咱们在每一条战线上都有兵力优势。燕文鸾说十五万尸体才能填满葫芦口，我就用三十万去耗！流州有三万龙象骑军和那些流民，那我就用柳珪大将军的二十万去拼！凉州难啃，我用五十万够不够？不够的话，大不了我跟陛下再要个二三十万！”

北莽女帝皱眉道：“如此一来，南朝虽然没了后顾之忧，但代价是不是太大了？”

董卓摇头道：“离阳朝廷都敢拿西楚练兵，我们北莽身为马背上的民族，逐水草而居，自古便是天生的战士，为何不敢拿北凉来练兵？”

老妇人欲言又止。董卓沉声道：“陛下，我董卓可以跟你保证，哪怕打北凉打掉了我朝五十万甚至是六十万兵马，但是只要打下北凉，我一定双手奉还第二支‘百万大军’！”

太平令终于开口说道：“陛下，打赢这场仗后，连同北凉在内，还有蓟州一线，很快就会成为第二座南朝。南朝大小文官都已经准备就绪，铁骑的马蹄所过之处，便是文人提笔的开端——这才是我为北莽准备的真正后手。北莽大军只要打下那些疆土，我便能够在第一时间经营那些地方，让北莽王朝的边境线追随战马不断南移。”

北莽女帝点了点头，但是很快忧心忡忡地问道：“朕不是怀疑你的能力，只是离阳赵室会给我们足够的时间去消化战果吗？而且顾剑棠的东线不会趁机捣乱？”

太平令平静地道：“世人都以为西楚复国是昙花一现，但我坚信那位曹长卿可以看到太安城的城头。”

董卓笑道：“元本溪之流是觉得，凉莽大战结束后，哪怕把整个西北都让给我们，也还有两辽顾剑棠和西蜀陈芝豹两大支柱支撑着边境，所以才乐意见到北凉流尽最后一滴血，但是如果真如太平令所说，那么顾剑棠就得离开两辽返回太安城，到时候我们大可以在北凉搁置少量兵力应付陈芝豹。退一万步说，就算陈芝豹势不可当，到时候我们拥有的纵深是北凉加南朝，这是人力难以忽视的莫大地利，自然可以大幅度减少陈芝豹用兵带来的损失。陈芝豹再出神入化，也难以在短时间内力挽狂澜。但我们则可以跟西楚一起将兵锋指向太安城，去看一看那座据说有百万人口的天下第一大城池，我董卓一定要去看一看那座城的城头到底有多高！”

老妇人感慨道：“拿雄甲天下的北凉铁骑练完兵，然后登上太安城的城头，再在中原大地上收拾掉负隅顽抗的顾剑棠、陈芝豹，北莽儿郎一路杀到南疆，投鞭大海！朕虽是妇人，却也是想一想就感到豪气万丈啊！”

董卓咧嘴笑着。

太平令瞥了眼这个在北莽庙堂上一骑绝尘的南院大王，眼神复杂。

北莽女帝抬手拍了拍这个胖子的肩头，淡然道："只要你能走到那一步，朕不是那离阳赵惇，朕容得下一个封疆裂土的董卓，广陵江以南可以都姓董！朕要史书百年千年都记住'董卓'这两个字！等朕百年之后……"

她望向南方，放声大笑道："将来天下姓什么，朕反正膝下无子女，不去管！"

扑通一声，董卓跪倒在地。

老妇人一直看着南方。

老瘸子，天下本来可以姓徐的啊。

在祥符二年的初春，一伍北凉游弩手游弋在幽州葫芦口的外口子上，旭日东升抵了许多倒春寒带来的冷意，铁甲上的朝露渐干。

这些精锐斥候俱是一人双马，坐骑都是北凉最大牧场的甲等战马。大战在即，各大牧场的良马优先补给了这个特殊兵种。相比箭在弦上一触即发的凉州战线，具备更多战略纵深优势的幽州让人感到更安稳些。因为凉莽双方公认，北莽要打幽州，光是拿下葫芦口，就得拿十多万条人命去填平，或者说推平。"人屠"徐骁用十多年时间精心打造的葫芦口戍堡体系，达到了中原战争史上的防御极致。

无穷无尽的黑甲铁骑如洪流拥入葫芦口，这一幕好似那广陵江大潮。

第十五章

从前有座武当山
山上有座莲花峰

从前有座山，叫武当。山上有座峰，叫莲花。峰上曾经住着一个想下山却又不敢下山的年轻道士，他叫洪洗象。只是那位年轻掌教下山一趟返山后，听说就离开了世间。

然后更为年轻的新一任掌教李玉斧带回了一个眉眼充满灵气的幼龄稚童，他叫余福。约莫是爹娘希望这个孩子年年都能攒下些福气吧，穷人家想要过上长久的安稳日子，无非是靠“节余”二字。

元宵是大节日，为了迎接祥符二年的元宵佳节，武当山上的道士不论辈分，人人都在劈竹打造竹制灯笼，然后糊上宣纸，便是陈繇、俞兴瑞这些辈分最高的大真人也没有例外。

可惜山上年岁最大的祖师伯宋知命在去年去世了，也就是死了，没什么化虹飞升也没啥羽化登仙，老真人走得很安详，只是碎碎念着要是小师弟还在世，就能炼出几炉真正的好丹了。再就是老人临终前那个月，山上道士经常看到宋祖师伯站在大莲花峰的山门口，望向山脚，不用问也知道是在等那位掌教师侄。武当自老真人的师父黄满山起，到大师兄王重楼，再到小师弟洪洗象，最后到当代掌教李玉斧，除了那一幅幅祖师爷图画，宋知命活了两甲子，见过了四位武当掌教，故而走得十分安详。

老一辈真人日渐凋零，掌管戒律的大真人陈繇也难以掩饰老态，好在武当山对生老病死一向看得很淡，再者如今武当山香火鼎盛，山上数座山峰都举办了几场不隆重却不失庄重的“开山”仪式。

哪怕临近元宵，天未亮的时分，仍有许多善男信女开始登山烧香。不同于离阳许多道观、寺庙会专门为达官显贵开后门，老百姓烧了一辈子香火都烧不上头香，在北凉，老百姓只要赶早，也能在武当山烧上头香。

在武当山南神道上，香客络绎不绝，甚至有许多操外地口音的外乡人。时值北莽大军南下之际，整个北凉三州就像个漏斗，人口锐减，衬托得这些入境的外地香客颇像那逆流而上的鲤鱼，足可见如今武当的盛况。更有传言朝廷很快就要将龙虎山的“道教祖庭”称号转赠武当，用以安抚北凉。

在烧香大军中，有一对小夫妻模样的年轻男女，大概是小门小户的缘故，没有锦衣貂裘，也没有让人望而生畏的健壮扈从，甚至连盏灯笼也没有。他们跟在山脚偶遇的另外一家老小结伴登山，一路借着那家人的灯火好走山路。

年轻人介绍时自称徐奇，是地道的北凉人氏，妻子姓陆，老家在青州，用他的话说她是嫁鸡随鸡嫁狗随狗才到了北凉吃苦。跟他们同行的那一大家子，祖孙四代足有十六口人。老人姓严，八十岁高龄，说是广陵道人，当过京官也做过地方官，去年才致仕还乡。老人言谈风趣，极为健谈，一路上跟那徐奇聊着大江南北的奇闻逸事，为枯燥的登山之旅平添许多欢声笑语。那徐奇虽没有什么惊世之言，但也次次都能接上老人的话头。

除去老人，严家另外两个辈分的男子一开始对这个所谓的北凉蛮子并不待见。这倒不能怪他们眼高于顶，在离阳诸多地域之争中，当年徐骁坐镇的北凉跟燕剌王赵炳主政的南疆，一向是大哥不要说二哥，都是朝野上下眼中的蛮夷之地，连两辽都比不起，以至于当年在庙堂上闹出过个大笑话。记得第一位北凉书生在科举中鲤鱼跳龙门，得以进士及第，让太安城倍感诧异，疑惑“北凉也会有读书人？”。于是许多人帮着那位士子去查询族谱，等到好不容易看到那人祖籍在中原剑州，才如释重负，却不管那人好几代都在北凉陵州土生土长的事实。直到严杰溪成为皇亲国戚再成为殿阁大学士，晋兰亭一路平步青云，以及理学宗师姚白峰入京主持国子监，这种北凉未开化的糟糕印象才稍稍改观，太安城不得不捏着鼻子承认北凉也是有耕读传家的。

通往武当金顶主峰的南神道长达十二里，又是山路，严家有老小有妇孺，脚力弱，走得缓慢，等到山上响起第一声晨钟声，他们才走到一半路程，在那座专供旅人香客歇脚的亭子休息。老人趁着晨曦举目远眺，徐奇和妻子并肩而立欣赏着山下风景。老人收回视线坐下后，马上有那个幼龄的曾孙子跑来帮他敲腿捏脚。老人开怀大笑，宠溺得一把把孩子抱到腿上，用手指着东方，说道：“这幅景象叫作‘天开青白’。”

孩子显然对什么天开青白没啥兴趣，抬起头，稚声稚气地问道：“太爷爷，山上真的有我娘说的神仙吗？那神仙可以腾云驾雾吗？”

严家老家主哈哈大笑，摸着孩子的小脑袋，没有给出答案，只是转头看了眼云遮雾绕的山顶，轻声感慨道：“不敢高声语，恐惊天上人。”

没有得到答案的孩子一个劲地撒娇纠缠，老人只好说道：“我辈读书之人都须恪守圣人所言的‘不语怪力乱神’。不过呢，太爷爷跟你这个小娃儿还是可以说些题外话的。太爷爷我啊，其实年轻时候也曾打着负笈游学的旗号，去偷偷做那青衫仗剑登高访仙的事情。兴许没有机缘，就没有寻见过世人眼中那些鹤发童颜的高人。只有中年时跟许多人一起去过龙虎山天师府，跟那一辈的老天师有过一面之缘，但也不曾有机会深入交谈，毕竟那会儿太爷爷的官帽子太小，敬陪末座而已。当时心底只觉得为官不如修道啊！天下读书人何其多，生前太傅死后文正何其难！天下修道之人则不多，做到那一品官身的羽衣卿相也就相对容易了。”

孩子大失所望：“太爷爷，那咱们千里迢迢来武当山做啥啊？我爹说他乘车被颠得骨头都要散架了。”

附近一位年纪不大的儒士顿时赧颜。

老人捋着雪白的胡须微笑道：“太爷爷是没见过神仙，但牧守一方的时候，见过一位路经辖境的同龄道士，有过一场相谈甚欢的交谈。那道人教了我一套养生之术，太爷爷能活到这个岁数，归功于那道士的恩惠。虽然过了这么多年，但我还是记得很清楚那道人的模样，身材高大，仁义而有豪气，有古代游士之风，比起天师府的黄紫贵人，实在是没有架子可言。”

老人唏嘘道：“那道人便是武当山的上上任掌教，叫王重楼。我也是很久以后才知道他是北凉武当山的掌教，所以趁着身子还没完全埋进黄土，赶紧来这里看一看。顺便也想看一看北凉的西北天高到底是怎么个高法。因为太爷爷以前在太安城当官的时候，有言官御史弹劾一个人，说那人到了北凉后，大开宴席的时候，竟然就指着屁股底下的椅子对众人说，这把椅子不是龙椅，但比京城那把要高许多嘛。”

老人的儿子也快有甲子高龄，闻言后笑道：“多半是无稽之谈。”

老人点了点头。

那个一直看着老人抱着曾孙子的北凉徐奇没有说什么，转过身，默然望向远方。

他妻子握住他的手，侧过脑袋，轻声问道：“是真的还是假的？”

正是徐凤年的“徐奇”柔声道：“真的。当时我还小，就坐在我爹的腿上。这句话其实是他对我说的，大概是想告诉我当皇帝其实没意思吧。”

徐凤年握紧陆丞燕微凉的小手，低声道破天机：“官员七十致仕是离阳朝廷的规矩，能够在七十九岁才致仕，不是谁都能做到的。老人是严松，当京官最大做到礼部左侍郎，跟首辅张巨鹿政见不合，后来被排挤到了江南道庐州，心灰意冷，便在地方上安心做起了学问。这次张首辅身败名裂，朝野上下噤若寒蝉，严松是少数几个敢为首辅大人打抱不平的，可见他当年跟张巨鹿是光明磊落的君子之争。我之所以跟他同行，是因为徐骁对此人观感不差，说那么多骂他的人里头严松骂得很凶，但在理。”

老人突然对徐凤年笑道：“徐奇啊，我进入北凉境内来武当山之前，拜访过几家书院，那里的情景大出我的意料，好像你们新凉王比老凉王更书生气些，实在难得。”

陆丞燕看了眼破天荒流露出些许汗颜神情的徐凤年，会心一笑。

徐凤年转身后说道：“肯定是明知武功不如徐骁，只能退而求其次，在文治上查漏补缺吧。”

小孩子一头雾水，扯了扯老人的袖子，问道：“太爷爷，我大伯不是说那北凉王的武功很厉害吗？”

一位中年人哭笑不得地道：“文治武功的‘武功’，可不是说打架的本事。”

闲聊过后，一群人重新开始登山。如今来武当山烧香，有一件事情成了访客香客必定会做的，就是亲眼看山上许多道士不分年龄不分辈分集体参加的早晚两次功课。严家老小之所以如此赶早登山，就是想要去欣赏那一幕场景：数百上千道人在广场上一起练拳。传言那套拳法由上任掌教洪洗象首创，谁都能练，谁都能学，谁都能获益。

当一行人终于来到山顶武当主观的广场外时，总算没有错过这壮观的一幕，否则就得等到黄昏了。

果不其然，如外界传言那般，无数站位疏密得当的武当道士在广场上一起练拳，便是再门外汉的老百姓，也看得出那套拳法的舒服。对，就是舒服。没有什么太高深的动作，也没有发出寻常练武时的哼哈声响，安静而祥和。

老人严松赞叹道：“好一个行云流水。”

坐在父亲脖子上的孩子指着远方，好似发现了什么了不得的神仙人物，满脸惊喜，雀跃地道：“那里有个跟我差不多大的小孩儿也在打拳呢！那里那里，他在最前头！”

老人虽然看不清楚那边的情况，听到后也有些讶异：“不是说领拳之人是现任掌教李玉斧吗？”

徐凤年解释道：“李玉斧收了个徒弟。”

那些道士身后还有许多香客，也都跟着打拳，也许不得其意，甚至连形似都称不上，但一个一个都很起劲，只是他们看不清楚领拳道士的身法，只能跟着前方或者附近香客一起打拳，看上去就显得有些不伦不类，但所有人都很认真。然后严家老小就看到一个看上去辈分不高的年轻道士从前方缓缓走到后边，一路走来，不断对学拳的香客们进行细心指点——有哪些动作太过用力了，或者有哪些手法没有到位，又或者是塌腕不够，或是误解了拔背，他都会微笑着帮忙纠正。

徐凤年看着最前方那个每个动作领拳都一丝不苟的小道士，神情有些异常。

那年轻道士看到了徐凤年，微微一笑，快步走来。

陆丞燕轻声道：“你也要打拳吗？”

徐凤年问道：“你想看？”

陆丞燕笑着点头。

徐凤年缓缓走上前，在队伍最后头站定，然后悠然开始打拳。

那年轻道士愣了一下，然后就站在徐凤年身边。

两人动作如出一辙，圆转如意，赏心悦目。

徐凤年闭上眼睛。

当年，有个倒霉蛋每次见到自己，知道会挨揍的他都会苦哈哈挤出笑脸说上一句“你来了啊”。

徐凤年轻轻自言自语：“骑牛的，我来了。”

武当山与徐凤年有缘，更是徐凤年的福地，这已经是北凉公认的。都说徐凤年这个新凉王能够成为天下第一，归功于当年在山上练刀期间跟前后两任掌教砥砺修行，这才有了之后在武道境界上一日千里的惊艳光景。如今武当山腰处的洗象池便成了新武学圣地，瀑布后的那间石屋每日都有各地武人前来打坐面壁，拥挤不堪，只为了沾一沾人间无敌之人的仙气，隔三岔五就会有人为了争抢一席之地而大打出手，这让山上几名负责日常打扫洗象池的年轻道士不堪其扰，经常跟师父抱怨耽误了修行，死活求着给换个差事，后来掌教李玉斧便让徒弟余福接过担子。武当虽然将洗象池对外开放，但距离深潭不远的那座小茅屋和一方小菜圃，在北凉王府的授意下，始终藏掖着，不许外人靠近。小道士余福偶尔会去茅屋那边玩耍，原本荒废的小菜圃终于重见绿意。

跟严家老小分开后，徐凤年跟着李玉斧来到洗象池畔。旧地重游，当徐凤年看到熙熙攘攘的一大帮人钻出帐篷，肩搭棉巾去池边漱洗的壮观场景时，有些哭笑不得，转头向李玉斧问道：“整年都是这么个光景？”

李玉斧点头微笑道：“是啊，这些习武之人大体上也不闹事，衣食住行都自理，每天除了早晚两次去广场上跟着练拳，就都在这里修行，武当山也不好赶人。也不知道谁把小师叔木剑斩瀑布的事情传了出去，半年以来光是从池子里捞出来的折断木剑就有一百多把。后来又有一个说法，说王爷之所以神功大成，是从水潭底找到了一部武学秘籍，于是这么多人，哪怕上山的时候是旱鸭子，如今一个个都水性好得很了。不过，秘籍没找到，倒是从水底取出许多光洁如玉的鹅卵石，前前后后加在一起也有几百颗了。后来他们一合计，在山下找了个手巧的工匠，打磨出一套上好的棋子，送给了武当山。礼虽不重，但情意重，如此一来，咱们武当就更不好说什么了。”

徐凤年无言以对，他所熟知的江湖本就是如此，越是市井底层，便越是既可怜又可爱。他见缝插针找了个空当蹲在洗象池边上，身边是两位倒春寒时节里还穿着老旧单衣的江湖汉子。徐凤年知道这可不是什么到了寒暑不侵的境界，只是打肿脸充胖子罢了。江湖上讲究一个输人不输阵，大冬天的你穿貂裘保暖我就要咬牙穿单衣，更狠的干脆就光膀子。这跟文坛士林是一个路数，盛夏时分不乏狂人狂徒披裘高歌用以沽名钓誉。徐凤年蹲着，掬起一捧冷冽的清水洗了把脸。左手边那个魁梧汉子瞥了眼，有些惊讶一个读书人模样的年轻人为何也来凑热闹，用行话问道：“新来的？有山头吗？”

徐凤年点了点头。山头？清凉山应该勉强能算一座吧？徐凤年笑着问道：“一大堆人挤在这里，别说吃饭睡觉，就是放个屁拉个屎也不爽利啊。敢问这位前辈，难道当真有人在这儿突破境界？”

那家伙深以为然，大概是觉得这小子挺上道，压低嗓音神秘兮兮地说道：“咋没有？前两天还有个哥们在这里一夜之间突破了三品境界的门槛！本来本事挺稀松的，结果破境后一手剑花那叫一个水泼不进。在这之前，还有位最早来这里悟道的陵州老前辈，在三品境界上熬了二十多年，结果在这里静坐了不过三个月，愣是给他闯过去了。我听人说，那位前辈成为小宗师后，意气风发，在月圆之夜清越长啸，中气十足，连山脚几里地外都听得到，足足半个时辰，跟打雷似的，你说玄不玄？”

徐凤年忍住笑意，郑重其事地点头附和道：“咱们常人扯开嗓子别说嚷半个时辰，一盏茶工夫都难，而且之后肯定得当个把月的哑巴。这位前辈高人能长啸半个时辰，肯定内力浑厚，小宗师境界跑不了的。”

右手边那位大侠以冷水洗脸偷偷打了个哆嗦，翻白眼道：“小兄弟，你别听孔小猫瞎咋呼，什么清越长啸，什么半个时辰，都是没影的事儿！谁吃饱了撑的没事嚷半个时辰。再说了，那老头儿就不怕打搅了武当神仙们睡觉？我许十营什么武道小宗师都不服，就只服这座山上的道士，那是真有本事的。我爷爷的爷爷就亲眼见过黄老祖师爷，我爷爷也受过王老掌教恩惠。当年王掌教一指断江，我爷爷当时就在江边上看着呢。如今那李掌教也是个高人，光是看他那副拳架子，我就要心服口服伸出大拇指。”

本名孔大虎但被人取笑为孔小猫的汉子转头看了眼竖大拇指的哥们，笑道：

“拉倒吧你，许十营，你成天就在那里吹嘘跟北凉王有关系，除了‘徐’‘许’两个字谐音，你们一个天一个地，有半枚铜钱的关系？”

许十营狠狠把棉巾甩在肩头，瞪眼道：“老子的爷爷是最早追随大将军来北凉的老卒，老子家里头还留着爷爷传下来的那副铠甲和那张八斗弓……”

孔大虎哈哈大笑拆台道：“如果你爷爷真是跟大将军一样是外地人，那你说啥爷爷的爷爷见过武当祖师爷黄满山，吹牛皮没打好草稿？”

许十营一阵心虚，然后恼羞成怒道：“反正我爷爷是正儿八经的第二拨辽东老字营出身，朝廷用‘永徽’这个年号之前，就跟着大将军南征北战。我爷爷步射挽八斗弓，十发八中；步射开六斗弓可十发七中。爷爷说当年连大将军也亲口夸奖过他的箭术，说以后到了北凉要让北莽蛮子也知晓辽东健儿的厉害。”

孔大虎嗤笑道：“我可听别人都讲神箭手那都是百发百中什么的，要不就是百步穿杨，你许十营的爷爷才十发七八中，也能让大将军称赞？许十营啊许十营，你小子就不怕说大话把自己给噎死喽？！”

外行看热闹，内行看门道，徐凤年顿时对许十营刮目相看，因为离阳朝廷早期武举有颁发《试分马艺业出官法》，按例许十营爷爷的箭术确属上乘，而恰恰因为许十营没有提什么百发百中百步穿杨，才更真实。

徐凤年问道：“许老哥，怎么没有投军入伍？”

许十营叹了口气，伤感地道：“我爹年轻时候想读书考取功名来着，我爷爷不喜欢，说读书没用，我爹拗不过我爷爷，就只好去投了边军，在纤离牧场里当个小官，结果不知怎么惹恼了上头的大人物，大人物的靠山更大，好像就是那位怀化大将军钟洪武，回来的时候只剩下半条命。我爷爷是死要面子的人，到死也没说什么，只不过就想着让我这个孙子念书。可惜啊，我就不是一块读书的料，只想着练武，好跟爷爷一样攒下点儿军功，给家里多添一副铠甲给后人当传家宝。”说到这里，许十营咧嘴一笑，“我还有个哥哥，就在幽州边境参军。去年春节回家，他说很快就可以当上正式的游弩手了。我哥随我爹，读书、习武都了不起。”

徐凤年好奇地问道：“你爹在边关上受了委屈，怎么还让你哥去投军？何况北凉现在文风渐长，读书一样能有个好前程。再说北蛮子打过来了，当兵不安生啊！”

总给人吊儿郎当感觉的许十营破天荒一脸真诚地道：“我也不知道我哥是咋想的，起先他确实是不太愿意当兵的，过了几年，反倒是不乐意在家读书了。亏得家乡还有个挂念他的小娘，都快熬成老姑娘了。不过去年我哥跟那未来嫂子打包票了，说等他成了咱们北凉三十万边军中最难当上的游弩手，下次回家就一定风风光光地娶她。至于我爹，刚从边关回到家那会儿，成天就知道喝酒，我哥投军后喝得最凶，不过这两年倒是喝得少了，也不说什么疯话了，尤其是春节后，还把酒给戒了。上次跟我哥一起给爷爷上坟，我爹敬酒的时候……”

许十营不再说下去，低下头，狠狠地多洗了把脸。

孔大虎虽然跟许十营平日里相互拆台取笑，但交情其实不错。来洗象池沾光的北凉武人也分三六九等，山头林立，像他们这些没有家世背景的小人物，别说去瀑布后头的石屋打坐面壁，就是池畔风水好些的地盘也挤不进去。一些有门有派的宗门子弟相互抱团，个个眼高于顶，在这边每日大鱼大肉不说，还有许多妙龄女侠贴靠上去，夜夜在帐篷内瞎折腾，每天晨起之时都是容光焕发，像孔大虎、许十营之流就只能远远地眼馋了，胆子大些的就去听墙脚，当然前提是不怕被“名门正派”的少侠们揍得鼻青脸肿。

三人身后一阵喧闹，原来是有人认出了武当掌教李玉斧和徒弟余福，纷纷上前套近乎。李玉斧在山上是出了名的待人和善，与谁交往都不拿架子，这不是八面玲珑，而是一种内里的精神。这亦是武当一脉相承的“气”。武当道士不分辈分不分道观，都有初一、十五替老百姓解签甚至是代写书信的功课。在这件事情上，吕祖订立了雷打不动的规矩。黄满山给人解过签写过信，王重楼是这样，洪洗象是如此，李玉斧也一样，以后也许那个小道童余福也一样。武当修行，修仙先修人，修道先修己，这才是武当山真正的气脉。

徐凤年三人一起转头望向那位年轻的掌教。孔大虎轻声介绍道：“这位便是武当李掌教了，是老神仙俞兴瑞早年在东海收的徒弟。李掌教的脾气顶好，江湖上有传闻他在道教第一福地地肺山斩杀过一条恶龙，一身修为高深莫测。还有人说北凉王为了武当山专程给朝廷上书，要求敕封武当为道教祖庭，我看这事靠谱。以往吧，我对那王爷印象不咋的，后来他陈兵边境，拒绝圣旨进入北凉境界，大快人心，又在陵州搞死了飞扬跋扈的老军头钟洪武，我就觉得新凉王没让人失望。这次北蛮子打过来，听说王爷更是直接去了边境，根本就没有躲在清凉山，这事儿办得让人解气！否则都成了天下第一的高手，还躲在家里，也太丢北凉的脸了！咱们这些行走江湖的，出了北凉也没面子不是？”

徐凤年无奈一笑。

许十营轻声道：“要是边境上打得凶，我就让我哥介绍个门路，杀蛮子去。

杀一个回本，杀两个就是赚了。”

孔大虎忍不住讥讽道：“就你那点儿花架子，去了铁定是赔本买卖。你真当北蛮子好惹啊？那些蛮子自小就跟弓马相依为命，箭术马术真不差，你去了也是白搭。”

孔大虎突然没来由地感慨道：“王爷有件事不地道啊，把听潮阁武库里的好东西一股脑儿送给徽山那位武林盟主了，看来那喜好穿紫衣的婆娘，姿色应该如传闻那般美若天仙，否则咱们王爷也不至于出手这样阔绰。话说回来，给咱们北凉练武的人留下点儿残羹冷炙也好嘛，不说什么上乘秘籍，二、三流的，随手丢给咱们一两本都成啊！”

许十营呸了一声：“就你孔小猫那点儿骨气也想练成绝世高手？就算王爷送你一堆秘籍都是做梦！”

孔大虎也不生气，笑道：“你许十营骨气多，送我几斤成不成？”

徐凤年笑着圆场道：“武当时下那套人人可学的无名拳法大有深意，蕴含着洪洗象对大道修行的体悟。我敢说，一辈子哪怕只学这套拳，不论之前是练拳还是练剑练刀，都可以受益终身。咱也不去说什么证道飞升，什么一品高手，那毕竟得看个人机缘，但要说让习拳之人强身健体，益寿延年，跟阎王爷多讨要几年光阴，肯定可以。在我看来，听潮阁一百本被束之高阁的秘籍也比不上那套人人可学的拳法。”

孔大虎将信将疑道：“小兄弟，这套拳法果真如此不俗？”

徐凤年点头道：“就像一篇文章写得盲风涩雨佶屈聱牙，瞧着很有才学，其实在大家眼中也就那么回事，算不得真正的好学问。同理，一套武功入门难，门槛高，也未必是好武功。”

孔大虎笑道：“这道理好听，可未必在理啊！世间武功，哪有门槛不高的？小兄弟你说老剑神李淳罡的两袖青蛇难不难学？又岂是谁都能学的？新剑神邓太阿的剑术，随手一个架势，那更是让小宗师看都看不懂。”

被反驳的徐凤年哈哈笑道：“这正是武当这套拳法的高明之处，也是洪洗象所修大道的真意所在。世人眼中高不可攀的天道如华山之巅的险路，仅是一条羊肠小道，虽有足迹，但人烟罕至，可洪洗象的大道却是世间那平坦驿路，人人可走，只要坚持，哪怕资质平庸，也能走得远。”

孔大虎愣了一下，指着这哥们笑道：“听着像歪理，但还是挺有道理的。”

许十营一本正经地拍了拍徐凤年的肩膀，说道：“小兄弟有悟性，以后肯定能够成为扬名立万的高手。”

徐凤年微笑道：“借你吉言。”

三人起身后，武当掌教李玉斧还是被众人团团围绕脱不开身。那名在去年隆冬大雪时分上山的小道童站在外边，小心翼翼打量着徐凤年。不知为何，孩子对这个不知身份却能让师父格外重视的神秘男子，初见时有些没道理可讲的敬畏，但很快心底就有些隐晦难明的亲近，不过始终是畏多于敬，所以从头到尾孩子都躲在师父身后，没有跟这个家伙说半个字。就在徐凤年跟小道童余福视线对碰然后后者赶紧转头的时候，一名锦衣貂裘的世家子俊哥儿蹑手蹑脚走到徐凤年身前，在五六步外就不敢上前，双拳紧握，手心满是汗水，身后还跟着一帮纯粹是吃饱了撑的来武当山赏风赏月的狐朋狗友。他们这伙人对什么武当掌教什么拳法都不上心，但时下北凉旧三州的官场以及官员子孙，对某人的观感有了翻天覆地的变化，尤其是在那群当年跟那人比拼谁更纨绔败家的年轻人的添油加醋之下，他们更是达成了一个共识，觉得天底下最爷们儿的事情，就是浪子回头金不换！

那个一脸不敢置信的年轻公子哥停下脚步后，怯生生地试探道：“在下柳玉鲲，家父是陵州丹阳郡守柳工筌。”

徐凤年笑了笑：“你大哥是龙象铁骑的骁骑尉柳玉山？当时跟着龙象军长驱直入，一人斩获首级十二颗？”

那个在同党眼中最是跋扈的柳玉鲲竟然一下子就眼眶湿润，浑身颤抖，如遭雷击。

柳大公子正要下跪，却看到眼前那人轻轻摇头，顿时硬生生伸直了已经弯曲几分的膝盖，不知所措。

去年陵州官场那场闹剧，诸多战功卓著的武将在众目睽睽之下，被一个顶着陵州将军头衔的年轻人逼得卸甲，一个个露出满身伤疤。柳玉鲲就在场远观，起先也没觉得那一幕如何震撼人心，只是当他后来见到从边境返回的大哥，一向瞧不起他的大哥，因为文官出身的父亲在饭桌上发了几句冷嘲热讽的牢骚，差点儿跟父亲和整个家族决裂，后来又破天荒跟他这个弟弟一起喝酒，断断续续说了些边境上的战事，说自己的袍泽们是如何坦然战死，他柳玉鲲才开始知道那份沉甸甸的意义。所以柳玉鲲这才在料峭的春寒中登上武当山，只想知道那个新凉王当年是如何习武的。

徐凤年不想在这里泄露身份，跟柳玉鲲的闲谈点到即止，然后跟孔大虎、许十营告辞，给了李玉斧一个眼神，只和陆丞燕走向茅屋。

等他走后，孔大虎和许十营面面相觑，这家伙怎么跟堂堂郡守公子扯上关系了？看情形最不济也是家世在一个级数上的人物，怎么还能耐着性子跟他们两人扯老半天的淡？许十营更是嘴角抽搐，当时自己还装模作样拍了拍那哥们的肩膀，他生怕这些听说最喜欢笑里藏刀的世家子一转身就朝自己动刀子，自己可千万别还没悟成个高手就给人套麻袋沉入洗象池啊。柳玉鲲先前壮着胆子观察了半天，看到北凉王跟两个穷光蛋武人蹲着聊了许久，还有说有笑的，这会儿可不就赶紧屁颠屁颠走上前，做了个举杯的手势，主动套近乎道："两位老哥，兄弟我陵州柳玉鲲，相逢即是缘，我那儿有酒，最地道的绿蚁酒，要不咱哥仨一起撮一个？"

孔大虎傻乎乎地问道："这位公子哥，不收钱吧？"

柳玉鲲无奈地苦笑道："打我脸不是？"

孔大虎和许十营懵懵懂懂去了柳玉鲲那顶豪奢的绸缎帐篷内，懵懵懂懂喝上了滚烫的绿蚁酒，四周还有一群衣衫鲜亮的纨绔子弟用崇拜的眼神望向他们，那几位年轻貌美的女侠更是眼睛发亮。

当两人最终得知那人的身份后，呆若木鸡。

祥符四年，凉州骑卒许十营战死于边关，死在担任游弩手标长的哥哥之后。

祥符六年，幽州步卒孔大虎战死于北莽宝瓶州。

两人死前有笑，皆死而无憾。

在离开茅屋前往小莲花峰的山路上，徐凤年和陆丞燕竟然又跟严家老小相遇了。如此缘分，让老家主严松也颇感奇妙，言谈之中也就淡了几分交浅言深的顾忌之意。若是加上年轻时在离阳覆灭大楚之前的任职，老人可谓久经宦海，陆续见过大楚、离阳两个朝廷的四个在位皇帝。其实，离阳刚刚登基的新帝赵篆他也早就见过，不过，严松在担任礼部侍郎的时候，赵篆还不过是个各方面都不出挑的年少四皇子，见着经常去勤勉房授业的老人也要执学生礼。严松的眼光何等老辣，自然不会将徐凤年认作寻常的北凉香客，后来武当掌教李玉斧的招待更坐实了老人的看法。只不过双方心知肚明，都不需要摆在桌面上说得太敞亮。至于这个年轻人是北凉哪位将种子弟，已经见识过离阳庙堂最高处风景的严松跟北凉八竿子打不着，更不需要计较。两人登山时聊天，不知不觉就聊到了那位"碧眼儿"首辅大人。对于张巨鹿，站在敌对阵营的严松是心怀遗憾的，说张巨鹿距离圣人还差半步，做到了兼济天下，可惜却没能独善其身。

严松忧心忡忡地道："藩王，外戚，宦官，武将，文官，这五种人，如果立身不正，是最容易引来天下大乱的。我朝皇后贤德，外戚素来不成气候，是天下莫大的福气。宦官先后由韩生宣、宋堂禄两任司礼监掌印领衔，人品不去多言，但都对赵家天子忠心不贰，对弄权一事也很谨慎。我朝宦官恪守本分，故而不用担心宦官干政。先帝在张巨鹿的竭力辅佐下大力削藩，悄然抑武，刚柔并济，颇有成效。上一代称得上封疆裂土的几大藩王里，胶东王赵睢早已锐气尽失；淮南王赵英更是战死沙场；靖安新王赵珣也一心一意为国尽忠；广陵王赵毅没有什么野心；你们北凉又被北莽牵制，就算有心也无力；那么就只剩下手握精兵又善于藏拙的燕剌王赵炳了。南疆天然没有大敌，赵炳可以缓缓蓄势，这必定是我朝的心腹大患。”

然后严松自嘲道：“至于我们这些文官嘛，书生造反，十年不成，最好打发。生前太傅死后，文正一直是文人一辈子最高的追求，就算做不到太傅，还有那么多二品三品大员可以当，而谥号，除了文正，也还有一大串可以带进棺材里。退一步说，当官没出息，还能立言传世，青史留名。所以我说我们文官是最有野心的，也是最没有出息的。但是！”

严松突然停顿了一下，神情肃穆，沉声道：“有了张巨鹿为天下读书人做了整整二十年的榜样后，不一样了！”

徐凤年笑道：“那位青云直上的晋三郎难得说了句捅破窗纸的大实话——‘民为贵，君为轻’，这正是张巨鹿教给他的。也正是晋兰亭这份递交给新帝的投名状，让先帝下定决心赐死首辅大人。”

严松恨恨道：“那个小王八蛋，不当人子！不当臣子！‘坦坦翁’打得好！”

徐凤年看似一笑置之，但是陆丞燕却凭借直觉察觉到他流露出一丝杀机。

严松叹了口气：“永徽之春的那帮文臣公卿，几乎人人的修齐治平都是上佳，挑不出大毛病，但跟着张巨鹿耳濡目染多年，一旦没了首辅的心胸气魄，就会有过犹不及的结果。越是太平盛世，君子之争越是容易沦为意气之争，而且可怕之处在于连皇帝都要束手无策。老夫有不少学生，得意门生也有一双手的数目。不是老夫自夸，确是一直按照圣人教诲的有教无类。前十年二十年还看不出什么，等到老夫差不多致仕，就有天壤之别了，不论是世族身份还是寒族出身，都算干臣能吏，治政有方，但除了寥寥两个学生做到了善始善终，其他人或多或少都有贪渎。可那些家世好的，吃相也要好上许多；骤然发迹的，吃相就难看了。老夫也纳闷，思来想去，后来还是其中一个两袖清风的寒士学生道破天机，是他们怕穷，也穷怕了，就算不为自己考虑，也要为子孙后代积攒家底。”

徐凤年笑道："其实这也是人之常情。"

严松摇头道："为官，让子孙衣食无忧才是人之常情，但让子孙十辈子都坐拥金山银山，就过了。"

严松深深呼吸一口，强颜欢笑道："这兴许只是老夫一人的管中窥豹。"

严松苦涩地道："前年有个被老夫期望有朝一日能够成为殿阁重臣的学生，都快五十岁的人了，东窗事发后在老夫书房外跪了几个时辰。老夫倒是想让他去死，可只要一想到他当年向我讨教学问时的那张年轻脸孔，那双清澈干净的眼眸，老夫就无论如何都狠不下心了，最后只是让他丢官了事。听说如今新帝登基，他又心思活泛起来，在京城大肆运作，试图起复。要知道他一掷千金的对象，恰好是他当年偏激认定为国之硕鼠蠹虫的宗亲勋贵。唉，还记得老夫当年还开解过他来着。"

徐凤年问道："成功了？"

严松自嘲道："有大把银子开道，又有我严松这个首辅政敌的学生的身份，自然是成功了，官拜礼部郎中。事后还给我这个老师写信，说定要继承衣钵，当上礼部侍郎呢。"

徐凤年啧啧称奇道："这家伙脸皮不薄啊！要是来咱们北凉就好了。"

老人疑惑地问道："这是为何？"

徐凤年玩笑道："光是他厚如城墙的脸皮，就能帮忙挡下好几万北莽大军。"

严松顿时开怀大笑，身旁那些严家子弟也跟着笑起来。

山路漫长终有尽头，晌午时分，他们来到小莲花峰顶，鸟瞰远方，心旷神怡。

严松对站在身旁的徐凤年由衷地感叹道："实不相瞒，老夫之所以来到北凉，是有人请，他刚好也是老夫的学生之一，他说北凉是个能让人一吐胸中浊气的好地方。老夫不信，但那家伙一口气写了八封信，老夫不胜其烦，想着临死前走一遭西北边塞也好，写了一辈子满是脂粉气的婉约诗词，说不定临了还能写出一两首传世的边塞诗嘛。"

老人的孙子打抱不平道："爷爷写的青词妙笔生花，先帝赞不绝口，当年连那春秋三甲黄龙士也佩服的！哪里有半分脂粉气！"

心情极佳的老人笑着反驳道："屁咧，什么佩服，少给老头子戴高帽，他黄龙士不过是给了'有气无力，尚可'的六字点评。"

虽然嘴上反驳，但可以看出老人心底对这个听上去褒少于贬的苛刻点评还是有些自豪的。

徐凤年笑道：“能让从不夸人的黄三甲这么说，实属不易。”

老人眯眼捋须道：“这才对嘛，这话得徐公子这个外人来说，老夫才能坦然笑纳，自己孙子拍马屁，算哪门子事情。”

陆丞燕会心一笑，这位老人也是个大妙人。

陆丞燕犹豫了一下，说道：“老先生之前说藩王之中北凉有心无力，小女子不敢苟同。”

严松转过头：“哦？”

出人意料，陆丞燕只是说了一句有牛头不对马嘴嫌疑的言语，反问道：“窃以为只要大将军在，天下就不会乱，北莽不敢南下，西楚不敢起兵，南疆还要继续蛰伏。老先生以为？”

严松久久沉默不语。

恍若失神的严松轻轻叹了口气，轻轻点头道：“原来如此，老夫受教了。”

陆丞燕连忙道：“不敢。”

老人神情复杂地转移视线，望向徐凤年：“如果没有记错，你曾在太安城扬言要为中原百姓做件事情？”

徐凤年问道：“严老是怎么猜出来的？”

严松平静地道：“女子能有这般见识，必是大家闺女，又有青州口音，老夫当年恰好与身为青党主心骨的上柱国陆费墀在朝中共事多年，那么她的身份、你的身份也就自然而然水落石出。”

老人冷哼一声，率先转身离去。严家子弟大多不知道老祖宗为何脸色骤然由晴转阴，只是忐忑不安地跟着下山，就当武当山之行是乘兴而来败兴而归了。

陆丞燕歉疚地轻声道：“是我画蛇添足了。”

徐凤年摸了摸她的脸颊，柔声道：“放心吧，咱们北凉道经略使大人的恩师其实已经准备留在北凉了。”

陆丞燕笑道：“一个不是阁臣却胜似阁臣的国之栋梁，叛出中原进入北凉，这对离阳朝廷而言，可不是什么好消息啊。”

徐凤年点头道：“严松这是为士子赴凉收官了。”

陆丞燕眨了眨眼睛：“宋洞明很聪明啊。”

徐凤年伸出手指点了点她的额头：“没你聪明。”

陆丞燕展颜一笑。

徐凤年解释道："我不全是陪你来山上烧香祈福的。这里是我的福地，准确说来这儿就是我的一块地盘。当时我跟王仙芝一战，若不是武当山倾尽全力摆下一座真武大阵，我连一分胜算都没有。自我出生起，因为这个身份，一直是福祸相依。福气是我的，祸是家人的。我习武之后，有过许多场命悬一线的死战，但次次都没死，而且即便大伤元气，事后也都能找补回来。先前我还奇怪，后来逐渐在武道上登高望远，才明白一个道理，叫店大欺客。我就像是个去下饭馆子的客人，虽然身份特殊，可以经常吃上山珍海味，但还是难逃老天爷这个店家给你吃什么就得吃什么的命。黄龙士曾经泄露过天机，说我大概在这几年里头就得吃上一顿断头饭，然后就没下一顿了，这大概就是'那个我'在这一世命中注定的下场。镇守西北国门，但战死了，北凉没了，三十万铁骑没了，在史书上留下些我不知褒贬的只言片语，然后这一页就算翻过去了。我的后世如何，就又得看老天爷如何提笔写书了。"徐凤年眼神坚毅，"但我自练刀起，就没想过要认命。那时候我一个狗屁世子，就是奔着朝杨太岁、柳蒿师这些高手报仇去的。后来在山顶则是奔着斩龙、斩天人去的。现在我则是奔着保住北凉去的。老天爷那碗断头饭，我不乐意吃。所以你也看到了，老天爷也不是好商量的，很快就出现了北莽三线压境的最糟糕局面，这也许就是所谓的'天道循环，报应不爽'了。"

陆丞燕握紧徐凤年的手。

冷风拂面，吹开徐凤年的额发，他微笑道："嫁给我，吃了很多苦吧。"

陆丞燕跟这个男人肩并肩："苦中有乐，余味无穷，够我吃好几辈子了。"

李玉斧带着徒弟余福来到山顶。这里有茅屋数间，都打扫得干干净净，素朴却毫不杂乱。他们只看到徐凤年站在山崖侧——陆丞燕身子骨弱，不堪山巅大风，便去了一间屋子里休息。

李玉斧走到徐凤年身边，小道童却死活不敢走近，离两人得有好几丈远。

徐凤年轻声道："省心吗？"

李玉斧回头看了眼徒弟后，笑道："比想象中不省心。这孩子认死理，还喜欢打破砂锅问到底。前些天贫道替一位来上山烧香的老人解签，是下下签，孙子要死在边疆。这个徒弟埋怨我当时的做法，跟贫道生了好几天的闷气呢。"

徐凤年好奇地道："你是如何解的签？"

李玉斧答道："贫道没有跟老人说实话，只说是中签，福祸参半，得看造化。"

徐凤年问道："那孩子埋怨什么？"

李玉斧无奈地道："怨我要么就不该说谎，要么就该好人做到底，替老人的孙子'换签'。"

徐凤年想了想，没有多说什么。他不是小道童余福，自然清楚其中的复杂门道，感慨道："看来当初老掌教王重楼摊上那么个小师弟，肯定也吃足了苦头。"

李玉斧笑而不言。

徐凤年轻声道："武当山的灵气都被我挥霍得七七八八，对不住了。"

道袍大袖轻轻飘摇的李玉斧摇头道："自古山川有人即灵。"

徐凤年问道："不是有仙则灵？"

李玉斧笑道："黄龙士说过，世间有过仙人，然后身边再无仙人，世人越知敬畏越重侠骨，到时候自有'侠义'二字成为江湖和天下的脊梁。在贫道看来，修仙太难，远在天边；做人则易，近在眼前。一件难事做不成，人人有借口；若是一件易事都做不成，别的不说，自己给自己找借口也要难些。"

徐凤年嗯了一声："以后我可能就不登山了。"

李玉斧轻声道："贫道倒是会经常下山。"

徐凤年笑道："以后那孩子该揍就揍，谁让他上辈子没打声招呼就拐走我大姐，还欠我一回。"

李玉斧笑着，没有说话。

徐凤年没有急着下山，而是夜宿于小莲花峰顶，陆丞燕陪着他在龟驮碑那边坐了会儿就先去睡觉了。

第二天她醒来时，不知自己是否做了个梦，似乎在昨夜迷迷糊糊地看到了一幅场景，却不敢确定。

她睁眼后，看着坐在床边的徐凤年，后者笑意温暖，但是没有给出答案。

那一夜，一对父子并肩而立。

老人双手笼袖，背微微驼。

老人看着北凉疆域。

年轻人微笑道："爹，我才知道，没了你，这天下就是山中无老虎了。"

老人只是牛头不对马嘴地答了一句："扛不住的话，别硬扛。爹以前只说了半句话，'天底下没有谁的儿子不能死的道理'。后半句是，但天底下同样也没有谁的儿子必须死的道理。"

徐凤年摇头道："我这个北凉王不是为赵家天子守国门，也不是为中原百姓镇守西北。爹你也说过，以前娘在哪里，你徐骁的家就在哪里；后来是我们子女在哪里，你的家在哪里。那么对我徐凤年来说，爹娘的坟在哪里，我的家就在哪里！我怕死，但真到要死的那天，唯独不怕死在北凉！"

老人伸手指向远方，朗声大笑道："这大好山河，我徐骁带着麾下铁骑踏遍了春秋九国！小年，最后替爹去北莽走一遭？"

徐凤年点头道："好！"

第十六章

长庚城谍战汹涌
清凉山御使观政

祥符二年的元宵节，北凉道幽州，州城长庚城。

华灯初上，灯火辉煌，举城同乐。城内家家户户门口悬挂着大红灯笼，闹市喧嚣，有众多让人眼花缭乱的杂耍：吞剑割舌，画地成川……让出行游玩赏灯的老百姓大开眼界。尤其以那黄龙变最为瞩目：巨鲸化龙，水人鱼虫遍覆于地，恍若仙境，令人心旌摇曳。其中就有一名身穿儒衫的中年男子携家眷欣赏此景。此人在幽州官场并不起眼，不过从五品文官身份。幽州将种多如牛毛，他唐文贞不过是个寒族出身的辅官，他的主官洪新甲倒是因为顾剑棠的青眼得以在最近几年闯入离阳中枢尤其是兵部的视野，但是唐文贞是谁，恐怕连幽州都没多少人听说。但是唐文贞对幽州的意义，尤其是对边线军事的意义，不容小觑。葫芦口一带号称足以葬送十五六万北蛮子的戍堡体系，有他唐文贞的莫大功劳。正是他跟随洪新甲一脚一脚走遍葫芦口，参与了从堪舆绘制、戍堡择地、动土开工等全部过程，甚至可以说，唐文贞的脑子里就有一张最缜密完善的军事地图。一旦幽州战事开启，葫芦口若是没有了洪新甲和他唐文贞，戍堡体系发挥出来的功效就要大打折扣。常年在户外风吹日晒，让这位有个好兆头姓名的文官肌肤黝黑，身边那娶自胭脂郡貌美肌白的妻子，更是衬托得唐文贞像块大黑炭。

唐文贞这次从边关返回长庚城，是来跟幽州将军皇甫枰禀报详细军情的，之所以在事后跟妻儿一同元宵赏灯，不是闲情逸致使然，而是唐文贞觉得，若是错过这次全家团圆的机会，以后恐怕就是阴阳永隔了。唐文贞虽是文臣，但北凉文官十之八九都能上阵杀敌。胭脂郡自古盛产美人，野史上就有个让老百姓至今还津津乐道的说法：正是某个胭脂郡狐媚子祸害得大秦王朝二世而亡。所以北凉人有个“娶妻当娶陵州富家女，纳妾则纳胭脂姨”的谐趣说法。唐文贞娶了个胭脂郡女子，没有纳妾，两人多年和和美美，美中不足的是生了两个女儿，还没能有个带把的。不过唐文贞不觉得遗憾，对两个女儿十分宠溺，倒是他媳妇儿总觉得对不住老唐家，唐文贞便经常开玩笑劝慰她说葫芦口那些戍堡烽燧就是他儿子了。若是以一把屎一把尿将孩子拉扯大来形容父母不易，那么专门主持琐碎事务的唐文贞的确可以称为葫芦口防线的亲爹娘了。

唐文贞有些硬实武艺，要说击杀三四个北蛮子不难，当然，军中技击多配合战阵才具意义，对付江湖顶尖高手当然就不够看了。不过，唐文贞骨子里本就是个有着修齐治平情怀的文人，这辈子也没打算跟什么高手玩什么捉对厮杀，所以唐文贞并不清楚，在拥挤的人流中，竟然有不下十对眼眸在留心他。那些人视线都是蜻蜓点水一闪即逝，经验老到，甚至不足以让唐文贞产生某种直觉，最多让他仅仅误以为是登徒子对他身旁妻子的垂涎。唐文贞和妻子一人拉着一个女儿的小手，他却有些心不在焉，因为心思都牵挂着葫芦口，想着哪座戍堡需要加固围墙，哪座烽燧需要增添人手，又有哪条驿路哪个关口需要调派斥候侦察。北凉军中，如洪新甲和他唐文贞这些边关青壮派文官，还有新任弘禄将军曹小蛟之流，都被强行划分到“陈系”之中——这些边臣除了年龄基本正值当打之年外，更多的是受到上任北凉都护陈芝豹潜移默化的影响，相对推崇细节决定战局，对战争的理解以及执行，跟燕文鸾、陈云垂这些沙场老将有着不小的分歧。当时北凉换王，一朝天子一朝臣，很多人都担心会被打压清洗，好在徐凤年上位后始终没有触及这拨中坚分子的底线，相反，这些人中的许多或多或少得到了提拔，幽州头号刺头曹小蛟无疑就是个典型，而他们也投桃报李，对徐凤年默许，对徐北枳、陈锡亮负责具体实施的“安抚边军，大动州军”八字政策抱有积极肯定的态度。唐文贞对那个北凉王没什么观感，谈不上钦佩，也说不上反感，只要不来幽州葫芦口防线指手画脚，唐文贞就会继续任劳任怨地做事。

唐文贞突然笑了笑，有些自豪：葫芦口是耗费了北凉巨额粮饷不假，可自己和洪将军可是在用那些石头换取北蛮子的命啊，这笔买卖不管怎么算计，咱们北凉都是不亏的。

离阳先帝赵惇治政开明，虽然与皇后生活简朴，却不禁天下妇女的粉黛衣饰。北凉天高皇帝远，更是不懂僭越为何事。百姓穷苦，但将种门庭可都不穷，每逢佳节，富贵女子人人争芳斗艳，只要有钱又敢穿，就是妇人穿上凤冠霞帔也没人约束。此时人流中，有个仿旧南唐宫廷妇人“天宝妆”样式的妙龄女子，身段婀娜，身边跟着个梳蛮鬟髻的贴身婢女。两女体态一丰腴一纤细，相得益彰，很是惹眼。许多最喜伺机揩油的游手好闲之徒蜂拥而上，婢女为了给自家小姐挡灾，蛮鬟髻上那些金银犀玉各色质地的精美小梳都已经掉落了好几把，但仍是防不胜防，那小姐的娇臀仍是难逃一劫，被某个手脚伶俐满口黄牙的“瘦猴儿”给轻轻拍了一下，拍中有捏，显然是个中老手了，吓得那小姐花容失色，高墙履踩出一连串小碎步慌乱逃避。这一幕恰好落在唐文贞妻子眼中，在同情恼火之余，自也有些女子相妒的取笑之意，轻声跟自己男人说道：“穿得这般花哨，也没个健仆豪奴护着，可不就是招蜂引蝶吗？怨谁？”

唐文贞对这些鸡毛蒜皮的事情并不上心，漫不经心地点了点头，更没有英雄救美的意图。凉地女子，内里性子大多刚烈彪悍不输男儿，别看表面上柔柔怯怯的，真动了肝火，那绝对能卷起袖管大打出手，在别人脸上挠出一朵血花来。唐文贞身边这位媳妇儿，当年可不就是从胭脂郡小地方嫁入州城后，头回参加灯市凑热闹，就打赏了浪荡子一记狠辣的撩阴腿？

不远处，一个头顶毡帽的高大老者丢了一串铜钱做赏钱，给那正在表演吐火的侏儒。

与此同时，人海中有个如今在北凉越来越常见的行脚僧，背着个搁置经卷的竹架。

有一对粗布麻衣貌不惊人的年轻夫妇正在帮孩子跟卖冰糖葫芦的汉子要了一串。

闹市东北角有一座香火兴旺的东福寺，在钟楼楼顶可以俯瞰半个集市：有衣饰豪奢的公子佳人有说有笑，有贫寒书生抓耳挠腮想着吟诵一二，有迟暮老人触景生情沉吟不语。阁楼外廊有个手持马尾蝇拂的矮小道人，瞥了眼唐文贞所站方位的风景，然后从怀中掏出一本小册子，伸出手指蘸了蘸口水，翻开册子，借着几乎不输白昼的灯光，看到了“唐文贞”三个字，轻声笑道：“文贞啊，好大的名字，听说你们中原朝廷只有凤毛麟角的殿阁文臣才能在死后得此美谥，你小子下辈子取名悠着点儿。”

就在蝇拂道人自言自语堪堪结束的电光石火间，闹市便发生了一连串不易察觉的异变。

那个被瘦猴儿轻薄的“天宝妆”大家闺秀垂首逃至唐文贞几步外，扭动腰肢，哪怕处境狼狈，仍是有一股天然的风韵。那蛮鬟髻婢女不知何时从头顶摘下一支细小的银钗，原本她应该手腕一抖，顺势一撩，在自家小姐腰肢向左扭去时，那支银钗紧擦着女子右腰倾斜向上，精准地刺向唐文贞心口，但是正在此时，她的手腕被那与寻常青皮地痞无异的瘦猴儿死死地握住。婢女故作惊慌，左手肘往外一翻，试图砸在那阻拦之人一边的太阳穴上，但是一瞬间她的身子就瘫软下去。

看上去只会给人猥琐感觉的瘦猴儿在一手握死婢女的手腕后，一手在他身前和女子后背短短一尺距离间骤然发力，正是北凉外家拳宗门刘氏拿手的“劈山炮捶”。这一捶直接将那纤弱女子的脊椎给捶断了，然后他一把将婢女扛在肩上，大声嚷着“娶媳妇儿回家喽”，一路狂奔，看得周围百姓哈哈大笑，只当是遇见了个见色忘命的家伙，敢当街调戏良家女子，事后少不了去州衙监狱吃饱牢饭。

扛着女子奔跑的瘦猴儿满脸淫秽的笑意，实则眼神深沉无比。作为北凉“外家拳第一”刘氏的外姓嫡传子弟，虽然他的名字没有出现在刘氏宗谱上，但身手、心性自然都是上上之选。事实上，他正是拂水房潜伏在幽州长庚城多年的甲等房高手，才二十岁出头便是内外兼修的三品高手了。被他捶杀的“婢女”也不简单，是北莽朱魍的一名提竿捉蝶女。在一击得手后，瘦猴儿没有任何多余的动作，直接就撤离了这处另类的“战场”。他清晰地记得在自己入行时，那个领路的拂水房前辈只教给他一个看似简单至极的道理：杀和被杀就是一线之隔。说完这句话后，那前辈笑眯眯地问他懂了没，还没来得及点头，他整个人就倒飞出去，在床上躺了两个月才能下床走路，然后他就有些懂了。褚禄山一手打造的拂水房最讲规矩，何时何地杀人，用什么手法最快杀人，何时何地撤出，要做得不折不扣，若有意外，自有其他人在暗中补救，绝对不允许谁自作主张。拂水房最忌讳自以为是，谁敢坏了规矩，大头目褚禄山有的是五花八门的规矩来教人懂规矩。所以这么多年下来，拂水房谍子死士的任何暗杀，从头到尾都很干净，没有半点儿拖泥带水，久而久之，就少有“意外”发生了。

先前丢给杂耍侏儒一串铜钱的毡帽老者在看到捉蝶女被人扛走后，就有意无意挡在了那对麻衣男女身前，不让他们继续靠近唐文贞夫妇。老者笑着上前打招呼，像见着了有世交之谊的晚辈。那年轻人与老者刹那间搭手六招，最终还是“笑脸慈祥”的老人搂住了后者肩头，一把淬毒的匕首趁势插入这名北莽捕蜓郎的腰间，而且飞快拔出，再度刺入！那名捉蝶女乔装的年轻妇人则脸色如常地看着这一切，哪怕毡帽老人搀扶着“丈夫”迅速远离她，她也没有任何动静，但她的嘴角微微翘起，等到毡帽老人意识到不妙的时候，脑袋如同被剧烈地撞击了一下，向后一仰。额头渗出血丝的老人在垂死之际看到不远处站着那个脸庞稚嫩但眼神阴狠的稚童，看似满脸天真无邪的小孩子歪着脑袋，轻轻吐出第二粒山楂核。

然后，视线模糊的毡帽老者笑了起来。捉蝶女匆忙挤入人流，瞬间消失不见，但那个猜不出真实年龄的“孩子”则被永远留下了，额头上插着一根原本用以穿糖葫芦的木扦。在街上吆喝贩卖糖葫芦的憨厚老人抱起孩子，快步走到正要向后倒去的毡帽老者身边，将顶端插满糖葫芦的木棍插入地面，腾出一只手扶住了老友和那个早已气绝身亡的捕蜓郎。

毡帽老者看着吵了半辈子架的老友，嘴唇颤抖，却说不出话来。

后者红着眼睛，先帮老朋友擦去额头的血迹，然后拉了拉毡帽遮住他的额头，轻声沙哑地道：“老榕，回头清明节一定给你捎上那壶去年褚大当家赐我的好酒，放心走。”

毡帽老者背靠着那根插满糖葫芦的木棒，缓缓闭上眼睛。

在唐文贞右侧十几步外，一名与拂水房游隼分属不同山头的梧桐苑鹰士与北莽捕蜓郎同归于尽，都是以互相中了对方的袖中短刀毙命，两人肩并肩席地而坐，像是那大醉后把臂言欢的好兄弟。

那天宝妆的年轻女子对四周的变故无动于衷，目标只有那个唐文贞。

李密弼苦心经营的那张“蛛网”，有一双茧、六位提竿、三百捕蜓郎、八十捉蝶女，而她正是捉蝶女中的翘楚，甚至有望成为北莽第一位女提竿。

前提是她在今夜杀了唐文贞。之前她亲自杀的十六名幽州官员，加起来都比不上一个唐文贞。

所以那些捉蝶女、捕蜓郎的战死都是值得的。

一步。距离还蒙在鼓里的唐文贞就只有一步了。

突然，唐文贞身边那个不起眼的少妇撞入她怀中。

钟楼外廊，矮小道人身边多了一个身材魁梧的佩剑青年，身体倾斜而立，手肘抵在围栏上，眯眼看着闹市中跌宕起伏的隐蔽厮杀，撇了撇嘴：“功亏一篑啊。”

面容苍老的道士收回视线，似有不甘，但还是收起册子，将那柄蝇拂搭在手臂上，用听上去极为别扭的离阳官话平淡地道：“要怪就怪你们朱魍情报有误，竟然连唐文贞的妻子是北凉谍子都查不出来。”

佩剑青年的离阳腔调就要顺耳许多，听上去跟中原人完全一样，只听他漫不经心地道：“老子只是个干脏活累活的提竿，又不是神仙，真说起来，你这位道德宗掌律大真人才被人说成神仙。”

老真人没有动怒：“册子上有一百三十五个目标，如今才杀了三十七人，不说我朝江湖死士和斥候游骑这类无关紧要的角色，光是你们朱魍就已经死了一名提竿、十二位捉蝶女和三十一名捕蜓郎，是不是得不偿失了？”

北莽提竿没有说话。

道德宗掌律真人皱了皱眉头：“这趟长庚城之行，我方已经没有后手了，难道你跟我联手就想杀掉那个重兵护卫的幽州将军皇甫枰？”

看上去很年轻但手背满是老年斑的剑客闻言冷笑道：“除了你道德宗崔瓦子陪着我跑来看热闹，公主坟那张阴阳脸，棋剑乐府的大乐府，还有魔道高手榜上的两个，都没有出现，你就不好奇他们在哪里？为什么一路上你们五大高手出手的次数屈指可数？要知道在葫芦口前线上，北凉不是没有派人坐镇，倾巢出动的听潮阁高手一半可都躲在那里守株待兔了。”

在道德宗中辈分奇高的神仙人物对修道很擅长，可对这些见不得光的弯弯肠子就很不开窍了。只不过崔瓦子在道德宗外名头很大，在宗门内其实口碑平平。

他天赋一般，别说那位已经证道飞升的掌教真人袁青山，就是跟那位在西京小楼内陪着蛰眠缸中蛟龙一起蛰伏二十年的师兄，也难以相提并论。不过这次女帝陛下摊派任务给各大宗门，责无旁贷，道德宗只好将他这位掌律真人给推了出来。崔瓦子也有自知之明，身边这名朱魍提竿别看没有指玄境界，甚至连是否达到金刚境界都不清楚，但双方真要放开手脚厮杀起来，死的肯定是他这个货真价实的道门指玄高手。所以五个江湖身份的一品高手，其余四个分明都极为瞧不起他崔瓦子，他也只好沦落到做账房先生的地步。

老真人试探性地问道："难不成李国师一开始就是对准了皇甫枰？"

老人很快补充了一句："或者是那个在北凉边军中更有声望的幽州刺史胡魁？"

拥有精湛易容术的朱魍提竿忍不住翻白眼道："对牛弹琴。"

崔瓦子握紧蝇拂柄，阴沉地道："贫道敬的是李国师，不是你！莫要得寸进尺！"

但是那佩剑提竿根本没有搭理这位德高望重的掌律真人，转过身，死死地盯住一名先前陪着某位锦衣公子哥附庸风雅的柔弱女子。

幽州将军府邸。

身穿官服的皇甫枰持大马金刀坐在一把紫檀椅上。大堂之中只站着一个闭目养神的年迈剑客，负有一个沉重的剑匣，正是那位被北凉王亲自招徕的指玄高手，沉剑窟主糜奉节。

相较钟楼上道教指玄的崔瓦子，糜奉节的指玄境界是以剑入道，后者才真正称得上世间顶尖武人。

皇甫枰一手曲指敲着桌面，一手持茶盖，轻轻扇着杯中浓茶升腾起的雾气。这位实权将军在北凉毁誉参半，但没有谁能否认他是北凉王跟前排得上号的大红人，幽州境内恐怕也只有他皇甫枰担得起"心腹"二字。皇甫枰能喝酒，但不爱喝，喝茶也只喝苦到让人满嘴涩的浓茶。皇甫枰沉默不语，按照梧桐苑和拂水房两边谍报的汇总，北莽朱魍和江湖势力这趟渗透幽州腹地，刨去前期的四面开花，让暗中的鹰士、游隼和明面上的当地驻军可谓疲于应付，死伤惨重。这些亡命之徒在后期拣选了条位置靠中的南下路线，然后突兀一拐，同时在左右两侧大规模刺杀的掩护下，直奔幽州州城长庚城而来。刺杀目标显而易见，要么是他这个幽州将军，要么是刺史胡魁。

长庚城除了有身份隐蔽的麋奉节坐镇幽州将军府外，胡刺史府邸也有诸多二品宗师为其保驾护航。

还有那个女疯子樊小柴潜伏在城内。

北莽要在护卫森严但诱饵肥美的长庚城下筷子好像十分合情合理，毕竟他皇甫枰和胡魁的生死都能影响到幽州格局。

皇甫枰猛然盖上茶杯，沉声道："不对！"

与此同时，钟楼外廊那边，察觉自己身份暴露的北莽提竿毫不犹豫地纵身一跃，留下道德宗掌律真人独自应对那个隐藏极深的危险女子，哈哈大笑道："崔瓦子，你到了为国捐躯的时候啦。等我们朱魍成功宰掉那个燕文鸾，在下一定会亲手将陛下赠予的抚恤送往道德宗。"

大将军燕文鸾的帅帐不在幽州腹地，距离葫芦口不过一百零五里路程。起先幽州边军在听闻有大批北莽刺客渗透后，以帅帐为中心的方圆百里，光是一标五十人的斥候就泼洒出去足足二十标。顾大祖跟同为步军副统领但驻地在幽州境内的陈云垂不一样，顾大祖在凉州边线上主持大局，他因为担心统帅的安危，甚至跟骑军副帅周康求了三标最精锐的游弩手，全然不顾燕文鸾的反对，派遣到了老将军这边，以防不测。随着谍报不断火速传递，显示北莽刺客不断南下，尤其是先前步军副统领陈云垂的营帐遭受过一场凌厉的夜袭，幽州军伤亡惨重，若不是事先埋伏着足够数量的三品高手和小宗师，后果不堪设想。虽然当下燕文鸾帅帐的戒备力度没有减弱，但是所有人明显都松了口气。

这一日，恰好是葫芦口那边北莽铁骑疯狂拥入，继而烽燧狼烟四起的时候。

燕文鸾率领一千亲骑火速赶赴前线。

千骑四周，是那三标白马游弩手和幽州步军一流斥候在谨慎娴熟地游弋侦察。

越是如此，当十人以螳臂当车之势挡在一千骑前进路上的时候，燕文鸾的护卫统领就越是感到不安。

道路尽头，为首居中一人是名白纱罩住半张脸的女子。

她身侧站着个细眼长髯的中年儒士，头顶逍遥巾，腰系一支深紫竹笛，风流倜傥。

两人分别是公主坟小念头、棋剑乐府大乐府。

两人身后是北莽魔道十大巨擘中的两位，一个侏儒蹲坐在巨人的肩头，画面诡谲。

北莽江湖只知道他们的绰号——“铁骑儿”和“口渴儿”。后者尤为恶名昭彰，与喜好吃人心肝的同榜魔头谢灵差不多，嗜好吸食活人鲜血。

在显得最不合群的靠后位置上，一个白发苍苍的老妇人重重地咳嗽着，头顶插着一朵娇艳欲滴不合节气的鲜花。

其余五人无一不是北莽江湖出类拔萃的一流高手。

燕文鸾抬起手臂，一千骑骤停，老将军啧啧笑道：“这回北蛮子胃口不小啊。”

统领亲军的骑将忧心忡忡，策马来到燕文鸾身侧，只是没有等他开口说话，燕文鸾就笑着说道：“别急，今天没咱们的事，好好欣赏便是了。世上终归是有那万人敌存在的，咱们这些依仗兵马雄壮的武将啊，不服气不行。”

在骑将的一头雾水中，在骑军里头有一骑默然出阵。

手持一杆长枪的男子摘掉头盔。

这名被天下名将燕文鸾誉为万人敌的男子在出阵之后，开始缓缓策马前冲。

很多年前，在那个剑神李淳罡夺魁江湖的时代，有个北凉人，一人一马一枪，数度在北莽草原上如入无人之境。

他叫“枪仙”王绣。

之后世人只知道王绣教出了一个青出于蓝而胜于蓝的徒弟，白衣陈芝豹。

但哪怕是北凉人，甚至哪怕是北凉王徐凤年，都不知道陈芝豹之所以当年杀了师父王绣，最终却没能取走那杆名枪“刹那”，是因为有人以一杆普通的木枪挡下了手持那“梅子酒”的陈芝豹。

遥望那一骑看似平淡无奇的提枪冲锋，站在队伍最前头的大乐府发出一声无奈的叹息：“是徐偃兵。我们先前的布局都成了笑话啊。”

他和公主坟小念头身侧刮过一阵大风。

大乐府更无奈了：“找死啊。”

只见魁梧的铁骑儿越过他们疾走如雷，那个侏儒阴恻恻地笑着。

在双方相距五十步左右的地方，口渴儿双腿在巨汉肩头使劲一蹬，借势前扑。

那具瘦小的身形在空中的轨迹很是鬼魅花哨。

结果仅是一个擦肩而过，胜负就已分。

燕文鸾身后千骑根本就没有看到那持枪男子是如何出枪的，只看到那个很有魔头风范的侏儒在空中炸裂成一团血雾，然后那魁梧巨人转身拼命逃窜，他们仍没见那马背上的持枪之人如何摆弄长枪，但敌人愣是都不敢跑直线，绕来绕去，狼狈不堪。接下来的一幕更是匪夷所思：绰号“铁骑儿”的北莽魔头好似莫名其妙就被逼到了绝境，重新转身，朝那一骑撞去，最后就像傻子自杀一般直直地撞到了枪尖上，任由长枪透颅而过。

徐偃兵轻抖手腕，将那具巨大的尸体甩出去，继续冲锋。

不是口渴儿和铁骑儿这对魔头枭雄太过不堪一击，而是他们选择的这个对手只要出枪了，那就没有双方都活着的可能。

当年四大宗师之一的王绣与人对敌，哪怕许多对手跟他境界相差不大，但还是极少有一合之敌，就是这个道理。

徐偃兵已经超出王绣巅峰时的境界许多，因此与人对敌时更是如此！

这意味着将来徐偃兵与陈芝豹那一战，注定只有一枪的事情。

离阳新科进士及第后往往并不立即授官，在正式铨补之前，会被派遣至六部九卿等衙门熟习政事，这即是所谓的进士观政制。新帝登基后，在先帝亲手订立的兵部侍郎巡边的基础上更进一步，开了兵部官员观政边陲的先河。这本是靖安王赵珣当年疏策中的提议之一，目的是预防兵部只顾纸上谈兵务虚不务实。可见当今赵家天子对这位在靖难中忠心耿耿的年轻藩王青眼有加。此次令朝野上下瞩目的兵部出京临边，兵部官员的品秩都不高，其中车驾司员外郎孔镇戎、武选清吏司主事高亭树、武库司主事严池集等人，在京城官场上都是典型的“嘴上无毛”的年轻面孔。此事之所以让朝中一干大佬都上心，有两个原因。

一个原因是观政边陲的首选地点竟然不是意料之中的两辽，不是已经有了个兵部侍郎许拱在当地遥相呼应的东线，而是大漠狼烟的西北边塞，北凉道！

第二个原因则是兵部精心筛选出来的官员极为耐人寻味。其中，新科榜眼高亭树和官场同年吴从先等人能够在太安城声名鹊起，显然光靠一甲前三名的身份是不够的，若不是有那位晋三郎不遗余力地推波助澜诗词唱和，他们至多风光两三个月就会在观政中泯然众人。在那座衙门林立高官多紫红的赵家瓮，永徽年号长达二十余年，还真不缺状元、榜眼、探花郎，至于进士就更数不过来了。世人谁不知晓对高亭树有知遇提携之恩的当朝大红人晋兰亭，这些年对北凉徐家父子视若仇寇？除此之外，严池集和孔镇戎的随行巡边更是值得玩味。严家当年因为一个女子入京，严杰溪、严池集父子顺势成了天子亲戚。更让人没想到的是，没有野心的四皇子，竟然能以不温不火的不争姿态，轻松打破宗室传承中雷打不动的嫡长束缚，最终一路顺畅地南面称尊。国丈严杰溪先前已是洞渊阁大学士，而那个入京初始经常被太安城纨绔戏耍欺负的严池集如今一跃成了当朝国舅。谁不知道当今天子不但与皇后感情深厚，而且登基前与这个温文尔雅的小舅子始终都是亲如兄弟，否则前不久严池集哪能以同进士出身担任兵部的武库司主事，且在述职当日就劳驾堂堂吏部侍郎亲自相送，甚至让兵部卢尚书亲自相迎？孔镇戎也是地道的北凉出身。父亲孔大河当年因功入京为官，投在了二皇子门下。这个孔武痴和严池集那可都是年少时与当今北凉王能穿一条裤子的兄弟，加上唯一留在北凉的李翰林，四人当年在北凉一起逛过的青楼即便没有一百座，那也有七八十座了。

如此一来，这次巡边的人选可就大有嚼头了。兄弟四人，不说徐凤年这个世袭罔替的边陲藩王，李翰林就算有个当官至离阳正二品经略使大人的老爹，如今又是什么官职？小小游弩手标长而已！且那个公认为官有术的李功德才当了几天工夫的封疆大吏，屁股还没焐热椅子，就被宋洞明这么个外人排挤掉了。反观京城这边，不说身份超然的严池集，孔镇戎都已是兵部内炙手可热的实权人物，若是到了地方州郡，任你是一大把年纪的郡守大人，也得老老实实跟孔镇戎称兄道弟，小心翼翼招待着，说不定后者还不乐意领情。

既然是观政边陲，当然是走幽州而不走有“小江南”美誉的陵州。在他们入境没多久，就得到北莽大军三线并进的惊人消息。兵部几位老人本意是在相对平静的幽州边关绕一圈就算给了朝廷交代，然后马上动身去蓟北，跟那个新近崛起的袁庭山打声招呼，再到两辽，见那大柱国顾剑棠和兵部右侍郎许拱。这一路本该平平安安无风无雨，不承想才进入幽州东部就是这么个棘手处境。天晓得那个姓徐的西北蛮子会不会觉得被朝廷扫了脸面，恶向胆边生，一怒之下干脆让北凉边军装扮成北莽游骑，给他们这批兵部观政官员来个一锅端？

观政官员中几位见识过宦海险恶的老人赶紧在一座边境驿站停了下来，连夜合计来合计去也没能商量出个万全之策。倒是那年轻气盛的高亭树颇不以为然，不但提议直奔幽州葫芦口，还要去凉州那座西北第一雄关虎头城去瞧一眼，吓得本就畏惧严寒的老人们嘴皮子都紫了。如果不是因为榜眼郎是个侥幸在顾剑棠和卢尚书心中都有不俗印象的官场晚辈，就等着回京后把兵部衙门的冷板凳坐穿吧。与初生牛犊不怕虎的高亭树相比，一路上都温文有礼待人和善的小国舅爷严池集在那些官场老油条眼中实在是可亲许多，在驿站那煎熬一夜他不知挑了几次灯芯，最后也是严池集说出一个主意，很快就让老人越想越觉得“应景”。国舅爷提议不去幽州，也不去凉州北线，而是直接去北凉王府，去清凉山。主持职方清吏司具体事务的郎中梁石斛捏了捏胡须，心思大定，眯眼笑着说了个字：“善。”

梁大人看这位年纪轻轻的国舅爷越发顺眼了。去那名动天下的清凉山好啊，北凉王不管何等桀骜不驯，就算当初连圣旨也敢出兵抗拒，可总不至于胆大包天到在自己王府杀人的地步吧？再说了，有严池集、孔镇戎跟那北凉王攒下的那份瓷实交情在，就算所剩不多了，去北凉王府应该也不是什么鸿门宴，何况谁没听说过听潮湖那万鲤翻滚的壮观景象？太安城那么多京官，几人有机会亲眼见识？出京后显得意气风发的高亭树犹豫了一下，终于还是没有再说出什么犯众怒的言语。看来严主事的国舅身份确实不是他这个根基不稳的榜眼郎能挑衅的。

当观政队伍在幽、凉两州接壤的驿站停下休憩后，自入京后头回返乡的孔镇戎找到挑灯夜读圣贤书的严池集，坐下后闷不吭声。严池集在经过几年打磨后，逐渐退去了那份外乡人入京心中没底的稚嫩气息，再者腹有诗书气自华，在严家飞黄腾达后，这个性子软弱的年轻士子无形中也多了几分主见，让那个当殿阁大学士的老爹很是欣慰。孔镇戎不说话，严池集也不主动开口，室内只有他的翻书声和偶尔灯芯裂开的细微声响。到底是孔武痴沉不住气，瓮声瓮气问道：“严吃鸡，你说凤哥儿会不会生气，不见咱们？”

严池集继续看书，似乎也不太肯定，轻声道：“不会的吧。”

今晨才刮去满脸络腮胡的孔镇戎摸了摸胡楂子，叹了口气，感伤地道：“你还好，好歹和翰林那家伙跟凤哥儿多处了几年，我可是早你好几年就跑去了京城。上回凤哥儿去京城，我爹老糊涂，早早把我骗去了京畿南，最后也没碰上面。严吃鸡，你读书多些，你说凤哥儿真不会觉着我不讲义气？早知道是这么个堵心光景，当年我就算离家出走，也不该跟爹一起去京城的。”

严池集没有再翻书，停在手头那一页上，默然无语。

孔镇戎问道：“你怎么不去吏部或是礼部，跑来兵部做什么？你不是自小就最讨厌打仗流血吗？”

严池集感慨道：“就是因为讨厌，才要去兵部啊。”

孔镇戎翻白眼道：“就你们读书人花花肠子多，说句话也不直接说明白，别人都是脱裤子放屁，你们是穿裤子拉屎。”

严池集突然眼神锐利了几分，看了眼窗外，低声道：“你回去后与孔伯伯说一声，‘与那就藩江南道的唐王不要再书信来往了’。”

见孔镇戎一头雾水的模样，接下来严池集几乎是一个字一个字从牙缝间迸出：“尤其是那唐王派人进京进献祥瑞白鹿之事，让你爹务必不要掺和！”

孔镇戎纳闷道：“这不是好事儿吗？”

严池集冷笑道：“你什么都别管，只须跟你爹说一声，就说是我在一场家宴结束后的无心之语，你爹知晓轻重利害。”

以前都是帮严池集挡风挡雨的孔镇戎哦了一声，看着严池集的脸庞，轻声道：“严吃鸡，我好像不认识你了。”

严池集原本紧绷的脸色柔和了几分，他重新拿起桌上的书，近乎自言自语道：“我也不想的。”

接下来的凉州之行让包括职方清吏司郎中梁大人在内的诸位老人那颗已经悬在嗓子眼的心慢慢放了回去——不但凉州地方各处军伍为他们大开方便之门，还有一名去年新上任的校尉亲自领军将他们护送至州城外。虽说多少带着点儿监视的意味，但起码在桌面上是给足这趟兵部观政的面子了。郎中梁石斛虽不是军中行伍出身，但作为兵部顾庐的老臣，眼光还是不差的，一叶知秋，掂量得出北凉地方上的军力之强远胜先前途经的京畿和蓟州等地，在心底开始自然对那雄甲天下的徐家三十万边军铁骑心存畏惧，也颇为感慨，原来北凉道境内的轻骑就已是如此雄壮了啊。

当被凉州百姓当猴看的观政队伍来到清凉山山脚的王府门口时，当他们亲眼看到那对足有两人高的石狮子时，饶是见多识广的兵部老人也是面面相觑，不约而同地倒抽一口冷气：好大的气派！严池集和孔镇戎的神情有些复杂，而高亭树则冷哼一声，吓得梁石斛赶紧重重咳嗽几声，生怕给北凉王府上的人听进耳朵。在离阳，一直有“地方官矮上京官三尺”的说法。意思是京官的官威是天然要比地方官员高出三个品秩的，现在更别提那些对京官都趾高气扬的吏部官员了。没了主心骨的兵部虽说风头开始被新任离阳“天官”殷茂春领衔的吏部给压过一头，但威严犹在。梁石斛作为主掌天下各道舆图的职方司主官，又是自诩为傲骨铮铮的读书人，所以当他带头走入北凉王府侧门的时候，那种行走时大袖飘摇的京官架子还是火候十足的，就连王府管事也忍不住多瞧了几眼。

北凉王徐凤年从头到尾都没有露面，是北凉道经略副使宋洞明出面待的客，说是王爷在边关主持军政，委实脱不开身。梁石斛几个老狐狸巴不得那“人屠”

之子顾不上搭理他们一行人，说了一大堆花团锦簇反正不要钱的漂亮话，恭维那位北凉王真是日理万机鞠躬尽瘁，甚至还要去第一线为朝廷把守西北国门，等等。宋洞明这个北凉自封的经略副使则笑着替北凉王全盘接纳下来。大概是因为副使大人身上的中原名士气度实在让人如沐春风，梁石斛等人立马都觉得心情舒畅了许多，还有些由衷地惋惜宋洞明真是明珠蒙尘呢，若是去京城庙堂与当朝公卿并肩而立，那才让人赏心悦目啊。

宋洞明给兵部观政官员接风洗尘后，出人意料地没有任何糊弄人捣糨糊的企图，饭桌上筷子才放下，就起身带领所有人去他那位于清凉山山腰的办公衙门落座，主动将北凉道境内包括校尉任职和边军升迁变动在内的敏感军机要务和盘托出。兵部观政多少有点儿代天子巡狩的意思，但梁石斛随后去蓟州敢这么觉得，在北凉道哪里敢如此托大，本以为他们能吃上几顿饱饭喝过那几壶绿蚁酒就万幸了，甚至都做好了被人冷脸冷语晾着的打算。包括梁石斛在内的老人是坚持只听不说话，可那高亭树就不讲究了，数次询问北凉境内兵力分配和一些边境的具体军务。宋洞明也不见有任何不快神色，都是找些借口跳过。梁石斛原本倒也乐意高亭树这不知死活的愣头青当一次出头鸟，如果真能刺探到虚实，终究也算一桩锦上添花的功劳，可在年轻主事三番五次不依不饶的追问后，宋洞明却只是眯着眼低头喝茶，梁石斛就彻底坐不住了，胆战心惊地斜瞥了眼门口，就怕经略副使一摔杯子就有五百刀斧手冲出来，把他们按倒在地咔嚓咔嚓全剁了喂狗啊。梁石斛赶忙打圆场，说久闻听潮湖的红鲤鱼跃风景冠绝天下，想要携带同僚去见识见识。宋洞明这次没有起身，只是微笑着让下属领着兵部观政人员去听潮湖。

然后宋洞明独自来到山顶，看着风尘仆仆专程转道赶回王府的徐凤年，问道："既然都回来了，不叙叙旧？"

徐凤年摇摇头，望了眼听潮湖，说道："宋先生，陪我去山后一趟，我们一起去把那两百九十六个名字刻上碑。"

宋洞明点了点头。

跟徐凤年一起走在后山的经略副使大人显然憋气了半天，终于忍不住怒道："好一个富贵不还乡若锦衣夜行！可我们北凉这两百九十六人？"

徐凤年平静地说道："我们北凉自己记住就行了。"

山后有碑成林。

第十七章

一朝天子一朝臣
一颗头颅一杯雪

石碑遍地，还有更多在建，绝大多数还是无字碑，但是外围数百块石碑已经有主，一律书丹而成，都是祥符元年末在流州截杀北莽羌骑一役战死的龙象骑军。古语有云：下笔用墨便瘦，得朱则肥。故而书丹以力劲骨硬为佳。为这些石碑提笔描朱的人士是两位享誉已久的北凉书法大家。米邛、彭鹤年两老分住凉地南、北，故而有“南筋北骨”之说。两位古稀之年的书法名宿因为南北之争，摆出一副老死不相往来的架势，且在大将军徐骁在世时对北凉军政颇不以为然，然而，当北凉王府传出要立碑三十万后，米邛只身率先到达清凉山，问了几个问题，得到答案后就住了下来，然后给彭鹤年写了封信，大致意思就是“姓彭的孙子，敢不敢来跟爷爷我面对面比画比画？”。

之后彭鹤年就带着视若命根子的那套文房四宝也跑到清凉山，跟米邛结庐比邻而居，一对老冤家临了竟然成了邻居。然后就在两老的切磋或者准确说是面红耳赤的吵架声中，经略副使宋洞明亲自送给他们一份单子，上面写了一个个名字以及简简单单两句话：生于何时何地，死于何时何地。

两位老人在书丹初时还心存一较高下的意图，后来米邛写到一个名字时，突然间就老泪纵横：“柳弘毅，是我陵州春水县的年轻人，他小时候仗着是将种家世，顽劣不堪，老夫还骂过他白瞎了那么个名字，这娃儿才二十一岁啊，怎么说死就死了？”

那以后，米邛、彭鹤年就越来越沉默，除了跟那几个负责书丹后刻字的石匠还有些言语交流外，就几乎不说话了。

今日，米、彭两老听说好像有人到碑林了，顿时心中一紧，心情复杂地带上行囊，跑去一看，竟然是北凉王亲临。老人不习惯给谁行礼，所以作揖的动作十分生疏。徐凤年赶忙将两老扶起，但也没有什么客套寒暄，犹豫了一下，将那一摞宣纸分成四份，他和宋洞明各一份，米、彭两位书法宗师平分另一半。四人默然地开始在石碑上书丹，四人身后又各有两到三名能工巧匠早已准备好工具等着书刻。黄昏中，很快有金石声铿锵作响。徐凤年和宋洞明要比两位老人早小半个时辰写完，等到最后的米邛完工时，天色已黑。满手丹朱颜色的米邛也顾不得擦拭，老人神情疲惫地走到徐凤年身边，言语中有着不加掩饰的责备意思，沉声问道：“幽州腹地为何也处处都有战事？”

徐凤年轻声说道：“北莽谍子死士渗透进来了，大肆刺杀幽州官员……”

米邛直接就指着徐凤年的鼻子，跳脚破口大骂道：“当年你爹在世时，北莽也有刺客偷袭，怎的就给挡在关外了？！你这个北凉王是怎么当的？！你徐凤年不是天下第一的高手吗，成天就知道干瞪眼？！眼睁睁看着我凉人送死，你事后给人收尸，然后假情假意写几个名字而已？！”

宋洞明刚要说话，披着厚裘的徐凤年摆摆手，阻止了副经略使的解释，看着这位老人，歉然说道：“是我没有做好。”

彭鹤年的性子没有米邛那般急躁，但也有些怒意，不过仍是扯了扯后者的袖子。

当徐凤年走出去很远后，脸色阴沉的米邛朝着那个背影重重呸了一声，将手中那方价值连城的蟹壳青色名砚“自了汉”狠狠地砸在地上：“老子不写了，这北凉也不待了！去江南！这辈子能活几天，就写几天‘徐凤年是个王八羔子’这八个大字！”

没过多久，宋洞明原路折回，看到米邛闭着眼睛站在原地，彭鹤年蹲在地上长吁短叹，谁都没有去捡那方砚台，他便弯腰捡起名砚，也不急于物归原主，而是望向清凉山顶那边，沉声道：“两位老先生大概不知道北莽‘剑气近’黄青、棋剑乐府铜人师祖是谁，又有什么能耐，更不会见过一条真龙，事实上我宋洞明也没见过。但是我知道两件事情。一件是黄青死在了流州，北莽养出的真龙也没了，顺带着数百个躲在北莽西京的练气士也死绝了。第二件就是这里有两块碑，差点儿就得刻上两个名字，恰好都姓徐——徐龙象、徐凤年。”

宋洞明转身把那方古砚交还给米邛，坦然笑道：“如果北凉哪天真没了，碑上头肯定少不了他徐凤年，当然还有我宋洞明这个外人，到时候还希望米老别不乐意写啊。”

说完宋洞明就缓缓离去了。

彭鹤年故意不去看涨红一张老脸的米邛，扳着手指头，像是在自言自语：“徐凤年是个王八羔子，咦？不对呀，老米，你算错了，是九个字，可不是你说的八个字啊。”

米邛小心翼翼地收起那方古砚，翻白眼道：“米邛是个王八羔子，行不行？刚好八个字！”

彭鹤年哈哈大笑道：“行啊，怎么不行？你不是没过几天就要过大寿了吗，我就给你写幅字，咋样？”

米邛顾不得斯文，恼羞成怒道：“写你个锤子！”

之后两位老人并没有马上离开碑林，而是像上次一样仔细查看石匠的刻字，以防出现纰漏错误。一般来说，哪怕书丹，因为从事刀刻的石匠在书法造诣上往往跟书丹之人有云壤之别，所以刻字经常存在形神走样的情况，米邛和彭鹤年虽不苛求太多，但也想要务必做到尽善尽美，大概两位古稀老人觉得这是他们唯一能够做好的事情。不过碑林的那些匠工都算让人满意，虽说不至于技高到“只下真迹一筹”的境界，可是已经足以表达出书丹原迹的五六分神韵。石匠们一丝不苟地刻字比他们以笔书写自然要慢上许多，米邛提着盏灯笼一块一块石碑检查过去，突然听到不远处的彭鹤年火急火燎地喊他过去，米邛以为是哪位工匠刻错字了，跑去一看，不承想只看到彭老头儿正提着灯笼蹲在一块石碑前，恨不得把眼睛贴在碑上，跟发现了书圣真迹一般，而碑前并无石匠劳作。米邛凑过去一瞧，是北凉王徐凤年的书丹。乍看之下法意皆是不俗，但在米邛看来虽然的确属于上乘，但离仙品还有很大距离，远远不至于让彭鹤年大惊小怪。

彭鹤年头也不转，伸出手抚摸着刻痕，很快就一个踉跄后仰，跌倒在地上，双眼紧闭，泪水止不住地涌出眼眶。他丢了灯笼，双手捂住脸，神情极为痛苦，指着石碑喊道：“老米，你凑近些，瞪大眼睛瞧瞧！但千万记得别看太久！切记！”

米邛举起灯笼，细看之下，只觉得有一股凌厉的寒意扑面而来，让人如临深渊。

这显然不是徐凤年书丹的缘故，而是那刻字之人的“画龙点睛”使然！

米邛果然很快就眼睛一阵刺痛，闭上眼睛后使劲摇了摇头，喃喃道：“起收果决，如昆刀切玉！这哪里是世间高明石匠短时间内雕刻出来的，真可谓鬼斧神工了！”

彭鹤年坐在地上揉了揉眼睛，感叹道：“是有人以手指写就的，也只能这么解释了。”

米邛匪夷所思道：“指做刀剑，大多数武道宗师都办得到，可术业有专攻，当世绝对没有谁能写得出这份风韵！”

彭鹤年苦笑道：“难道是鬼神不成？”

米邛站起身，提着灯笼，望向夜空：“曾经不信鬼神之说，如今倒是希望世上确有鬼神，能够庇佑我北凉大破北莽！”

彭鹤年一拍脑袋：“赶紧让人把这事儿跟王爷说一声，别可横生枝节。”

很快徐凤年就步履匆匆地赶来，身边帮他提着灯笼的一男一女年龄悬殊。一位是境界依然在稳步攀升的沉剑窟主糜奉节，一位是旧北汉勋贵之后的死士樊小柴。前者在幽州谍子之战中因为守护在皇甫枰身侧，并无建树；而樊小柴在长庚城一座钟楼上斩杀了道德宗掌律真人崔瓦子，或者说是虐杀。梧桐苑和拂水房两拨谍子登楼去收拾残局，结果看到那一层楼阁的景象真是堪称惨绝人寰：遍地碎肉，满墙血污。当时众人看到樊小柴坐在外廊的围栏上，在玩弄那柄指玄高手的遗物蝇拂，不像什么实力卓绝的顶尖杀手，倒像个天真烂漫的少女。

徐凤年蹲在一块碑前，身边是一位兼任北凉王府护卫领袖的中年人。后者心中忐忑，禀报道："查到了，这名石匠叫吴疆，应该用的是化名，是已经在府上做了十六年四个月的三等仆役，绰号'老姜块'，因为老人平时不论吃饭喝酒都喜欢吃上一块生姜。去年碑林招收工匠，吴疆由王府转入此地。王爷，是属下办事不力，识人不明，请王爷责罚！"

徐凤年摇头道："跟你没关系，不用自责。"

徐凤年缓缓站起身，转头对糜奉节问道："如何？"

糜奉节沉声道："我只看到了一字一剑，剑气纵横。"

徐凤年笑了笑："吴疆，吴疆。无，姜，姜家大楚已无疆吗？"

徐凤年轻声道："这人没有恶意，此事你们不用追查了。"

徐凤年返回清凉山，然后走向那座陵墓，他的爹娘都睡在那里。徐骁去世后，徐凤年在一侧建了座师父李义山的衣冠冢。徐凤年独自走入陵道，记起了许多往事。师父说世上文字以碑字最悲，因为世间墓志铭都是阳间活人写给阴间旧人的，下笔之人用情越深，下笔越苦，越是有神。按照遗愿，李义山的骨灰被撒在西北边关的黄沙大地上。原本师父是不要什么坟茔的，但是徐凤年还是自作主张做了衣冠冢，只是没有写墓志铭，与清凉山山后碑林如出一辙，只写名字以及生、死于何时何地，相信师父在天之灵对此也不会太过生气。

徐凤年感觉到黄龙士死了，只是一种奇妙的感觉，但他深信不疑。

春秋三大魔头，"人猫"韩生宣死在他徐凤年手上，"人屠"徐骁走了，三寸舌乱春秋的黄龙士也走了，三人都已不在人世。

春秋十三甲，黄龙士独占三甲，自诩十九道第一、草书第一、阴阳谶纬第一，故而占据棋甲、书甲和算甲。

"剑甲"李淳罡死了。

"兵甲"西楚"兵圣"叶白夔死在西垒壁之战，成就了陈芝豹。

绝代风华的"色甲"，那位大楚皇后也香消玉殒。

"琴甲"，旧南唐那位目盲琴师，在国破后抱琴沉江。

西蜀"画甲"周鱼凫，临终前画了一幅蜀国山河的长卷，躺在长卷上，大醉而亡。

“地甲”司徒神策，精通堪舆望气寻脉点穴，离阳一统天下后就被暗中赐死。

“法甲”荀平被百姓烹而分食。

“道甲”齐玄帧在斩魔台上兵解。

“释甲”龙树僧人，死在了北莽道德宗门外。

春秋十三甲，已经有十二甲明确无误不在人世，只剩下一个无关紧要的刀甲，多半也是默默无闻地死在天下大势所趋之中。事实上，自从顾剑棠成为公认的天下第一刀法宗师后，这个在江湖上仅是昙花一现且不知姓名的刀甲，在天下大定的永徽年间被提及的次数，比待在听潮阁底下自己画地为牢的李淳罡还要少，等到李淳罡在徽山大雪坪重返剑仙境，就更不能比了。

初春的夜晚，天空竟飘起了雪花，而且有愈演愈烈的趋势。徐凤年不禁停下脚步，抬头伸手去接雪花。

徐凤年没来由想起了白狐儿脸，想起了他或者是她的那两把佩刀——春雷、绣冬。

徐凤年始终不知道白狐儿脸到底是谁，是不是真的叫南宫仆射，又为什么会来到北凉，为何会执意进入听潮阁。

徐凤年明天清晨就动身前往幽州，之所以不见严池集和孔镇戎，不是对他们有意见，而是为了他们好。

但哪怕被误解，哪怕不相见，徐凤年还是多此一举地赶回清凉山。

这就是兄弟。

徐凤年这辈子只认了四个兄弟：李翰林、严吃鸡、孔武痴。

还有温华。

突然，风雪中缓缓前行的徐凤年看到一个陌生身影，背对自己，正站在那两块墓碑前。

这幅画面不合情，更不合理。

如今的北凉王府，比起早年世子殿下故意造就的外松内紧以便钓鱼的情景，可谓戒备森严，更别说进入这陵墓禁地！

那个身影转过身，平平淡淡地说了一句：“风雪夜归人。”

徐凤年不知碑前人所谓的“风雪夜归”是在说谁，但凭借极好的记忆力一眼就认出了老人，正是那个临时成为石匠的清凉山老仆，喜食生姜的吴疆。初次见面时，老人站在匠人队伍中，身形伛偻，面容沧桑，并不起眼。徐凤年当时如果没有境界大跌，兴许可以瞧出点儿蛛丝马迹。徐凤年不退反进，缓缓前行，这才发现腰杆直不起故作畏缩的老人风仪极佳，竟然有一种殿阁中枢元老的强大气势。

在徐凤年印象中，纯粹的江湖中人，上了年纪的老一辈高手，除了韩生宣、隋斜谷两位很容易让人望而生畏外，老黄、羊皮裘老头儿、龙虎山老真人赵希抟，初看都跟高高在上的武道宗师风马牛不相及。这就让徐凤年肯定了先前的猜测，化名吴疆的老人哪怕不是西楚王朝那位被誉为“篆隶草行楷皆千年榜眼”的“书圣”齐练华，也跟书圣有莫大关系。为人藏拙不难，书法藏拙则不易。豪阀出身的齐练华是公认天资卓绝的书坛巨子，但在大楚朝仅官至翰林编修，只做些帮姜姓天子书写诰命文章和碑文祭文的小事。其修纂过半部无疾而终的前朝史书，因此当时又有“齐半部”和“添花郎”的外号。后者暗讽齐练华只会锦上添花无法雪中送炭。西楚覆灭后，广陵齐氏家道就此衰落，齐练华也不知所终，就越发坐实了“齐添花”的说法。

那时关于“春秋十三甲”的人选还有一桩沸沸扬扬的公案。齐练华本是西楚鼎力推出的“书甲”，尤以行书见长，寥寥十四字的《战国帖》一出世即有“天下第二行书”的赞誉；而后来被离阳官方钦定为春秋“书画双甲”的纳兰右慈，则有当世行书第一的《升观帖》与之争锋。只不过天下人对这个说法都不怎么愿意买账，不承认纳兰右慈的双甲之说，只承认齐练华的书法造诣直追古代圣贤，但对于春秋“书甲”的归属，还是认为非在草书上“一骑绝尘，无人争锋”的黄龙士莫属。后来离阳又迫不及待推出宋家老夫子作为“文甲”，一样被时人嗤之以鼻。你宋老夫子安心做个离阳赵家走狗的文坛魁首也就罢了，有上阴学宫祭酒齐阳龙珠玉在前，如何当得自古便文无第一的春秋“文甲”？离阳朝廷心有不甘，既然文无第一，不是还有武无第二吗，于是又想推武帝城王仙芝为“武甲”，只是被自称“天下第二”的王老怪直接拒绝了。因此“春秋十三甲”就涌现了许多版本，让人眼花缭乱，其中就有龙虎山某个赵姓道人的“数甲”，但是流传最广和最具说服力的，仍是最早的那个版本。虽然很多人与“春秋十三甲”失之交臂，但不管如何，只要是能被提名说及的，自然无一不是人中龙凤。徐凤年的师父李义山当年就对齐练华的书法推崇备至，称其行书不愧为古今之冠，徐凤年自然而然遭受了池鱼之殃，年少时练习行楷，都是临摹那几份真迹传世极少的“齐帖”，为此他不知骂了齐练华多少次。

徐凤年很好奇，眼前的老人如果真是齐练华本人，怎么就成了清凉山漏网之鱼的西楚死士？要想让高手如云的北凉王府看走眼，光靠隐忍是不够的，必然还需要有恐怖的实力作为支撑。对于老人蛰伏徐家这件事本身，徐凤年并不感到惊讶。姜泥作为西楚皇室的唯一血脉，自然能让“国家养士两百年，不死不足以报王恩”的西楚士人前仆后继。真正让徐凤年心生忌惮的事情，是亡国公主姜姒被徐骁接回北凉是一件天大的机密，否则曹长卿也不会在离阳朝野暗访多年却无果，眼前老人又是如何知晓的？

徐凤年没有立即从这座陵墓撤退，而是跟一位旧楚遗臣相对而视，其实是冒着很大风险的。徐骁虽然擅作主张为西楚留下了一位弥足珍贵的姜姓“余孽”，但毕竟西垒壁是徐骁亲自打下来的，西楚皇宫的大门也是他亲自带兵撞开的，皇帝皇后更是就死在他徐骁眼前，徐骁对西楚可谓既有私恩又有国恨。何况如今广陵道硝烟四起，离阳战事不利，在世人看来，北凉铁骑就算扛不住北莽百万大军的南侵，可要是大范围撤出贫瘠的西北，跑去中原收拾西楚叛军，绝对是绰绰有余。当今朝野上下，不少人都觉得这无疑是徐凤年这个北凉王的退路选择，离阳可以不死一兵一卒，北凉也有足够的军功来安置将领后路，皆大欢喜。至于那三十万边军，大不了拆散，反正大柱国顾剑棠的两辽边线只一口气就可以吸纳十余万。因此西楚朝堂上对北凉边军尤其是徐凤年的动向那是十分留心，就怕年轻藩王哪天脑子一抽，就带着大军一路跑到中原腹地，拿他们大楚作为投名状递给离阳新君。

此时此刻，徐凤年身边拿得出手的高手，就只有糜奉节、樊小柴两人，而且都在陵墓外，不得擅入禁地。吃剑老祖宗隋斜谷和吴家百骑都在凉州北线，以防北莽不计代价地刺杀北凉都护府内的褚禄山。徐偃兵还在单枪匹马追杀那伙联袂渗入幽州的北莽顶尖高手。澹台平静和观音宗弟子也在配合徐偃兵，务必要将那位小念头和大乐府留在幽州。

要是在以往，这天下，徐凤年何处去不得？

老人打量着这个有些失神的年轻人，眼神复杂。也许他的存在本身就让四周的气氛多了几分剑拔弩张，但是迟暮老人不知为何似乎并没有任何敌意。徐凤年的巅峰境界暂时已不复有，但敏锐的直觉仍在，所以当意识到陵墓内有变故的糜奉节、樊小柴急入园时，徐凤年只是抬起手，示意两人退出去。糜奉节默默离去，樊小柴犹豫了一下，依旧站在远处，徐凤年也没有计较这名女死士的僭越举止。

衣衫简朴的老人双手负后，微笑道：“徐骁这辈子就没做过一件让我喜欢的事情，倒是生了个好儿子。”

听到这句口气奇大的不敬言语，徐凤年忍不住皱了皱眉头，不过很快释然。

老辈文人本就讲究风骨，否则如何有底气做到士大夫与君王共治天下？再说此人极有可能是隐姓埋名的西楚孤臣，对北凉对徐骁有滔天怨气也就在情理之中。徐凤年笑问道：“敢问老先生可是西楚齐书圣？”

老人的脸色有些古怪，既没有否认也没有承认，就那么直直地看着徐凤年。若说面容与王妃吴素相似的徐凤年是玉树临风，是世间女子眼中风流倜傥正值年轻的公子哥，那么依稀可见年轻时绝妙风采的老人，其姿容最不济也当得“老玉树”的说法。徐凤年被打量得有些不自在。世人看他，以前在北凉，多是那种这位世子殿下浪费了好皮囊的视线；后来在太安城，则是看待“人屠”之子的鄙弃眼光；等他跟王仙芝一战的结果水落石出后，就出现了巨大转变，哪怕是以桀骜著称于世的北凉边将，如李陌藩、王灵宝之流，眼中也有了发自肺腑的敬畏钦佩之意，唯独没有眼前老人这种莫名其妙的眼神。

老人轻声道：“先前见你书丹于碑，看得出下过一番苦功夫。你自武当练刀起，能够在武道上一路勇猛精进，需要感谢李义山。练字和下棋两事，到了境界，一法通，万法通，虽然不是每个书法大家和棋坛国手都可以成为治世能臣，或者成为李密弟子那样的武道宗师，但对一个人的心性塑造大有裨益。性子急躁的徐骁在封王就藩之后，心性变化很大，跟他晚年学棋关系不小。”

徐凤年没有说话。徐骁在辽东锦州发迹时就只是个目不识丁的游侠儿，可以说徐凤年祖辈跟什么书香门第什么耕读传家八竿子都打不着。徐骁到北凉后之所以成了个大大的臭棋篓子，跟二姐徐渭熊的师父王祭酒，两大臭棋篓子能够杀得酣畅淋漓天昏地暗，这不是没有原因的。起先是徐凤年的娘亲想要徐骁多下棋，磨一磨急躁性子，到了岁数，也该是时候修身养性了。起先徐骁总是三天打鱼两天晒网，能逃就逃，久而久之，王妃也就不再多说。后来是徐凤年喜欢上了下棋，大概王妃逝世后，作为嫡长子的少年徐凤年跟徐骁关系闹僵，徐骁估计想着跟儿子多些相处时间，终于开始认真学棋，只是很快就被天资聪颖的世子殿下拉开十八条大街的差距。那以后，徐凤年和李义山都不爱跟徐骁下棋——再怎么让棋也能杀得徐骁丢盔弃甲，徐骁哪怕就是想要自取其辱，那也得看当今世上唯一可以不卖他脸面的师徒二人有没有心情不是？徐渭熊倒是始终能耐着性子跟徐骁下棋，但也许在从不掩饰自己重男轻女的徐骁心中，仍是跟儿子下棋更有意思些吧？哪怕被徐凤年在棋盘上杀得空空落落没剩下几颗棋子，马踏春秋战功煊赫的老凉王，那位公认离阳朝内胜负心最重的徐瘸子也会觉得很开心。

平定春秋的不世之功，让徐骁跟先帝赵惇的父亲都是君臣见面时平起平坐，以后上朝更是得以佩刀入殿，但是在清凉山，许多幕场景总是让人尤其是外人感到荒诞：徐骁在梧桐苑被人追杀得鸡飞狗跳，王府宴客，主位上坐着的竟然是年轻世子。这不说在钟鸣鼎食的公侯将相之家，就是小户人家，当老子的也不该如此宠溺儿子，儿子也不该如此忤逆才对。到最后，离阳那边就顺势找到了一个无懈可击的理由来攻击北凉：上梁不正下梁歪。

徐凤年轻轻晃了晃脑袋，让开小差的自己赶紧凝神。眼前这位老人虽无丝毫杀机流露，但终归是一等一的隐藏高手。凉莽大战一触即发，自己要是死在这里，死的地方还凑合，可时间就大错特错了，别的不说，北莽恐怕可以少死十几万人。

老人笑问道："你以为我是那西楚齐练华？"

徐凤年点了点头。

老人缓缓伸出一只手掌："提笔之时当聚精会神，有如前朝先贤书圣书仙百人同席而坐，心正气和，方能契于玄妙，近于大道。其道如国庙重器，虚则攲满则覆，唯中则平。"老人手势一变，"古人云腕中伏鬼，下笔有如神助，故而锋正则四面势全，次重实指，指实则节力均平。再次虚掌，掌虚则运用如意……"

"合勒处勒，'士'字是也。大楚养士两百年，国破二十年，犹有一股士气不可辱。

"为环必郁，为波必磔。

"磔须战笔发外，得意徐乃出之。"

随着老人娓娓道来，满园风雷！

陵墓外的糜奉节脸色苍白，背后匣中剑颤鸣不止，如遭雷击，呜咽哀号。

园中樊小柴面无血色，摇摇欲坠，但仍是咬牙倔强地不后退一步。

老人手掌缓缓翻覆，看似不过是提笔徐徐勾勒，像是个迂腐老夫子在传授私塾蒙童如何一笔一画写字，但是在徐凤年眼中却是惊涛骇浪，甚至让他想起了当年在太安城大殿外，顾剑棠以天下第一符刀"南华"，以一式"方寸雷"还礼曹长卿的手法。两者殊途同归，都有化腐朽为神奇之妙，臻于化境。风雪飘摇，徐凤年神情沉重。先前他跟剑道宗师糜奉节都认为石碑残留是手指刻画出的剑气，现在看来是差之毫厘而谬以千里了。

这位老人用刀。

徐凤年不去看如遭刀割的漫天紊乱的风雪，问道："齐老先生原来是'春秋十三甲'之中的'刀甲'？"

老人没有回答这个问题，而是五指微微弯曲做了个合拢姿势，反问道："合策处策？”

以站立位置为圆心，四周数丈内无一片雪花的徐凤年无奈地回答道：“‘年’字是也。”

老人收手后唏嘘道：“是啊，‘年’字。徐凤年。”

满园风雪终于归于正常，又有雪花簌簌落在徐凤年头顶和肩头。

是西楚书圣齐练华无误的老人自嘲一笑：“春秋刀甲？刀笔吏刀笔吏，刀甲便刀甲吧。”

千百年来，世人一向以练剑为荣，不说游侠，就是各地士子，负笈游学时也多有佩剑，以显意气。百兵之首的争夺，始终是刀不如剑。其实名刀就数目而言不输名剑，而且大多在江湖上也极富传奇色彩。像如今操之于徐凤年徒弟之手的那柄大霜长刀，先前几任主人的故事也可谓荡气回肠。但是自吕祖以飞剑斩头颅闻名天下起，剑道便在武林中一枝独秀，而刀客的气象却每况愈下，从未有用刀的宗师登顶武道。最近的江湖百年，有“剑甲”李淳罡和“桃花剑神”邓太阿，虽说都输给了王仙芝，但没人能否认两位剑道魁首各自的大风流。反观刀法第一人顾剑棠，在武榜上的排名从来不算高，在江湖上的口碑也平淡无奇，从没听说过有人是因为仰慕顾大将军的武功而去练刀的，因为羡慕军功而提刀入伍的倒是有些。但是世间男儿，连那魔头韩貂寺临终前都说过也曾想过青衫仗剑走江湖，更何况其他年轻男子？有多少女子曾经对一袭青衫李淳罡只闻其名便难忘？

就连徐凤年本人练刀前在北凉境内装少侠以便坑蒙女子，那也是恨不得在身上挂满名剑的。

“书圣”齐练华竟是那只留给江湖惊鸿一瞥的刀甲，这个真相实在是让人动容，更让人不得不艳羡西楚当年的鼎盛景象——不愧是中原文脉正统，有李淳罡仗剑过广陵大江，有文豪散发弄扁舟斗酒诗百篇，有女子姿色倾国倾城，有国师李密与曹家得意师徒二人联手“雪起雪停一局棋”。也难怪有人说西楚国灭，罪不在天子士子百姓，要恨就只能恨天时在离阳而不在姜楚。

老人朝徐凤年招了招手，率先蹲下身，看着王妃吴素的墓碑，意态不复先前的风发，只有世间最寻常的孤苦老人的萧索落寞，呢喃道：“徐骁算个什么东西，一介粗鄙武夫，娶个姿色过得去的女子也就罢了。”

徐凤年怒气横生，冷笑道：“老先生当真以为你我生死相搏，是我徐凤年必败？”

齐练华一笑置之，问道：“你这辈子还没有去过锦州老家祭祖吧？”

徐凤年没有答话。

事实上，不但是他，而且连徐骁在封王后也没去过锦州了。徐凤年的爷爷很早就去世了，当时徐骁刚出辽东，在离阳南部跟几大藩镇势力厮杀得如火如荼，徐凤年出生后就根本没有见过爷爷奶奶一面，徐骁又是独苗，因此后来也没有什么亲戚。早年倒是有些锦州远亲跑到北凉跟徐骁攀亲戚，年轻时受尽白眼的徐骁也算仁至义尽，给了他们一份旱涝保收的荣华富贵。至于娘亲那边的长辈老人，王妃吴素几乎从不提起，徐凤年小时候只是偶尔听娘亲说起外婆是位与人相处将心比心的大好人，可惜去世得也早。至于外公是谁，娘亲没说过只字片语，徐骁也不肯多说，只有一次在酒后气呼呼地说了句“那老头儿早就死翘翘了”。徐凤年猜测肯定是徐骁当年求亲在吴家剑冢外吃了闭门羹，被姓吴的老丈人拿剑打得屁滚尿流，从此结下了梁子，老死不相往来。徐凤年对那个外公也有怨气——后来在青城山的姑姑常年覆甲遮面，就是吴家当年刁难娘亲，才害得身为剑侍的姑姑被凌厉剑气割裂得面目全非。虽然不是外公亲手所为，但徐凤年觉得，对待娘亲的离家出走，如果那个外公有说几句公道话，吴家剑冢也不至于如此残忍狠辣。尤其是得知亲舅舅吴起在北莽故意相见却不相认，最后又转去西蜀辅佐陈芝豹，徐凤年对姓吴的亲戚长辈可就真没什么好感了。哪怕本该喊上一声太姥爷的吴家当代家主在北凉边境上主动有过一次弥补，徐凤年难免还是会有心结。

老人长呼出一口气，感慨道：“我曾替大楚修纂前朝史书，遍览书籍，当时我刀法虽无宗师之名，却有宗师之实，但修史之时，仍是时常在夜间毛骨悚然。无它，只因书中处处可见那‘人相食’三字！

“天下兴亡交替虽是常态，可每一次动荡，民间疾苦之苦，实在是苦不堪言。‘郊关之外衢路旁，旦暮反接如驱羊。喧呼朵颐择肥截，快刀一落争取将。’这是何等惨烈的景象？‘死者已满路，生者为鬼邻。天下苍生半游魂’，这可不是乱世诗人在作无病呻吟之语啊！我亲见春秋之末，贩卖男孩儿不过几文钱，女子价值不过一捧粟米。再后来，有些父母不忍，便与别人换子而食。到最后，世上人不当人，犹不如鬼！我如何能不恨离阳，不恨那一路南下屠城灭国的徐骁？！

“旧时王侯家，狐兔出没地。其实又何止是王侯之家如此？”

徐凤年从地上抓起一捧雪捏在手心，忍不住打断老人的言语：“徐骁说过，做人要本分。头等文人修齐治平，次等文人也能为苍生诉苦几句；而他作为提刀的武人，那就是打仗，也只会打仗。给他几千人，那他就打一城；几万人就打一国；等他有了几十万铁骑，不打天下打什么？所以后来那么多人骂他，他从不还嘴，也没觉得自己做的就是对的。北凉军中，老一辈的燕文鸾、钟洪武、何仲忽等；年轻一些的，褚禄山、李陌蕃、曹小蛟，哪一个不是世人眼中臭名昭著的老兵痞？”

徐凤年神情坚毅，沉声说道：“但不能否认，如果说必定有人会做那个帮离阳一统天下的‘人屠’，那么由徐骁来做，肯定是最好的结果。”

齐练华感慨道：“此事，我还真没有想过。”

陷入沉思的老人突然笑出声：“黄龙士有句诗广为流传，‘国破山河在，城春草木深’。离阳那位宋家老夫子便点评‘深’字不如‘生’，若用‘生’字，动静结合，大合诗道。离阳朝文坛士林纷纷拍案叫绝，你以为然？”

徐凤年平静地道：“我二姐曾在上阴学宫说过宋老夫子改得狗屁不通。”

齐练华问道：“那你就不好奇徐渭熊到底是谁家女儿？”

徐凤年被触及逆鳞，难掩怒意：“关你屁事！”

齐练华眯眼笑道：“徐凤年啊徐凤年，你还真是跟你爹徐骁差不多的德行。”

徐凤年深呼吸一口气：“我敬老先生对西楚忠心，在北凉王府潜伏多年守护亡国公主姜泥，但老先生别以为真能在徐家为所欲为。”

老人不以为然，面带讥讽：“哦？”

不知何时，两人所站位置变成了“刀甲”齐练华背对陵墓大门，徐凤年背对两块墓碑。

然后两人几乎同时踏出一步，再然后几乎同时踏出一步的脚背就被对方另一只脚踩住。徐凤年双指做剑戳中老人眉心，老人竖起手掌看似轻描淡写拍在徐凤年胸口。

老人身形旋转如陀螺，卸去指剑的同时，大袖飘荡，卷起漫天风雪，形成地龙汲水的景象。徐凤年被掌刀推向墓碑，一手绕后贴在墓碑上，轻轻一推，借力前冲。

身形在空中的徐凤年双指并拢依旧，在老人头顶处倾斜一抹，磅礴剑气顿时当空泼洒而下。

老人嗤笑一声，他的步伐迥异于世间武夫，两脚稍微内倾，一手负后，一手握拳，在一条直线上踩出连串碎步悍然前踏，躲过了那抹剑气，刚好一拳砸在徐凤年的肚子上。拳重如擂鼓，借势反弹后五指立即松开，又是一掌推去。徐凤年倒飞出去的身体在雪夜中炸出类似辞岁爆竹的刺耳声响。“刀甲”齐练华的拳也好，掌也好，步伐也好，其实都很简单干脆，让人很容易联想到曾经自负与世为敌的王仙芝——快如奔雷，劲如炸雷，只以徒手迎敌，不屑天下的神兵利器。

徐凤年其实没有如何重伤，只是被老人一招击退，心潮起伏，体内本就紊乱的气机越发跌宕，如同沸水添油。这让他对春秋刀甲重新有了认识，原本以为齐练华至多跟隋斜谷在一个水准上，现在看来起码还要高出一线。

在流州斩龙之前，徐凤年自信刀甲就算倾力而为，自己就算再大意，也不会如此狼狈。

徐凤年落定后，嘴角渗出血丝，但是根本就不去擦拭，顾不得，也无所谓。

徐凤年经历过的生死大战也不是一次两次了。

老人啧啧道："就你现在的糟糕处境，至多也就用上三招来拼命。遇上一般的金刚甚至指玄高手，三招差不多也够了，可惜遇上了我。"

徐凤年平静地道："不用三招，就一招的事情。"

老人问道："就算死，也要护着身后两块碑？人都死了，碑有什么用？你徐凤年不是北凉王吗，不懂取舍？"

老人大概是真的老了，话有些多，此时仍是"好言相劝"道："小子，世间美人，那是雨后春笋年年出；便是兵源，也是野火烧不尽，一茬复一茬。但是有两样东西很难补充。一是沙场上的铁甲重骑，少一个就是少一个，很难迅速填补。二是江湖高手，每一人都是需要天赋、际遇和很多年时间打熬出来的。尤其是你徐凤年，要惜命啊。你要是死了……"

雪势渐大。

徐凤年没有理睬老人的絮叨，做了一个抬手式。

他手中多了一柄雪刀。

但是老人突然感伤起来，负手望天："北凉，以一地之力战一国，你要是死了……"

老人自说自话，神情萧索："北凉有没有北凉王，我根本不在意。但是徐凤年死不死，我齐练华怎能不在乎？！"

徐凤年眼神中流露出一丝茫然之色。

被"刀甲"齐练华一拳一掌击中后，体内气机在经历过初期的剧烈震荡后，竟有了否极泰来的迹象，开始趋于稳定。

老人一脸气恼，瞪眼道："小子才知道我的良苦用心？"

徐凤年一头雾水，但依旧握住雪刀，疑惑地道："你到底想做什么？"

曾言"风雪夜归人"的老人越发恼火："你小子不是浑身心眼的伶俐人吗，

怎的如此不开窍了？！”

徐凤年也火了，怒目相视。

看着倔强的年轻人，老人好像记起了一些往事，跟这个世道强硬了一辈子的执拗老人也心软了几分，语气柔和，有些无奈地道：“怕小子你猜不出，我不是取了个化名‘吴疆’吗？”

徐凤年哭笑不得：“我不是猜出你是齐练华和春秋刀甲了吗？”

火冒三丈的老人突然重重一跺脚，整座陵墓上空的风雪都为之凝滞：“徐骁就没跟你说过他老丈人不姓吴？就算徐骁那王八蛋没说，素儿也没跟你提起过？没跟你说过当年有个姓齐的刀客，在吴家剑冢为了个吴家女子大打出手，差点儿拆了半座剑山？！”

徐凤年转过身，看不清表情，语气听不出感情变化：“没有。”

“没有？！”老人是真动了肝火，指着徐骁的墓碑破口大骂道，“好你个锦州蛮子，当年为了娶我女儿，你说不跪天不跪地，就给我这岳父跪上一回！好嘛，屁大的小校尉，手底下几百人，就敢威胁我要是不答应，将来一定带兵灭了大楚！老子当时就该一掌劈死你！”

当老人沉默后，只有满园风雪的呜咽声。

老人眼神慈祥，又有满脸愧疚，凝望着那个比徐骁要顺眼太多太多的年轻背影，缓缓说道：“我第一次偷偷见你，是徐家铁骑赶赴北凉途中，也是这般的风雪夜，在一座小寺庙内，你被你娘亲责罚通宵读书。你小子就手捧书，坐在大殿内的佛像膝盖上，就着佛像前的长明灯，一直读书读到了天亮。旁边四尊天王相泥塑或带刀佩剑，或面目狰狞，灯火幽幽，殿外隆冬风雪似女鬼如泣如诉，成年人尚且要发怵，你这孩子偏偏不怕。我就在梁上看了你一夜，真是打心眼里喜欢啊，不愧是我齐练华的外孙！”

老人心胸间涌起一股因子孙而自傲的豪迈气概：“我不认徐骁这个女婿，却喜欢你这个外孙！哪怕素儿不认我这个爹，我仍是厚颜来到凉州，等素儿病逝后，便隐姓埋名当了个下等仆役。我齐练华是谁？能与大楚国师李密在棋盘上互有胜负，能与太傅孙希济煮酒而谈指点江山，能与叶白夔在沙场上并驾齐驱，能让棋待诏曹长卿敬称为‘半师’！”

始终背对老人的徐凤年蹲下身，望着那两块墓碑，问道：“对外婆，你当年为什么不明媒正娶，而是让外婆跟我娘亲在家族的白眼中相依为命？”

老人默不作声，眼神满是哀伤悔恨之意。

徐凤年轻声道："江山美人江山美人，江山在前美人在后，是不是你觉得江山社稷更重，或者觉得大丈夫何患无妻？你这位大名鼎鼎的春秋'添花郎'，觉得女子只是人生一世那锦上添花的点缀物？"

徐凤年又问道："为什么京城白衣案，你不护着我娘亲？"

没有等到答案，徐凤年嗓音沙哑，自顾自颤声道："所以我不知道我有一个外公，只当他早就死了。他是姓吴还是姓齐，是大英雄还是小人物，根本不重要。"

老人久久沉默后喟叹一声，无言以对。

徐凤年在坟前盘膝而坐，弯腰伸手拂去碑前的积雪。

齐练华走到碑前，低头看着徐骁的墓碑，淡然道："等我闻讯赶到太安城，已经晚了。"

老人自嘲道："你不认我这个外公也好，觉得那个叫齐练华的家伙冷血也罢，我都认为不管如何不中意自家女儿挑中的男子，但嫁出去的闺女也就等于是泼出去的水了。而且那时候，三个刀甲也杀不死正值天命所归的离阳皇帝赵惇。至于元本溪、韩生宣、柳蒿师之流，只要徐骁在世一天，那都是他徐骁应该挑起的担子。徐骁做不到，还有我女儿吴素的子女。"

老人转头看向不断用手扫雪的徐凤年，轻声道："道教圣人有言'生死如睡，睡下可起，为生；睡后不可起，为死。故而此间有大恐怖，人人生时不笑反哭，便是此理'。佛典也云'息心得寂静，生死大恐怖'。"

老人也蹲下身，洒脱地道："也许你是对的，徐骁比什么春秋刀甲大楚书圣强上许多，只是我不愿意也不敢承认而已。"

老人看着徐骁的墓碑，笑道："到头来终究没能喝上一杯你敬的酒。"

徐凤年轻声道："晚了。"徐凤年眼眶泛红，"以前总想不明白，为什么徐骁那床底的箱子里他亲手缝制的布鞋中，会有一双徐家人谁都不合脚的鞋子。"

老人愣了一下。

随即老人哈哈大笑，双拳紧握搁置在双腿上："春秋一梦梦春秋。人活一世，不过就是生死两事，来时既哭，去时当笑。"

然后老人伸出一手做握杯子状，五指间便多了一只晶莹剔透的白雪杯子，杯中落雪，他朗声道："老丈人敬女婿一杯！"

杯雪做酒。

能饮一杯无？

“小年，老头儿我要回一趟广陵，离乡太久了。就别送了。”

老人敬酒之后转过身，拍去外孙一侧肩头的积雪，从怀中掏出一本泛黄的册子，轻轻放在徐凤年身边，最后轻轻说了一句。老人起身后，双手猛然抖袖，开始大步走向陵墓大门，出门之后身影便一闪即逝。

慢了一步的徐凤年全然拦不住。

凉州城外，老人愈行愈远，速度之快便是北凉甲等大马也远远不及，细看间，老人手中多了一柄由白雪锻造逐渐成形的凉刀。

世人皆知大楚添花郎生平练字，最喜好书写“素”“年”“春”三字。

女儿吴素没了，可外孙徐凤年还在，而且出息得很！自己此生也无甚挂念，是时候把“齐半部”的绰号给去掉了，也不妨把“齐添花”的名头给坐实了。小年，就当外公最后自私一次，好教天下人知道，你爹死后，你还有个长辈在世。有我齐练华，还没谁能恶心北凉却不付出代价。大柱国顾剑棠不行，赵家新皇帝也不行！

小年，你只管守好中原大地的西北门户。

徐凤年身形飞速长掠，孤单地站在城头，但视野之中唯有白茫茫一片。

站了一夜，天亮时分，徐凤年记起老人最后那句话，喃喃自语：“真的可以吗？”

祥符二年春，一个惊悚的消息从两辽边线传回京城。

顾剑棠输了，还是输给一个用刀的人。

这也就罢了，关键是那个横空出世的武道宗师没有报上姓名，只说出了一个匪夷所思的身份。

一个黄昏中，太安城郊，两名年龄差不多差了一个辈分的男子在一座亭中相对而坐。

年轻些的正是最近在京城“东山再起”的宋家雏凤宋恪礼。

宋恪礼暂时还没有在京任职，但是礼部侍郎晋兰亭已经数次邀请宋恪礼赴家宴，许多京城老人尤其是宗室勋贵也都纷纷示好。

本该春风得意的宋恪礼此时却面容悲苦，看着眼前举杯小酌的元先生，凄然道：“就算那人是胜过顾大将军的大宗师，可在太安城先前都能应付那名拖家带口的佩剑男子，又如何对付不了另外一个武人？”

元本溪笑了笑，瞥了眼宋恪礼，不说话。

宋恪礼搁在桌上的那只手死死地攥紧，脸色铁青，嘴唇颤抖，道：“我知道的，我知道的，先帝死后，先生的身份只是翰林院某个老无所依的黄门郎了。当今天子正恨不知如何摆脱束缚，那老人的出现给了他千载难逢的机会，借刀杀人，手不沾血！所以京城禁军不得调动一人，钦天监练气士不得调动一人，依附朝廷腰悬鲤鱼袋的江湖高手也不得调动一人！元先生，太安城又要过河拆桥了吗？他赵家就当真一点儿脸面都不要了吗？！”宋恪礼低下头，“元先生教过我，为人臣子侍奉一朝君王，就是只为一尊佛烧一炷香，一朝天子一朝臣，是因为上一炷香的香火情断了。”

舌断半截的元本溪神色平静，放下酒杯，含混不清地说道：“对也不对。我先前所说只是为官之道，但还有更根本的为人之道不可忘。给君王敬香，其实是术，不是道。你宋恪礼真正的道，是在烧香之余为天下苍生添油。这也是首辅张巨鹿留给离阳的根本。作为谋士，我元本溪自认不输任何人；但作为臣子，张巨鹿才是开千年新气象的第一人。你要学他的道，不要学我的术，否则你宋恪礼这辈子到顶也就是个殷茂春、赵右龄之流，元本溪栽培你宋恪礼有何用？你日后如何在孙寅这些同龄人中脱颖而出？”

元本溪望向亭外的暮色，微笑道：“永徽之春的名臣公卿注定青史留名，但是起始于祥符年间的你们，也许在史书上的身后语会比那拨老人更好看。因为永徽有一个令天下读书人尽失颜色的张巨鹿，你们这一代则不同，陈望八面玲珑的扶龙，孙寅城府深沉的屠龙，还有你宋恪礼这个酷烈孤臣，各有夺目风采。”

宋恪礼不敢抬头去看这位去年跟他一起走遍大江南北的元先生。

元本溪轻声道：“各方试探拉拢，我一直让你待价而沽，于是昨夜司礼监掌印宋堂禄的徒弟找到你，给你带了一份口谕。你无须心怀愧疚，若是迫不及待告诉我元本溪，那才让人失望。”

宋恪礼猛然抬头。元本溪笑意淡然，轻声道：“来了。”

远处走来一人，腰间悬佩了一柄古怪的雪白长刀。

宋恪礼站起身，挡在亭子的台阶上，不见老人有任何动作，一身武艺不俗的宋恪礼就被抛出亭子。

老人落座后，元本溪在桌上搁了三只酒杯，伸出手指轻轻将一只干净的酒杯推到老人面前。

元本溪坦然笑道：“当年还很好奇为何齐老先生会硬闯太安城城门，后来见到谢飞鱼赠我许多先生的字帖真迹，早期多‘春’字，后期则多‘素’‘年’两字，就有些明白了。赵勾早先在北凉境内精心刺杀世子殿下十六次，其中有三次最值得惋惜，也都是因为齐老先生的阻挠。”

老人没有举杯喝酒，而是将那柄雪刀放在桌面上：“老夫杀人，还是会让人喝上几口断头酒的，且慢饮。”

元本溪仰头一口喝光杯中酒：“既然齐老先生有杀机却无杀心，又何必故作姿态？”

齐练华冷笑道：“原来元本溪也不过如此。”

元本溪摇头道：“人生在世，有人贪杯，有人贪生，都是人之常情。”

齐练华说道：“李义山、纳兰右慈两人，一人帮徐骁打下春秋，一人帮赵炳谋夺天下，才是真正的谋天下。至于黄龙士，更不是你‘半寸舌’可以比肩的。你元本溪一辈子不过是守天下而已，何况好笑的是，你还没能守住。我之所以不杀你，是因为不杀，比杀你更好。”

元本溪自嘲道：“老先生是故意留我性命，去狗咬狗？”

齐练华伸出一根手指轻敲那柄按照最早一代徐刀而造的雪刀：“大好徐刀，用来斩狗头，多煞风景。”

元本溪不为所动，微笑道：“老先生有不杀之恩，那么晚辈也有一句话相劝。杀我元本溪不过是弹指之间的小事，但要去城内找皇帝赵篆可不容易。比起先帝，当今天子可是怕死太多太多了。我相信那徐凤年宁愿自己的外公平平安安回到北凉，也不愿意老先生壮烈死在太安城，哪怕死法称得上轰轰烈烈。徐凤年好不容易跟前生来世做了个干干净净的了结，老先生这一走，别说雪中送炭，连锦上添花都算不上啊。”

齐练华讶异地咦了一声：“你元本溪仅剩半截舌头，不但能开口说话，还能说上几句人话？”

元本溪依旧神色怡然，指了指酒壶：“这么多年，花雕酒的酒壶装的酒始终是北凉绿蚁，老先生当真不喝上一杯？”

齐练华举杯一饮而尽，起身离开凉亭，但留下了那柄刀，最后撂下一句话：“你们离阳三朝君王都对不起徐骁。”

元本溪目送老人离去，很久过后，才悄然点了点头。

宋恪礼捂住心口踉跄地走入亭子，看到元先生安然无恙，如释重负。

等到宋恪礼坐下后，元本溪反倒站起身，看着天色，感伤道：“天要下雨娘要嫁人……可我不想有些事就这么随它去啊。”

元本溪脸上浮现出一抹笑意：“老先生，我这是人之将死其言也善啊。”

当元本溪转身走向石桌，握住那柄冰凉的徐刀后，宋恪礼突然有一种不好的预感，脸色瞬间苍白。

元本溪望向远处：“应该是宋堂禄在等着吧，赵篆是没这份胆识的。”

元本溪收回视线，抛给宋恪礼一个锦囊：“你事后跟那位掌印太监说一声，他想要比韩生宣活得更久更好，就看一看这样东西。”

宋恪礼像是接到一个烫手山芋，坐立不安，眼眶布满血丝。

元本溪厉声道：“宋恪礼，收起锦囊！起身，接刀！”

宋恪礼下意识地猛然站起身，但是神情慌张地后退了几步，宋家雏凤的风姿全无。

元本溪向前踏出一步，递出那把凉刀。

宋恪礼疯狂地摇头。

这位离阳帝师脸色狰狞地斥责道：“不杀元本溪，你宋恪礼如何立于君王侧！”

宋恪礼满脸泪水，六神无主，不断地重复道：“先生，我不杀你，先生，我不杀你……”

元本溪叹了口气，把刀放在桌子上，然后背对宋恪礼，平静地道：“运去英雄不自由。你不杀我，我元本溪就是个废物，就算我多苟活几年，但以后的天下也注定再无我‘半寸舌’元本溪的痕迹。”

元本溪闭上眼睛，轻声道：“宋恪礼，你一定不要让我失望啊。”

黄龙士、李义山，晚你们一步。纳兰右慈，早你一步了。

宋恪礼颤颤巍巍地握住那柄凉刀。

元本溪刹那间睁开眼，深深地望着远方天际的余晖。这位“半寸舌”帝师张开嘴巴，深呼吸一口气，像是朝这方天地最后借了一口气，怒吼道：“取走头颅！”

宋恪礼神情痛苦，手起刀落！

当面容冷冽一袭鲜艳大红蟒袍的司礼监掌印大太监悠悠然走到亭子台阶下时，只看到那个命途多舛的年轻人呆滞地坐在地上，眼眶中流淌着触目惊心的血泪，死死地抱住怀中那颗头颅。

太安城外，老人眯眼望着那巍峨的城头，笑了：“我齐练华这一生眼高手低，所求甚多，求书法超过古人，求家族兴盛，求大楚国祚绵长，求苍生福祉，结果一事无成，两手空空。”老人捧手呵了口气，“最后一求，倒是所求甚小，只求做一个能让自己问心无愧的长辈。”

正是这一日，一位无名老人进入太安城后径直杀入钦天监，杀尽钦天监练气士和八百侍卫。

这个老疯子从头到尾都没有任何言语，只在临终时对自己默默说了一句话：“小年啊，别忘了外公跟你说的那句话。记得要相信自己，相信有你在的北凉！”

老人离开时那句话，恰好跟元本溪的一句无心之言相反。

“时来天地皆同力！”